BLITZ
Phantastische
ROMANE

Bereits in dieser Reihe erschienen und lieferbar:

1101	KURT BRAND	*Als der Fremde kam*
1102	KURT BRAND	*Gestrandet auf Suuk*
1103	KURT BRAND	*Raumsprung nach Moran*
1104	KURT BRAND	*Planet der Hoffnung*
1105	KURT BRAND	*Sternen-Gespenster*
1106	KURT BRAND	*Als die Götter logen*
1107	KURT BRAND	*SOS von Mira-Ceti*
1108	KURT BRAND	*In den Fängen des Orff*
1109	KURT BRAND	*Das Geheimnis der Nekroniden*
1110	KURT BRAND	*Die Macht der Andorer*
1111	KURT BRAND	*Die Zeitmeister*
1112	KURT BRAND	*Fehltransition*

In Vorbereitung:

1113	KURT BRAND	*Katastrophe auf Bankor*

Kurt Brand

Fehltransition

Science Fiction-Roman

BLITZ-Verlag GmbH, Windeck

1. Auflage März 2002

Bearbeitung: Werner K. Giesa & Manfred Rückert
Titelbild und Innenillustrationen: Manfred Schneider
Satz: Andrea Velten / Factor 7
Gesamtherstellung: BLITZ-Verlag GmbH
Printed in Germany

ISBN 3-89840-102-2

Vorwort

Fast drei Jahrzehnte – ziemlich exakt 28 Jahre – liegt es zurück, daß die Romane erschienen, die in diesem Buch noch einmal in – teilweise erheblich – überarbeiteter Form präsentiert werden. Manchmal, wenn ich die alten Hefte in die Hand nehme, um sie wieder einmal zu lesen, frage ich mich, ob das alles nicht erst gestern war. Dabei hat sich in diesen drei Jahrzehnten so viel verändert – es gibt keine Saturn-V-Raketen mehr, die Apollo-Kapseln mit Menschen an Bord zum Mond fliegen, sondern nur noch Space-Shuttles, die über den Erdorbit nicht mehr hinauskommen, die meisten »Raumschiff PROMET«-Autoren sind inzwischen leider verstorben, und aus einem begeisterten Leser und Fan ist ein Autor und Lektor geworden, der mit kräftiger Unterstützung seines Kollegen Manfred Rückert jetzt diese alten Schätzchen bearbeitet und auch für moderne Leser-Ansprüche genießbar zu machen versucht. Und während die Autoren damals sich noch mit garantiert absturzsicheren Schreibmaschinen abplagten, benutzen wir heute Computer, die uns immer wieder ihren recht fiesen Charakter zeigen und unter Beweis stellen, daß wir mit ihrer Hilfe endlich all die Probleme lösen können, die wir ohne sie nicht hätten …

Die Romane, die in diesem Buch zusammengefaßt wurden, sind »Der Ruf der Agaren« von Staff Caine alias Hermann Werner Peters, »Fehltransition« von Hans Peschke, »Sklavenhändler der Galaxis« von I. S. Osten alias Ronald M. Hahn sowie »Die Stadt im Eis« von George P. Gray alias Gudrun Voigt.

Viel Spaß beim Lesen wünscht

Werner K. Giesa
Altenstadt, im März 2002

Prolog

Als am 25. August des Jahres 2059 der Planet Moran im 5 700 Lichtjahre von der Erde entfernten Kyl-System von Schwarzen Raumern zerstört wird, überlebt nur eine Handvoll Moraner die Katastrophe. In ihrer verzweifelten Lage setzen sie alles daran, jene Sauerstoffwelt wiederzufinden, die nach uralten Berichten ideal für eine Besiedelung ist und nur von Halbwilden bewohnt sein soll.

Über dem gesuchten Planeten entkommt der Humanoide Arn Borul Ende Januar 2089 als einziger ihrem explodierenden Suchschiff TIRA. Mit dem Raumer gehen die Koordinaten Morans verloren. Von Peet Orell, dem Sohn des Besitzers der HTO-Raumschiffwerft, gerettet und von Ärzten operativ auf das Seh- und Hörvermögen der Menschen umgestellt, wird Arn Borul dessen Freund. Orell verdankt es dem Moraner, daß seine Raumyacht PROMET mit dem ersten Transitionstriebwerk ausgerüstet wird, und Arn Borul kann hoffen, mit ihm seine Heimatwelt Moran wiederzufinden.

Hinter Pluto entdeckt die PROMET im Januar 2090 einen vor 1 350 Jahren teilzerstörten Kugelraumer und richtet ihn als BASIS I für das Schiff ein.

Wenig später stößt man im Alpha Centauri-System auf den zur selben Zeit entvölkerten Planeten Riddle und entdeckt dort neben einer gigantischen Stadt auf dem Gebirgskontinenten Him eine intakte Defensiv-Zentrale, die sich als BASIS II anbietet.

Die Suche nach dem Kyl-System mit seinem Planeten Moran hat nach einer Kette dramatischer Abenteuer Erfolg, aber erst in letzter Minute werden die letzten Überlebenden der vom Aussterben bedrohten Rasse durch Einsatz eines alt-moranischen Raumers zum Planeten Suuk in Sicherheit gebracht.

Doch nach wie vor stellen die Schwarzen Raumer der »Zyklop's« die größte Gefahr in unserem Spiralarm der Galaxis dar, die zuletzt vor 1 350 Jahren Planeten vernichteten oder entvölkerten – bis die PROMET-Besatzung die Einsatzhäfen der schwarzen Roboterschiffe entdeckt und auch den Planeten im Leerraum, auf dem die schlummernde Brut der »Zyklop's« auf ihr Erwachen wartet.

Durch das Auftauchen der PROMET in seiner Ruhe gestört, vernichtet der Brutplanet sich selbst.
Der Exodus der Terraner nach Riddle im Alpha Centauri-System hat längst begonnen. Die kleine Raumyacht wird Mitte 2092 durch die größere PROMET II mit Hilfe moranischer Ingenieure auf den höchsten Stand der Technik gebracht, abgelöst.
Die PROMET II dringt tief in die Milchstraße ein. Immer weiter von der Erde entfernt stößt die Crew der PROMET II wiederholt auf Relikte ausgestorbener Rassen oder auf Völker, die den Terranern nicht feindlich gesinnt, aber dennoch deutlich reserviert gegenüberstehen.
Die »alte« PROMET I stürzt bei einer Rettungsaktion für die Nekroniden auf dem einzigen Planeten der Sonne Mira-Ceti ab. Die Crew der PROMET II findet Okan, die größte Stadt der Galaxis; ebenso wie sie auf das Volk der Sherer trifft, die den Menschen nicht trauen; sie treffen auf Praekogniter; auf Spinnenwesen; auf die schon seit Jahrhunderten gejagten Bruciden; auf die K'inga von Algor und auf den Orff, ein geheimnisvolles Wesen, das ein Sternenreich beherrscht. Die Nekroniden benötigen nach einer Katastrophe auf ihrem Heimatplaneten Hilfe. Dies ist die erste richtige Gelegenheit, sich Freunde in der Galaxis zu schaffen.
Einer der bisherigen Höhepunkte in der Geschichte der Besatzung der PROMET II war die Hilfe für die Agaren aus Andromeda. Danach konnte die PROMET-Crew das Volk der Chirr vor dem Aussterben retten und sie trafen auf die Nachfahren der verschwundenen Riddler.
Ein außerirdisches Volk, das sich selbst »Galakter« nennt, hat schon vor vielen Jahren ein galaxisumspannendes Transmittersystem geschaffen.
Die letzten Ereignisse bildeten das Zusammentreffen mit den Zeitmeistern, das Treffen auf einen seit Jahrtausenden verschollenen Kugelraumer sowie das Begehen der »Straße der Sternenkönige« und das Zusammentreffen mit dem Volk der Erros.
Wir schreiben das Jahr 2095. Die Crew der PROMET II, nun 22 Personen stark, kennt nur ein Ziel: Das Universum für die Terraner zu erforschen, und ihr Weg führt ...

... VON STERN ZU STERN

1.

Naugor, der Ewige der Sieben Sonnen, sah seine Gefährten an. »Wir sind die letzten«, teilte er ihnen mit und sah den nach ihm Ranghöchsten der Ewigen, Fünf-Sonnen, an. »Ich hatte gehofft, daß wir uns in die Geschicke jener beiden Rassen, zu denen noch eine Anzahl anderer Wesen gehören, nie mehr einzuschalten brauchten. Aber wir müssen es tun, oder neues Unheil wird zwischen den Sternen dieser Galaxis entstehen!«

Seine drei Gefährten, Fünf-Sonnen, Drei-Sonnen und Zwei-Sonnen, verharrten regungslos, aber ihre komplizierten Gehirne und Mentalspeicher arbeiteten auf Hochtouren. Dann stimmten sie Naugor zu, der als einziger von ihnen einen Namen trug, so wie einst ihre Schöpfer.

Naugor glitt mit einer geschmeidigen Bewegung aus dem Kommandosessel des Sieben-Sonnen-Schiffes.

»Ich werde jetzt an Bord des Hantelraumers gehen«, erklärte er ihnen, »und tun, was getan werden muß. Dem Universum sei Dank, daß jener Schwarze Raumer uns endlich aufgespürt und uns berichtet hat, was seit dem Großen Krieg geschah und welche neue Gefahren von jenen drohen, die schon damals von den Herrschern des Schwarzen Imperiums mißbraucht worden sind. Ich werde jene Wesen, die sich Menschen und Moraner nennen, prüfen. Ich werde feststellen, ob sie diejenigen sind, die dazu ausersehen wurden, das Erbe der Vergangenheit anzutreten, jene Entwicklung zu beschleunigen und zu kontrollieren, die einst von unseren Schöpfern eingeleitet wurde. Die aber dann der Galaktische Krieg wieder unterbrach.«

Das Facettenauge Naugors glühte durch die Dämmerung der Zentrale des Sieben-Sonnen-Schiffes. »Ihr werdet jeden meiner Schritte überwachen!« ordnete er an. »Ihr werdet genau überprüfen, was mit jenem Hantelraumer geschieht, zu dessen Kommandanten seine Besatzung mich für die Dauer dieses Unternehmens bestimmt hat. Und ihr werdet alle Daten, die ich euch übermittle, sofort auswerten und weiterleiten nach Rangor.«

Er wartete keine Erwiderung ab. Um seinen schlanken, glattflächigen und in jeder Beziehung humanoid wirkenden Körper legte sich ein flirrender Energieschirm. Gleich darauf war Naugor verschwunden.

Fünf-Sonnen blickte auf die Stelle, an der Naugor eben noch gestanden hatte.

»Was er plant, ist gefährlich!« teilte er sich den anderen dann mit. »Es wird Unruhe und Aufruhr unter die Wesen bringen, die er überprüfen muß. Und jene sind gefährlich, das haben unsere ersten Kontakte mit ihnen gezeigt und auch die Informationen, die Xarr und seine Agaren uns übermittelten, bewiesen.«

Fünf-Sonnen verstummte. Er wußte, daß sich nichts mehr ändern ließ, daß die Ereignisse nun ihren Lauf nehmen mußten. Aber er spürte in seinen komplizierten Mentalspeichern, daß seine Befürchtungen zu Recht bestanden.

»Also los dann!« sagte Vivien Raid und glitt aus ihrem Kontursitz in der Kommando-Zentrale der PROMET II. Mit ihren grünen Augen funkelte sie Jörn Callaghan unternehmungslustig an.

»Welches der Boote wollen wir nehmen, Jörn?« fragte sie. »Das T-Boot oder eines der beiden N-Boote?«

Anstelle Jörn Callaghans antwortete Peet Orell, der Vivien lächelnd beobachtet hatte.

»Eines der N-Boote genügt, Vivy!« sagte er. »Es handelt sich um einen kurzen Erkundungsflug über den Planeten vor uns. Wir gehen mit der PROMET in eine Parkbahn und bleiben ständig auf Empfang. Auf diese Weise kann Szer Ekka seine Messungen und Spektraluntersuchungen an dem Sonnenkörper in Ruhe durchführen. Euer Bericht über den Planeten wird darüber entscheiden, ob wir mit der PROMET II anschließend landen oder nicht.«

Jörn Callaghan nickte zustimmend. Auch er war dafür, daß sie den Planeten zunächst einmal mit einem der Beiboote erkundeten. Irgendwie kam ihm das System der Sonne Merak im Sternbild des Großen Bären, rund 76 Lichtjahre von der Erde entfernt, nicht ganz geheuer vor. Es hatte eigenartige Strukturerschütterungen in unmittelbarer Nähe der Sonne Merak und ihrer drei etwa erdgroßen Planeten gegeben, aber keinerlei Hinweis für die Ursache. Sie hatten es auf den zweiten der drei Planeten abgesehen, der innerhalb der sogenannten Lebenszone seine Bahn zog, eine Sauerstoffatmosphäre aufwies, sich im übrigen jedoch noch in einem Stadium befinden mußte, wie die Erde es vor vielen Jahrmillionen durchlaufen hatte.

Jörn glitt nun ebenfalls aus seinem Sitz, ging zu einem der Wandschränke hinüber und schlüpfte in eine der leichten Raumkombinationen. Vivien, die diese Prozedur bereits beendet hatte, sah ihm zu. Dann zog sie ihn mit sich fort. Peet hörte Vivien noch etwas Undeutliches murmeln, dann waren die beiden verschwunden.

Wenig später öffnete sich das Außenschott der Kaverne, in der das N-Boot lag. Dann glitt es hinaus in das nachtschwarze All. Es leuchtete silbern im hellen Licht der nahen heißen Sonne und flog dem blaugrünen Planeten, der wie eine riesige Kugel zwischen den Koordinaten des Panoramaschirms der PROMET II stand, mit rasch wachsender Geschwindigkeit entgegen.

Peet Orell beobachtete das Boot, bis es nur noch ein winziger Punkt auf dem Bildschirm war. Minuten später gab er die notwendigen Kommandos, um die PROMET II in die vorgesehene Parkbahn zu bringen.

Jörn und Vivien näherten sich dem blaugrünen Planeten zusehends. Auf ihren Kugelschirmen nahm die Oberfläche Gestalt an. Jagende Wolken, hohe Berge, über denen die Feuerkegel ferner Vulkane leuchteten, weite, sturmgepeitschte Wasserflächen.

Vivien Raid beugte sich in ihrem Sitz vor. Dabei krauste sich ihre Stirn. »Es ist doch ein ganz verdammter Blödsinn, daß die Beiboote der PROMET II keine Direktsichtscheiben haben!« schimpfte sie.

Jörn Callaghan sah von seinen Instrumenten auf. Er blickte die schwarzhaarige, bildhübsche Frau an seiner Seite nachdenklich an.

»Sag mal, Vivy, was ist eigentlich los mit dir?« fragte er dann, und seine Stimme klang unwillig. »Du bist die letzten Tage beinahe unausstehlich. Du kommst mir vor, als wenn dich irgend etwas nervös macht, als wenn etwas nicht mehr in Ordnung ist mit dir! Los, raus mit der Sprache!«

Vivien ruckte herum. Ihre grünen Augen funkelten gefährlich.

»Also gut, Jörn, wenn du es schon unbedingt wissen willst«, fauchte sie. »Dauernd bekommen wir neuerdings irgendwelche Aufträge von den Terra States, ständig sind wir unterwegs, um neue Planeten zu suchen, auf denen Menschen siedeln können. Wir ...«

»Na und? Was ist daran verkehrt? Schließlich ...«, unterbrach Jörn sie, aber Vivien winkte wütend ab.

»Unterbrich mich nicht, sondern hör mir endlich zu! Daran ist nichts verkehrt, aber wir tun so, als gäbe es keine anderen Probleme. Ich denke da vor allem an die Schwarzen Raumer, ich denke an die Galakter, mit denen wir viel intensivere Verbindungen knüpfen sollten, ich denke an die Nekroniden, von denen wir eine Unmenge lernen könnten, wenn wir uns endlich wirklich um sie bemühen würden. Aber wir suchen das Universum nach immer neuen Planeten ab. Dabei sollten wir endlich einmal versuchen, unsere Existenz durch Freundschaften mit anderen Rassen abzusichern. Ist denn keinem von euch allen aufgefallen, wie wehrlos wir in Wirklichkeit sind? Haben wir denn schon vergessen, was mit Moran, dem einstigen Heimatplaneten unserer moranischen Freunde passiert ist? Warum schaffen wir uns keine große interstellare Allianz? Ich denke dabei auch an die Chirr in der Sphäre der Tausend Sonnen. Meine Güte, wir können doch nicht einfach so tun, als wäre das ganze Weltall um uns herum ein einziges Paradies! Begreifst du denn nicht, wie ich das meine?« Sie sah Jörn an, legte ihm eine Hand auf den Unterarm. »Die Zeiten, in denen wir einfach irgendwo am Rande des Sonnensystems einen uralten Kugelraumer entdeckten, sind vorbei, Jörn! Durch die Reisen der PROMET I und der II sind andere Rassen auf uns aufmerksam geworden. Deutlichster Beweis sind die Schwarzen Raumer, die sich plötzlich wieder um uns kümmern, uns auf Schritt und Tritt sozusagen belauern!«

Jörn Callaghan kam nicht mehr zu einer Entgegnung, denn in diesem Moment drang das N-Boot in die äußeren Atmosphäreschichten des Zielplaneten ein. Er drosselte sofort die Geschwindigkeit, bis das hohe dünne Pfeifen wieder verklang, das eben noch die Kabine erfüllt hatte.

Dunkle Konturen huschten auf sie zu, die Ortungen lieferten erste Daten – und dann, völlig unerwartet, passierte es. Über ihre Schirme zuckte ein Blitz, so grell, so ungeheuer stark, daß Jörn und Vivien geblendet die Augen schlossen. Gleichzeitig erfüllte ein unbeschreibliches Krachen, dem ein langer rollender Donner folgte, das N-Boot.

Irgendwo in den Armaturen vor ihnen zischte es. Elmsfeuer sprangen über die metallenen Teile. Dann sackte das N-Boot durch.

Viviens Hände flogen förmlich zum Kopf empor. Ein ziehender, stechender Schmerz durchzog ihren Schädel, ihr langes schwarzes Haar knisterte, sprühte Funken – das ganze N-Boot schien wie mit Hochspannung aufgeladen.

»Verdammt, Vivy, das Boot stürzt ab! Ich kriege es nicht wieder unter Kontrolle! Rasch, auf Handschaltung, die Automatik ist …«

Vivien handelte schnell. Sie zog den Hebel, der die Automatik stillegte, Jörn bemühte sich um die Steuerung. Von den drei Bildschirmen funktionierte nur noch der rechte. Die anderen beiden zeigten lediglich wirre Linienmuster, sonst nichts.

Das Boot wurde von den Luftmassen gepackt. Jörn und Vivien hatten das Gefühl, als seien sie in einen Orkan geraten, der jeder menschlichen Vorstellungskraft spottete. Und immer wieder zuckten über den letzten Schirm blendend grelle Blitze.

Dann plötzlich lag das N-Boot wieder ruhiger, gehorchte den Steuermanövern wieder besser.

Jörn Callaghan wischte sich den Schweiß von der Stirn. Dann erst betrachtete er das Ausmaß der Zerstörungen, die der Blitz angerichtet hatte.

»Checken, Vivien!« sagte er dumpf. »Ich fürchte, uns hat es ziemlich erwischt ...«

»Wir müssen vor allem der PROMET mitteilen, was los ist!« erwiderte sie und aktivierte den Interkom.

Nichts. Keiner der kleinen Schirme leuchtete auf.

Mit einer Verwünschung schaltete sie den Bordsender ein.

Wieder nichts. Tot. Mit dem Hypersender das gleiche.

Jörn hatte ihre Handgriffe beobachtet. Sie brauchte ihm nichts mehr zu sagen.

»Wir landen, Vivien. Und zwar so schnell wie möglich. Los, versuche über die Taster eine Bodenanalyse zu bekommen, der Schirm hilft uns jetzt nichts. Außerdem brauche ich ihn für den Frontsektor, falls irgendein plötzliches Hindernis auftaucht. Die Ortungen sind nämlich ebenfalls im Eimer!«

Vivien zuckte zusammen.

»Die Ortungen? Alle drei? Massen-, Distanz- und Energie-Ortung?« fragte sie ungläubig.

Jörn Callaghan nickte ungeduldig.

»Beeil dich, Vivy, ich muß schnell wissen, wo wir herunterkommen! Es gibt Vulkane auf diesem verdammten Planeten, es gibt Meere, und weiß der Teufel, was es sonst noch alles gibt!«

Vivien hatte begriffen, hatte keine Frage mehr. Das N-Boot war so gut wie blind. Es hatte nur noch einen einzigen Schirm, ein Auge, mit dem es sehen konnte.

Sie schaltete den Taster des Analysators ein, der normalerweise dazu diente, rasch die Beschaffenheit einer Planetenoberfläche zu analysieren. Es war ein Notbehelf, aber es war das einzige, was sie im Moment tun konnten. Und im stillen hoffte sie, daß man an Bord der PROMET II bereits etwas bemerkt hatte und ihnen folgte, um Hilfe zu leisten.

Das Diagramm des Tasters war günstig. Das N-Boot näherte sich einer kleinen Ebene, die wie ein Tal zwischen hohen Bergen lag. Auf der einen Seite des Tales war das Meer, bildete einen natürlichen Abschluß. Die andere Seite führte hinunter in eine Tiefebene, die sich über große Teile des Planeten zu erstrecken schien.

Es war Jörn und Vivien für den Moment auch völlig egal. Sie mußten landen, so rasch wie möglich. Weil keiner von ihnen wußte, ob der Blitz – oder was immer das gewesen sein mochte – auch die Triebwerke beschädigt hatte. Etwas seltsam klangen sie jedenfalls.

Das N-Boot verlor rasch an Höhe. In einem gekonnten Manöver fing Jörn es ab. Sekunden später setzte es weich auf einer dichten, dunkelgrünen Grasfläche auf. Über sich die jagenden Wolken, in denen noch immer grelle Blitze zuckten. Neben sich die Kegel hoher Berge, von denen etliche lodernde, rauchende Vulkane waren.

Als Jörn die Triebwerke stillgelegt hatte, wischte er sich den Schweiß von der Stirn. Nach einem prüfenden Blick auf den noch intakten Kugelschirm glitt er aus seinem Sitz.

»Komm, Vivy, sehen wir uns diese Welt mal an. Die PROMET wird ohnehin bald hier sein – oder das T-Boot!«

Er zog Vivien mit sich fort zum Schott. Vorsichtshalber hatte er einen der Blaster umgeschnallt, von denen es in jedem Beiboot der PROMET II einige gab.

Das Schott öffnete sich, sobald der geringfügige Druckausgleich zwischen der Innen- und der Außenatmosphäre stattgefunden hatte. Daß sie keine Helme und auch keine Sauerstoffversorgung benötigten, hatten die Analysen an Bord der PROMET bereits ergeben.

Eine feuchte Schwüle empfing die beiden Menschen. Das weiße Licht der heißen Sonne Merak, die zum Spektraltyp A I gehörte, huschte über den tiefgrünen Grasboden des Tals, beleuchtete auf gespenstische Weise die hohen Berge, die lodernden Vulkane.

Jörn und Vivien blickten zum tiefblauen Himmel empor – sie wußten, daß die PROMET II dort in kürzester Frist auftauchen mußte. Sie lauschten, ob nicht endlich das helle Singen ihrer DeGorm-Triebwerke oder das tiefe Orgeln der Turboverdichter, mit denen die Yacht sich innerhalb jeder Atmosphäre bewegen konnte, zu hören war.

Sie lauschten vergeblich. Denn weder die PROMET II noch eines ihrer Beiboote kam …

An Bord der PROMET II war die allzu plötzliche Landung des N-Bootes registriert worden. Sofort hatten Arn Borul und Peet Orell versucht, den Grund dafür zu erfahren. Aber das N-Boot meldete sich nicht mehr.

Arn Borul verengte seine schockgrünen Augen zu Schlitzen.

»Da ist etwas passiert, Peet!« sagte er in die Stille hinein. »Das N-Boot muß einen Schaden erlitten haben, wir müssen sofort …«

Weiter kam er nicht. Denn in diesem Moment materialisierte in der Kommando-Zentrale der PROMET II ein glattflächiger, metallisch wirkender humanoider Körper. Auf seiner Brust leuchtete das Symbol von sieben ineinander verschlungenen Sonnen, ein düsteres Facettenauge, das die ganze vordere Hälfte des schmalen, ovalen Kopfes einnahm, glomm sie an.

Peet Orell zuckte so heftig zusammen, daß er fast aus seinem Kontursessel fiel.

Arn und Junici Borul sowie Doc Ridgers, der sich gerade in der Kommando-Zentrale befand, erging es nicht anders.

»Naugor!« stieß Peet Orell schließlich fassungslos hervor, und er traute seinen Augen immer noch nicht. Er erinnerte sich an diesen unheimlichen Ewigen, der ihnen damals auf Ankor, der Basis der Schwarzen Raumer, das Leben gerettet hatte, sofort. Und er erkannte ihn genauso, wie seine Gefährten. *)

»Ich bin es, Terraner. Und ich bin nicht ohne Grund an Bord eures

---

*) siehe RP-CL 5: ›*Sternen-Gespenster*‹

Schiffes gekommen. Ihr werdet jetzt nicht begreifen, was mit euch geschieht, aber es muß sein!«

Peet Orell glitt aus seinem Sitz. Er sah seinen moranischen Freund Arn Borul an, wollte etwas sagen, konnte es nicht mehr.

Die Kommando-Zentrale verschwamm plötzlich vor seinen Augen, löste sich auf.

Jörn, Vivien, sie brauchen doch Hilfe ..., dachte er noch, dann verlor er das Bewußtsein. Neben ihm sanken auch die anderen in sich zusammen.

Im Mitteltunnel der PROMET, auf dem Transportband, materialisierten genau zu dem Zeitpunkt, an dem Naugor in der Zentrale erschienen war, andere metallisch wirkende, glattflächige und durchaus humanoide Wesen.

Sie verteilten sich blitzartig. Manche teleportierten an die ihnen vor dem Einsatz angewiesenen Stellen in der PROMET II, andere erreichten sie zu Fuß.

Es erging Szer Ekka, Pino Tak und allen an Bord genauso wie Peet Orell und seinen Freunden. Sie erblickten die unheimlichen Eindringlinge, begriffen nicht, woher sie gekommen waren, was sie wollten; dann verloren sie das Bewußtsein.

Sie spürten nichts mehr davon, was mit der PROMET geschah, spürten nicht, wie man sie in einen anderen riesigen Raumer transportierte, sie an komplizierte Apparaturen anschloß, wie der Schwarze Raumer mit ihnen das System der Sonne Merak verließ. Sie erwachten nicht einmal, als das gigantische Schiff in einem gewaltigen Sprung durch das Parakon bis an den Rand ihrer Milchstraße gelangte ...

Seit ihrer Landung auf dem zweiten Planeten der Sonne Merak waren nun schon fast sechs Stunden vergangen. Die blauweiße Sonne schickte sich an, hinter den Bergen des schmalen Tales zu verschwinden, der tiefblaue Himmel verfärbte sich jetzt schon fast schwarz. Noch immer wehte ein warmer Wind durch das Tal, während die Wolken und der Regen inzwischen verschwunden waren. Von fern kam das Dröhnen und Rauschen der Meeresbrandung, über ihnen flackerten die Gipfel der Vulkane, stießen hin und wieder unter grollendem Donner glutrot lodernde Rauchwolken aus.

Jörn Callaghan und Vivien Raid hockten nebeneinander mit angezogenen Knien in der Schleuse des N-Bootes. Sie hatten schon eine ganze Weile kein Wort mehr miteinander gesprochen, sondern den Geräuschen der fremden Welt gelauscht.

Langsam hob Vivien nun den Kopf. Ihr schwarzes Haar flog im Wind, ihre Lippen hatten sich hart aufeinander gepreßt.

»Es muß etwas passiert sein, Jörn!« sagte sie schließlich. »Die PROMET oder das T-Boot wären längst hier. Unseren Landepunkt ausfindig zu machen ist für die Ortungen der PROMET kein Problem. Und daß bei uns irgend etwas schief gelaufen ist, das haben Peet und die anderen mit Sicherheit sofort bemerkt. Schon deshalb, weil wir uns nicht mehr melden. So wie ich die Dinge sehe, sitzen wir hier fest. Und zwar gründlich.«

Jörn Callaghan antwortete nicht sofort. Diese und ähnliche Gedanken gingen ihm seit Stunden schon durch den Kopf. Im stillen verwünschte er sich wegen einer Unterlassung: Er hätte beim Anfliegen des Planeten unbedingt den KSS einschalten sollen. Sollte es wirklich ein Blitzschlag unvorstellbarer Stärke gewesen sein, der sie getroffen hatte, dann hätte er ihnen unter dem Schutze des KSS nichts anhaben können. Aber es war gewesen wie so oft bei ihren Unternehmungen: Ohne die Benutzung des Kombi-Schutz-Schirmes konnte das N-Boot von der PROMET aus beobachtet, mit KSS nur über einen im N-Boot installierten Peilsender überwacht werden, wohin es sich bewegte und wie schnell. Jörn Callaghan wußte, daß sie alle stets dazu neigten, diese bequemere Möglichkeit zu wählen.

Was aber den Blitz anbetraf – da hatte Jörn Callaghan erhebliche Zweifel, trotz der typischen Brandmerkmale auf dem Druckkörper des N-Bootes, die sich genau dort entlang zogen, wo die Sensoren der

Bildschirme und wo die Antenne der beiden Sender sich befanden. Er hatte vor allem deswegen Zweifel, weil es für ihn undenkbar war, daß die PROMET ebenfalls ein Opfer derartiger Naturgewalten geworden war.

Vivien hatte ihn – ohne daß er es bemerkte – während seiner Überlegungen scharf beobachtet. Und sie wußte, was er dachte, sie brauchte seine Antwort nicht.

Die Sonne war hinter den Bergen verschwunden. Lange schwarze Schatten krochen auf das N-Boot zu.

Vivien legte dem Gefährten die Hand auf den Arm.

»Jörn, in wenigen Augenblicken herrscht hier Nacht. Bleiben wir die Nacht über in diesem Tal, oder fliegen wir woanders hin? Wir müssen uns jetzt entscheiden!«

Jörn Callaghan schüttelte seine Gedanken ruckartig ab, stand auf.

»Wir bleiben hier, aber wir werden für die Nacht den KSS einschalten.«

Vivien sah sein Gesicht. Sie wußte, daß Jörn sich nicht um sich selber sorgte, sie wußte, daß es ihm genauso ging wie ihr, daß es nur eine einzige Frage gab, die ihnen beiden auf der Seele brannte: Was war mit den Gefährten von der PROMET II geschehen?

Sie lehnte sich sekundenlang an Jörn.

»Komm!« sagte sie schließlich. »Wir werden morgen weitersehen. Gehen wir ins Beiboot zurück und versuchen wir, etwas zu schlafen. Außerdem sollten wir noch etwas essen, ich werde mich darum kümmern.«

Jörn nickte und folgte ihr in das N-Boot. Er wußte, daß es viel zu gefährlich war, auf einer fremden unbekannten Welt im Dunkel der Nacht irgend etwas unternehmen zu wollen. Er spürte, daß es auf diesem Planeten Leben gab, in mannigfaltiger Form, aber er wußte nicht, welcher Art es war.

Sie sprachen an diesem Abend nicht mehr darüber, daß sie nur für etwa einen Monat Notvorräte besaßen. Daß sie an Kleidung nicht mehr bei sich hatten als das, was sie gerade trugen: die leichten, wenn auch äußerst widerstandsfähigen Bordkombinationen und die beiden Raumanzüge. Daß sie ein Beiboot besaßen, dessen Schäden sie mit Bordmitteln auf keinen Fall zu beheben vermochten, das nur noch bedingt flugtauglich, das mit dem einen einzigen intakten Kugelschirm halb blind war und das auf Dauer nur unter Schwierigkeiten für sie beide als Unterkunft dienen konnte. Am niederschmetterndsten jedoch empfanden beide die Tatsache, daß der Blitz, oder was immer es gewesen sein mochte, die beiden Sender so gründlich zerstört hatte, daß sie isoliert, von der Außenwelt völlig abgeschnitten waren. Verschollen im System der Sonne Merak.

Als sie nach langem nutzlosen Grübeln endlich in einen ruhigen Schlaf sanken, wußten sie noch nicht, welche grauenvolle Entdeckung der nächste Tag ihnen bringen sollte.

Urak, der dunkelhäutige Herrscher der Region der Feuerberge, verbarg seinen ebenholzfarbenen Körper ruckartig zwischen den langen Schlinggewächsen, zwischen denen er und seine Krieger seit vielen Stunden schon hockten. Sein langes pechschwarzes Haar hatte er mit einem Fellstreifen zusammengebunden, sein schlanker humanoider Körper steckte in einem reich mit Stickereien verzierten, grünen Lederanzug, der ihn vor den Dornen und vor den vielen Insekten schützte, die es auf seiner Welt gab.

»Sie sind wieder da!« flüsterte er und konnte es nicht begreifen. Nach Sonnenuntergang war das kleine tropfenförmige Ding mit den Fremden plötzlich schlagartig verschwunden, und jetzt, eben in diesem Moment, als die ersten Strahlen der Sonne Ton-Ton das Tal zwischen den Bergen trafen, tauchte es wieder auf.

Er starrte das unheimliche Ding aus seinen gelben Augen an, und dabei zogen sich die senkrecht stehenden Pupillen zu schmalen Schlitzen zusammen. Wie alle Tons war auch Urak nachtsichtig – seine Augen vermochten sich jedem Helligkeitsgrad seiner Welt anzupassen und waren schärfer als manche Präzisionsoptik zivilisierter Völker. Er erinnerte sich, daß sie nachts, als sie sich auf die Stelle zugeschlichen hatten, an der das Ding bis zuletzt gelegen hatte, gegen eine unsichtbare und unüberwindliche Barriere geraten waren. Sie hatten es von allen Seiten zugleich versucht – ohne Erfolg. Es gab in seinem Tal seit gestern einen Kreis, den auch er, der Herrscher über die Region der feuerspeienden Berge, nicht zu betreten vermochte.

Urak war böse. Schon einmal waren Fremde auf seine Welt gekommen, und es hatte lange gedauert, bis sie wieder verschwanden. Auch zwei, genau wie diese Fremden da unten. Nur einer von ihnen hatte ebenso schwarze Haut gehabt wie er. Sie hatten Löcher gegraben, hatten die Regionen der glühenden Tempel betreten, waren auch mit einem solchen Ding auf unbegreiflich schnelle Weise über den ganzen Planeten geflogen wie die riesigen Ghinoks, die Urak und die Seinen fürchteten wie nichts auf dieser Welt, weil sie machtlos waren gegen sie. Es hatte viel Unruhe gegeben, und sein Volk hatte ihn aufgefordert, die Fremden zu vertreiben, weil sie die Region der glühenden Tempel geschändet hatten. Aber er, Urak, hatte es nicht vermocht, und fast hatten ihn seine eigenen Stammesgenossen deshalb gestürzt und der hinterlistige Agar die Oberhand gewonnen. Nur mit Mühe hatte er sich behaupten können – und jetzt waren wieder solche Fremde da!

Urak nahm sich vor, diesmal schlauer vorzugehen, denn er mußte sein immer noch ramponiertes Ansehen, seine Autorität wieder herstellen, wenn er auch weiterhin der Herrscher in den Regionen der Feuerberge bleiben wollte.

Aber da war noch etwas, was ihm Sorgen machte. Kurz nachdem dieses tropfenförmige Ding da unten gekommen war, mußte irgendwo in der riesigen Ebene der Ghinoks etwas passiert sein. Denn die Ghinoks, die kein Wesen dieser Welt zu fürchten hatten, waren geflohen. Er hatte ihre schrillen Schreie gehört, hatte sie aufs Meer hinausfliegen sehen. Er mußte wissen, was dort geschehen war, und dazu mußte er mit einer Gruppe seiner besten Krieger in die große Ebene hinunter. Das aber war lebensgefährlich, und Urak argwöhnte, daß Agar seine Abwesenheit benutzen würde, um erneut gegen ihn Stimmung zu machen.

Urak zuckte zusammen, als die beiden Fremden aus dem tropfenförmigen Ding auf die Ebene traten. Er wunderte sich, daß sie fast ebenso aussahen, wie er und seine Krieger – auch wenn das eine der beiden Wesen eine Tonika sein mußte. Deutlich erkannte er ihre weiblichen Formen.

Die beiden Fremden verschwanden gleich darauf wieder in dem Ding, von dem Urak wußte, daß es fliegen konnte wie ein Ghinok, sogar viel schneller. Und er fuhr erneut zusammen, als sich das Ding plötzlich in die Luft erhob. Ein singender, für seine überempfindlichen Ohren schon beinahe schmerzhafter Ton erfüllte das kleine Tal. Es war ein Geräusch, das er kannte, das er schon einmal gehört hatte. Damals, als die beiden anderen fremden Wesen gekommen waren. Nur war ihr Fluggerät viel größer gewesen und viel lauter.

Urak gab seinen Stammesgenossen ein Zeichen. Lautlos, jede einzelne Bewegung kontrollierend, zogen sich die Tons zurück. Die hohen schilfartigen Gewächse, zwischen denen riesige Farne standen, verschluckten ihre in grünes Leder gekleideten Körper innerhalb von Sekunden, und weder Vivien noch Jörn bemerkten etwas von ihrer Anwesenheit.

Jörn und Vivien blickten angespannt auf den einen Kugelschirm, der ihnen noch verblieben war. Das N-Boot reagierte insgesamt etwas schwerfälliger als sonst. Der urgewaltige Blitz, der sie beim Durchfliegen der Atmosphäre getroffen hatte, war Schuld daran. Die Backbordsteuerung des N-Bootes war ebenfalls beschädigt, mit einiger Geschicklichkeit ließ sich dieser Mangel jedoch wieder ausgleichen. Über eines täuschten sich Vivien und Jörn allerdings nicht hinweg: Raumtüchtig war das N-Boot nicht mehr. Sie waren damit an diesen Planeten, von dem sie bisher so gut wie nichts wußten, gebunden.

»Jörn, wir sitzen ganz schön in der Patsche!« sagte Vivien in das

Summen der Triebwerke hinein. Sie wies auf den Kugelschirm vor ihrem Kontursessel. »Dies ist eine Welt, die sich in einem Entwicklungsstadium befindet wie die Erde vor etlichen Millionen von Jahren. Aber nicht allein das – dieser Planet hat eine andere Entwicklung durchlaufen, wahrscheinlich dadurch, daß er zu einer immer noch jungen und sehr heißen Sonne vom A I-Typ gehört. Ich glaube, wir müssen uns hier auf einige Überraschungen gefaßt machen, besonders bei der Ausrüstung, die wir an Bord haben!«

Jörn Callaghan nickte, und seine Züge verdüsterten sich. Ihm erging es wie Vivien: Was er auf dem Kugelschirm erblickte, gefiel ihm nicht sonderlich. Denn die Welt, auf der sie sich befanden, bestand überwiegend aus weiten, irgendwie düster wirkenden Meeren, aus langgestreckten Ebenen, die zum Teil von wild wuchernden Pflanzeninseln und -wäldern bedeckt wurden. Außerdem gab es lange Ketten von hohen schroffen Bergen aus einem rötlich schimmernden Felsgestein, von denen wiederum ein großer Teil rauchende, feuerspeiende Vulkane waren. Und der Planet hatte eine tückische Atmosphäre – wenn eben noch die blauweiße Sonne ihr hartes Licht über seine Oberfläche warf, dann konnten schon im nächsten Augenblick riesige Wolkenbänke heranjagen, die den Tag innerhalb weniger Minuten in eine unheimliche Dämmerung verwandelten und orkanartige Stürme verbunden mit sintflutartigen Regenfällen bescherten. Alles in allem keine Welt, auf der ihre Überlebenschancen sonderlich gut waren! Es brauchte an ihrem N-Boot nur noch ein weiterer ernster Schaden aufzutreten, dann waren sie geliefert! Jörn Callaghan wußte darüber hinaus auch, daß es ihm mit den vorhandenen Bordmitteln weder gelingen konnte, das N-Boot wieder voll funktionstüchtig zu machen, noch den Hypersender zu reparieren. Wenn der PROMET II also wirklich etwas zugestoßen sein sollte, dann waren sie hier gefangen. Und zwar endgültig.

Aber was zum Teufel konnte denn einem Raumer wie der PROMET II innerhalb weniger Sekunden geschehen, um ihn einfach von der Bildfläche verschwinden zu lassen? Flüchtig zogen die Ereignisse ihrer letzten Unternehmungen vor seinem geistigen Auge vorüber, während er das N-Boot aus dem Tal hinaus in die weite Ebene hinabflog. Und er konnte es einfach nicht vermeiden, daß ihm wieder und wieder die mysteriösen Begegnungen mit den Schwarzen Raumern in Erinnerung kamen, die Ohnmacht, mit der sie alles hatten hinnehmen müssen, was diese unheimlichen Robotwesen mit ihnen angestellt hatten!

»Du denkst an die Strukturerschütterungen bei unserem Einflug in das System, nicht wahr, Jörn?« riß ihn plötzlich Viviens Stimme aus seinen Gedanken. »Szer Ekka und Gus Yonker haben beide versucht, die Kurven auszuwerten, aber sie sind nicht dahinter gekommen, was es damit auf sich hatte.«

Jörn zuckte plötzlich zusammen.

»Verdammt, Vivy ... da, das ist doch ... das ...«

Er sprach seinen Satz nicht zu Ende, sondern regulierte an den Einstellungen des Kugelschirms herum. Vivien starrte ebenfalls auf den Schirm, und sie traute ihren Augen nicht. Der schimmernde, längliche Körper, der vor ihnen in der riesigen Ebene lag, war noch viel zu weit weg, um ihn genau erkennen zu können. Er war nicht viel mehr als ein länglicher Punkt zwischen den Koordinaten des Kugelschirms. Aber eine unbestimmte Ahnung sagte den beiden Menschen im N-Boot, daß dort eine entsetzliche Überraschung auf sie wartete.

Jörn beschleunigte das Boot. Vivien umklammerte die Lehnen ihres Kontursessels, ihre Lippen waren nur noch ein Strich.

Das N-Boot schoß heulend durch die dichte Atmosphäre des Planeten. Und dann sahen sie es plötzlich.

»Jörn, das ... das ist ... die PROMET!« Die letzten beiden Worte schrie Vivien förmlich heraus.

Jörn Callaghan nickte, aber er schwieg. Aus zusammengekniffenen Augen starrte er die Raumyacht an, während er die Geschwindigkeit des N-Bootes drosselte, es tiefer und tiefer sinken ließ.

Minuten später hatten sie die PROMET II erreicht. Das tropfenförmige, einhundertachtzig Meter lange Schiff war in der Ebene gelandet.

Aber was Jörn und Vivien sofort auffiel – es hatte die Teleskopstützen nicht ausgefahren, sondern lag mit ungefähr zwanzig Grad Schlagseite nach Steuerbord in den übermannshohen schilfartigen Gewächsen, die an dieser Stelle der Ebene eine Art Insel bildeten.

»Vivy – verstehst du das?« fragte er und konnte nicht verhindern, daß ihm der Schweiß auf die Stirn trat.

Die Frau schüttelte den Kopf.

Jörn Callaghan umrundete die PROMET mit dem N-Boot.

»Alle Schleusen sind geschlossen, Vivy!« preßte er dann hervor »Sie hätten uns doch längst sehen oder zumindest orten müssen! Aber da unten rührt sich nichts, gar nichts!«

»Landen, Jörn!« sagte Vivien nur. »Wir müssen nachsehen, was mit der PROMET los ist ...«

Ihr kam plötzlich ein Gedanke.

»Nein, warte, Jörn! Versuche in die Hangar-Kaverne einzufliegen. Die Automatik muß uns erfassen und das Bugschott dann öffnen!«

Jörn nickte. Die Idee war gut. Er wunderte sich gleichzeitig, daß er selbst noch nicht auf diesen Gedanken gekommen war.

Das N-Boot schwang herum, glitt auf den rund fünfzig Meter hohen Bugteil der Yacht zu, drehte mit Hilfe des Antigravs auf der Stelle und näherte sich dann langsam den drei kreisrunden Ausflugöffnungen, die sich deutlich im Bug der PROMET II abzeichneten.

Gebannt starrten Vivien und Jörn auf das Schott, glitten näher und näher heran, aber nichts geschah.

Jörn mußte das Boot schließlich ganz stoppen und bewegungslos vor der PROMET verharren lassen, indem er es mit dem Antigrav ausbalancierte. Sein Gesicht hatte sich mit Schweiß bedeckt, als er Vivien ansah.

»Nichts, Vivy! Die PROMET reagiert nicht. Und wenn die Hauptschotten ebenfalls verschlossen sein sollten, dann gibt es für uns keine Möglichkeit, in das Schiff einzudringen. Du weißt, wie widerstandsfähig der Druckkörper der PROMET II von ihren Konstrukteuren mit voller Absicht gemacht wurde.«

Seine Gedanken jagten sich. Er konnte noch immer nicht begreifen, was er vor sich auf dem Kugelschirm sah.

Dann gab er sich einen Ruck. Das N-Boot nahm langsam wieder Fahrt auf, überflog die PROMET und landete wenige Augenblicke später an der Steuerbordseite des Raumers.

Vivien und Jörn glitten aus ihren Sitzen, gingen zur Schleuse und schwangen sich aus dem Ausstieg in die schilfartige Vegetation hinab, bahnten sich stumm und verbissen einen Weg zu der knapp zehn Meter entfernten PROMET II.

Sie brauchten nur Minuten, um die entsetzliche Wahrheit zu begreifen: Das Steuerbordschott war verschlossen. Verriegelt. Mit keinem der Mittel, die ihnen zur Verfügung standen, zu öffnen.

Vivien lehnte sich sekundenlang gegen den schimmernden Druckkörper ihres Schiffes. Dann stieß sie sich plötzlich ab, ging weiter, und Jörn Callaghan folgte ihr.

Sie untersuchten das Backbordschott, den Notausstieg, ließen nichts unversucht, Kontakt mit der PROMET II aufzunehmen. Sie hämmerten wie wild mit den Kolben ihrer Blaster gegen den Druckkörper der PROMET II – nichts. Alles vergeblich.

Schwer atmend ließ Vivien sich schließlich gegen die Raumyacht fallen.

»Aus, Jörn!« sagte sie nur. »Einmal mußte es schließlich so kommen. An Warnungen hat es ja nicht gefehlt. Die Nekroniden, die Nags, der alte Thosro Ghinu …«

Sie verstummte, denn es war sinnlos. Nach einer Weile gab sie sich einen Ruck, straffte sich, sah ihren Freund und Gefährten an.

In seinem Gesicht las sie genau das, was sie selber in diesem Moment bitterster Erkenntnis dachte. Und Jörn sprach es aus.

»Unsere einzige Chance liegt jetzt darin, daß wir überleben. Irgendwie. Es wird nicht lange dauern, dann weiß man in der HTO, daß die PROMET samt Besatzung verschollen ist. Der alte Orell wird nach uns suchen lassen. Er wird Worner mit der MORAN mobilisieren, die

SUUK; sämtliche Schiffe der HTO, die verfügbar sind, wird er losschicken. Er wird möglicherweise die Nekroniden um Hilfe ersuchen, und er wird sich auf irgendeine Weise mit dem Galakter Lunastak-Lan in Verbindung setzen. Er wird Himmel und Hölle in Bewegung setzen, und irgendwann wird man die PROMET finden und damit auch uns. Zumal das Ziel dieser Reise ja bekannt ist. Nein, das alles ist es nicht, was mir Sorge macht, auch wenn uns beiden schlimme Zeiten bevorstehen können. Viel schlimmer ist es für mich, nicht zu wissen, was mit unseren Freunden und Gefährten geschehen ist. Sind sie betäubt? Sind sie tot? Hat man sie überfallen und entführt? Wir können es nicht herausfinden, ohne in die PROMET einzudringen. Dazu aber fehlen uns die Mittel.«

Vivien schlang plötzlich die Arme um Jörn. Sie barg ihren Kopf an seiner Brust, um ihn nicht die Tränen sehen zu lassen, die ihr über die Wangen rollten.

Jörn strich ihr über das schwarze Haar.

»Beruhige dich!« sagte er leise. »Wir müssen erst einmal sehen, was wir für unsere eigene Sicherheit tun können. Komm, Vivy!«

Gemeinsam kehrten sie zu ihrem N-Boot zurück. Sie mußten jetzt den Planeten umfliegen, sie mußten einen günstigen Platz finden, an dem sie für die nächste Zeit bleiben, von dem aus sie aber auch die PROMET im Auge behalten konnten.

Das Beiboot hob ab und glitt in südlicher Richtung über die weite Ebene davon.

Vivien und Jörn wußten nicht, daß scharfe Augen jede ihrer Bewegungen überwachten.

2.

Als Arn Borul zum erstenmal seit den Vorgängen auf der PROMET II erwachte, spürte er zuerst das leise Summen, das den Raum erfüllte, in dem er sich befand. Gleich darauf, als er die Augen öffnete, nahm er das violette, stark gedämpfte Licht wahr, das ihn umgab, in dem er aber trotz der herrschenden Dämmerung überraschend gut sehen konnte.

Der Moraner setzte sich auf. Nach und nach überkam ihn die Erinnerung an das, was vor wenigen Augenblicken geschehen war.

Vor wenigen Augenblicken?

Arn sprang ruckartig auf. Er fühlte sich so frisch wie selten in seinem Leben. Und das Summen, das er auch jetzt noch wahrnahm, empfand er als eine angenehme, unbeschreiblich sanfte Massage, die auch den letzten Nerv seines Körpers noch erreichte.

Der Moraner sah sich suchend um. Sekunden später entdeckte er Junici, die genau wie er selber vorher schlafend auf einem schimmernden, matt leuchtenden Konturpolster lag.

Über ihrem Kopf befand sich eine flache Schale, deren Inneres aus matt orange glühenden konzentrischen Ringen bestand.

Arn wollte auf Junici zueilen, aber dann verharrte er. Denn er bemerkte, daß sie gerade erwachte.

Wie gebannt starrte er auf seine Frau, beobachtete, was mit jener Schale geschah, die nur wenige Meter hoch über ihrem Körper hing, von der aus schimmernde Kabelstränge mitsamt einem beweglichen Arm aus dunklem Metall zur etwa drei Meter hohen Decke führten und in ihr verschwanden.

Das Licht der Schale wurde dunkler und dunkler. Und als Junici endlich die Augen aufschlug, glommen die konzentrischen Ringe für seine Augen gerade noch wahrnehmbar. Das gleiche hatte sich mit dem Konturlager vollzogen, auf dem die Moranerin lag.

Junici setzte sich auf, und erst in diesem Moment trat Arn auf sie zu, beugte sich über sie.

Junici blickte ihn an, sah die Schale über sich, die großen Fenster, die die Außenwand des zylindrischen Raumes bildeten, in dem sie sich befanden, und sie begriff genau wie ihr Mann sofort.

»Arn – der Schwarze Raumer hat uns hierher gebracht. Naugor und seine Ewigen haben uns ...«

Arn Borul hatte ihr einen Finger auf die Lippen gelegt. Dann zog er sie von ihrem Lager hoch und ging mit ihr durch das seltsame violette Licht zu dem riesigen Fenster hinüber.

Für einen Augenblick verschlug es den beiden Moranern den Atem. Sie blickten auf einen riesigen kreisrunden Platz, der von hohen, silbrig-violett schimmernden zylindrischen Gebäuden umgeben war. Zwischen den einzelnen Gebäuden gab es röhrenartige, aber voll transparente Verbindungsstraßen, die das gleiche violette Leuchten ausstrahlten, wie fast alles an diesem unheimlichen Ort. Hin und wieder registrierten ihre scharfen Augen längliche Schemen, die mit großer Geschwindigkeit durch jene Röhren huschten. Sie folgten ihnen mit den Blicken – und dabei entdeckten sie etwas, das ihnen abermals den Atem verschlug: Die zylindrischen Gebäude bildeten um den weiten Platz einen Kreis – nein, eher eine Art konkave Schale. Je weiter sie vom Zentrum des Platzes entfernt waren, desto höher wuchsen die zylindrischen Gebäude in den ebenfalls violetten Himmel empor. Dabei paßten sich ihre oberen Flächen genau der parabelartigen Kurve an, die die *›Dächer‹* jener unheimlichen Stadt miteinander bildeten, so daß für Arn und Junici deutlich erkennbar eine aus vielen einzelnen Punkten gebildete Hohlfläche entstand, die die beiden Moraner stark an einen Reflektor unvorstellbaren Ausmaßes erinnerte.

Unwillkürlich wanderten ihre Blicke zum Zentrum jener Reflektorschale zurück. Und wieder erstarrten sie vor Schreck und vor Überraschung. In der Mitte des Platzes, den sie als Raumhafen erkannten, stand ein riesiges elliptisches und bläulich leuchtendes Schiff. Neben ihm, nur wenige hundert Meter entfernt, ein nicht minder gigantischer Schwarzer Raumer, dessen hantelförmiger Rumpf nur noch als Kontur auszumachen war.

»Arn – dort hinten, das ist das Sieben-Sonnen-Schiff der Ewigen von Ankor, wir sind hier ...«

Junici starrte ihren Mann plötzlich aus weit aufgerissenen Augen an.

»Arn, wo sind Peet, der Doc und all die anderen? Was wollen diese Ewigen eigentlich von uns?«

»Komm, Junici, wir müssen sie suchen. Laß uns erstmal feststellen, ob wir diesen Raum hier verlassen können, dann sehen wir ...«

Auch der Moraner unterbrach sich, denn in diesem Moment flammte an einer der Wände ein riesiger Schirm auf. Aus der matt leuchtenden Fläche sahen ihn Peet Orell und die anderen Gefährten an.

»Arn! Junici!« hörten sie Peet rufen.

Arn Borul schwieg. Die Gefährten lebten also. Aber Vivien und Jörn konnte er nicht entdecken. »Vivy, Jörn – sind sie wieder bei euch, Peet? Und wo befindet ihr euch?« fragte er schließlich. »Habt ihr schon einmal durch eines der Fenster geschaut? Tut das!«

Er sah, wie die Gefährten in einen Raum hinter ihnen zurückeilten, hörte ihre erregten Stimmen. Dann erschien Doc Ridgers wieder auf dem Schirm, blickte sie aus seinen blaugrauen Augen lange an.

»Vivien und Jörn sind nicht bei uns, Arn«, sagte er dann, und seine Stimme hatte einen dumpfen Klang. »Ich fürchte, sie sind auf dem Planeten zurückgeblieben. Mit einem defekten N-Boot. Weiß der Himmel, was dort noch alles auf sie wartet. Und wo zum Teufel ist die PROMET? Ich habe sie noch nicht entdecken können! Keiner von uns.«

Er machte eine Pause, und die beiden Moraner konnten sehen, wie sich seine Hände öffneten und schlossen, bis die Knöchel weiß hervortraten. »Diese Ewigen haben unser gesamtes Wissen eingespeichert und es inzwischen analysiert. Damit kennen sie uns besser als wir selbst. Nun bin ich gespannt, was für Überraschungen sie sonst noch für uns auf Lager haben!«

Die anderen, die sich inzwischen wieder um ihn geschart hatten, diskutierten immer noch voller Erregung miteinander.

Peet Orell bat schließlich energisch um Ruhe.

»Warum seid ihr von uns isoliert, Arn?« fragte er dann.

Doc Ridgers antwortete an Stelle des Moraners.

»Dafür gibt es eine ganz einfache Erklärung, Peet: Man hat Junici und Arn von uns isoliert, weil die beiden zu einer anderen Spezies gehören. Naugor brauchte bei ihnen eine andere Einstellung der Geräte als bei uns: Er war vorsichtig genug, jede nur mögliche Fehlerquelle von vornherein auszuschließen! – Aber jetzt etwas anderes«, fuhr er dann fort. »Könnt ihr aus eurem Raum hinaus? Könnt ihr zu uns kommen? Wir müssen uns so schnell wie möglich wieder ...«

Auf dem Schirm erschien das Facettenauge eines Roboters. Peet Orell wirbelte herum. Böse starrte er das glühende Auge an, hinter dem er nur schwach die Konturen eines ovalen und länglichen Kopfes zu erkennen vermochte.

Dann vernahm er die Impulse des Roboters.

»Ihr alle könnt euch innerhalb eines Teiles des Zylinders, in dem ihr euch befindet, frei bewegen. Folgt den orangefarbenen Gängen, die eure Räume miteinander verbinden, dann könnt ihr euch nicht verfehlen. Für alle eure Bedürfnisse wird ebenfalls ausreichend gesorgt werden. Den Grund eures Hierseins erfahrt ihr allerdings erst, sobald Naugor, der Ewige der Sieben Sonnen, nach Rangor zurückgekehrt ist.«

Peet Orell spürte, wie ihn die Wut packte. Er konnte und wollte sich nicht mehr beherrschen.

»Und was ist mit unseren beiden Gefährten, die auf einem Planeten der Sonne Merak notlanden mußten, die ihr dort zurückgelassen habt?« schrie er den Roboter an. »Die beiden haben keine Waffen, haben nur wenige Lebensmittel und auch sonst keine Ausrüstung, die zum Überleben geeignet wäre. Sie besitzen lediglich ein defektes Beiboot unseres Schiffes, und ich weiß nicht einmal, ob es noch flugfähig ist.«

Er schöpfte Atem. »Ich verlange von euch, daß ihr unsere beiden

Gefährten rettet, sie sind auf jenem Planeten verloren. Und noch etwas: Immer habt ihr uns auf eure arrogante Weise zu den Dingen gezwungen, von denen ihr glaubtet, daß wir sie für euch zu tun hätten. Wir haben bisher dazu geschwiegen, weil wir gegen eure Macht, gegen eure Waffen und gegen eure Technik nichts auszurichten vermochten. Aber diesmal habt ihr den Bogen überspannt. Ihr habt uns überwältigt, uns einfach entführt – ein Verbrechen, das auf unserem Planeten unter schwerer Strafe steht. Ihr habt es noch nie für notwendig erachtet, eure Pläne mit uns zu erörtern, obwohl ihr dazu jederzeit die Gelegenheit gehabt hättet. Bestelle deinem Naugor daher folgendes: Ob ihr uns umbringt oder nicht – ehe ihr diesmal nicht unsere Gefährten gerettet und mit uns allen geredet habt wie mit Partnern, von denen man irgendeine Hilfeleistung erwartet, werden wir nichts, absolut nichts mehr von alledem tun, was ihr wünscht. Ihr könnt drohen, soviel ihr wollt, ihr könnt uns auch sagen, daß ihr dann unseren ganzen Planeten zerstören werdet – wir sind nicht mehr bereit, dieses unwürdige Spiel mitzumachen!«

Peet Orell drehte sich schroff um, gab den anderen ein Zeichen, und sie folgten ihm sofort.

Auf diese Weise sahen sie nicht, wie der Roboter ihnen nachstarrte und dann schlagartig verschwand. Sie wußten nicht, daß er schon im nächsten Augenblick im Sieben-Sonnen-Schiff materialisierte und Fünf-Sonnen, dem nach Naugor Ranghöchsten der Ewigen, Bericht erstattete.

Fünf-Sonnen hörte sich alles an, unterbrach den Mental-Roboter aus der Zylinder-Stadt Rangor nicht. Danach sah er seine beiden Gefährten, Drei-Sonnen und Zwei-Sonnen, aus seinem dunkel glühenden Facettenauge an.

»Ich habe Naugor gewarnt!« teilte er schließlich mit. »Ich wußte, daß dies der falsche Weg war. Und ich fürchte, daß das, was Naugor zur Zeit auf dem Planeten jener Menschenwesen vornimmt, noch viel mehr ihren Zorn erregen, die Dinge noch viel schwieriger machen wird. Ich werde Naugor verständigen!«

Mike Castor schüttelte in der Hyperfunk- und Raumüberwachungs-Zentrale der HTO zum wiederholten Male den Kopf. Seit einer geschlagenen Viertelstunde versuchte er, die PROMET II über Hyperfunk zu erreichen, weil Harry T. Orell, der Chef der HTO, seinen Sohn Peet zu sprechen wünschte.

Er unternahm abermals einen Versuch.

»HTO an PROMET II. Bitte kommen. PROMET II, bitte melden Sie sich, dringendes Gespräch mit Harry T. Orell!«

Nichts.

Mike Castor versuchte es noch etliche Male, dann schaltete er wieder auf Empfang, ließ sich aus seinem Sitz gleiten. Er ging die paar Schritte bis in den Nebenraum hinüber, wo sein Freund und Kollege Percy Calder vor den Schirmen der Raumüberwachung saß.

Calder blickte kurz auf.

»Hallo, Mike, was gibt es?«

Er stutzte, als er das Gesicht seines Freundes sah.

»Was Unangenehmes, eh?« fragte er und schwang mit seinem Sitz herum.

Mike Castor nickte.

»Die PROMET II meldet sich nicht. Ich versuche es seit einer geschlagenen Stunde. Nichts, keine Reaktion. Der Alte will seinen Sohn sprechen. Ich muß Crugan verständigen. Hast du irgendwelche besonderen Vorkommnisse, irgendwelche Diagramme, die dir verdächtig erscheinen könnten?«

Percy Calder schüttelte den Kopf. »Eigentlich nicht, Mike«, antwortete er dann. »Allerdings gab es vor etwa einer halben Stunde auf Rot 70:02,64 merkwürdige Verzerrungen. Erschütterungen, könnte man fast sagen, aber sie waren gleich wieder vorbei. Könnte ein POL-Schiff gewesen sein, das von Riddle zurückgekehrt ist ...«

»Zeig mal her, Percy!« Mike Castor streckte die Hand aus, seine Stirn furchte sich.

Calder zuckte die Achseln.

»Okay, warte mal, hier müßte es sein, ich habe es ...« Er rief einen Datensatz aus dem Speicher ab, und gleich darauf zeigten sich auf einem grün leuchtenden Oszillo-Schirm eigentümlich schwingende, in sich rotierende Linien, die jedoch innerhalb weniger Sekunden wieder verschwanden.

Mike Castor preßte die Lippen zusammen. Dann sah er seinen Freund an.

»Percy, das war nie und nimmer ein POL-Schiff! Das Diagramm eines Borul-Triebwerks sieht völlig anders aus, das müßtest du doch eigentlich wissen. Los, laß uns sofort den Raum über der HTO absuchen, schnell ...«

Percy Calder sah seinen Freund erschrocken an, aber dann schwang er abermals mit seinem Schirm herum und nahm einige Schaltungen vor.

Atemlos verfolgten die beiden Männer, was sich auf den hochempfindlichen Tasterschirmen zeigte, und dann zuckten sie plötzlich beide zusammen. Auf einem der Schirme, genau auf Rot 70:02,64, war ein verschwommener grünlicher Fleck zu sehen, von dem hin und wieder feine, kaum wahrzunehmende Energie-Emissionslinien in den Raum hinausschwangen.

»Percy – das ist ein fremder Raumer, und zwar einer, der sich unseren Tastern durch einen Schutzschirm entzieht. Er steht haargenau über der HTO, im stationären Orbit!«

Mike Castor wartete keine Sekunde länger; er drückte eine Taste und das Gesicht eines hübschen Mädchens erschien auf einem der Interkom-Schirme.

»Glory«, sagte Mike Castor, »verbinde mich rasch mit Crugan, ganz gleich, wo er steckt.«

Das Mädchen fragte nicht lange. Wenige Augenblicke später erschienen die energischen Züge des Chefs der Raumüberwachung.

Seine grauen Augen sahen Mike Castor forschend an.

»Was gibt es, Mike?« fragte er dann. »Ich befinde mich gerade in einer Besprechung mit Mister Orell, wir ...«

»Sie müssen kommen, Sir, sofort. Wir haben ein unbekanntes Objekt auf dem Schirm. Rot 70:02,64, steht genau über der HTO. Schutzschirm, nur schwache Emissionen, keine Analyse möglich. Vor einer halben Stunde Strukturerschütterungen, ebenfalls durch ein Sprungtriebwerk fremder Bauart. Außerdem – die PROMET II meldet sich nicht. Habe es seit einer Stunde ununterbrochen versucht.«

Crugans wandte den Kopf zur Seite, und im gleichen Moment erschien auch Harry T. Orell auf dem Schirm.

»Wir kommen, Mister Castor. Alarmieren Sie sofort Commander Crook. Strengste Überwachung der Sperrkreise I bis IV. Lösen Sie allgemeinen Alarm aus!«

Der Schirm erlosch. Mike Castor stellte blitzartig die Verbindung zum Sicherheitschef der HTO her. Commander Crook war kein Mann, der überflüssige Worte machte. Er nickte nur einmal knapp, dann griff er auch schon zum Schalter der Alarmzentrale.

Die HTO verwandelte sich innerhalb von Minuten rein äußerlich in einen Ameisenhaufen. Die Triebwerke schwerer Helikopter und Gleiter liefen an. Die Hangartore der Raumschiffwerften schlossen sich. An die Einheiten der Space-Police und an die im Raum befindlichen Schiffe der HTO wurden chiffrierte Meldungen in Windeseile aufgesetzt, sollten dann über den Hypersender der HTO weitergeleitet werden, aber dazu kam es schon nicht mehr.

Denn so rasch die HTO und der Werkschutz auch reagierten, so reibungslos der Alarmplan auch ablief – es war zu langsam.

Naugor entgingen an Bord des Hantelraumers die Reaktionen der Menschen nicht.

Sein Facettenauge glomm durch die Dämmerung der Kommando-Zentrale in der Bugkugel des riesigen Schiffes.

»Wir sind entdeckt«, teilte er der Besatzung des Schwarzen Raumers im Bruchteil einer Sekunde mit. »Wir müssen handeln!«

Gleichzeitig gab er dem neben ihm sitzenden Kommandanten des Schiffes ein Zeichen.

Aus dem Rumpf des Schwarzen Raumers lösten sich mehrere Gruppen von Hypnosonden, stießen mit ungeheurer Geschwindigkeit genau auf die HTO zu, formierten sich über den Sperrkreisen zu einer Sphäre und breiteten in Gedankenschnelle einen schimmernden, violett pulsierenden Schirm über ihnen aus. Dabei glitten sie langsam tiefer und stoppten erst, als der äußere Kreis der Sonden schon fast den Boden des Geländes berührte.

Von alledem bemerkten Harry T. Orell und die anderen nichts. Sie hasteten einen der Gänge der Konferenzgebäude entlang, durchquerten die große Kuppel, in der die wichtigsten Sitzungen des HTO-Führungspersonals stattfanden, wollten dann in den Lift, der sie zum Verbindungstrakt der Hyperfunk- und Raumüberwachungs-Zentrale bringen sollte.

Wie auf ein Kommando verhielten die beiden Männer plötzlich im Schritt. Ihre Hände fuhren zu den Köpfen empor, ihre Lippen verzerrten sich. Orell taumelte zur Seite, stieß gegen die Wand des Ganges und wollte sich abstützen.

Es gelang ihm nicht mehr. Er registrierte nur noch, wie neben ihm Crugan, der Chef der Raumüberwachung, mit verzerrtem Gesicht zu Boden stürzte. Dann verschwamm auch vor seinem Auge die Umgebung. Orell stürzte in einen pechschwarzen, wild rotierenden Abgrund. Schwer schlug sein hünenhafter Körper auf dem dicken Synthetikbodenbelag des Ganges auf.

Mike Castor und Percy Calder erging es nicht besser. Aus den Schirmen sprang sie die unheimliche Energie förmlich an. Percy Calder öffnete den Mund zu einem Schrei, aber die Laute blieben ihm im Halse stecken, er sank in seinem Sitz zusammen. Sein Freund Mike Castor rutschte zu Boden. Er begriff nur noch, daß etwas Ungeheuerliches geschah, daß der unsichtbare Feind in diesem Augenblick erbarmungslos zuschlug.

In den Sperrkreisen I bis IV sah es nicht besser aus, eher noch schlimmer.

Die ersten Gleiter mit den Einsatztrupps waren bereits gestartet. Die Rotoren der großen Überwachungshelikopter liefen bereits, die Besatzungen rannten auf ihre Maschinen zu. Auch sie brachen einer nach dem anderen zusammen, mitten im Lauf. Die Piloten sanken in ihren Sitzen zusammen. Die Automatiken schalteten eine Weile später die schweren Triebwerke wieder ab, als keiner der Piloten Anstalten traf zu starten.

Einer der Gleiter rammte einen Hangar und stürzte ab. Die Besatzung, die zum Teil verletzt in ihren Gurten im Innern der zerstörten Maschine hing, merkte es gar nicht. So wenig, wie irgend jemand in der HTO den riesigen Schwarzen Raumer sah, der langsam auf die Landepiste des Sperrkreises I zu schwebte, seine Teleskopstützen ausfuhr und aufsetzte.

Als die glattflächigen Körper der Mental-Roboter schließlich unter Führung von Naugor das Schiff verließen, ausschwärmten oder auch direkt in die Zentren der HTO teleportierten, herrschte auf dem ganzen Gelände Totenstille.

Und doch hatte Naugor einen Fehler gemacht. Er hatte zu lange gezögert, bis er sich dazu entschloß, die Hypnosonden seines Schiffes einzusetzen. Denn die MORAN, die sich im Anflug auf die HTO befand, hatte bereits Verbindung zu den Leitstellen der HTO aufgenommen und sich zur Landung einweisen lassen.

Captain Worner schob die letzten Meldungen der HTO-Zentrale zur Seite.

»Noch dreißig Minuten, Murdock«, sagte er, »dann haben wir es wieder einmal geschafft!«

Er strich sich mit der Rechten über die Stirn. Es war eine verdammt anstrengende Reise gewesen, die er und seine Besatzung hinter sich hatten. Sie kamen aus dem System der Sonne Aldebaran im Sternbild Stier,

46 Lichtjahre von der Erde entfernt, hatten den Nekroniden dringend benötigte Aggregate zum Wiederaufbau ihrer Versorgungszentren gebracht, waren anschließend ins Halosystem nach Suuk geflogen und hatten Thosro Ghinu, den alten Lehrer der Moraner, dort abgeholt. Alles in allem nichts Besonderes, wenn da nicht noch jene verflixte und für den Augenblick immer noch völlig unerklärliche Panne mit dem Sprungtriebwerk passiert wäre. Bei der letzten Transition hatte der Computer versagt, die MORAN war um fast zehn Lichtjahre und in ein völlig fremdes System verschlagen worden, das aber keinerlei Landungs- und Reparaturmöglichkeiten bot.

Lediglich der Anwesenheit des alten Moraners hatten sie es zu verdanken, daß es ihnen gelungen war, sich in kleinen und kleinsten Sprüngen wieder ans heimatliche Sonnensystem heranzutasten.

Worner hatte für die MORAN einen ausgedehnten Werftaufenthalt angeordnet, denn dieser Fehler mußte nicht nur schnellstens gefunden, sondern auch seine Ursache geklärt und damit ein ähnliches Versagen ein für allemal ausgeschlossen werden.

»Murdock, lassen Sie den Moraner wecken, nehmen Sie die letzten Eintragungen in den Bordcomputer vor. Falls notwendig, finden Sie mich in meiner Kabine. Aber vorher geben sie mir bitte noch mal die HTO, ich möchte mit dem alten Orell und vor allem mit Mark Bolden noch ein paar Takte sprechen!«

Der 1. Offizier der MORAN nickte, schaltete durch zur Funk-Z. Yoko Maru, die Chefin der Funkzentrale, wollte die Verbindung herstellen, aber es gelang ihr nicht.

Sie versuchte es erneut, wieder ohne Erfolg. In der HTO rührte sich nichts.

Auf Captain Worners Stirn erschienen scharfe steile Falten.

»Wann haben Sie zuletzt mit der HTO Verbindung gehabt, Mrs. Maru?« fragte er.

»Vor genau vier Minuten, als ich die letzten Landeanweisungen der Leitstelle bekam. Wir sollen im Sperrkreis II landen, da für den

Sperrkreis I drei Großtransporter gemeldet worden sind. Die MORAN selbst soll zur Überprüfung in den Hangar 9 verholen.«

Worner überlegte. »Irgendeine Erklärung für das Schweigen, Mrs Maru?«

Die hübsche, feingliedrige Japanerin schüttelte den Kopf. »Absolut keine, Sir. Die HTO hat in allen Leitstellen eine Umschaltautomatik, die sofort auf Ersatz geht, sofern irgendein Schaden an der Anlage vorliegt. An uns liegt es nicht, Sendeenergie geht einwandfrei ab.«

»Versuchen Sie es bitte weiter, Mrs. Maru«, verlangte Worner, »und bleiben Sie auf Empfang.«

Er schaltete um und ließ sich mit Professor Wallis, dem Chefnavigator und Chef des Astro-Lab der MORAN, verbinden. Worner informierte ihn mit wenigen Sätzen.

»Wallis, haben Sie in den letzten Stunden irgend etwas Besonderes registriert?« fragte er dann.

Wallis zögerte.

»Besonderes – ich glaube kaum, daß man es so nennen sollte. Immerhin, es gab da ein paar rätselhafte, nicht zu identifizierende Strukturerschütterungen. Wir sind immer noch dabei, diesen eigenartigen Diagrammen auf die Spur zu kommen. Es ist schwierig, weil unsere Aufzeichnungen alle unklar sind. Könnte eine POL-Einheit gewesen sein, die gerade aus dem Parakon ins Sonnensystem zurückkehrte. Aber wie gesagt, nichts ist wirklich charakteristisch ...«

Worner starrte ihn an. Doch in Wirklichkeit nahmen seine Augen den Professor nicht wahr, er dachte in diesem Moment an etwas ganz anderes.

»Entfernung von der HTO?« fragte er dann.

»Fünfundzwanzig Flugminuten«, kam die Antwort prompt.

Worner wirbelte herum.

»Bildtaster einschalten, auf höchste Leistung gehen, Murdock, rasch!«

Der I. O. reagierte sofort.

Der große Panoramaschirm, der eben noch einen Ausschnitt der

Nordhalbkugel der Erde gezeigt hatte, veränderte sein Bild. Für einen Moment verschwammen die Konturen, die Taster erfaßten das Gebiet der HTO – und Worner zuckte zusammen. So heftig, daß auch sein I. O. mitten in der Bewegung erstarrte.

»Murdock – da! Was, zum Teufel, ist denn da unten in der HTO los?«

Worner blickte auf die violett schimmernde Sphäre, die über dem Gelände der HTO wie eine mächtige Kuppel hing und in der wie feine Sterne eine Anzahl von genau geometrisch verteilten Punkten zu ihnen heraufglommen.

Aber dann begriff sein scharfer Verstand, daß dort unten etwas Entsetzliches geschehen sein mußte. Auch wenn es sich seinen Blicken entzog.

Worner rang nur für einen winzigen Moment mit sich, dann schrillten an Bord der MORAN die Alarmglocken.

»Klar bei Anticomp!« ordnete er an. »Direktanflug auf Rot 70:02,64, Beschleunigungsstufe I!«

Murdock sah ihn entgeistert an.

»Anticomp, Sir?« vergewisserte er sich.

Worner nickte ihm grimmig zu. »Anticomp, Murdock. Diesmal muß es sein. Man hat die HTO angegriffen!«

Die MORAN beschleunigte. Das Schiff erreichte innerhalb von Minuten die günstige Distanz für die schrecklichste Defensivwaffe, über die die HTO verfügte.

Worner warf einen letzten Blick auf die violett schimmernde Sphäre, dann entsicherte er die Auslösetaste, drückte sie nieder.

Das, was Captain Worner dann erblickte, ließ ihn aus seinem Kontursitz schnellen.

Die violette Kuppel zerplatzte vor seinen Augen wie eine Seifenblase. Fassungslos starrte er auf den riesigen Schwarzen Raumer, auf die im Gelände liegenden Gestalten, auf die Roboter, die der Anticomp noch mitten im Teleportersprung erwischte und irgendwo zu Boden stürzen ließ.

Er sah, wie die Reflektoren des Schwarzen Raumers ruckartig herumschwenkten, ihre Schalen der MORAN entgegenrichteten, aber dann erstarrten auch sie. Und überall auf dem Gelände, zwischen den bewußtlosen Menschen, neben den abgestürzten Gleitern und den auf den Pisten stehenden Helikoptern lagen violett schillernde Kugeln, von denen sich dünne Lichtfäden spiralartig wie Rauch in den Himmel emporwanden.

Worners Blicke erfaßten auch die hunderte Roboter, die über das ganze Gelände der HTO verstreut zwischen den Menschen lagen.

Ihm und seinem Ersten Offizier brach der Schweiß aus allen Poren. Sie begriffen erst in diesem Moment, was dieser Angriff auf einen der Schwarzen Raumer für die gesamte Erde für Folgen haben konnte …

Naugor, der Ewige der Sieben Sonnen, lag mit verkrümmten Gliedmaßen auf dem Boden der Raumüberwachungs-Zentrale. Der Schock, den er erlitten hatte, war so groß, daß er sich auch jetzt noch immer nicht zu rühren vermochte.

Sein Facettenauge begann zu glimmen. Undeutlich nahm er die Konturen der Körper seiner Gefährten wahr, die genau wie er unweit von ihm auf dem Boden lagen. Leblos – wie vernichtet.

In Naugors Denkzentren setzte der Regenerationsprozeß nur sehr langsam ein. Er wußte, daß es nur ihm allein gelungen war, diesen entsetzlichen Schlag gerade noch rechtzeitig abzublocken, sich mit einer Schutzsphäre zu umgeben. Trotzdem war er getroffen worden – und wie!

Naugor überprüfte seinen Körper. Er mußte sich anstrengen, um seinen Gliedern Gehorsam aufzuzwingen. Mühsam erhob er sich, tat torkelnd die ersten Schritte, starrte sodann in einen der riesigen Schirme, die auch jetzt noch exakte Bilder der Außenwelt übermittelten. Und Naugor erschrak. Er sah den Schwarzen Raumer, tastete ihn mit seinen empfindlichen Zentren ab, spürte, daß das gesamte Schiff tot war. Unbrauchbar, wenn nicht ein Wunder geschah.

Er beugte sich zu einem seiner Gefährten hinab. Betastete den glattflächigen, metallisch wirkenden Körper lange und gründlich, drang mit seinen sensorischen Sinnen tief in sein Inneres ein. Er überprüfte die Zentren und Speicher – nichts. Leer, wie ausgesogen!

Naugors Facettenauge glomm heller, das Sieben-Sonnen-Emblem auf seiner Brust begann in hartem bläulichem Licht zu strahlen. Er hatte diese Fremden unterschätzt! Sie hatten angegriffen, und zwar viel schneller und entschlossener, als er es für möglich gehalten hätte!

Naugor konzentrierte sich, warf einen letzten Blick auf die reglos daliegenden Gefährten, auf die bewußtlosen Menschen, die in ihren Kontursitzen hingen oder ebenfalls auf dem Boden lagen. Dann teleportierte er.

Er materialisierte vor einem der riesigen Fenster von Harry T. Orells Arbeitszimmer, von wo aus er eine hervorragende Sicht über das ganze Gelände hatte.

Er sah die MORAN wie einen Habicht auf das Chaos, in das sich die sonst so streng geordneten Pisten der HTO verwandelt hatten, herabstoßen, sah das Schiff landen. Es wirkte winzig klein neben dem riesigen Schwarzen Raumer, aber die Terraner schienen zu wissen, daß sie ihn nicht mehr zu fürchten brauchten.

Die Außenschotten der MORAN öffneten sich. Captain Worners Männer stürmten ins Freie. Gleichzeitig lösten sich von der MORAN drei Beiboote, die direkt auf die Gebäude am Rande des Sperrkreises I zuflogen. Naugor sah sie ebenfalls landen und bis auf eins von ihnen abermals ganze Trupps von Terranern ausstoßen.

Er wußte, daß er keinen Menschen zu fürchten hatte. Er war wieder intakt. Er konnte sich ihrer erwehren, ohne jede Ausnahme – aber das half ihm nicht weiter.

Der Ewige der Sieben Sonnen war nicht gekommen, um zu töten. Aber er hatte Fehler gemacht, er hätte auf Fünf-Sonnen hören sollen, denn der hatte ihn gewarnt.

Er überlegte. Daß ihm nicht mehr viel Zeit bleiben würde, wußte er.

Die Männer aus jenem kleinen Raumer würden ihn schon sehr bald aufspüren, denn sie würden hier nach jenem Wesen suchen, das sie Harry T. Orell nannten oder auch *den Alten,* das offenbar hier der Gebieter war.

Und noch eines begriff Naugor in diesem Moment: Sein Test, seine Untersuchungen fanden hier ein Ende. Er wußte, was er hatte herausfinden wollen. Er wußte es nun viel genauer, als ihm lieb sein konnte.

Naugor vernahm Schritte, vernahm Stimmen. Seine empfindlichen Zentren registrierten das Herannahen der Fremden, ihren Zorn, ihre gnadenlose Entschlossenheit.

Sie waren noch viel schneller, als er angenommen hatte! Es war bereits zu spät, irgend etwas zu unternehmen.

Naugor drehte sich langsam um, ging ein paar Schritte in das Arbeitszimmer Harry T. Orells hinein. Dann blieb er stehen und verschränkte die Arme vor der Brust, ohne jedoch das Sieben-Sonnen-Emblem dabei zu verdecken.

Sein Facettenauge glühte drohend durch die sich herabsenkende Dämmerung.

Der Ewige der Sieben Sonnen erwartete die Bewohner dieser Welt. Er wußte, daß er jetzt ihre Hilfe brauchte, aber er war dennoch fest entschlossen, ihnen seinen Willen aufzuzwingen. Denn der große Plan durfte nicht gefährdet werden …

Sie fanden Harry T. Orell. Neben ihm Hank Crugan, den Chef der Raumüberwachung. Sie fanden auch Commander Crook und seine Männer. In tiefer Bewußtlosigkeit, etliche von ihnen verletzt. Einer hatte aus Versehen eine der violett strahlenden Kugeln mit dem Fuß berührt, er war auf der Stelle umgefallen, so bewußtlos wie alle anderen Gefährten.

Der Bordarzt der MORAN, Doc Manten, schüttelte nur den Kopf.

»Ich allein kann hier nichts tun, Worner!« sagte er. »Wir brauchen das Medocenter der HTO, brauchen Ärzte, Medikamente, Helfer.«

Er hatte die Bewußtlosen nur flüchtig untersucht, dann waren sie weitergeeilt. Und jetzt brachten sie Harry T. Orell und den Chef der Raumüberwachung in das große Arbeitszimmer. Beide immer noch in tiefster Bewußtlosigkeit, ohne das geringste Anzeichen des Erwachens.

Captain Worner öffnete die Tür – und prallte zurück. Seine nachdrängenden Männer stießen gegen ihn.

Dann starrten sie alle das unheimliche Wesen mit dem weiß-blau leuchtenden Sieben-Sonnen-Emblem auf der Brust an.

Captain Worner faßte sich als erster, erkannte sofort, auf wen sie gestoßen waren. »Naugor!« sagte er, und in seiner Stimme kämpften Zweifel und Verbitterung miteinander. »Naugor, nach allem, was ich über dich von meinen Freunden wußte, hielt ich auch dich für unseren Freund. Aber das hier ...«, er machte eine umfassende Geste, deutete auf Harry T. Orell und Hank Crugan, die seine Männer trugen, »... das hier belehrt mich eines Besseren!«

Er gab seinen Leuten ein Zeichen, die beiden auf die verstellbaren Kontursessel zu betten, von denen es in Harry T. Orells Arbeitszimmer eine ganze Reihe gab, weil hier im internen Kreis auch Konferenzen abgehalten wurden.

Schweigend sah Naugor dem Tun der Männer zu. Dann trat er auf Worner zu, und sein Facettenauge verdunkelte sich.

»Sie werden erwachen, Terraner, alle. Auch wenn es noch dauert. Aber meine Gefährten, der Schwarze Raumer, was wird mit ihnen? Du hast uns angegriffen mit jener Waffe, die ihr den Anticomp nennt, und du hast uns damit alle in Gefahr gebracht, uns und den großen Plan! Wir müssen jetzt miteinander beraten, was wir tun können, um die Folgen dieses bösen Mißverständnisses wieder zu beseitigen. Du konntest nicht wissen, daß ich es war, den dein Angriff traf. Und ich, der Ewige der Sieben Sonnen, habe eure Rasse unterschätzt! Ich werde euch jetzt helfen, die wichtigsten eurer Gefährten wieder zu erwecken, aber ich brauche auch deine Hilfe, Terraner. Gehst du auf diesen Pakt ein? Fünf-Sonnen hatte mich gewarnt. Er muß euch besser kennen, vielleicht noch von Ankor her!«

Captain Worner starrte Naugor an. Er hatte vernommen, was jener ihm mitgeteilt hatte, aber zugleich waren ihm noch viele andere Informationen mehr zugeflossen. In Impulsen, in Bildern. Worner spürte, daß Naugor mehr über die Wirkungsweise des Anticomp wußte als er selber – daß er einen Ausweg aus dieser schlimmen Lage suchte und vielleicht sogar schon entdeckt hatte. Aber konnte er diesem Wesen, von dem niemand wußte, ob es ein Roboter war oder nicht, denn eigentlich trauen?

»Und ihr, warum habt ihr unsere Freunde und Gefährten überfallen? Warum seid ihr nicht wie Freunde gekommen, offen und ehrlich? Warum bedrohen uns die Schwarzen Raumer, deine Schiffe, wie ich vermute, ständig, wenn wir nicht tun, was sie von uns fordern? Nein, Naugor, ich weiß nicht mehr, woran ich mit dir bin. Auf Ankor habt ihr uns gerettet, habt mit eurem Schiff die tödliche Armada der Schwarzen Raumer zerstört. Aber das hier, was hat das zu bedeuten?«

Das Facettenauge Naugors glomm auf.

»Ich bin so wenig dein Feind, Terraner, wie meine Gefährten, die nun auf eurer Welt herumliegen. Deine Fragen kann ich dir noch nicht beantworten. Denn alles, was weiterhin geschieht, hängt von jenen deiner Gefährten ab, die sich an Bord eures Raumschiffes PROMET II befanden. Wir haben sie nach Rangor, unserer Welt, gebracht, weil der Ruf der Agaren dazu an uns erging. Wir müssen uns beeilen, Terraner, euer weiteres Schicksal, wahrscheinlich sogar die gesamte Entwicklung, die ihr und die euch befreundeten Rassen in den kommenden Jahrtausenden nehmen werdet, hängt von dem ab, was wir den großen Plan nennen, dessen Ausführung die Wirren des Galaktischen Krieges damals verhindert haben. Ich bin beauftragt worden, die Durchführung des Planes einzuleiten, und ich werde es tun. Deine Gefährten – ich meine die, die wir nach Rangor geschafft haben – spielen in diesem Plan eine wichtige Rolle. Du kannst ihnen ihre Aufgabe erleichtern, indem du mir hilfst, und du kannst sie in tödliche Gefahr bringen, indem du dich weigerst. Also entscheide dich, Terraner!«

Worners Gedanken arbeiteten fieberhaft. Dies hier war eine Entscheidung, die seine Kompetenzen bei weitem überstieg. Er deutete auf Harry T. Orell.

»Wir müssen ihn wecken. Er wird entscheiden, nicht ich. Und wir müssen hier wieder Ordnung schaffen, wir müssen den Verletzten und Bewußtlosen helfen – erst dann wird Zeit sein, miteinander zu verhandeln und zu beraten.«

Naugor prüfte jeden einzelnen Gedanken Captain Worners sorgfältig. Danach wußte er, daß der Captain die Wahrheit gesagt hatte, keine Hinterlist im Schilde führte. Außerdem brauchte er, um seinen Raumer und dessen Besatzung wieder funktionstüchtig zu machen, die Hilfe der Terraner.

»Gut, gehen wir an die Arbeit. Aber beeilen wir uns!« Er wandte sich um und trat an den Sessel, in dem Worners Männer den alten Orell gebettet hatten. Doc Manten trat zur Seite, beobachtete Naugor jedoch voller Argwohn.

Aber Naugor tat nichts. Er stand für die Augen der Menschen lediglich da, sein Facettenauge pulsierte, ließ farbige Lichter über das Gesicht Harry T. Orells huschen.

Dann schlug der Alte plötzlich die Augen auf, blickte sich fragend um, richtete sich auf. Das war genau in dem Moment, in dem Thosro Ghinu, der alte Lehrer der Moraner, in das Arbeitszimmer gestürmt kam. Seine silbernen Haare leuchteten durch die Dämmerung, denn bisher hatte niemand irgendwelches Licht eingeschaltet, und seine schockgrünen Augen loderten vor Erregung ...

3.

Auf dem zweiten Planeten der Sonne Merak hatte die Zeit der schweren Unwetter früher eingesetzt als gewöhnlich. Jörn und Vivien hätten sich für ihre Verbannung keinen schlechteren Zeitpunkt wählen können. Ihr Erkundungsflug über den Planeten hatte sich als ergebnislos erwiesen – wirklichen Schutz vor der unberechenbaren Witterung des Planeten gab es nirgends. In den Bergen mußten sie mit plötzlichen Vulkanausbrüchen rechnen, mit Erdbeben, denen sie nur allzu leicht zum Opfer fallen konnten. Die Ufer der Meere hatten sich wegen der aus heiterem Himmel einsetzenden Stürme und den damit verbundenen weit ins Land reichenden Überschwemmungen als ebenso gefährlich und unbrauchbar erwiesen. Die Ebene, in der die PROMET II nach wie vor verschlossen und ohne jedes Zeichen von Leben mit zwanzig Grad Schlagseite lag, war das Jagdrevier riesiger Flugsaurier mit beachtlicher Intelligenz und lebensgefährlicher Gier nach Beute. Nach und nach waren sie zurückgekehrt, hatten sich dem Rumpf der PROMET II erst nur zögernd, dann jedoch mit geradezu aufreizender Selbstverständlichkeit genähert. Und jetzt hockten sie in großer Zahl auf dem schimmernden Druckkörper oder suchten unten auf dem Boden, unmittelbar im Windschatten der PROMET, Schutz vor den tobenden Unwettern.

Jörn und Vivien hatten nur ein einziges Mal versucht, sich ihnen zu nähern. Sofort waren die Biester in Scharen über das Beiboot hergefallen, so daß die beiden Menschen schließlich froh sein mußten, mit heiler Haut davongekommen zu sein.

So waren sie schließlich in jenes kleine Tal zurückgekehrt, in dem sie notgelandet waren. Sie hatten eine Stelle gewählt, von der aus sie bei guter Sicht den langgestreckten, schwach tropfenförmigen Druckkörper der PROMET gerade noch sehen konnten.

Von Urak, dem Herrscher der Region der Feuerberge, und dessen

Stammesgenossen hatten Jörn und Vivien ebenfalls keine Ahnung. Die frühzeitig einsetzenden Unwetter hatten Urak und die Seinen entgegen ihrem Vorhaben, in die große Ebene hinabzusteigen, wieder in ihre Höhlenstadt getrieben.

Vivien lauschte dem trommelnden Regen, der nun schon seit Stunden gegen das Beiboot prasselte, in dem sie mit Jörn hockte. Orkanböen peitschten den Regen gegen den Felshang, vor dem das N-Boot lag, grauschwarze, tief dahinjagende Wolken ließen den Tag zu einer trostlosen, deprimierenden Dämmerung werden.

Seit Tagen hatten die beiden sich nicht waschen und pflegen können, weil Gewitter und die ewig zuckenden Blitze es zu gefährlich machten, in einem der klaren Bäche zu baden, und weil sie mit dem Trinkwasser, daß sich noch in den Tanks des N-Bootes befand, sparsam umgehen mußten. Und es sah nicht so aus, als ob sich an diesem Zustand schon bald irgend etwas ändern sollte.

»Das ist so ziemlich der mieseste Planet, den ich jemals kennengelernt habe, Vivy!« knurrte Jörn Callaghan und reckte die breiten Schultern.

Vivien nickte ihm zu.

»Wir müssen hier weg, Jörn. Irgendwie. Hier haben wir keine Chance zu überleben. Und es sieht auch verdammt so aus, als ob man in der HTO ganz entgegen unseren Annahmen doch nicht wüßte, wohin der letzte Flug der PROMET ging. Denn sonst wäre schon eines unserer Schiffe hier aufgetaucht. Du weißt so gut wie ich, daß die PROMET sich pünktlich alle sechs Stunden bei der Zentrale der HTO meldet. Bleiben dreimal hintereinander die Meldungen aus, so gibt die Zentrale ganz automatisch Alarm. Die Folge ist eine umfassende Suchaktion mit allen zur Verfügung stehenden Mitteln!«

Jörn Callaghan hütete sich, jene Befürchtungen laut werden zu lassen, die ihn in den letzten Stunden mehr und mehr befallen hatten, je intensiver er über das merkwürdige Verhalten der HTO nachgedacht hatte.

Er sah Vivien an, zog sie in einem plötzlichen Impuls an sich und strich über ihr pechschwarzes langes Haar.

»Wenn es sein muß, Vivy, dann werden wir beide hier auf diesem Planeten leben. So lange, bis man uns findet. Leben gibt es, und ich glaube ganz fest daran, daß es auch intelligentes Leben gibt. Die Triebwerke unseres N-Bootes werden noch lange funktionieren und uns die Möglichkeit geben, uns zu bewegen. Wir können sogar in eine Parkbahn gehen, um diesen Planeten von oben einer genauen Analyse zu unterziehen. Dazu reicht der eine Bildschirm, und dazu reicht auch der Bordcomputer völlig aus. Waffen zur Nahrungsbeschaffung haben wir ebenfalls – mehr, als wir benötigen. Auch wenn es nur ganz gewöhnliche Blaster sind. Wir werden uns irgendwo eine passende Behausung suchen müssen. Eine Höhle vielleicht, in der auch das N-Boot Platz hat. Ich glaube ganz bestimmt, daß wir sie finden werden. Außerdem meine ich zu wissen, daß es auf dieser Welt nicht nur Unwetter gibt, sondern bestimmt auch Perioden oder Jahreszeiten, in denen die Sonne scheint, in denen man sich draußen ungefährdet bewegen kann.«

Er hob Viviens Gesicht leicht an und sah ihr in die Augen.

»Ich will dir nichts einreden, Vivy: Unsere Lage ist kritisch, und alles wird für uns sehr schwierig sein, weil wir Wesen sind, die von einer hochtechnisierten Welt stammen. Aber wir können und wir müssen es schaffen.«

Vivien nickte, schmiegte sich sekundenlang an ihn. »Es ist gut, Jörn, daß gerade du derjenige bist, mit dem ich auf diese Welt verschlagen worden bin«, sagte sie dann leise. »Mit irgendeinem anderen von unserer Besatzung – ich weiß nicht, ob ich das wirklich auf die Dauer ertragen könnte.« Sie löste sich plötzlich von ihm, warf ihre schwarzen Haare mit einer wilden, energischen Bewegung in den Nacken.

»Komm, Jörn, werfen wir einen Blick auf die PROMET. Und überlegen wir uns dann, wie wir es anstellen können, an Bord der Yacht zu kommen, ohne sie zu beschädigen. Ich denke an den Notausstieg – er müßte zu knacken sein, auch mit unseren Mitteln. Vorher allerdings müssen wir diese Flugsaurier vertreiben, und ich glaube auch schon zu wissen, wie wir das anstellen können!« Sie schwang in ihrem Sitz herum.

Ein krachender Donner zerriß in diesem Augenblick das Trommeln des Regens und das Heulen des Sturmes. Der Druckkörper des N-Bootes bebte. Aber Vivien ließ sich davon nicht beeindrucken, sondern schaltete den noch intakten Kugelschirm ein.

Der Schirm flammte auf, die feinen grünlichen Koordinatenlinien wurden sichtbar, gleich darauf auch der langgestreckte Rumpf der PROMET, von dem gerade in diesem Moment die Ghinoks in panischem Entsetzen emporstoben, trotz des Sturms, trotz der zuckenden Blitze.

Jörn Callaghan zuckte zusammen, seine Augen verengten sich. Suchend glitt sein Blick über den Schirm, aber er fand nichts, was das Verhalten der riesigen Flugsaurier hätte erklären können.

»Vivy – verstehst du das? Warte mal, wir sollten doch rasch ...«

Er griff nach den Einstellknöpfen, manipulierte an ihnen, bis der Druckkörper der PROMET II langsam durch die Koordinatenlinien wanderte, ein Stück des wolkenverhangenen Himmels sichtbar wurde und ...

Vivien Raid schrie auf. Sie fuhr förmlich aus ihrem Sitz empor und deutete auf den dunklen länglichen Schatten, der sich eben aus den Wolken löste und auf die PROMET II herabstieß.

Es war ein kleines Schiff, etwa so groß wie die frühere PROMET I, die Vorgängerin der jetzigen Yacht Peet Orells. Nur war es nicht tropfen-, sondern eher granatenförmig. Alles an ihm wirkte kompakt, bullig und äußerst robust.

Jörn und Vivien starrten den kleinen Raumer an. Sie kannten alle terranischen Schiffe, die es gab. Dieser Raumer dort gehörte zu einer Klasse, deren Exemplare bis auf dieses eine samt und sonders längst verschrottet worden waren: zur sogenannten Trabantenklasse. Und dieses Schiff dort, das wußten Vivien und Jörn nur zu gut, war noch vor kurzem auf einer der HTO-Werften total neu ausgerüstet und auf den letzten Stand der Technik gebracht worden. Es gehörte einem mit ihnen befreundeten Prospektorenehepaar und deren Kompagnon: dem dunkelhäutigen Al Bigs, seiner gertenschlanken Frau Jane und dem baumlangen Texaner Joe Rooster.

»Vivy – das ist die JAPETUS!« stieß Jörn Callaghan hervor, als er sich von seiner Überraschung endlich erholt hatte. »Sie haben uns gefunden – vielleicht hat auch die HTO die beiden hierher geschickt, damit sie uns ...«

Er verwarf den Gedanken jedoch sofort wieder. Nein, man hätte ein anderes Schiff geschickt, Worner mit der MORAN, oder die SUUK, aber keinesfalls die für einen Rettungseinsatz viel zu kleine JAPETUS.

Er schwang sich blitzschnell in den Pilotensessel.

»Wir müssen hin, Vivy, wir müssen uns ihnen zu erkennen geben, sonst verschwinden die vielleicht noch wieder, ehe wir dort sind. Sie müssen sich doch sagen, daß da etwas nicht stimmt, daß ihnen vielleicht Gefahr droht ...«

»Natürlich müssen wir hin, Jörn!« bestätigte Vivien Raid. »Aber keine Sorge, Al Bigs ist nicht der Mann, der einfach wieder verschwindet, solange er auch nur den leisesten Verdacht haben muß, daß seine Hilfe benötigt werden könnte. Jane und der lange Texaner sind aus demselben Holz ...«

Jörn Callaghan nickte, ließ die Triebwerke des N-Bootes anlaufen, startete.

Unterdessen starrten in der Zentrale der JAPETUS zwei Augenpaare fassungslos auf die PROMET II. Längst hatten sie herausgefunden, daß der Raumer energetisch tot war. Auf keinen ihrer Anrufe hatte er reagiert.

»Die hat es erwischt, Al!« sagte Jane zu ihrem Mann. Sie befanden sich allein an Bord der JAPETUS, ihr Kompagnon war auf der Erde zurückgeblieben, um ihre Rechte an diesem Planeten registrieren zu lassen, den sie vor einigen Monaten erst entdeckt, aber nur sehr flüchtig untersucht hatten. Es stand für sie dabei eine Menge Geld auf dem Spiel, denn erstens mußten sie sich als Entdecker dieser Welt die Schürfrechte sichern, zweitens gestanden die Terra States jedem eine hohe Prämie zu, der eine zur Besiedlung geeignete Welt fand und meldete.

»Wir müssen landen, wir müssen versuchen, herauszufinden, was mit der PROMET II passiert ist. Wir sollten ...«

THOSRO GHINU

»Jane, setze bitte sofort einen Hyperspruch an die HTO ab. Gleich, ob sie es schon wissen oder nicht, ist es unsere Pflicht, Meldung zu machen. Die PROMET II liegt mit Schlagseite da unten, keine ihrer Teleskopstützen ist ausgefahren – das Schiff muß einen Unfall oder Schlimmeres erlitten haben.«

Jane Bigs nickte, machte sich sofort auf den Weg zur Funkzentrale, die normalerweise von ihrem Kompagnon bedient wurde.

Sie staunte nicht schlecht, als sich statt der HTO die MORAN und an Bord des Schiffes der alte Thosro Ghinu meldete, der zudem noch einen außerordentlich erregten, wenn nicht sogar verstörten Eindruck auf sie machte.

Sie wollte eine Frage stellen, als sie mit der Meldung fertig war, aber der alte Moraner ließ sie nicht zu Wort kommen, sondern schnellte aus seinem Kontursitz und stürmte davon. Den Rest erfuhr Jane dann von Yoko Maru, die sich wieder in das Gespräch einschaltete, sie jedoch vorläufig um äußerste Verschwiegenheit ersuchte.

Als Jane Bigs in die Zentrale zurückkam, war sie leichenblaß. Mit wenigen Worten erstattete sie ihrem Mann Bericht, und der zuckte zusammen, als habe ihn der Blitz getroffen.

»Die HTO von einem Schwarzen Raumer überfallen, Jane? Das ... das ...« Er sprach nicht weiter, weil ihm buchstäblich die Worte fehlten. Er war so schockiert, daß er das anfliegende N-Boot erst bemerkte, als es sich der JAPETUS bereits soweit genähert hatte, daß er und seine Frau mit bloßem Auge durch eine der großen Direktsichtscheiben alle Einzelheiten erkennen konnten.

»Da, Jane – ein Beiboot der PROMET II!« sagte er leise. »Sie sind also nicht alle tot! Komm, wir landen!«

Jane Bigs nickte nur. Auch sie war derartig erregt, daß sie kaum zu sprechen vermochte.

Gleich darauf landete die JAPETUS unweit der PROMET II. Wenige

Augenblicke später setzte neben ihr das N-Boot auf. Jörn und Vivien sprangen aus der Schleuse auf den Boden, rannten auf die JAPETUS zu.

Al Bigs und Jane sahen sich an.

»Sie haben nicht einmal versucht, über Interkom Verbindung zu uns aufzunehmen!« sagte Jane dumpf. »Al, es muß etwas Schreckliches passiert sein, anders kann ich mir dieses Verhalten der beiden nicht erklären ...«

Damit verließ sie die Zentrale und rannte den Mittelgang entlang bis zur Backbordschleuse. Ungeduldig wartete sie darauf, daß die Kontrolllampe der Ausgleichsautomatik aufglühte ...

Thosro Ghinu atmete schwer, als er die Gruppe von Männern erreichte, in deren Mitte sich Harry T. Orell, Hank Crugan und Naugor befanden.

»Was ist mit unseren Freunden von der PROMET geschehen?« fragte er hart. »Die PROMET wurde soeben von der JAPETUS auf dem zweiten Planeten der Sonne Merak gefunden. Sie liegt auf ihrem Druckkörper mit Schlagseite auf der Oberfläche des Planeten. Das ganze Schiff ist energetisch tot. Rede, Naugor!«

So zornig hatte noch niemand den Alten gesehen. Der Ewige wich unwillkürlich einen Schritt zurück, sein Facettenauge glomm auf.

Auch Orell sprang ruckartig auf. Zwar wußte er inzwischen, daß sein Sohn und die anderen sich auf einem Planeten namens Rangor befanden, dorthin verschleppt von der Besatzung jenes Schwarzen Raumers, der unten auf der Piste des Sperrkreises I stand, aber mehr wußte er nicht. Auch er trat auf Naugor zu, in seinen Zügen zuckte es bedrohlich.

Captain Worner drängte sich neben ihn, schob Orell kurzerhand zur Seite – ein Verhalten, das diesem sonst so beherrschten und ruhigen Mann niemand zugetraut hätte. Auch Orell runzelte die Stirn, sagte aber nichts. Er kannte Worner gut genug und wußte, daß der hagere Captain etwas im Schilde führte, wenn er sich so verhielt.

Worner trat auf den Ewigen der Sieben Sonnen zu. Seine bräunliche lederartige Gesichtshaut straffte sich, seine strengen Züge wirkten noch unnahbarer als sonst, seine grauen Augen blickten kalt und furchtlos in das glühende, pulsierende Facettenauge Naugors.

»Ich weiß, Naugor, daß es in deiner Macht stünde, uns alle hier innerhalb von Sekunden zu vernichten, und ich weiß ebenfalls, daß wir dich durch nichts daran hindern könnten. Jedenfalls nicht sofort!« setzte er hinzu und schwieg einen Moment lang.

»Trotzdem solltest du dir überlegen, was du jetzt tust, Naugor. Du konntest zwar den ersten Schlag unseres Anticomp abblocken, bei weiteren würde dir das sicher nicht mehr gelingen. Ich will dir nicht drohen, aber wir sind nun an einem Punkt angelangt, an dem wir die Behandlung, die du und die Besatzungen der Schwarzen Raumer uns zuteil werden lassen, nicht mehr hinnehmen können.«

Er gab Naugor ein Zeichen, forderte ihn auf, mit ihm an das große Fenster des Arbeitsraumes zu treten. Naugor folgte dem Captain, wenn auch zögernd.

Worner wies in den inzwischen nachtschwarzen Himmel über der HTO.

»Unser Planet wird von Tausenden von Beobachtungssatelliten umkreist. Sie haben dein Schiff, das dort unten auf der Piste steht, längst entdeckt, weil eure Schutz- und Hypnosphäre zusammengebrochen ist. In den Zentralen unserer Welt wird Alarmzustand herrschen, nur wird sich hoffentlich niemand hierher wagen, weil alle wissen, wie gefährlich die Schwarzen Raumer sind. Man wird registriert haben, daß bei uns in der HTO etwas Schlimmes geschehen ist, denn unsere Satelliten haben die wie tot daliegenden Roboter deiner Besatzung längst entdeckt, sie werden auch unsere Landung, unser Eingreifen verfolgt haben. Wir müssen uns jetzt entscheiden, und zwar sofort, Naugor, was weiterhin geschehen soll. Wir müssen unserer Welt alles als einen unglücklichen Unfall, als ein Mißverständnis erklären, oder hier ist binnen kurzem die Hölle los! Du solltest uns jetzt endlich klipp und klar sagen, was eigentlich geschehen ist, was es auf sich hat mit dem großen Plan, von dem du

gesprochen hast, und was die Agaren nun schon wieder von uns wollen!«
Wieder schwieg Worner einen Moment. Dann richteten sich seine grauen Augen erneut auf Naugor.

»Du weißt so gut wie ich, daß es dir ohne unsere Hilfe nicht gelingen wird, deine Besatzung und den Schwarzen Raumer wieder einsatzfähig zu machen. Du brauchst dazu alle Informationen eurer Speicher, die der Anticomp abgezogen hat. Ohne unsere Hilfe, ohne die Mitarbeit unserer Techniker kannst du diese Informationen unserem Computer weder wieder entreißen noch in die Speicher des Schwarzen Raumers und deiner Besatzung zurückgeben!«

Naugor drehte sich langsam um. Er sah Harry T. Orell an.

»Eure Rasse soll das Erbe der Agaren antreten, ihr sollt die Sprungsektion am Rande der Galaxis verwalten, um den Weg zur Nachbargalaxis offenzuhalten«, teilte er dann mit. »Die Zeit der Agaren ist abgelaufen, sie müssen in die von euch Andromeda genannte Galaxis zurückkehren, sobald sie diesmal aus ihrer Schlafperiode wieder erwachen. Bei eurem letzten Besuch wurden von den Agaren sieben Wesen eurer Rasse auserwählt, in jene Nachbargalaxis zu reisen, um dort von den Bewahrern des Friedens geprüft zu werden, ob ihnen das Erbe der Agaren unbedenklich anvertraut werden kann. Mehr wissen wir auch nicht, denn uns ist der Flug in die Andromeda-Galaxis verwehrt, weil unsere Schöpfer vor vielen Jahrtausenden versuchten, auch sie mit ihrem wahnwitzigen Krieg zu überziehen. Ihr seid die einzige uns bekannte raumfahrende Rasse, die sich nicht an jenem Krieg beteiligt hat, die nicht in die Geschehnisse jener blindwütigen Vernichtung irgendwie verstrickt war. Deshalb fiel die Wahl der Agaren auf euch, nachdem sie euch zunächst nur rein zufällig begegneten und ihr euch nicht weigertet, ihnen Hilfe zu leisten, als sie sie brauchten. Meine Aufgabe war es, festzustellen, was bisher alles auf eurer Welt geschah, wie die Entwicklung eurer Rasse verlief. Das Bild, das ich gewonnen habe, war zum Teil sehr ungünstig für euch. Deshalb versuchte ich, hier auf eurem Planeten noch mehr und Endgültiges zu erfahren. Ihr habt Kriege geführt, ihr habt einander getötet, und ihr kamt erst zur Vernunft, als alles Leben eurer Welt sich am Abgrund einer Katastrophe befand. Ihr seid immer noch kriegerisch, untereinander zerstritten, wenn auch nicht mehr so stark wie in längst vergangenen Zeiten. Aber ihr tragt in euch jene Merkmale, die uns zeigen, daß ihr euch weiter und immer weiter ins Universum ausdehnen werdet, daß ihr diejenigen seid, die über genügend Kraft und Ideen verfügen, neue Sternenreiche aufzubauen. Deshalb beschlossen wir, jene Männer und Frauen eurer PROMET II zur Andromeda zu schicken – denn ihr habt, seit ihr eure ersten Ausflüge zu anderen Sternen unternahmt, schon vielen Rassen geholfen, Frieden gehalten und Neues aufgebaut. Ihr habt inzwischen neue Planeten besiedelt und seid dabei, weitere Welten zu suchen, vielleicht wird man euch eines fernen Tages bitten, auch in die Nachbargalaxis zu kommen.«

Naugor unterbrach sich. Er kämpfte einen winzigen Augenblick lang mit sich, ehe er weitere Impulse abgab. Impulse, die in seinen Zuhörern eigenartig starke und plastische Bilder formten, die neben den direkten Informationen auch noch eine Reihe anderer vermittelten.

»Es wäre zu kompliziert, euch jetzt alle Zusammenhänge zu erklären. Aber eines solltet ihr wissen: Ich und die restlichen Ewigen führen zusammen mit jenen Schwarzen Raumern, die sich bereits während des Galaktischen Krieges den Befehlen ihrer Erbauer widersetzten, einen unerbittlichen Kampf gegen jene Schiffe, die auch heute noch das Universum durchziehen und Tod und Verderben über ganze Welten bringen. Es gibt noch viele dieser Schiffe. Deshalb behalten wir euer System ständig unter Beobachtung, ebenso die euch befreundeten Völker. Deshalb baut Rangor auch jetzt noch neue Raumer, schickt neue Schiffe samt ihren Besatzungen aus mit dem Auftrag, zu schützen und zu helfen. Erst wenn das letzte feindliche Schiff von uns vernichtet ist, wird auch Rangor, werden auch wir, die Ewigen der Sieben Sonnen, der Vergangenheit angehören. Wenn ihr auf meinen Rat hört, dann laßt uns jetzt rasch mit der Arbeit beginnen, laßt uns die Folgen dessen, was bedauerlicherweise geschehen ist, so gut es geht beseitigen. Wir haben nicht mehr viel Zeit, denn ehe die Schlafperiode der Agaren zu Ende ist, muß die Entscheidung der Bewahrer des Friedens gefallen sein!«

Harry T. Orell sah den alten Moraner an. Thosro Ghinu, dessen Züge sich wieder entspannt hatten, nickte ihm zu.

Orell straffte sich. »Also gut, gehen wir an die Arbeit. Aber zunächst muß unsere Zentrale wieder besetzt werden, wir müssen Space-Police und die Terra States informieren, beruhigen, oder die nächste Katastrophe passiert!« Er deutete auf die lange Reihe von unruhig flackernden Kontrollampen auf seinem mächtigen Arbeitstisch. Er ahnte, daß die Space-Police und Pjotr Chronnew, der Präsident der Terra States, in den letzten Minuten fieberhaft versucht haben mußten, mit der HTO Verbindung aufzunehmen. Das aber war einfach unmöglich, denn noch immer war die Zentrale der HTO unbesetzt.

Über Interkom gab Captain Worner seine Anweisungen an die Besatzung der MORAN. Dann platzte die Nachricht der JAPETUS dazwischen, daß man auf dem zweiten Planeten der Sonne Merak nicht nur die PROMET II, sondern auch Jörn Callaghan und Vivien Raid gefunden habe. Lebend, unversehrt, aber völlig ahnungslos.

Naugor stutzte einen Moment lang, als er diese Botschaft vernahm. Doch dann arbeiteten sie alle schweigend und verbissen weiter. Sie wußten, was an Arbeit noch vor ihnen lag, und sie wußten, daß sie sich höllisch beeilen mußten.

Als die ersten Menschen aus ihrer tiefen Ohnmacht erwachten, als nach und nach in alle Abteilungen der HTO das Leben zurückkehrte, atmeten Harry T. Orell und seine Leute auf. Ebenfalls die Männer der MORAN.

Sergeant Maxwell und Captain Murdock, der 1. Offizier der MORAN, fuhren sich über ihre verschwitzten Stirnen.

»Geschafft!« sagte der Sergeant und warf einen Blick in die Runde. Nur die Roboter des Schwarzen Raumers rührten sich nicht, nach wie vor lagen sie überall mit merkwürdig verrenkten Gliedern im Gelände und in den Gebäuden der HTO herum.

Sergeant Maxwell ging zu einem von ihnen hinüber und beugte sich zu ihm nieder. Und dann kniff er plötzlich die Augen zusammen, winkte schließlich Captain Murdock, zu ihm herüberzukommen.

Der 1. Offizier war wenige Augenblicke später bei Maxwell. Und auch er sah, was die scharfen Augen des Sergeanten soeben entdeckt hatten.

Dann griff er auch schon zum Sprechgerät. Er ahnte, daß etwas geschehen war, womit niemand von ihnen allen mehr gerechnet hatte. Auch nicht der Ewige der Sieben Sonnen ...

Fünf-Sonnen starrte seine beiden Gefährten an. Immer wieder glitten seine Blicke zu den Empfangsgeräten – er wollte nicht glauben, was er dort sah.

»Versuche es nochmal, Zwei-Sonnen!« verlangte er schließlich. »Es muß möglich sein, mit Naugor Verbindung zu bekommen!« Sein Facettenauge flackerte unruhig, um seinen schlanken Körper baute sich ein schwach leuchtendes Feld auf, das zusammen mit dem Fünf-Sonnen-Emblem auf seiner Brust im gleichen Rhythmus zu pulsieren begann wie sein Auge.

Zwei-Sonnen versuchte unterdessen vergeblich, eine Verbindung zu dem Hantelraumer zu bekommen. Auf dem Amplitudenschirm des Empfangsgerätes zeigte sich nichts.

Fünf-Sonnen glitt aus seinem Sitz.

»Mentalanalysator einschalten, rasch!« ließ er sich vernehmen, und bei diesem Befehl durchzuckten Zwei- und Drei-Sonnen eine Reihe von erschreckenden Bildern. Sie wußten, daß der Mentalanalysator das allerletzte Mittel darstellte, das ihr Sieben-Sonnen-Schiff zur Anwendung bringen konnte.

Zwei-Sonnen nahm eine Reihe von Schaltungen vor. Wie gebannt starrten die Ewigen der Sieben Sonnen auf das Gerät, das unter einer Vakuumglocke mitten im Leitstand des Sieben-Sonnen-Schiffes montiert war – auf eine violett schimmernde Kugel, die von Hunderten mehr oder weniger gekrümmten Linien überzogen wurde. Im Sieben-Sonnen-Schiff begann ein schweres Aggregat zu summen, gleichzeitig fuhr der Raumer auf der Oberseite seines Rumpfes eine riesige Parabolantenne aus, deren Reflektor aus konzentrischen Ringen bestand, die in allen Farben des Spektrums glühten und von Sekunde zu Sekunde heller wurden.

Fünf-Sonnen glitt näher an den Mentalanalysator heran. Sein Facettenauge flackerte stärker als zuvor. Er sah, wie eine einzige der goldfarbenen Linien aufglühte – sonst nichts.

Im Leitstand des Sieben-Sonnen-Schiffes herrschte betroffenes Schweigen. Lange. Dann wandte sich Fünf-Sonnen seinen Gefährten zu.

»Meine Ahnungen haben mich nicht betrogen!« teilte er sich mit. »Die Fremden haben den Schwarzen Raumer angegriffen und vernichtet. Das Schiff ist verloren, seine Besatzung zerstört. Nur Naugor als einziger hat überlebt – er hat jene Waffe wahrscheinlich abblocken können, aber auch Naugor ist immer noch angeschlagen, was er vielleicht nicht einmal weiß!«

Fünf-Sonnen deutete auf eine dunkle Stelle der Linie, dann gab er Zwei-Sonnen einen Wink, und der verstärkte abermals die Energie des Analysators.

Die Linie flackerte – gleich darauf erlosch sie von einer Sekunde zur anderen.

»Halt – abschalten!« Der Impuls von Fünf-Sonnen traf seine beiden Gefährten wie ein Schlag. Sie zuckten unter der Kraft seines Befehls beide zusammen.

Das Summen des Aggregates verstummte. Im Leitstand des Sieben-Sonnen-Schiffes herrschte lähmende Stille.

»Wir müssen sofort zur Erde«, befahl er dann seinen Gefährten. »Ich werde Peet Orell, den Moraner und die anderen holen. Sie nehmen wir mit, denn wir werden sie brauchen. Bereitet alles für den sofortigen Start vor!«

Fünf-Sonnen verließ den Leitstand mit hastigen, raschen Schritten. Augenblicke später befand er sich in einem zylindrischen Raum, stand auf einer leuchtenden Bodenplatte, in deren innersten Kreis er trat. Sein Facettenauge verdunkelte sich, die Konturen seines Körpers verschwammen, dann war er verschwunden. Fünf-Sonnen hatte sich in jenen Raum teleportiert, von dem aus Peet Orell und seine Freunde das seltsame Gebaren des Sieben-Sonnen-Raumers in atemloser Spannung verfolgt hatten.

Fünf-Sonnen materialisierte hinter ihnen, ohne daß sie davon etwas bemerkten. Er wußte auch, daß sein Schiff die Erde schon sehr bald erreichen würde – aber er hatte dennoch das Gefühl, daß es zu spät war. Zu spät für alles, was der große Plan ihnen zu tun vorschrieb. Außerdem hatten sie die Menschen unterschätzt.

Arn und Junici Borul fuhren bei den ersten Impulsen des Ewigen herum. Fünf-Sonnen hielt sich nicht mit Nebensächlichkeiten auf. Er vermittelte ihnen Schreckensbilder von dem, was sich seiner Ansicht nach auf der Erde in der HTO ereignet haben mußte.

»Ich brauche euch. Ihr werdet mitkommen. Tut es lieber freiwillig, denn sonst müssen wir Gewalt anwenden!« schloß er drohend.

Es war ein Schock für Peet Orell und seine Freunde. Und niemand von ihnen brauchte seine Phantasie übermäßig zu strapazieren, um sich die Folgen vorstellen zu können, die die Ereignisse auf der Erde unweigerlich nach sich ziehen mußten.

Fünf-Sonnen schritt zum Fenster, von dem aus man den Raumhafen Rangors überblicken konnte. Stumm deutete er auf drei riesige Schwarze Raumer, die sich eben neben das Sieben-Sonnen-Schiff schoben.

»Sie werden uns begleiten und den Schutz unseres Schiffes übernehmen«, teilte ihnen Fünf-Sonnen mit. »Sie werden sich im Hintergrund halten, aber sie werden immer in unserer Nähe sein. Nicht, daß unser Schiff über zu wenig Mittel verfügte, um sich selbst gegen jeden Angreifer zu wehren. Gegen uns vermögen nicht einmal die Schwarzen Raumer etwas auszurichten, aber wir dürfen unser Schiff nicht leichtfertig aufs Spiel setzen, es ist unser letztes.«

Er starrte die Menschen und die beiden Moraner aus seinem

Facettenauge an. »Also, wie habt ihr euch entschieden?« fragte er dann. »Kommt ihr freiwillig, oder muß ich Gewalt anwenden?«

Arn Borul trat vor. »Wir kommen!« sagte er dann, aber in seinen schockgrünen Augen loderte es unheilvoll. »Naugor ist diesmal zu weit gegangen, Fünf-Sonnen. Ich habe die ganze Zeit über geahnt, daß es einmal so kommen würde. Ihr habt uns davor gewarnt, den Anticomp zu benutzen. Das war ein Bluff – in Wirklichkeit fürchtet ihr diese Waffe, weil ihr machtlos gegen sie seid. Ich rate dir gut, Ewiger, melde dich in der HTO bei meinen Freunden an, ehe du landest, oder auch deinem Schiff wird das gleiche Schicksal zuteil werden wie dem Schwarzen Raumer, in dem Naugor dort landete oder sogar noch weit Schlimmeres tat!«

Er drehte sich abrupt um.

»Kommt, folgen wir Fünf-Sonnen!« sagte er dann. »Wir müssen sehen, was geschehen ist, vielleicht können wir vermitteln. Um Jörn und Vivy kümmern wir uns später!«

Peet und die anderen akzeptierten wortlos. Schweigend folgten sie dem Ewigen zu seinem gewaltigen, in hellem hartem Blau strahlenden Schiff, das die eigentümliche Form eines flachgedrückten, ovalen Diskus besaß.

Gemeinsam mit den drei Schwarzen Raumern verließ es die gigantische und wie ein riesiger Hohlspiegel wirkende Stadt Rangors, von der Peet Orell und seine Gefährten im Grunde genommen nicht mehr in Erfahrung gebracht hatten, als daß es sie gab …

»Verdammt!« entfuhr es Sergeant Maxwell, und er faßte den I. O. der MORAN am Arm, als der gerade sprechen wollte. »Sir, da – sehen Sie! Nicht nur die Roboter – auch das Schiff!«

Captain Murdock fuhr herum. Er erkannte sofort, daß Maxwell recht hatte.

»Mein Gott!« stieß er hervor, und in seinem Gehirn überschlugen sich die Gedanken.

Worner hatte einen der Schwarzen Raumer samt Besatzung vernichtet! Was würde das für Folgen haben?

Er wandte sich dem Roboter zu, der vor seinen Füßen lag, starrte auf den weißlichen Fleck, der sich langsam weiter und weiter ausdehnte. Dann blickte er wieder zum Hantelraumer hinüber – zu dessen riesiger Bugkugel, gleich darauf auch zur Heckkugel. Bei beiden konnte er klar und deutlich ebenfalls solche Flecken erkennen, die sich langsam erst, dann jedoch schneller und schneller ausdehnten.

Er drückte die Taste des Sprechgeräts, hörte das Klicken, mit dem sich ein anderes einschaltete. Und dann knickte er plötzlich zusammen, so gewaltig traf ihn der Impuls Naugors. Sergeant Maxwell konnte seinen Vorgesetzten eben noch auffangen, ehe er zu Boden stürzte, und sah ihn aus großen erschrockenen Augen an.

»Sir, was ... was ist denn bloß ...«

Murdock kam wieder zu sich.

»Schnell ... Maxwell, da oben«, er deutete zu dem Fenster des Arbeitszimmers von Harry T. Orell hinauf, »ist etwas Entsetzliches passiert. Helfen Sie mir, wir müssen ... rasch, um Himmels willen, rasch ...«

Der Sergeant winkte einem Mann der Besatzung, der sich in ihrer Nähe befand. »Fassen Sie an, vorwärts, helfen Sie dem Captain, ja, so ist es recht!«

Sie hatten Murdock rechts und links untergehakt, und fast im Laufschritt strebten sie dem Gebäude zu, in dem sich Harry T. Orells Arbeitszimmer befand.

Als Naugor die ersten Impulse des Mentalanalysators in seinen hochsensiblen Wahrnehmungszentren spürte, zuckte er zusammen. Dann stand er wie paralysiert zwischen den Menschen, die ebenfalls die mörderische Wucht dieser Impulse zu spüren bekamen, wenn auch nicht in dem Maße wie der Ewige.

Als Zwei-Sonnen dann auf Geheiß von Fünf-Sonnen die Energie noch verstärkte, erlosch das eben noch glühende Facettenauge Naugors schlagartig – sein schwerer Körper stürzte mit einem dumpfen Schlag, der den ganzen Raum erzittern ließ, zu Boden.

Thosro Ghinu verlor alle Farbe, sein Gesicht, sonst fast bronzebraun, wurde kalkweiß.

Er als einziger von allen ahnte, daß die Ewigen oder auch die Schwarzen Raumer in genau diesem Moment gemerkt haben mußten, was auf der Erde, in der HTO, geschehen war.

Er warf Harry T. Orell nur einen einzigen Blick zu, während Worner bereits neben Naugor am Boden kniete, sich zusammen mit Doc Manten um ihn bemühte.

»Mister Orell!« stieß der alte Moraner atemlos hervor, »sorgen Sie jetzt mit allen Mitteln dafür, daß weder die Terra States noch die Space- oder World-Police etwas unternimmt. Sorgen Sie dafür, daß kein fremdes Schiff, daß kein fremder Helikopter oder sonst irgendein Fahrzeug sich der HTO nähert, oder wir erleben eine Katastrophe. Wir werden binnen kurzem Besuch bekommen, Mister Orell, ich spüre das.«

Orell, dem ebenfalls noch schwindelig war, ächzte.

»Schwarze Raumer meinen Sie, Mister Ghinu, nicht wahr? Sie haben plötzlich gemerkt, daß ihr Schiff, mit dem Naugor gekommen ist, keine Antwort mehr gibt – so meinen Sie das doch, oder nicht?«

Thosro Ghinu nickte. »Nicht nur das, Mister Orell. Diese Ewigen verfügen über eine Technologie, von der wir uns keine Vorstellung machen können. Ich fürchte, sie wissen haargenau, was hier geschehen ist, und sie sind bereits auf dem Wege, mit welcher Absicht auch immer …«

In diesem Moment platzten Captain Murdock und seine beiden Begleiter in das Zimmer.

Der Captain war schweißnaß, sein Atem ging nur noch stoßweise, und noch immer stützten ihn Sergeant Maxwell und der andere Mann seiner Besatzung.

Aber nun machte er sich energisch los, wankte auf Ghinu und Orell zu, während Captain Worner ihn – immer noch neben Naugor am Boden hockend – wie einen Geist anstarrte.

»Die Roboter, Sir, und der Schwarze Raumer, sie verfallen! Genau wie damals der Schwarze Raumer im Pluto Hole. Wir haben ...«

Orell und Ghinu hörten ihm schon nicht mehr zu. Mit einem Satz waren sie am Fenster des Arbeitszimmers – und erstarrten. Murdock hatte recht – der Schwarze Raumer verfärbte sich in weißliches Grau. Wie eine Seuche fraß sich die Verfärbung von den beiden Kugeln auf den mittleren Teil des Schiffes zu, auf dem es immer noch stand.

Der alte Moraner stürzte zu dem Ewigen. Sah ihn an, streifte ihm seine Kombination von der Brust.

Doc Manten, der sofort begriffen hatte, worum es dem Moraner ging, half ihm.

Sie untersuchten Naugor von Kopf bis Fuß – aber noch war keine Spur einer Verfärbung an ihm zu entdecken.

Orell erinnerte sich der Worte Thosro Ghinus; er eilte zum Bildsprechgerät auf seinem Schreibtisch und stellte eine Verbindung zum Präsidenten der Terra States her. In knappen Worten informierte er Pjotr Chronnew über die letzten Geschehnisse.

Chronnew wurde ebenfalls blaß.

»Wie stellen Sie sich das vor, Harry?« fragte er dann. »Die anfliegenden Raumer werden – sofern Ghinus Vermutung stimmt, bestimmt bemerkt werden. Ich kann es als Präsident nicht vertreten, solchen Ereignissen tatenlos zuzusehen, ich muß ...«

»Sie müssen dafür sorgen, Pjotr, daß es keine Katastrophe gibt. Es ist das erste Mal, das wir mit den Schwarzen Raumern in einen ernsten Konflikt geraten sind. Wir haben eines dieser Schiffe vernichtet, ohne es zu wollen. Und Naugor, der uns helfen könnte, ist auf irgendeine Weise von seinen eigenen Gefährten entweder vernichtet oder doch völlig außer Gefecht gesetzt worden. Weiß der Teufel, warum. Nur fürchte ich beinahe, daß man uns diese Version nicht ohne weiteres glauben wird ...«

Orell warf einen Blick aus dem riesigen Fenster nach unten, wo noch immer die gekrümmten Gestalten der Roboter lagen. Sie waren viel zu schwer, um durch Menschenkraft allein fortgeschafft zu werden. Außerdem traute sich auch niemand so recht an sie heran. Denn man wußte, daß es besser war, ihre nach und nach zerfallenden Körper nicht zu berühren, da dieser Zerfall damals sogar auf die PROMET durch bloße Berührung übergegriffen hatte. Um den gänzlichen Zerfall des Schiffes zu verhindern, hatten Mark Bolden und seine Männer einen großen Teil des Druckkörpers aus der PROMET herausschneiden und erneuern müssen. Es war damals buchstäblich ein Wettlauf mit der Zeit gewesen ... *)

Pjotr Chronnew hatte den alten Orell beobachtet. Je länger er ihn ansah, desto mehr zogen sich seine Brauen zusammen. Er spürte, daß es Orell noch nie so ernst gewesen war wie in diesem Moment.

»Also gut, Harry«, sagte er dann, »ich werde tun, was in meinen Kräften steht. Aber eines müssen Sie mir jetzt versprechen: Mit den Alleingängen der HTO ist es ein für allemal zu Ende. Wir müssen endlich eng miteinander zusammenarbeiten; die Erde muß in diesem Stadium ihrer Expansion ins Weltall zu einer Einheit werden, Harry ...«

Orell nickte, denn er wußte, wie recht Chronnew hatte.

»Wir werden hier, wenn alles vorüber ist, eine Konferenz abhalten. Sie können dann die Sache den TST vortragen, Pjotr. Wir werden einen Weg finden. Und ich bin auch dafür und bereit, die Errungenschaften der HTO allgemein zur Verfügung zu stellen, schon aus dem Grunde, weil wir eine starke Raumflotte brauchen werden. Aber, Pjotr, wir müssen höllisch auf der Hut sein, daß gewisse Erfindungen beziehungsweise Entwicklungen nicht in falsche Hände geraten ...«

Er brach plötzlich ab, denn ein Ärzteteam der HTO, das Worner inzwischen angefordert hatte, betrat das Arbeitszimmer des Alten.

Orell musterte die Männer nur ganz kurz, und er sah, daß sie eine Reihe von komplizierten Meßgeräten mit sich führten.

Sie wollten also versuchen, herauszufinden, ob Naugor noch irgend-

---

*) siehe RP-CL 4: ›*Planet der Hoffnung*‹

welche Impulse aussandte oder nicht. »Es gibt Arbeit, Pjotr, wir müssen uns jetzt um Naugor kümmern! Auf später also!«

Chronnew nickte, dann erlosch der Schirm.

4.

Peet Orell und seine Gefährten hatten das Gefühl, irgendwo im freien Raum zwischen den Sternen zu sitzen. Der Leitstand des Sieben-Sonnen-Schiffes schien sich vor ihren Augen aufgelöst zu haben, nachdem der Raumer aus der Transition gekommen und ins Sonnensystem eingeflogen war. Zwischen ihnen, vor den nur noch schwach zu erkennenden Instrumenten, saßen die drei Ewigen. Um sie herum glühten die Sterne. Vor ihnen, in einer schwach-violett leuchtenden Zielmarkierung, stand die Erde – ein bläulich strahlender Planet, überdimensional vergrößert von den Bildsensoren des Schiffes.

Noch nie hatten Peet Orell und seine Gefährten eine derartige Rundsicht während eines Fluges durch das Universum genossen, noch nie hatten sie ein Schiff ähnlicher Perfektion kennengelernt. Neben dem Sieben-Sonnen-Schiff zogen die drei Schwarzen Raumer ihre Bahn. Riesengroße, dunkle hantelförmige Schatten, die nur noch für die Instrumente des Sieben-Sonnen-Schiffes auszumachen waren.

Peet Orell warf seinem Freund Arn Borul einen Blick zu.

»Arn!« sagte er leise und war sich völlig im klaren darüber, daß die Ewigen jedes seiner Worte verstehen würden. »Ich weiß nicht, ob unsere Entscheidung wirklich richtig war! Wenn diese drei Schwarzen Raumer über die Erde herfallen – du weißt es von Moran, deiner Heimatwelt her, was dann passiert ...«

Fünf-Sonnen schwang in seinem ebenfalls nur in seinen Konturen ganz schwach zu erkennenden Sitz herum.

»Deine Sorge ist unberechtigt, Terraner. Wir haben uns während des Fluges Gedanken gemacht, wie es weitergehen soll. Der Entschluß, den wir gefaßt haben, ist für euch nur gut: Rangor wird in Zukunft darüber wachen, daß niemand euren Planeten angreifen kann. Unser ganzes Potential wird euch zur Verfügung stehen, eure Welt wird in unsere Speicher aufgenommen werden, damit derartige Zwischenfälle wie dieser sich niemals wiederholen können. Ihr werdet die Koordinaten unserer Welt erhalten, ihr werdet sie anfliegen können, so oft ihr wollt, wir werden für euch dasein. Auch werden wir uns auf eure Mentalität einstellen, das muß sein, wir haben es eingesehen. Ihr untersteht von nun an mit eurer und den euch befreundeten Welten unserem persönlichen Schutz, denn ihr seid die Auserwählten für den großen Plan. Euer Volk ist dazu ausersehen, ein neues Sternenreich zu gründen, ein Reich, das der Galaxis den Frieden, nicht aber den Krieg bringen soll. Auch darüber werden wir wachen.«

Fünf-Sonnen machte eine Pause. Erst nach einer ganzen Weile ließ er sich abermals vernehmen.

»Ich spüre eure Frage, was der große Plan ist. Geduldet euch, bis Naugor selbst oder aber die Agaren sie euch beantworten. Der Plan wird eine lange Entwicklung sein – Jahrtausende vielleicht, aber er wird verwirklicht werden. Wäre damals der Galaktische Krieg nicht ausgebrochen, sähe es schon jetzt in der Galaxis ganz anders aus. Dann bestünde schon – oder auch wieder, wie man es sieht – ein reger Verkehr zwischen der Meen-Galaxis, die ihr die Andromeda nennt, und der euren. In der Meen-Galaxis hat es bisher noch niemals Krieg gegeben, aber die Bewahrer des Friedens stehen vor anderen, für sie fast unüberwindlichen Schwierigkeiten. Um ihrer Herr zu werden, brauchen sie ein Volk wie das eure oder das eurer Freunde, der Moraner ...«

Fünf-Sonnen verstummte. Peet Orell spürte, wie sich plötzlich neben ihm Arn Borul und Doc Ridgers gleichzeitig angespannt nach vorn beugten und auf einen Schirm starrten, der eben aus dem geheimnisvollen Dunkel des Leitstands hervortrat.

»Der Mentalanalysator!« flüsterte Doc Ridgers, und sie sahen, wie auch die Körper der Ewigen herumschwangen.

Eine klare, goldfarbene Linie zeichnete sich auf der Kugel ab, gleichzeitig begann sie Impulse abzustrahlen, die auch Peet Orell und seine Gefährten mühelos verstanden.

»Naugor lebt«, teilte der Analysator lakonisch mit. »Er wird schon in kürzester Frist wieder im Vollbesitz seiner Kräfte sein. Das Schiff hingegen wurde zerstört, es zerfällt auf dem Raumhafen der Fremden, ebenso seine gesamte Besatzung. Die Fremden sind argwöhnisch, sie rechnen mit einer Vergeltungsaktion der Ewigen, sie sind fest entschlossen, zu kämpfen. Sie haben jene beiden Geräte, die sie Anticomp nennen und von denen sich eines in ihrem Raumer MORAN, das andere jedoch im Gelände des Raumhafens befindet, aktiviert und miteinander gekoppelt. Das bedeutet Gefahr, wenn sie diese Waffen gegen uns einsetzen. Es gibt auch für uns dagegen keinen ausreichenden Schutz, bei starker Dosierung tötet sie auch euch Ewige der Sieben Sonnen. Ihr müßt euch daher entscheiden ...«

Fünf-Sonnen schwang zu Peet Orell herum.

»Die Waffe, die ihr den Anticomp nennt, war das Gerät, mit der unsere Erbauer uns und jedes Wesen dieser Galaxis beherrschten!« teilte er ihm dumpf mit. »Ihr seht daher, daß ihr uns keineswegs ausgeliefert seid. Denn unsere Schöpfer haben diese Waffen niemals in die Schwarzen Raumer oder in die Sieben-Sonnen-Schiffe eingebaut. Und was von ihnen noch existierte, haben sie vernichtet, bevor ihr Ende kam.«

»Aber wie kam dieser Anticomp dann nach Riddle?« fragte Peet Orell. »Dort haben unsere Wissenschaftler das Gerät aufgespürt, von dort haben wir es übernommen und später weiterentwickelt ...«

Fünf-Sonnen antwortete nicht sofort. Er überprüfte sein kompliziertes Gehirn, ob irgendwelche Erinnerungen an diese Dinge eingespeichert waren, aber er fand nichts.

»Wir wissen es nicht, Terraner«, antwortete er dann. »Vergeßt nicht, daß Naugor und wir alle den Galaktischen Krieg verschlafen haben. Wahrscheinlich haben unsere Erbauer uns vergessen, sonst hätten sie auch uns vernichtet, als ihre Gehirne erkrankten, als sie zu mutieren begannen.«

Arn Borul schaltete sich ein.

»Wir müssen uns jetzt auf der Erde melden. Laß Peet Orell mit seinem Vater sprechen und laß die drei Schwarzen Raumer hier zurück. Das

Sieben-Sonnen-Schiff muß in der HTO landen, dann sehen wir weiter!« Fünf-Sonnen beriet sich mit seinen beiden Gefährten, dann stimmte er zu.

Der Leitstand erhellte sich, die Sterne rings um sie herum verblichen, nur die Erde stand nach wie vor klar und deutlich in der Zielmarkierung des Sieben-Sonnen-Schiffes.

»Gib mir eure Frequenz an, Peet Orell, damit ich unseren Sender einjustieren kann!« forderte Fünf-Sonnen.

Peet Orell tat es, und die Ewigen gaben dem Leitgehirn ihres Raumers die Daten durch.

Sekunden später flammte ein Schirm auf, und das strenge, hagere Gesicht Captain Worners starrte sie an.

Worner glaubte seinen Augen nicht zu trauen.

»Mister Orell, Mister Borul ...« stieß er hervor. Dann erblickte er die drei Ewigen sowie die fremde gigantische Zentrale des Sieben-Sonnen-Schiffes.

»Was ... was hat das zu bedeuten? Sie sind ...«

Peet Orell unterbrach den Captain. Es war das erstemal, daß er diesen mutigen und entschlossenen Mann fassungslos sah.

»Wir befinden uns im Anflug auf die HTO. Wir werden in Kürze landen. Rufen Sie bitte meinen Vater, rufen Sie Naugor. Es muß gewährleistet sein, daß von Seiten der HTO keiner der Anticomps zum Einsatz kommt, haben Sie mich genau verstanden, Worner?«

Der hagere Captain nickte.

Harry T. Orell und Naugor, Thosro Ghinu und die anderen kamen heran.

»Junge!« sagte der alte Orell nur, bezwang sich dann aber sofort, weil er erkannte, daß jetzt keine Zeit für rührende Familienszenen war.

Peet erläuterte ihm kurz, was sich ereignet hatte und erkundigte sich sofort nach dem Schicksal von Jörn und Vivien.

Sein Vater beruhigte ihn. »Sie sind in Sicherheit, Peet. Die JAPETUS hat sie auf dem zweiten Planeten der Sonne Merak entdeckt, eure PROMET II liegt auch dort. Total abgeschaltet, verschlossen, aber sonst offenbar unversehrt. Ich habe bereits eines unserer Werkstattschiffe entsandt, Mor-een mit der SUUK befindet sich ebenfalls im Anflug auf das System.«

Peet Orell und die anderen atmeten auf. Dann erschien Naugor auf dem Schirm. Er wandte sich nach einer kurzen Begrüßung an Fünf-Sonnen.

»Du hattest mit deinen Warnungen recht!« bekannte er. »Um ein Haar wäre hier großes Unheil geschehen. Aber jetzt drängt die Zeit, wir müssen sofort zur Station der Agaren starten, oder es ist unwiderruflich zu spät. Lande sofort. Orell wird alles veranlassen, daß dies gefahrlos geschehen kann. An Bord des Sieben-Sonnen-Schiffes werden außer uns nur Peet Orell, Arn Borul, die Frau des Moraners, die Terraner Szer Ekka, Pino Tak, Gus Yonker und Doc Ridgers sein. Alle anderen bleiben hier. Beeile dich, Fünf-Sonnen, jede Sekunde zählt!«

Ehe Peet oder Arn dazu kamen, etwas zu entgegnen, war Naugor bereits wieder verschwunden.

Der alte Orell blickte seinen Sohn an.

»Richtet euch nach seinen Wünschen, Peet. Ich habe eben mit Naugor eine Unterredung gehabt, seine Anweisungen haben einen tieferen Sinn. Zur Station der Agaren können nur die Genannten. Naugor wußte nach seinem Erwachen sofort, daß ihr mit dem Sieben-Sonnen-Schiff zur Erde unterwegs wart. Ich werde jetzt alles Notwendige veranlassen. Landet im Sperrkreis III. Bei uns hier ist der Teufel los, der Hantelraumer zerfällt, die Robotbesatzung des Schiffes zerfällt – wir wissen vorläufig noch nicht, wie wir dieser Sache Herr werden sollen. Denn die Gefährlichkeit dieser Zerfallsprodukte ist euch allen ja zur Genüge bekannt ...«

Fünf-Sonnen hatte zugehört. Jetzt schaltete er sich ein.

»Wir werden einen der Schwarzen Raumer, die uns begleiten, zu euch entsenden. Er wird alle Rückstände auf eine für euch völlig gefahrlose Weise beseitigen. Seid ihr einverstanden? Das Schiff wird nach

Erfüllung seiner Aufgabe sofort den Bereich eures Planeten wieder verlassen. Uns selbst bleibt leider keine Zeit mehr, das zu erledigen.«

Harry T. Orell stimmte erleichtert zu.

»Ich muß Pjotr Chronnew verständigen, damit auch er keine Dummheiten macht, bis gleich also!«

Damit verschwand auch Harry T. Orell von der Schirmfläche.

Commander Torsten von POL-7 sah den Sieben-Sonnen-Raumer und den Hantelraumer in die Sicherheitssphäre zur Erde einfliegen. Er hatte soeben die strikte Weisung erhalten, nichts zu unternehmen, die beiden Schiffe weder anzurufen noch sonst irgendwie zu stören.

Commander Torsten murmelte einen Fluch. Er hatte mit der HTO schon so manches erlebt, und er begriff nicht, warum die Terra States diese ständige Geheimniskrämerei des alten Orell einfach so hinnahmen. Denn nach wie vor bestand die Vereinbarung zwischen der HTO und den TST, daß das gesamte Gelände des Konzerns exterritoriales Gebiet war, von keinem, auch nicht von der Space- oder World-Police, ohne die ausdrückliche Genehmigung der HTO betreten oder auch nur angeflogen werden durfte.

Natürlich hatte Commander Torsten einen Teil des Funkverkehrs mitbekommen, außerdem hatten er und alle anderen Einheiten der Space-Police, die nahe genug bei der Erde patrouillierten, über Satelliten längst klare Bilder von dem empfangen, was unten in der HTO los war.

Jetzt starrte er den beiden Schiffen nach, die auf Anraten Harry T. Orells ihre Unsichtbarkeitsschirme abgeschaltet hatten. Er spürte ein Frösteln, als er die beiden Giganten beobachtete.

Er blickte seinen 1. Offizier, Captain Melton, aus schmalen Augen an.

»Es ist nicht unsere Sache, Melton, in die Entscheidungen des Präsidenten einzugreifen oder seine Entscheidungen zu kritisieren. Aber ich kann mich eines verdammt unguten Gefühls nicht erwehren, wenn ich diese beiden Kolosse da so sehe. Und ich möchte nur wissen, wie

Chronnew es anstellen will, die Leute vom TV und der Presse ruhig zu halten, die bekommen schließlich über ihre Satelliten die gleichen Aufzeichnungen wie wir. Da muß doch einfach der Teufel los sein, Melton!«

Der I. O. nickte.

Aber dann hörten sie plötzlich über Sol-Funk eine Nachricht, die einen Teil des Rätsels löste. Es wurde eine Rede von Pjotr Chronnew angekündigt, der ein ausführlicher Bericht zur Lage in der HTO durch Harry T. Orell persönlich folgen sollte.

Commander Torsten räusperte sich.

»Gar nicht dumm von diesem alten Fuchs da unten!« sagte er dann und konnte nicht umhin, dem Alten wie schon so oft erhebliche Anerkennung zu zollen. »Mit seinem Bericht zur Lage hält der Alte die Leute natürlich ruhig. Gehen Sie auf Konferenzschaltung, Melton, ich möchte, daß die gesamte Besatzung mithört und mitsieht!«

Captain Melton nickte und nahm die notwendigen Schaltungen vor. Minuten später erschien das Gesicht Pjotr Chronnews auf den Bildschirmen des Polkreuzers. Neben ihm, über Sol-Funk angekoppelt, Harry T. Orell.

Atemlos lauschten die Leute dem Bericht, den Orell gab, und beobachteten, wie der Hantelraumer mit seiner Robotbesatzung sich an die Arbeit machte, die Überreste des vernichteten Schiffes und seiner Besatzung zu beseitigen. Dann schoß das Sieben-Sonnen-Schiff mit ungeheurer Geschwindigkeit an ihnen vorbei und verschwand Sekunden später zwischen den Sternen. Die anschließende Gefügeerschütterung zeigte ihnen an, daß es das Normalkontinuum verlassen hatte und durchs Parakon irgendwohin in die Tiefen der Galaxis gesprungen war.

Commander Torsten und sein I. O. sahen sich an.

»Habe ich also doch richtig vermutet, Melton!« stellte der Commander schließlich fest. »Das ganze Theater da unten ist nichts als ein lausiges Ablenkungsmanöver des alten Orell! Und während wir und die Bevölkerung der Erde diesem Schauspiel da zuschauen, geschehen irgendwo in unserer Milchstraße die eigentlich wichtigen Dinge, finden jene Aktionen statt, um die es eigentlich von vornherein ging!«

Er hob resignierend die Schultern.

»Haben wir verfolgt, in welche Richtung das Sieben-Sonnen-Schiff gesprungen ist?«

Der I. O. machte sich am Bordcomputer zu schaffen, ließ sich aber außerdem noch mit dem Ortungsraum des Polkreuzers verbinden. Wenige Augenblicke später hatte er das Ergebnis.

»Das Schiff ist nicht ins Zentrum, sondern in die äußeren Regionen der Galaxis transitiert. Und zwar mit erheblicher Energie, so daß anzunehmen ist, daß der Sprung sehr weit führen wird. Vorläufige Sprungkomponenten weisen auf Grün 43:81:06, Blau 37:58:97 und Rot 05:68:22.«

Commander Torsten drückte den Schalter der Sektorenkarte. Im verkleinerten Maßstab erschien an der gewölbten Decke der Zentrale ein genaues Abbild des umgebenden Raumes. Torsten gab die eben erhaltenen Daten in einen der Kursrechner ein, und sofort zog sich eine rote Linie durch die unzähligen Sonnen, die alle durch leuchtende Punkte markiert waren.

Die Linie führte in den Sektor, dem der Andromeda-Nebel gegenüber lag.

»Beinahe habe ich es mir schon gedacht!« murmelte der Commander und rekapitulierte blitzschnell, was er über die merkwürdige Sache mit jenen Fremden wußte, die sein Bordcomputer und die Archive der Space-Police als Agaren gespeichert hatten.

Seine Augen blitzten, als er sich an seinen I. O. wandte.

»Auf eines können Sie Gift nehmen, Melton: Dieser Geheimniskrämerei werde ich ein Ende machen. So oder so. Auch wenn ich meinen Job als Kommandant dieses Schiffes dabei verliere. Aber ich kann und ich will so nicht länger für die Sicherheit unseres Planeten mit all den anderen zusammen verantwortlich sein, wenn hinter unserem Rücken ständig irgendwelche Aktionen laufen, die uns völlig unbekannte

Gefahren heraufbeschwören. Wenn die Aktion und die Übertragung des Sol-Funks beendet ist, landen wir!«

Der I. O. sah seinen Kommandanten zweifelnd an.

»Sir, wir haben aber den Auftrag, hier ...«

»Landen habe ich gesagt, Melton. Das ist ein Befehl. Ich übernehme die volle Verantwortung dafür. Ich werde jetzt mit den Kommandanten der anderen Schiffe in Verbindung treten und sie über mein Vorhaben informieren. Vielleicht schließen sich andere Kameraden noch an!«

Als das Sieben-Sonnen-Schiff wieder im Normalkontinuum materialisierte, erkannten Peet und seine Gefährten augenblicklich die ganz anderen Sternkonstellationen wieder, die sich ihren Blicken vor nicht langer Zeit schon einmal dargeboten hatten. *)

Und wieder – genau wie damals – verstummten schlagartig ihre Gespräche. Weit hinter ihnen, mit dem bloßen Auge gerade noch als kleine Spirale zu erkennen, lag ihre heimatliche Milchstraße. Ein weißlicher Nebelfleck unter vielen tausend anderen – mehr nicht. Sie erkannten als winzige verwaschene Punkte eine Anzahl von Kugelsternhaufen, die die äußere Begrenzung der Milchstraße bildeten, mit ihr zusammen in Äonen um das Zentrum rotierten. Und wieder überkam sie dieses Gefühl unsäglicher Einsamkeit, das jähe Bewußtsein, welch ein Abgrund sie von ihrem eigentlichen Lebensraum trennte. Unerreichbar für ihr eigenes Schiff, die PROMET II. Unerreichbar für jedes andere terranische Schiff, weil die Transitionstriebwerke eine Leistung, wie sie zu einem Sprung über derartige Entfernungen notwendig war, einfach nicht aufzubringen vermochten.

Doch dann wurde ihre Aufmerksamkeit von etwas anderem gefangen genommen – von einer grünen Sonne, die vor ihnen zwischen den Koordinatenlinien der Zielmarkierung des Rundsichtschirms erschien.

Arn Borul beugte sich unwillkürlich vor. Schon damals hatte er den

---

*) siehe RP-CL 9: ›*Das Geheimnis der Necroniden*‹

Verdacht geäußert, daß diese Sonne kein natürlicher Stern sei, sondern ein künstlicher. Und er war dabei geblieben, so ungeheuerlich seine Behauptung auch anmutete. Denn jene Sonne, die die Sprungstation der Agaren umkreiste, ließ sich in keine der bestehenden Spektralklassen einordnen, und auch ihr Licht wies Besonderheiten auf, die sie noch nirgendwo gefunden hatten.

Neben der grünen Sonne erschien ein winziger Punkt – die Station.

Arn Borul sah, wie Naugors Körper sich in seinem Kontursitz straffte. Sie sahen, daß er ein paar Schaltungen vornahm – und dann wuchs der blitzende Punkt vor ihren Augen zu einer Kugel heran. Und der Moraner und seine Gefährten erkannten, daß sich nichts auf seiner Oberfläche verändert hatte seit ihrem letzten Besuch. Eine bizarre Welt – kein Planet im üblichen Sinne. Ein künstlich geschaffenes Gebilde, eine metallische Kugel von mehreren hundert Kilometern Durchmesser. Auf ihrer Oberfläche erkannten sie gewaltige Start- und Landepisten, gigantische schalenförmige Reflektoren. Und wieder bemerkten sie, daß die Station ihrer Sonne immer dieselbe Seite zukehrte – sie umkreiste sie in gebundener Rotation, so wie der Mond die Erde. Auf der der Sonne zugewandten Seite befanden sich ausgedehnte Flächen eines grünen Materials, das sie damals im ersten Moment und im ersten Impuls beinahe als Glas angesehen hätten, wenn das nicht eine glatte physikalische Unmöglichkeit gewesen wäre. Über den gläsern wirkenden Flächen spannten sich weite Bögen aus eigentümlich strahlendem Metall. Auf ihnen glitzerte eine Unzahl von Zellen, und jede von ihnen wirkte wie eine Bienenwabe. Die kleinste von ihnen besaß immer noch einen Durchmesser von mindestens zwanzig Metern.

Sie kannten das alles. Sie wußten sogar um den Terassenhangar, der sich unter diesen Brücken befand. Aber sie sahen auch, daß diesmal etwas anders war als damals. Denn auf den Startpisten befanden sich Raumer, riesige kugelförmige Schiffe. Und die ersten von ihnen hoben genau in diesem Moment ab, stiegen langsam empor, blitzten im hellen Licht der grünen Sonne.

Naugor fuhr in seinem Sitz herum. »Wir kommen zu spät!« teilte er Peet Orell und seinen Gefährten mit. »Die Frist ist verstrichen, die Agaren verlassen die Sprungstation! Xarr hatte uns gewarnt!«

Sein glühendes Facettenauge starrte sie unruhig pulsierend an. Doch dann faßte er einen Entschluß.

Er warf abermals einen Blick auf den Schirm, sah die Station an.

Die Kugelraumer der Agaren hingen jetzt schon wie eine schimmernde Kette über ihr. Die ersten Schiffe verschwammen zu weißlich leuchtenden Flecken vor dem pechschwarzen Hintergrund des sternenlosen Firmaments und waren plötzlich verschwunden.

Aber noch immer drangen mehr und mehr Kugelraumer aus dem Innern der Station empor, schwebten über die Startpisten, stiegen auf.

Naugor zögerte nicht länger. Er glitt aus seinem Sitz.

»Fünf-Sonnen, du bist nach mir der nächste, der über Rangor herrschen wird. Ich werde jetzt tun, was ich tun muß. Ich will versuchen, die Station der Agaren für uns alle zu erhalten. Du weißt, daß uns Ewigen der Weg zur Meen-Galaxis versperrt ist, obwohl unsere Schiffe ihn zurücklegen könnten. Aber wir selbst würden die Meen-Galaxis niemals erreichen, so lautet das Gebot der Bewahrer des Friedens. Kümmere du dich um unsere terranischen und moranischen Freunde, wenn ich es nicht mehr kann. Folgt mir so rasch wie möglich zur Station der Agaren, ich teleportiere mich jetzt dorthin, das ist die schnellste Möglichkeit.«

Fünf-Sonnen war ebenfalls aus seinem Sitz geglitten.

»Naugor, laß ab von deinem Plan!« Seine Impulse waren so stark, daß Peet und die anderen schmerzhaft zusammenzuckten.

»Naugor, du opferst dich sinnlos!« warnte Fünf-Sonnen noch einmal. »Du weißt, was Xarr uns für eine Botschaft gesandt hat. Sieh doch hinüber – es ist zu spät, es …«

Naugor legte Fünf-Sonnen nur ganz kurz seine Hände auf die Schultern. »Es ist vergeblich, Fünf-Sonnen, mein Entschluß steht fest. Du kannst ihn nicht ändern. Tut jetzt, was ich gesagt habe!«

Er sah seinen Gefährten noch einmal an, dann wandte er sich zu seinen menschlichen und moranischen Gefährten herum, verneigte sich kurz vor ihnen mit auf der Brust gekreuzten Armen. Eine Geste, die sie bei Naugor noch nie gesehen hatten.

Danach ging er. Sie sahen ihn im Zentralgang verschwinden, hörten sekundenlang noch seine Schritte.

In jener zylindrischen Kammer, die auf Rangor vor ihm schon einmal Fünf-Sonnen betreten hatte, blieb Naugor stehen. Um seinen Körper begann die Luft zu flimmern, seine Konturen begannen zu leuchten, verschwanden dann mehr und mehr, und plötzlich war Naugor, der Ewige der Sieben Sonnen, verschwunden.

Fünf-Sonnen und die anderen registrierten den Blip, der über den Mentalanalysator zuckte, dann nichts mehr.

Wie gebannt starrten sie zur Station der Agaren hinüber. Sie wußten, daß Naugor sie längst erreicht haben mußte. Sie registrierten auch, daß der Sieben-Sonnen-Raumer sich ihr rasend schnell näherte. Immer mehr Einzelheiten wurden sichtbar. Und sie warteten auf ein Zeichen von Naugor, warteten darauf, daß er sich meldete.

Doch nichts dergleichen geschah.

Der Strom der Kugelschiffe, der aus dem Innern der Station an die Oberfläche und von dort aus in den pechschwarzen Raum hinausstrebte, nahm ab. Schließlich war auch das letzte Schiff gestartet, hing noch einige Augenblicke wie unschlüssig am Firmament, wurde zusehends kleiner und war dann auch verschwunden. Der Exodus der Agaren schien beendet, einzig die grüne Sonne brannte in der sie umgebenden Schwärze wie ein unheimliches Auge.

Fünf-Sonnen rief nach Naugor. Die beiden anderen Ewigen halfen ihm dabei, aber Naugor blieb stumm.

Und dann sahen sie es plötzlich. Die Helligkeit der grünen Sonne nahm ab. Langsam und kaum merklich zunächst, dann aber immer deutlicher.

Es war wie ein grauer Nebel, der sich über das mehr und mehr verfallende Grün legte.

Arn Borul sprang auf. Seine Hände gruben sich in Junicis Schultern.

»Nein!« stöhnte er. »Das gibt es nicht, das kann es gar nicht geben, Junici! Niemals!«

Aber es geschah. Die Sonne wurde schwächer und schwächer. Fünf-Sonnen stellte die Projektoren auf höchste Leistung. Und dann erstarrten seine Finger mitten in ihrer Bewegung: Sie sahen Naugor. Er stand auf der Oberfläche der Sprungstation und machte mit den Armen irgendwelche Zeichen. Sein Facettenauge flackerte in kurzen Intervallen auf, ganz deutlich registrierten sie es.

Fünf-Sonnen wirkte wie erstarrt, während es auf der Oberfläche der Sprungstation mit jeder Sekunde dunkler und immer dunkler wurde.

Er riß sich aus seiner Erstarrung, regelte wiederum an den Projektoren, denn die Dunkelheit war für sie kein Hindernis. Sie konnten jede x-beliebige Planetenoberfläche dem Dunkel entreißen, als wäre es heller Tag. Auf der Station der Agaren gelang es ihnen jedoch nicht, denn jener undurchdringliche Nebel, der zunächst nur die Sonne einzuhüllen schien, erfaßte jetzt auch die Station. Das Bild wurde grauer und grauer, selbst das Glühen des Facettenauges verlosch. Und dann – plötzlich von einer Sekunde zur anderen, wurde es schlagartig finster. Es war, als wenn die Agaren ihre Sonne einfach ausgeknipst hätten.

Nichts, aber auch gar nichts deutete mehr darauf hin, daß sich vor ihnen eben noch ein ganzes System befunden hatte. Nicht einmal die hochempfindlichen Ortungen des Sieben-Sonnen-Schiffes vermochten die Sprungstation und ihre Sonne mehr aufzuspüren …

5.

Fünf-Sonnen bremste das Sieben-Sonnen-Schiff ab. Denn blind rasten sie einem Ziel entgegen, das sie nicht mehr sehen und orten konnten. Das aber war auch für ein Schiff wie das der Ewigen eine tödliche Gefahr.

Das Sieben-Sonnen-Schiff schwang herum, während es seine Fahrt verringerte.

Arn Borul war es, der als erster den Gedanken aussprach.

»Es könnte doch sein, daß die Station der Agaren sich hinter einem undurchdringlichen Schirm verbirgt, nachdem ihre Erbauer sie verlassen haben. Dann aber muß die Schwerkraft, die die Sonne auf die Station ausgeübt hat, immer noch vorhanden sein. Versuche doch mal, ob du das Schiff auf eine Parkbahn um die grüne Sonne bringen kannst. Mit unserer PROMET könnten wir das prüfen, weil wir über Massen-, Energie- und Distanz-Ortung verfügen.«

Fünf-Sonnen hatte dem Moraner aufmerksam zugehört. Dann nickte er zustimmend.

Doch der Moraner war noch nicht fertig.

»Verfügt euer Schiff über Beiboote?« fragte er.

»Natürlich, aber warum willst du das wissen?«

»Weil ein kleines Beiboot zu einem solchen Experiment viel geeigneter wäre als dieses Riesenschiff. Gib uns einen deiner Gefährten mit, dann werden wir sehen!«

Fünf-Sonnen überlegte.

»Gut!« entschied er dann. »Vielleicht gelingt es uns sogar, die Station zu erreichen und nach Naugor zu suchen. Wer von euch kommt mit?«

Arn Borul tauschte einen kurzen Blick mit seinem Freund Peet Orell. Der nickte nur und überließ damit dem Moraner die Entscheidung.

»Du, Peet, Doc Ridgers, Junici und Szer Ekka. Das genügt.«

Fünf-Sonnen hatte ihn verstanden. Er beriet sich noch kurz mit seinen beiden anderen Gefährten, dann glitt er aus seinem Sitz und kam zu Arn Borul und der Gruppe seiner Gefährten, die sich bereits fertig machten, herüber.

Der Moraner verlor keine Zeit.

»Gehen wir!« drängte er, aber Fünf-Sonnen schüttelte den Kopf, eine Geste, die er von den Terranern angenommen hatte.

»Du vergißt die Dimensionen unseres Schiffes, Arn Borul. In unserem Raumer verfügen wir über andere und schnellere Möglichkeiten, von einem Ort an den andern zu gelangen. Haltet euch dicht bei mir.«

Er verließ den Leitstand des Sieben-Sonnen-Schiffes, der sich in diesem Augenblick wieder zu verdunkeln begann.

Sie traten in jene zylindrische Kammer, in der vorher Naugor vor seiner Teleportation gestanden hatte. Einen Moment lang konzentrierte sich der Ewige, dann standen sie alle plötzlich in einem geräumigen Hangar, der sich vermutlich an der Ober- oder Unterseite des Schiffes befand. Sie erkannten das an der flachen Wölbung der Decke über ihnen, die ihrer Vermutung nach die Innenhaut des Druckkörpers darstellen mußte.

Fünf-Sonnen schritt auf eines der Beiboote zu, dessen Durchmesser Peet auf ungefähr fünfzig Meter schätzte. Das Beiboot war im Grunde genommen eine maßstabgerechte Verkleinerung seines Mutterschiffes – ein ovaler Diskus, etwa zehn Meter stark, zu den Rändern hin abgeflacht. Sein Druckkörper wirkte völlig glatt.

An seiner Unterseite bildete sich eine Öffnung, aus der schwach grünliches Licht hervordrang.

Im stillen fragten sich Peet und seine Gefährten, als sie das Beiboot betraten, wieso auch in seinem Innern eine angenehm frische würzige Atmosphäre herrschte. Mit Sicherheit benötigten die Ewigen der Sieben Sonnen dergleichen nicht, das hatten sie bereits bewiesen.

Er fragte Fünf-Sonnen danach.

Der verhielt für einen Moment seinen Schritt.

»Wir haben uns auf Rangor von vornherein darauf eingestellt, euch an Bord zu nehmen. Nach der Analyse, die wir bereits an Bord des Hantelraumers durchführten, der nur über einen einzigen Raum mit einer für euch atembaren Atmosphäre verfügte, haben wir unser Schiff über die Mentalbänke entsprechend ausgerüstet.«

Damit wandte er sich ab, und wenige Augenblicke später befanden sie sich in der Zentrale des Beibootes.

Auch hier fanden sie Kontursitze vor, die genau ihren Körpermaßen entsprachen.

Das Beiboot verließ nach dem Druckausgleich den Hangar. Als der Rundsichtschirm sich aktivierte und ihnen wieder diese teuflische Illusion vermittelte, schutzlos in der Schwärze des Alls dahinzurasen, keinen Boden unter den Füßen zu haben, keine Decke über dem Kopf, um sie herum nichts als der gähnende Abgrund der Unendlichkeit, hatte sich immer noch nichts verändert. Die Sprungstation der Agaren blieb unsichtbar, ausgelöscht und wie vom Firmament gefegt die grüne Sonne.

Drei- und Zwei-Sonnen gaben aus dem riesigen Raumer neben ihnen durch Impulse die Richtung an, in der sie sich fortbewegen mußten, wenn sie in das Gebiet der grünen Sonne gelangen wollten. Denn auch die Ortungen des Beibootes versagten in dieser Hinsicht völlig.

Fünf-Sonnen ging außerordentlich behutsam zu Werke. Er ließ das Beiboot nur langsam dahingleiten, immer gefaßt darauf, plötzlich auf einen Prallschirm oder dergleichen zu stoßen.

Es geschah jedoch nichts. Sowohl das Beiboot als auch das Sieben-Sonnen-Schiff suchten das sie umgebende Universum unermüdlich ab. Die Sprungstation der Agaren war und blieb verschwunden. Mit ihr Naugor, der Ewige der Sieben Sonnen.

Als sie an Bord des Sieben-Sonnen-Schiffes zurückgekehrt waren, brütete Arn Borul dumpf vor sich hin. Seine Theorie bezüglich der Schwerkraft hatte sich nicht bewahrheitet. Er begriff einfach nicht, was dort vor ihren Augen geschehen sein konnte. Sie hatten einst die Station der Agaren betreten, als sie Xarr und die seinen in den Hangar des

Lebens schafften. Die Sprungstation war keine Fata Morgana gewesen, sondern existent, *von der Materie her existent,* ergänzte er in Gedanken.

Auch die drei Ewigen machten einen niedergeschlagenen Eindruck. Der Verlust Naugors traf sie offenbar viel schwerer, als der Moraner und seine Freunde vermuten konnten.

Sie warteten, kreisten mit dem Sieben-Sonnen-Schiff lange um jene Stelle, an der sich einst die Sprungstation der Agaren samt jener grünen Sonne befunden hatte. Aber es war vergeblich, von Naugor kam nicht mehr das geringste Zeichen.

Fast eine Woche war nach irdischer Zeitrechnung vergangen, als sie die Suche abbrachen.

Fünf-Sonnen ordnete den Abflug an. Er selbst brachte das Schiff auf den neuen Kurs – zur Sonne Merak, auf deren zweiten Planeten immer noch die PROMET II lag. Soviel hatten sie über Hyperfunk von der HTO erfahren.

6.

Der Rücksprung durchs Parakon verlief ohne Zwischenfall, auch der Anflug auf das System der Sonne Merak. Das Sieben-Sonnen-Schiff landete in der großen Ebene unweit der Region der Feuerberge – von den mißtrauischen Blicken Uraks verfolgt. Der Herrscher der Feuerberge spürte, daß die alten Zeiten auf dieser Welt der Sonne Ton-Ton unwiderruflich vorbei waren, daß auch für sein Volk, die Tonks, eine neue Epoche anbrechen würde. Denn die Fremden begannen bereits, sich auf ihrer Welt häuslich niederzulassen, und dagegen war er machtlos. Nicht einmal die Ghinoks trauten sich mehr in die Ebene, die sie zuvor beherrscht hatten.

Seine scharfen Augen sahen nun schon insgesamt fünf jener fremden Flugkörper. Er und die Seinen hielten sich vor den Fremden verborgen, denn sie kannten ihre Absichten nicht. Doch Urak wußte schon jetzt, daß man sie irgendwann entdecken würde.

Auch Vivien und Jörn betrachteten das gigantische Sieben-Sonnen-Schiff mit äußerst gemischten Gefühlen. Sie saßen in der Zentrale der PROMET II, die die Männer des Werkstattschiffs inzwischen geöffnet und wieder flugklar gemacht hatten. Unweit von ihnen lag die JAPETUS, neben ihr – aber erst seit ein paar Stunden – die SUUK. Mor-een war bei ihnen, und sie hatten ihr alles berichtet, was sie wußten, selbst aber ebenfalls eine Reihe von Informationen erhalten, die sie mehr als unruhig stimmten.

»Wir sollten diesen Koloss dort hinten mal anrufen, Jörn!« sagte Vivien und aktivierte den Interkom. Gleich darauf erschien das Gesicht Peet Orells auf der Bildfläche.

»Vivy – Jörn!« Unendliche Erleichterung schwang in seiner Stimme mit, als er die beiden vertrauten Gefährten endlich wieder erblickte. »Wartet, wir kommen zu euch 'rüber. Was zu berichten ist, sollten wir nicht über Interkom, sondern persönlich machen. Außerdem möchte ich so rasch wie möglich zur HTO zurückkehren. Fünf-Sonnen und die beiden anderen Ewigen wollen sogar sofort wieder starten, sie müssen nach Rangor zurück.«

Er berichtete aber doch noch in kurzen Zügen, was sich bei der Sprungstation der Agaren ereignet hatte.

»Das gibt es doch nicht, Peet!« war das einzige, was Jörn auf diese ganzen Ungeheuerlichkeiten zu antworten wußte. Aber da trat Arn Borul vor den Schirm.

»Ich habe mir über dieses Phänomen zusammen mit Szer Ekka bis eben den Kopf zerbrochen«, sagte er, und seine Augen lagen tief in den Höhlen, denn er hatte seit jenem Ereignis kaum mehr geschlafen. »Aber wir finden die Lösung dieses Problems nicht ...«

Ihm kam plötzlich ein Gedanke. Er wollte ihn aussprechen, irgend etwas hinderte ihn daran. Sein Gesicht drückte Erstaunen aus, denn er spürte sofort, daß eine ihm unbekannte Kraft seinen Willen lähmte. Und dann vergaß er auch schon, was er eben noch hatte sagen wollen.

Peet Orell trat neben ihn.

»Wir kommen jetzt zu euch rüber. Alles weitere mündlich, okay?«

Jörn und Vivien nickten zustimmend.

Bevor sie sich zum Verlassen des Sieben-Sonnen-Schiffes endgültig fertigmachten, traten die drei Ewigen auf sie zu.

»Denkt daran, daß euch Rangor von nun an jederzeit willkommen heißt. Wenn euch oder eurer Welt Gefahr droht – ihr könnt uns über Hyperfunk ständig erreichen. Nach meiner Rückkehr werde ich alles Nötige in dieser Hinsicht veranlassen. Und nun lebt wohl ...«

Keiner von ihnen allen ahnte, wie bald sie schon mit der PROMET II nach Rangor fliegen würden, und welche abenteuerliche Reise sich an diesen Flug anschließen sollte.

Noch während sie sich auf den Weg zur PROMET machten, hob der Sieben-Sonnen-Raumer wieder ab. Sie blickten dem riesigen, blau strahlenden Schiff nach, bis es am blaßblauen Himmel verschwunden war.

Sie brauchten eine ganze Weile, bis sie in der Kommando-Zentrale der PROMET II alles miteinander besprochen hatten. Peet fiel auf, daß sich sein moranischer Freund und auch dessen Frau ganz gegen ihre sonstige Gewohnheit kaum an den Gesprächen beteiligten. Aber sie führten das auf die völlige Übermüdung der beiden zurück. Daher fiel es ihnen auch nicht weiter auf, als sich Junici und Arn schon bald in ihre Kabine zurückzogen. Der einzige, der ihnen etwas sorgenvoll nachblickte, war Doc Ridgers. Er hatte sich nicht täuschen lassen, er spürte, daß besonders mit Arn Borul irgend etwas nicht stimmte.

Peet übernahm wieder das Kommando über die PROMET II. Er unterhielt sich noch mit Al und Jane Bigs von der JAPETUS und erfuhr bei dieser Gelegenheit, daß dieser Planet von den Terra States zur Besiedelung freigegeben worden sei.

»Gratuliere!« sagte er, denn er wußte, daß die beiden zusammen mit ihrem texanischen Kompagnon neben den Schürfrechten noch eine ganz ansehnliche Prämie für die Entdeckung dieser Siedlungswelt, die noch immer keinen Namen, sondern lediglich eine Registriernummer besaß, kassieren würden, und er gönnte es ihnen von Herzen. Aber eine Frage konnte er sich dennoch nicht verkneifen.

»Hat man eigentlich Bewohner dieses Planeten entdeckt, Mister Bigs?« fragte er. »Und wie hat man sich mit denen geeinigt? Ich will doch nicht hoffen, daß diese Welt von uns einfach annektiert wird, sofern intelligentes Leben angetroffen worden ist oder angetroffen wird, das ältere Rechte hat als wir?«

Al Bigs sagte eine ganze Weile nichts.

»Das genau ist der wunde Punkt, Mister Orell«, gab er dann zu. »Diese Welt trägt intelligentes Leben. Jane und ich haben sogar da oben in den Bergen schon Spuren entdeckt. Aber die Bewohner zeigen sich uns nicht. Wir werden aber weitersuchen und auf jeden Fall Kontakt mit ihnen aufnehmen. Aus diesem Grunde bleiben zu unserem Schutz die SUUK und das Werkstattschiff noch hier, bis die ersten Prüfungskommissionen der Terra States eingetroffen sind. Wenn Sie mir einen Gefallen tun wollen,

Mister Orell, dann kümmern Sie sich auf Terra um dieses Problem ein wenig!«

Peet Orell nickte.

»Geht in Ordnung – aber passen Sie auf sich auf. Welten wie diese sind gefährlich. Mißtrauen Sie besonders dem Meer und den rasch wechselnden klimatischen Bedingungen. Wir haben bei unseren Flügen eine ganze Reihe derartiger Erfahrungen gesammelt, und zum Schluß entwickelt man für neue Planeten ein ziemlich sicheres Gefühl. Dies ist eine Welt, die sich zu besiedeln lohnt – aber sie ist keinesfalls so harmlos wie etwa Riddle! Viel Glück Ihnen und Ihrer Frau!«

Auch mit dieser Prognose sollte Peet Orell recht behalten. Denn jener zweite Planet der Sonne Merak barg ein Geheimnis in den Regionen der Feuerberge, von dem bisher nur Urak, der Herrscher dieser Berge, etwas wußte.

Die PROMET II startete eine knappe Stunde später. Sechsundsiebzig Lichtjahre trennten sie von der Erde – eine Entfernung, die für ihre Sprungtriebwerke keinerlei Problem barg. Und der Rückflug verlief auch völlig programmgemäß – bis Arn und Junici Borul ausgeruht in der Zentrale wieder auftauchten.

Der Moraner wirkte immer noch grüblerisch, und jetzt fiel es sogar Peet Orell auf. Doc Ridgers, der sich zu diesem Zeitpunkt ebenfalls in der Zentrale befand, ließ jede Rücksicht fahren.

»Arn«, sagte er, »mit Ihnen stimmt doch etwas nicht. Mir machen Sie nichts vor. Seit unserem Start aus dem Merak-System.«

Arn Borul gab sich einen Ruck. Seine schockgrünen Augen verdunkelten sich.

»Ich wollte nicht darüber sprechen, weil es mir einfach zu absurd vorkam. Aber auch Junici ist Ihrer Meinung, Ben, daß es durchaus wichtig sein könnte.«

Er machte eine kleine Pause.

»Ich hatte auf dem Planeten plötzlich die Idee, daß vielleicht die Galakter uns das Rätsel um jene Sprungstation lösen könnten. Ich wollte diese Anregung geben, aber da lähmte eine fremde Kraft meinen Willen. Ihr alle wißt, daß meine Frau und ich über gewisse telepathische Fähigkeiten verfügen, wir sind also gegen fremde Eingriffe in unsere Gehirne ganz besonders empfindlich. Als dies geschah, war ich zunächst völlig außerstande, mich überhaupt zu erinnern, daß ich diese Anregung geben wollte. Und das eben begreife ich nicht. Ich werde auch jetzt das Gefühl immer noch nicht los, daß dieser Eingriff in mein Denken von einem der Ewigen vorgenommen wurde. Aber warum? Und warum kann ich jetzt frei reden?«

Doc Ridgers schüttelte ungläubig den Kopf. Und auch Szer Ekka, der sich ebenfalls in der Zentrale aufhielt, sah den Moraner zweifelnd an.

»Der Gedanke an sich ist gar nicht so übel!« meinte der Astro-Experte der PROMET. »Die Galakter sind eine sehr alte Rasse. Und wenn ich an ihre Technik denke, an ihr riesiges Transmittersystem, dann könnte ich mir sogar zweierlei vorstellen. Erstens, daß sie von den Agaren und ihrer Sprungstation wissen – so etwas kann ihnen gar nicht entgangen sein. Zweitens kennen sie bestimmt so gut wie alle Methoden, um derartige Materie-Annullierungen vorzunehmen. Ich glaube zwar nach wie vor, daß die Agaren ihre Station vernichtet haben, wie immer das auch vor sich gegangen sein mag. Doch ich plädiere ganz entschieden dafür, daß wir unseren Freund Lunastak-Lan zu dieser Sache hören!«

Vivien Raid sah den Moraner aus ihren hellgrünen Augen an.

»Trotzdem hast du uns noch immer etwas verschwiegen, Arn!« stellte sie dann unumwunden fest. »Du hast nämlich nicht nur das Gefühl gehabt, daß dieser Eingriff in dein Denken von irgendeinem der Ewigen, sondern von Naugor persönlich vorgenommen wurde. Stimmt das?«

Arn Borul starrte die Frau an.

Auch alle anderen ruckten herum.

»Es stimmt, aber es scheint mir einfach zu absurd, Vivy! Weißt du eigentlich, wie weit die Sprungstation und damit Naugor von uns entfernt ist? Das ist eine so gewaltige Distanz, daß sie nicht einmal die PROMET II zurückzulegen vermag. Und da soll Naugor …«

»Aber du hast das gedacht, du hast das so empfunden. Und du hast Junici sogar gesagt, daß du dich in deiner Meinung zu diesem Punkt nicht getäuscht hättest. Ich bin keine Hellseherin, Arn, aber ich habe, ohne es zu wollen, eines eurer Gespräche im Wohndeck mitgehört, als ich mich duschte und für den bevorstehenden Start umzog!«

»Vivy«, mischte sich Junici jetzt in das Gespräch ein, »Arn bestreitet das alles ja gar nicht. Aber es ist einfach nicht seine Art, derartig unhaltbare Vermutungen von sich zu geben, denn Naugor …«

Vivien richtete sich ruckartig auf.

»Ihr habt eines vergessen, Junici: Es muß nicht unter allen Umständen so sein, daß die Agaren ihre Station vernichtet haben. Wenn ihr meine Meinung hören wollt, dann glaube ich nicht daran, denn wozu sonst all die Anstrengungen bezüglich des sogenannten großen Planes, bei dem offensichtlich nur eines nicht geklappt hat – die Zeit. Vergeßt nicht, welch eine überragende Technik diese Station barg, vielleicht haben die Agaren Möglichkeiten, von denen wir uns einfach keine Vorstellungen machen können. Wer von unserer Galaxis zur Andromeda zu fliegen oder zu springen vermag – der kann auch noch mehr!«

Arn Borul und die anderen hatten Vivien aufmerksam zugehört, als sie Junici kurzerhand unterbrach. Aber da war immer noch dieses Problem, diese eine Frage – falls der Moraner sich nicht getäuscht hatte: Warum sollten sie offenbar nicht den Rat der Galakter einholen? Was sprach dagegen? Flüchtig tauchte in ihnen die Erinnerung an ihr Erlebnis mit der Straße der Sternenkönige auf – lag da vielleicht des Rätsels Lösung? War das Reich der Galakter denn eventuell auch schon längst zerfallen? Gab es auch bei den Galaktern Welten, die sich losgelöst hatten von allem und nur noch gefährliche Relikte einer längst vergangenen Epoche darstellten?

Die Antwort erfolgte auf eine Weise, an die sie im Traum nicht gedacht hätten.

Das Bild auf ihren drei Kugelschirmen begann zu flackern und erlosch dann schlagartig. Statt der bekannten Sternkonstellationen erschien plötzlich die Gestalt Naugors. Er stand in einer riesigen Zentrale zwischen wahrhaft gigantischen Maschinensätzen. Aber er war nur undeutlich zu erkennen, weil alles um ihn herum wie Nebel durcheinander waberte. Dennoch hörten und spürten sie das Wummern der Maschinen, dazu Geräusche, die sie noch nie vernommen hatten und auch nicht zu deuten wußten. Hin und wieder fraß sich durch den wabernden Nebel ein Bündel grünlicher Lichtstrahlen, aber alles schien weit, weit entfernt, räumlich gar nicht einzuordnen.

Peet und Arn waren gleichzeitig aus ihren Sitzen gefahren. Der Moraner stand schwer atmend neben seinem Freund, sein silbernes Haar leuchtete durch die in der Kommando-Zentrale herrschende Dämmerung.

»Naugor!« rief er. »Also doch! Aber warum, aus welchem Grund denn nur? Wo befindest du dich?«

Wie aus weiter Ferne kamen Naugors Impulse.

»Ich habe das Schlimmste gerade noch verhüten können, Moraner. Aber jetzt bin ich Gefangener der Station. Ich muß hier ausharren, bis ich euch den Weg in die Meen-Galaxis wieder geöffnet habe. Wann das sein wird, weiß ich so wenig wie ihr. Und nun hört mir genau zu! Viel Zeit habe ich nicht, selbst meine Kräfte reichen nicht lange über diese gewaltige Entfernung, die zwischen uns liegt.«

Sein Bild verzerrte sich für Sekunden, und atemlos starrten alle Mitglieder der PROMET-Crew – Peet Orell hatte sofort die Konferenzschaltung betätigt – auf den Ewigen der Sieben Sonnen, voller Furcht, die Verbindung könnte vorzeitig abreißen.

Dann wurde Naugor wieder etwas deutlicher, seine Impulse kamen klarer an.

»Fünf-Sonnen wird euch unter der Führung von Zwei-Sonnen eine Delegation von Mentalrobotern senden. Sie werden bei euch auf einer eurer Werften zwei genau gleiche Schiffe bauen, von denen eines vom

Tage der Fertigstellung an immer in dem Raum stationiert sein muß, in dem sich einst für uns alle sichtbar die Station der Agaren befand. Die Schiffe werden im Wechsel Dienst tun, ihr jedoch müßt die Besatzungen stellen, die von Fünf-Sonnen auf Rangor ausgebildet werden. Nehmt eure erfahrensten und besten Männer und Frauen, über die ihr verfügt, das ist äußerst wichtig.«

Wieder verzerrte sich das Bild. Naugor verschwand vor ihren Augen. Doch dann schaffte er es noch einmal, die Verbindung wiederherzustellen.

»Und noch etwas – hütet euch davor, die Galakter nach der Sprungstation der Agaren zu fragen. Ihr würdet damit für euch und alle euch befreundeten Welten eine Gefahr heraufbeschwören, vor der auch wir euch nicht mehr zu schützen vermögen. Wäre ich eher auf diese Möglichkeit gekommen, ich hätte jede Erinnerung an die Galakter aus euren Gehirnen gelöscht ... gelöscht ...«

Die letzten Impulse Naugors drangen wie ein fernes Echo durch die Zentrale der PROMET. Sie sahen, wie Naugor ihnen noch einmal beschwörend zuwinkte, dann verwischte sich sein Bild, die gigantischen Maschinen und die wabernden Nebel verschwanden, gleich darauf brannten wieder die Sterne ihrer heimatlichen Milchstraße auf den Schirmen.

Arn Borul spürte, wie ihm der Schweiß über den Körper lief. Seine Erregung war so stark, daß er am ganzen Körper zitterte. Er als einziger hatte gespürt, welch eine ungeheure Anstrengung Naugor sich ihretwegen auferlegt hatte, er allein hatte die ungeheure Strapaze beinahe körperlich mit erlitten.

Junici beugte sich besorgt über ihn, und Doc Ridgers griff nach seinem Arm, zählte den Pulsschlag des Moraners.

Er erkannte die völlige Erschöpfung Arn Boruls, und er handelte augenblicklich. Zusammen mit Jörn und Junici brachte er den fast bewußtlosen Moraner ins Medocenter. Dann gab er ihm eine Injektion und steckte ihn anschließend ins Bett.

Danach verfiel Doc Ridgers ins Grübeln. Was er da eben erlebt und vernommen hatte, das überstieg bei weitem seinen Horizont, obwohl er gewiß nicht einer der Dümmsten war.

Den anderen, Peet Orell eingeschlossen, ging es nicht besser. Als die Transition ins heimatliche Sonnensystem endlich bevorstand, saßen er, Jörn Callaghan, Vivien Raid und Szer Ekka, der den Moraner vertrat, noch immer schweigsam auf ihren Plätzen.

»Er muß also außer mit uns auch noch mit seinen Gefährten auf Rangor Kontakt aufgenommen haben!« sinnierte der Astro-Experte vor sich hin. »Denn wie wollte er sonst wissen, daß Fünf-Sonnen uns eine Delegation schickt? Und warum sind ausgerechnet wir dazu nötig und ausersehen, im Raum der grünen Sonne Wache zu halten? Und auf wie lange?«

Fragen über Fragen, die niemand von ihnen allen beantworten konnte.

Vivien Raid war es schließlich, die aussprach, was sie alle dachten.

»Die Dinge sind nun endgültig ins Rollen gekommen. Es mußte so kommen, man kann einfach nicht dauernd von einem Planeten zum anderen fliegen, Kontakte zu anderen Rassen aufnehmen, und im übrigen bleibt alles beim alten. Unserer Erde stehen gewaltige Veränderungen bevor, mit dem Besiedeln neuer Welten hat eine Entwicklung eingesetzt, die wir im Grunde genommen damit eingeleitet haben, indem wir die PROMET I bauten und den Kugelraumer beim Pluto entdeckten …«

Als sie sich Stunden später im Landeanflug auf die HTO befanden, bot sich ihren Augen ein völlig ungewohntes Bild. Im Sperrkreis III stand ein riesiger Hantelraumer, über den gesamten Sperrkreis verteilt agierten seine Beiboote und ganze Kolonnen von Robotern mit Spezialgeräten, die eine weißlich-graue Substanz, die immer noch bergeweise die Piste des Sperrkreises I bedeckte, neutralisierten und dann auf geheimnisvolle Weise beseitigten. Im Sperrkreis III parkte die MORAN, und neben ihr, unverkennbar, auch einige Einheiten der Space-Police.

»Da müssen ja einfach tolle Sachen passiert sein!« ulkte Peet. »Wenn Daddy sogar die Space-Police bei sich landen läßt, dann hat es zwischen den TST und der HTO entweder mächtigen Stunk gegeben, oder sie haben sich nun endgültig und unwiderruflich miteinander verbündet. Na, wir werden ja sehen!«

Sie beobachteten, wie zwischen den Robotern auch die Männer von Worners Besatzung und zahlreiche Einsatztrupps des Katastrophenschutzes der HTO umherquirlten. Alles in allem glich die HTO zu dieser Stunde weit eher einem aufgescheuchten Ameisenhaufen als dem größten und mächtigsten Konzern der Erde. Und genau das war sie auch.

Harry T. Orell mußte sein ganzes Geschick aufbieten, um sich zusammen mit Pjotr Chronnew, der seit Stunden mit ihm von seinem Arbeitszimmer aus eine Konferenz nach der anderen abhielt, die findigen Reporter des Television und die des Sol-Funks vom Leibe zu halten. Daß ihm das nicht völlig gelang, bewiesen die ständigen Kommentare, die schweren Helikopter, die trotz aller Ermahnungen und Warnungen über dem Gelände der HTO erschienen, und die man schließlich resignierend gewähren ließ. Nur in einem blieb der alte Harry T. Orell unerbittlich: Landen durfte keine dieser Maschinen innerhalb der HTO. Der einen, die es versucht hatte, waren der Werkschutz und die Space-Police gleichzeitig aufs Fell gerückt.

Pjotr Chronnew konnte sich ein Grinsen nicht verkneifen, während er aus geröteten und völlig überanstrengten Augen dem alten Orell einen schadenfrohen Blick zuwarf.

»Nicht wir, sondern ihre lieben Freunde von Rangor haben Sie zur Strecke gebracht, mein Lieber. Mit der ewigen Geheimniskrämerei ist es jedenfalls vorbei. Die Öffentlichkeit wird diese Tage nicht sobald vergessen, und die Space-Police – wie ich fürchte«, er warf einen Blick auf die Pol-Kreuzer im Sperrkreis III, »auch nicht, Harry. Dieser Commander Torsten ist ein harter Junge, und ich kann ihnen sagen, der hat mir mit seinen Kommandanten ganz hübsch eingeheizt. Nein, Harry, in allem Ernst: da geht jetzt nichts mehr. HTO und TST müssen künftig mit offenen Karten miteinander spielen. Und nicht nur das – so wie ich die Dinge sehe, werden wir früher oder später eine Weltregierung bekommen. Denn die Probleme, die sich uns im Zuge der Besiedlung neuer Welten stellen, sind selbst für große Blöcke zu gewaltig. Diese Probleme können wir erfolgreich nur gemeinsam, und zwar alle gemeinsam, bewältigen. Sie, mit Ihren Kontakten zu fremden Rassen, mit ihren technischen Möglichkeiten, sind dabei sicher einer der wichtigsten Partner, wenn nicht der wichtigste überhaupt. Aber wir müssen auch daran denken, die neuen von uns besiedelten Welten zu schützen – nein, Harry, unsere Arbeit ist noch lange nicht getan. Sie hat im Gegenteil soeben erst begonnen!«

Pjotr Chronnew erhob sich. In diesem Moment kam die Meldung von der bevorstehenden Landung der PROMET II.

Harry T. Orell stützte plötzlich seinen Kopf in beide Hände. Eine Weile blieb er an seinem großen Arbeitstisch so sitzen. Dann sah er Chronnew an.

»Pjotr, ich weiß, daß ich bei vielen als harter Konzernchef und rücksichtsloser Ausbeuter verschrien bin. Vielleicht nun nicht mehr ganz so, wie noch vor einigen Jahren. Aber eines kann ich Ihnen sagen, Pjotr: Glauben Sie nur ja nicht, daß es mir leicht fällt, meinen Jungen und all die anderen der PROMET-Crew nicht nur ständig wieder ziehen zu lassen zu ihren gefährlichen Abenteuern, sondern sie manchmal sogar selber losschicken zu müssen. Bisher haben sie immer wieder Glück gehabt, oder Freunde in den Tiefen des Universums gefunden, die ihnen im entscheidenden Moment zu Hilfe kamen. Wie lange wird das Glück dieser Crew noch anhalten? Wissen Sie eigentlich, an welchem dünnen Fädchen in den letzten Stunden die Existenz der HTO, vielleicht die unserer ganzen Welt gehangen hat? Und so gut die PROMET II auch sein mag, was immer ihre Konstrukteure bei ihrem Bau geleistet haben mögen, den Gefahren gegenüber, denen die Yacht in letzter Zeit ständig ausgesetzt war, ist sie ein völlig unzureichendes Schiff. Ich jedenfalls bin mir über diesen Punkt im klaren! Und ich wollte es Ihnen nur mal sagen,

Pjotr!« Damit erhob er sich und trat an das riesige Fenster seines Arbeitszimmers. Pjotr Chronnew folgte ihm.

Sie sahen den schlanken, schimmernden Raumer herangleiten. Elegant, leicht wie eine Feder, so jedenfalls schien es ihnen.

Über dem Sperrkreis II verharrte die Yacht einen Moment wie unschlüssig, dann senkte sie sich langsam der Piste entgegen, setzte auf.

In Orell kam Bewegung. »Kommen Sie, Pjotr, wir wollen die PROMET-Crew begrüßen. Mein Gott, bin ich froh, daß sie alle wieder einmal heil und unversehrt zurückgekommen sind!«

Die beiden Männer verließen eilig das Arbeitszimmer. Die flackernden Lampen der Interkomanlage kümmerten sie in diesem Moment nicht mehr. Im Augenblick konnte jedenfalls Harry T. Orell die ganze Welt gestohlen bleiben.

Wieder Stunden später flogen Vivien und Jörn in ihrem Gleiter dem funkelnden Lichtermeer von Joy City entgegen. Sie wußten beide, daß ihnen nur diese einzige Nacht Zeit blieb, schon der nächste Tag würde sie wieder erbarmungslos in die Mangel nehmen.

Als sie längst im Hangar des Zylcenters gelandet waren, in dem sich Viviens Appartement befand, viele hundert Meter hoch über den hektisch flackernden Leuchtreklamen der Stadt, drängte sich Vivien plötzlich vor einem der großen Panoramafenster des Wohnturms in Jörns Arme.

Sie sah zum nachtschwarzen Himmel empor, an dem durch die Lichterflut der Stadt kaum Sterne zu erkennen waren.

»Jörn«, sagte sie leise, und in ihrer Stimme war soviel Zärtlichkeit, wie man es nur selten bei Vivien erlebt hatte, »Jörn, heute nacht vergesse ich alle diese dummen Sterne da oben. Weißt du, oft, wenn ich auf meinem Balkon stehe, wenn ich das Lichtermeer der Stadt tief unter mir und die Sterne hoch über mir sehe, dann glaube ich manchmal, daß ich alle unsere Abenteuer mit der PROMET nur geträumt habe. Dann kann ich mir in diesem Augenblick nicht vorstellen, daß ich mit euch allen bei dieser oder jener Sonne da draußen schon war. Sag, geht es dir nicht manchmal auch so?«

Jörn Callaghan dachte lange nach, während er die Frau in seinen Armen hielt.

»Nein, Vivy!« erwiderte er dann schließlich leise. »Nein, ich vergesse unsere Reisen mit der PROMET nie auch nur für eine Sekunde. Ich glaube, daß ich längst raumsüchtig geworden bin. Ich halte es immer nur eine ganz begrenzte Weile hier auf der Erde aus, dann muß ich wieder hinaus, mit der PROMET, mit euch allen.«

Vivien sah ihn aufmerksam an. Und sie gestand sich in diesem Moment mindestens zum hundertsten Mal ein, daß es ihr und wahrscheinlich allen Mitgliedern der PROMET-Crew genauso ging.

Sie schmiegte sich noch fester an Jörn Callaghan, ließ ihn die Verheißung ihres Körpers noch deutlicher spüren.

»Aber heute, heute wirst du vergessen, Jörn, alles vergessen, wollen wir wetten?«

Sie wartete seine Antwort gar nicht erst ab, sondern zog ihn mit sich fort in den Taumel der großen Stadt, hinein in die flimmernden und flackernden Kaskaden bunten, rhythmisch aufleuchtenden Lichts. Sie dachte nicht an später, denn sie wußte, es würde alles genauso kommen, wie sie es wollte. Und darin hatte Vivien Raid – wie immer – auch in dieser Nacht absolut recht …

7.

Auf der Piste III des HTO-Raumhafens wurde inzwischen ein anderes Raumschiff startklar gemacht. Es war nur 80 Meter lang und trug auf seinem tropfenförmigen Rumpf die Aufschrift OB-7. Es war eines der acht OBSERVER-Schiffe, die im letzten halben Jahr von der HTO in Dienst gestellt worden waren.

Ihre Aufgabe war es, Sonnensysteme in der näheren stellaren Umgebung der Erde zu erkunden, wobei besonderer Wert auf die Auffindung hochwertiger Bodenschätze gelegt wurde. Jahrhundertelang war auf Terra auf diesem Sektor Raubbau getrieben worden; die Menschen hatten so getan, als wären die Rohstoffe der Erde unerschöpflich. Sie hatten drauflos gewirtschaftet, ihr Gott hieß *Konsum,* und das Ausrangieren noch vollkommen brauchbarer Artikel gehörte beinahe zum guten Ton, so daß man schließlich – ohne groß darüber nachzudenken – von einer *Wegwerfgesellschaft* sprach. Die Mode wollte es eben so, und man machte eifrig das mit, was einem die Verkaufsinteressen der Industrie diktierten, die sich in ihrer Reklame auf allen Sektoren laufend überbot.

Diese Gedankenlosigkeit hatte sich gerächt. Schon im Jahre 2025 waren viele Rohstoffe so knapp geworden, daß nur die Raumfahrt noch Rettung bringen konnte. Mond, Mars und die vielen Asteroiden hatten in die Bresche springen müssen, und eifrig wurden nun ihre Bodenschätze ausgebeutet. Noch reichten ihre Lager für die auf fast vierzehn Milliarden Köpfe angewachsene Erdbevölkerung aus, doch auch in dieser Hinsicht war ein Ende bereits abzusehen.

Dann aber war Arn Borul Anfang des Jahres 2089 auf die Erde gekommen und hatte ihr das Transitions-Triebwerk geschenkt. Nun konnte man viele Lichtjahre weit springen und in fremden Systemen das suchen, was im eigenen Bereich knapp zu werden begann. Harry T. Orell, der stets weiter sah als andere, war der erste, der diese Suche mit System betrieb.

Er hatte nicht vergessen, daß das PROMET-Team auf dem Wasserplaneten *Aquan* reiche Rodon-Lager entdeckt hatte, die nun bereits ausgebeutet wurden. *)

Nur etwa jede zehnte Sonne besaß ein Planetensystem, und längst nicht in jedem fanden sich Welten, die den Menschen auch das boten, was sie suchten. Bodenschätze allein genügten nicht, auch die Bedingungen für ihren Abbau mußten annehmbar sein. Es hatte wenig Sinn, Schürfteams mit einem riesigen Maschinenpark auf Planeten zu entsenden, wo sie ihre Aufgabe nur unter Schwierigkeiten erfüllen konnten, die in keinem Verhältnis zum Ertrag standen.

Die Terra States, die internationale Weltraumbehörde, war eigentlich für diese Dinge zuständig, doch ihre Mittel reichten bei weitem nicht aus. Die Besiedelung des Planeten Riddle, wo in Alpha City nun schon über 500 000 Menschen wohnten, verschlang allein Unsummen. Harry T. Orell, der sich nach der Übereignung des Planeten an die TST die Transportrechte dorthin gesichert hatte, führte die Flüge nun bereits zum Selbstkostenpreis aus; das glaubte er seinem Freund Pjotr Chronnew schuldig zu sein, und auch der Menschheit.

OBSERVER 7 hatte bisher zwei Forschungsflüge durchgeführt, aber ohne positives Ergebnis. Anschließend war der Raumer in die Werft gekommen, wo er die neuen Basis-Konverter erhalten hatte, die nach dem Vorbild aus dem Kugelraumer gebaut worden waren, der jenseits der Plutobahn trieb. Der erste Probeflug war gut verlaufen und nun stand das Schiff zum Einsatz bereit.

Es besaß drei DeGorm-Triebwerke und zwei Borul-Triebwerke, sein Aktionsradius betrug 1000 Lichtjahre. Außerdem führte es ein Beiboot mit, das den N-Booten entsprach, über die die PROMET II verfügte. Es war unbewaffnet, besaß aber als Schutz gegen etwaige Angriffe einen starken magnetischen Prallfeldschirm.

Seine Besatzung bestand aus 18 Männern und zwölf Frauen.

Die Hälfte der Crew bestand aus Fachwissenschaftlern und

*) siehe RP-CL 7: ›*SOS von Mira-Ceti*‹

Spezialtechnikern. Die Aufgabe dieses Raumers war es, auf den angeflogenen Planeten Untersuchungen aller Art durchzuführen, wobei die Suche nach Metallen im Vordergrund stand. Dazu wurde in den Lagerräumen ein reichhaltiges Sortiment der verschiedensten Instrumente und Apparaturen mitgeführt. War ein geeigneter Planet gefunden, wurde seine Oberfläche mit Spezialdetektoren abgesucht, denen kein abbauwürdiges Metallvorkommen entging. Anschließend landete das Schiff, und die benötigten Geräte wurden mit Antigravplattformen an die betreffenden Stellen gebracht, um Schürfungen oder Bohrungen vorzunehmen. Das war Aufgabe der Spezialtechniker, die je nach Bedarf von Mitgliedern der übrigen Besatzung unterstützt wurden.

Gleichzeitig traten auch die Wissenschaftler in Aktion, von denen die Fauna und Flora der jeweiligen Welt untersucht und katalogisiert wurde. Auch die biologischen und medizinischen Aspekte wurden nicht vernachlässigt, damit es später nicht zu Komplikationen kommen konnte, wenn sich Menschen für längere Zeit auf dem betreffenden Planeten aufhalten mußten.

Doch noch war es nicht soweit, die OB-7 stand noch auf der Piste, und die letzten Versorgungsgüter für die 14-tägige Reise wurden an Bord gebracht.

Ziel des Schiffes war eine Sonne im Sternbild Schwan, etwa 600 Lichtjahre von der Erde entfernt. Gamma Cygni, von den Astronomen auch *Sadir* genannt, war ein Stern der Spektralklasse F8, größer und auch heißer als die irdische Sonne. Die Astro-Experten der HTO hatten versichert, daß es bei dieser Sonne Planeten gab, die nun erforscht werden sollten.

Captain Thilo Kastrup, der Kommandant der OB-7, stand neben der Gangway und unterhielt sich mit seinem Piloten. Er war 30 Jahre alt, mittelgroß, von kräftiger Statur und lebhaftem Naturell. Er beobachtete die Arbeiten der Männer an den Antigravladern, zuweilen strichen seine Finger mechanisch über den kurzen Bart, der sein Kinn zierte. Er war ein Nachwuchspilot der HTO und hatte auf einem Transporter der

Asteroidenflotte Dienst getan, bis er zum Kommandanten des Forschungsschiffs ernannt wurde.

Peter Weyer, der Pilot, war gewissermaßen das Gegenstück zu ihm. Er war klein und untersetzt, 28 Jahre alt und rothaarig, doch ihm fehlte jegliches Temperament. Aus seinem rundlichen Gesicht sahen wasserblaue Augen, seine Bewegungen waren bedächtig und verrieten, daß er ein ausgesprochener Phlegmatiker war. Doch dieser Eindruck war wie weggewischt, sobald er sich vor seinem Pilotenpult befand. Dann reagierte er rasch und präzise und zeigte sich allen Situationen gewachsen. Kastrup wußte, was er an ihm hatte, denn beide hatten schon seit Jahren zusammen auf Raumern Dienst getan.

»Ob es diesmal klappen wird?« fragte Weyer mit dem ihm eigenen schleppenden Tonfall. Der Captain hob die Schultern und strich wieder unbewußt über seinen Bart. »Schwer zu sagen, Peter. Letzthin sah es ja auch gut aus, aber dann mußten wir die schönen Kupferkieslager wieder sausen lassen, weil die gute Miß Clevers ihr Veto eingelegt hat. Schädliche Bestandteile in der Planetenatmosphäre, die nach wenigen Wochen zur Bildung von Karzinomen in der Lunge führen, und damit war es aus ...«

Der letzte Lader machte sich auf den Rückweg, und der Lademeister kam auf die beiden zu. »Alles an Bord, Captain«, meldete er, »hier sind die Listen, unterzeichnen Sie bitte.«

Kastrup nickte und malte sein Unterschriftskürzel auf das Data-Table. »Okay, Muller – ich hoffe, daß Sie auch den Whisky nicht vergessen haben.«

»Whisky?« fragte Muller, und sein Gesicht war ein einziges Fragezeichen. Der Captain lachte leise auf. »Nur ein kleiner Scherz, weiter nichts. Alkohol an Bord ist natürlich streng verboten, das ist doch klar.«

»Spaßvogel«, sagte der Pilot, als der Lademeister gegangen war. »Der gute Muller war ganz entgeistert über dein dienstwidriges Ansinnen, Thilo.«

Captain Kastrup grinste leicht. »Das hat er in zehn Minuten wieder vergessen, da bin ich sicher. Im übrigen bevorzuge ich Wodka, das solltest du doch langsam wissen. Weißt du noch, wie ich damals ...«

Der Bordingenieur Walt Elting erschien in der Luftschleuse und unterbrach ihn. »Alles ist fertig verstaut, Captain«, rief er herunter, »von mir aus kann es losgehen. Wann starten wir?«

Der Kommandant sah auf sein Chrono. »Noch vierzig Minuten, Walt, die anderen werden wohl gleich kommen. Lassen Sie inzwischen schon die letzten Checks durchführen, damit nachher alles klar ist, wir kommen auch gleich an Bord.«

OBSERVER 7 war fertig zum Start. Der Pilot gab seine Meldung zum Tower durch und erhielt die Freigabe. Pünktlich hob das Forschungsschiff von der Piste ab und strebte dem Weltraum entgegen.

Captain Kastrup hatte den Copilotensitz eingenommen, während vor den Ortungsgeräten Frans de Witt saß, der dritte Mann des Kommandoteams der OB-7. Er war niederländischer Abstammung und erst 24 Jahre alt, groß und schlank, mit einem pfiffigen Gesicht und langem blondem Haar. Trotz seiner Jugend war er ein ausgezeichneter Fachmann, der sich sein Wissen in der Ausbildungsstätte der HTO erworben und bei vielen Flügen auf Frachtern der Corporation unter Beweis gestellt hatte. Er versuchte immer wieder, Peter Weyer zu necken, doch an dessen Phlegma prallten alle derartigen Versuche ab.

Als der Raumer die Mondbahn passiert hatte, öffnete sich das Eingangsschott der Zentrale, und Dr. Petersen betrat den Kommandoraum. Er war der Leiter des Forschungsteams, 48 Jahre alt, klein und schmächtig, aber ein erstklassiger Geologe. Er ließ sich in einen freien Kontursitz fallen und nickte dem Kommandanten zu.

»So weit wären wir also wieder einmal, Captain, und an uns soll es nicht liegen, wenn wir wieder eine Niete ziehen. Meine Leute brennen förmlich darauf, endlich einen vollen Erfolg erzielen zu können.«

Kastrup hob die Schultern. »Uns geht es nicht anders, Doc, auch uns macht es keinen Spaß, immer unverrichteter Dinge zurückkehren zu müssen. Wie ich hörte, haben OB-3 und 5 bereits je zwei Planeten mit Lagern verschiedener Erze entdeckt, und da möchten wir natürlich nicht gern zurückstehen.«

Dr. Petersen lächelte schief und zündete sich eine Zigarette an. »Leider geht es hier nicht nach unserem Wollen oder Können, denn die Natur läßt sich nirgends etwas befehlen. Was wir brauchen, das wären Roboter, die auch auf Planeten arbeiten können, die für uns Menschen nicht geeignet sind. Dann wären alle Probleme bald gelöst.«

Der Captain verzichtete auf eine Antwort, denn er wollte keine lange Diskussion mit dem Wissenschaftler herausfordern. Automaten aller Art waren Dr. Petersens Steckenpferd.

Das Schiff hatte inzwischen die Bahnebene der Planeten verlassen und glitt auf den vorbestimmten Transitionspunkt zu. Die Daten für den Raumsprung steckten bereits im Steuercomputer, der ihn einleiten und kontrollieren würde, sobald die erforderliche Geschwindigkeit erreicht war und der entsprechende Impuls gegeben wurde.

»Alles in Ordnung, Peter?« erkundigte sich der Kommandant nach einer Weile.

Der Pilot nickte, ohne den Blick von seinen Kontrollen zu nehmen. »Bis jetzt sehe ich keinen Grund für Beanstandungen, Thilo. Die neuen Konverter sind phantastisch, und dabei arbeiten sie nur mit einem Teil ihrer Kapazität. Mit ihnen könnten wir glatt bis ins Zentrum der Galaxis springen, wenn unsere Triebwerke da mitmachten.«

»Leider ist unser Schiff keine PROMET II«, bemerkte Kastrup lakonisch, »für die wären 600 Lichtjahre nur ein besserer Katzensprung.«

Er aktivierte den Interkom und rief das kleine Astro-Lab. Auf dem Bildschirm erschien das Gesicht von Jan Urbanski, der für dessen Anlagen verantwortlich war. Trotz seines polnischen Namens war er ein waschechter Yankee aus New York, dessen schmales Gesicht von einer mächtigen Hakennase beherrscht wurde.

»Noch etwa fünf Minuten bis zur ersten Transition«, unterrichtete ihn der Kommandant. »Wir werden etwa eine Lichtwoche vor dem Zielsystem herauskommen, nehmen Sie es dann sofort mit dem Dekametro ins Visier.«

»Okay, Captain«, gab Urbanski wortkarg zurück und schaltete ab. Er machte nie viele Worte, aber er verstand sein Fach, und besonders das Dekametro hatte es ihm angetan. Dieses Gerät, einst in BASIS I entdeckt und von den Asistronikern der HTO nachgebaut und verbessert, befand sich auch an Bord der OB-7 und machte viele früher notwendige zeitraubende Analysen und Berechnungen unnötig.

Erneut glitt das Schott auf und Pat Clevers betrat die Zentrale. Sie war die Biologin des OBSERVER-Teams, 26 Jahre alt, klein und zierlich, aber doch sehr weiblich, mit dunklen mandelförmigen Augen und langem brünettem Haar. Sie trug nicht die übliche Bordkombination, sondern eine lange schwarze Hose und eine feuerrote Bluse mit langen Ärmeln, was ihr vorzüglich stand. Sie hatte eine Schwäche für den Kapitän, und dieser wußte das, ignorierte es jedoch konsequent, obwohl auch sie ihm gefiel. Er war glücklich verheiratet und hatte zwei nette kleine Kinder, das genügte ihm, und er dachte nicht im Traum daran, das alles für eine kurze Affäre aufs Spiel zu setzen. Abgesehen von dem daraus zwangsläufig entstehenden Ärger an Bord …

Fast gleichzeitig mit ihrem Eintreten flammte das Warnlicht auf, das die bevorstehende Transition anzeigte. Pat Clevers erkannte, daß die Männer im Augenblick keine Zeit für sie hatten, nickte ihnen nur kurz zu und nahm dann den fünften Kontursitz ein. Dies war erst ihr dritter Raumflug, und es faszinierte sie noch, wie nach jeder Transition die Sternkonstellationen auf den Bildschirmen übergangslos wechselten und durch andere, fremde, ersetzt wurden. Erwartungsvoll richtete sie ihre Blicke auf den Panoramaschirm, auf dem sich dieser Vorgang in wenigen Minuten vollziehen würde.

Peter Weyer kontrollierte noch einmal seine Instrumente, und dann stellte er die Verbindung zwischen Tronik und Steuerpult her.

Von da an lief alles automatisch ab, niemand an Bord brauchte nur einen Finger zu rühren, bis das Schiff wieder aus dem Para-Kontinuum kam. Die X-Zeit lief, und die Zahlen der Sekundenanzeige huschten über die Monitore. Bei »zwei« wurden die Konverter hochgefahren, um die nötigen Energien für den Raumsprung zu liefern, und die beiden Borul-Triebwerke wurden aktiviert.

Im gleichen Augenblick zuckten Kommandant und Pilot erschreckt zusammen. Ein bösartiges Grollen erklang plötzlich vom Maschinenraum im Heck des Raumers her und pflanzte sich durch alle Räume fort. Augenblicklich war den beiden Männern klar, daß dort etwas ablief, das durchaus nicht in Ordnung war – die neuen Basis-Konverter liefen mit voller Kapazität, obwohl normalerweise ihre halbe Leistung genügt hätte, um die Sprungtriebwerke zu versorgen!

Die Hand des Piloten zuckte vor, um die Nottaste zu drücken, die den bereits eingeleiteten Raumsprung im letzten Moment unterbinden sollte. Sie kam um Sekundenbruchteile zu spät ...

Die Tronik hatte bereits geschaltet, und augenblicklich wurde OBSERVER 7 in das Parakon geschleudert. Das schrille Heulen der weit überlasteten Triebwerke klang durch das Schiff, doch die Ohren der dreißig Menschen an Bord vernahmen es nicht mehr. Die Andruck-Absorber, weit über die Grenzen ihrer Leistungsfähigkeit hinaus belastet, konnten die schlagartig auftretenden Andruckwerte nicht mehr neutralisieren. Die gesamte Besatzung war bewußtlos.

Ein gewaltiger Ruck ging durch den Raumer, es war, als würde OB-7 in Stücke gerissen. Irrlichterne Entladungen zuckten durch den Triebwerkssektor und durchschlugen mühelos alle Isolierungen, als die beiden Borul-Agregate doppelt soviel Energie zugeführt bekamen, als sie verbrauchen konnten. Der Überschuß richtete im Maschinenraum schwerste Schäden an.

In diesem Zustand wurde OBSERVER 7 in das Parakon gerissen – das Ende von Schiff und Besatzung schien besiegelt.

Doch ein barmherziges Schicksal bewahrte die 30 Menschen davor, spurlos im Überraum zu vergehen. Die *Massen-Kontrolle,* jene komplizierte Apparatur, die während jeder Transition durch die Abstrahlung von Energie dafür sorgte, daß die Masse des Schiffes konstant blieb und der als *Einstein-Effekt* bekannte Zustand der Ausdehnung ins Unendliche vermieden wurde, sprang ein. Sie nahm einen Teil der rückgestauten Energiemenge auf, strahlte ihn ins Parakon ab und hielt so die Vernichtung der OB-7 auf. Der Raumer blieb erhalten und fiel in den Normalraum zurück, als die Tronik die Konverter wieder abgeschaltet hatte.

Wie durch ein Meer von zähem schwarzem Schlamm kämpfte sich Captain Kastrup wieder ins Bewußtsein zurück.

Ein seltsames Dröhnen erfüllte seinen Kopf, feurige Schleier wogten vor seinen Augen und wurden immer wieder intervallartig durch die Schwärze abgelöst. Dann aber klärte sich sein Blick, Kastrup wollte sich im Kontursitz aufrichten, fiel aber augenblicklich zurück und wurde erneut bewußtlos.

Als er wieder zu sich kam, fühlte er sich noch immer wie durch den Fleischwolf gedreht, aber er konnte wenigstens wieder halbwegs klar denken. Diesmal hütete er sich davor, unbedachte Bewegungen zu machen, nur seine rechte Hand tastete sich an der Armlehne seines Sitzes entlang und seine Finger öffneten durch den Druck auf einen Knopf ein darin angebrachtes Fach. Sie ertasteten die darin befindliche Spritzampulle. Langsam zog er die Hand zurück und setzte die Ampulle an sein linkes Handgelenk.

Mit leisem Zischen wurde ihr Inhalt in seine Blutbahn gepreßt. Wenige Herzschläge genügten, um das Kompaktstimulans im gesamten Körper zu verbreiten. Schon Sekunden später fühlte sich der Kommandant erheblich besser. Er atmete tief durch, bis die letzten bunten Ringe hinter seinen Lidern verschwanden, erst dann öffnete er vorsichtig wieder die Augen.

Er sah das vertraute Bild der Schiffszentrale in einem seltsamen

Dämmerlicht. Die Beleuchtung war ausgefallen, alle Bildschirme und Monitore waren dunkel, nur die batteriegespeiste Notbeleuchtung brannte.

Was war denn nur geschehen …?

Es fiel ihm wieder ein, als er die anderen sah, die noch immer bewußtlos in ihren Sitzen lagen. Doch ehe er ihnen half, mußte er erst einmal klären, wie es um das Schiff stand, das war seine Pflicht als Kommandant. Er aktivierte den Interkom und rief zum Beobachtungsraum durch. Urbanski meldete sich nicht, und so schaltete Kastrup zum Maschinenraum um.

Hier hatte er Erfolg. Der Bildschirm erhellte sich, und ein halblautes Stöhnen kam aus der Feldmembrane. Dann erschien das Gesicht des Bordingenieurs auf der Mattscheibe, und unwillkürlich hielt Thilo Kastrup den Atem an.

Walt Eltings Gesicht war krebsrot und verschwollen, seine Augenbrauen und Haare waren versengt. Dieser Mann mußte große Schmerzen haben, doch er riß sich zusammen und nickte dem Kommandanten gequält zu. »Wie sieht es bei Ihnen aus, Walt?« fragte Kastrup heiser.

Der Ingenieur hob die Hände, und auch sie wiesen deutliche Verbrennungserscheinungen auf.

»Scheußlich, Captain«, sagte er resigniert. »Ich bin zwar eben erst zu mir gekommen, aber was ich hier sehe, reicht mir. Im Augenblick der Transition gab es ein fürchterliches Feuerwerk, ich dachte, alle Triebwerke würden auseinanderfliegen. Zum Glück befand ich mich mit Berry Grant gerade in der Kontrollkabine, und die hat uns vor der unkontrolliert ausbrechenden Energie und der ungeheuren Hitze halbwegs geschützt.«

»Mit unseren neuen Konvertern muß etwas mächtig schief gegangen sein«, meinte der Captain mit verkniffenem Gesicht. »Doch das Schiff existiert immerhin noch, das ist wenigstens ein Trost. Walt, Sie schnappen sich jetzt Grant und begeben sich mit ihm in unsere Medo-Station. Ihre Verbrennungen müssen schleunigst behandelt werden. Es kann sein, daß Sie Doc Wernicke erst einmal wieder auf Vordermann bringen müssen; ihn hat es bestimmt auch mitgenommen, aber Sie sind ja in Erster Hilfe firm. Ich will inzwischen versuchen, einen Überblick darüber zu erhalten, wie es sonst im Schiff aussieht und wo wir uns befinden. Alles andere wird sich später ergeben.«

Zwanzig Minuten später hatte Captain Kastrup den Überblick, und das Ergebnis war entmutigend genug.

Es war niemand ums Leben gekommen, aber zwei Mitglieder der Besatzung hatten Armbrüche davongetragen, sechs weitere Stauchungen und Prellungen. Alle anderen waren glimpflich davongekommen, weil sie sich in den Kontursitzen oder in den Betten befunden hatten. Doc Wernicke hatte alle Hände voll zu tun.

Das Schiff selbst war raumtüchtig geblieben -- aber beide Transitionstriebwerke waren ausgebrannt! So sagte jedenfalls Jean Falcon, einer der Schiffstechniker, der dem Captain Bericht erstattete.

Das war ein schwerer Schlag, aber fast noch schlimmer war die Tatsache, daß sich nicht feststellen ließ, in welchem Sektor der Milchstraße sich die OB-7 jetzt befand. Es war klar, daß das Schiff infolge des starken Energiestoßes erheblich weiter gesprungen sein mußte, als vorgesehen war – wie weit, das konnte niemand sagen!

Jan Urbanski im Astro-Lab tat sein Bestes, und der Pilot half ihm dabei. Systematisch suchten die beiden Männer mit dem Elektronenteleskop und dem Dekametro nach bekannten Sternen, doch vorerst ohne jeden Erfolg. Die sichtbaren Konstellationen waren weder im NGC noch im Ekka-Katalog verzeichnet, ein sicheres Zeichen dafür, daß noch nie irdische Schiffe in diesem Sektor waren.

»Wir sollten die HTO anfunken und um Hilfe bitten«, schlug Dr. Petersen vor.

Der Kommandant lachte bitter auf.

»Das ist zwecklos, Doc, solange wir nicht wissen, wo wir uns befinden. Wenn uns jemand Hilfe bringen soll, muß er unsere Koordinaten wissen, ohne die findet er uns nie. Zum Glück besteht wenigstens keine unmittelbare Gefahr für uns, die nächste Sonne ist etwa zwei Lichttage von uns entfernt.«

Es handelte sich dabei um eine rote Riesensonne vom Spektraltyp K 3, die von zahlreichen Planeten aller Größen umgeben war. Es war ein sogenannter ›alter‹ Stern mit geringer Dichte und verhältnismäßig wenig Leuchtkraft, was wohl der Grund dafür war, daß man ihn auf der Erde noch nicht registriert hatte.

Alle arbeitsfähigen Besatzungsmitglieder waren mit Aufräumarbeiten beschäftigt. Besonders im Maschinendeck mußte schnellstens wieder Ordnung geschaffen werden. Zum Glück waren alle wichtigen Aggregate so verkapselt, daß sie durch den Energieausbruch und die Hitzeentwicklung keinen Schaden genommen hatten. Auch die DeGorm-Triebwerke waren unversehrt geblieben, so daß der Raumer im Normalraum noch manövrierfähig war.

Die Normal-Konverter funktionierten ebenfalls, so daß die energetische Versorgungslage im Schiff normal war. Die Basis-Konverter dagegen blieben abgeschaltet. Der Captain wollte nicht riskieren, daß es durch sie zu einer zweiten Katastrophe kam.

Mißmutig starrte er auf den Panoramaschirm, auf dem das glitzernde Band der Milchstraße in voller Pracht zu sehen war. Es schien merklich näher gerückt zu sein, ein sicheres Zeichen dafür, daß die OB-7 eine weit größere Entfernung überwunden hatte, als es ihr normalerweise möglich war.

»Warum muß das gerade *uns* passieren?« knurrte er erbittert.

Gleich darauf glitt das Eingangsschott auf, und Walt Elting schob sich in die Kommando-Zentrale. Sein Gesicht und die Hände waren mit einer dicken Schicht Heilspray bedeckt, unter dessen Einfluß die Schwellungen und Verbrennungserscheinungen bereits merklich zurückgegangen waren.

»Hallo, Captain«, sagte der Chefingenieur mit einem schwachen Lächeln. »Eine besonders schöne Bescherung, und dabei ist Weihnachten erst wieder in ein paar Monaten ...«

»Sie sollten sich schleunigst ins Bett legen, Walt«, meinte Thilo Kastrup besorgt, »mit so starken Verbrennungen ist nicht zu spaßen.«

Elting wischte diese Worte jedoch mit einer knappen Geste beiseite. »Keine Sorge, ich weiß schon, was ich mir zumuten kann. Einen alten Boxer wirft so etwas nicht gleich um.« Er war Schwergewichtsmeister der HTO-Flotte und sehr stolz darauf, daß er noch nie einen Kampf verloren hatte. Er ließ sich in den Pilotensitz fallen. »Ich komme eben vom Maschinendeck«, bemerkte er dann, »ich habe mir die Borul-Triebwerke angesehen. Falcon hat mächtig übertrieben, als er Ihnen sagte, daß sie vollkommen ausgebrannt wären. Sie sind zwar ziemlich lädiert, aber ich traue mir trotzdem zu, sie zu reparieren, wenn es auch eine Weile dauern wird.«

»Tatsächlich?« fragte Captain Kastrup aufatmend. »Walt, das ist eine Nachricht, die einfach unbezahlbar ist! Wir stecken hier in einem vollkommen unbekannten Raumsektor und können deshalb nicht auf Hilfe von der Erde rechnen. Wenn wir 1000 Lichtjahre zurückspringen können, wachsen unsere Chancen ganz erheblich.«

»Sie sind also damit einverstanden, daß wir mit der Reparatur beginnen?« vergewisserte sich der Ingenieur.

»Selbstverständlich, Walt. Nehmen Sie alle Leute, die Sie brauchen können.«

»Okay«, sagte Elting und erhob sich wieder, »dann will ich mal gleich alles in die Wege leiten. Vielleicht geht es schneller, als wir denken, und wir können schon bald wieder transitieren.«

Er hatte gerade die Zentrale verlassen, als sich der Interkom meldete. Jan Urbanski rief an, und seinem strahlenden Gesicht konnte man unschwer ansehen, daß auch er eine gute Nachricht hatte.

»Wir haben unsere Position festgestellt, Captain! Es ist uns gelungen, den Andromeda-Nebel und den Sternhaufen M 31 aufzufinden, alles weitere war dann ein Kinderspiel. Der Computer hat unsere Koordinaten haargenau bestimmt. Halten Sie sich fest, Captain: Wir sind fast 3 500 Lichtjahre von der Erde entfernt …!«

Thilo Kastrup pfiff durch die Zähne. »3 500 Lichtjahre – man sollte es kaum glauben. Über Rettungsschiffe mit einer so großen Reichweite verfügt die HTO gar nicht, soviel ich weiß. Es trifft sich also gut, daß Elting unsere Borul-Triebwerke reparieren will, hoffentlich hat er damit Erfolg.«

Wenig später kam Peter Weyer in die Zentrale zurück und übernahm die Wache; OBSERVER 7 trieb mit langsamer Fahrt im freien Fall auf das System der roten Riesensonne zu. Der Kommandant begab sich in seine Kabine, um sich zu erfrischen, und suchte dann das Maschinendeck auf.

Dort sah es wüst aus. Zwölf Männer und Frauen waren an der Arbeit, man hatte die Zugänge zu den Sprungtriebwerken geöffnet und damit begonnen, die beschädigten Teile dieser ungemein komplizierten Anlagen auszubauen. Sechs weitere Männer waren noch mit Aufräumungsarbeiten beschäftigt, und Kastrup legte, ohne viele Worte zu machen, sofort mit Hand an.

Als die Schlafperiode herankam, hatten die Arbeiten bereits gute Fortschritte gemacht. Man einigte sich darauf, die Ruhezeit auf nur sechs Stunden zu verkürzen und anschließend sofort weiterzuarbeiten. Nur die vier leicht verletzten Männer, die freiwillig mit angepackt hatten, wurden freigestellt, um sich auskurieren zu können.

Der Kommandant löste wieder den Piloten ab; er war ein Mann, der mit wenig Schlaf auskam. Er benutzte die Wache dazu, einen Bericht über die Fehltransition und ihre Folgen auf Band zu sprechen, wozu er bisher noch nicht gekommen war.

Dabei wurde er unterbrochen, denn Frans de Witt kam in die Kommando-Zentrale. Kastrup sah verwundert auf, als er das erregte Gesicht des Ortungsspezialisten bemerkte. »Gibt es etwas Besonderes, Frans?« fragte er und schaltete den Bordbuch-Recorder ab.

De Witt nickte nachdrücklich. »Ich konnte nicht einschlafen, Captain, ich habe die ganze Zeit darüber nachgegrübelt, was wohl die Ursache für die Katastrophe gewesen sein könnte. Jetzt kann ich es Ihnen sagen: Unser Computer ist schuld!«

Der Kommandant kniff die Brauen zusammen. »Das wäre ein ganz neuer Aspekt, ich glaubte bisher, der Fehler läge bei den neuen Konvertern. Okay, zapfen Sie uns einen Kaffee, und dann raus mit Ihrer Weisheit.«

»Die Sprungtriebwerke und ihre Energieversorgung werden ausschließlich durch die Tronik gesteuert«, begann de Witt, als sie die dampfenden Becher vor sich stehen hatten. »Er wird vom Piloten programmiert und berechnet dann selbständig aufgrund der ihm eingegebenen Daten alle nötigen Faktoren für den Raumsprung. Peter Weyer hat die übliche Kontrolle durchgeführt, keine Fehler festgestellt und dann die X-Zeit anlaufen lassen. Ihm kann man keine Schuld geben, Captain, er *konnte* keinen Fehler finden …«

»Machen Sie es doch nicht so spannend«, unterbrach ihn Kastrup ungeduldig, der die oft weitschweifige Art seines Mitarbeiters kannte. »Kurz und bündig. Woran lag es?«

»Irgend jemand vom Werksteam muß geschlampt haben, Captain. Die neuen Konverter wurden eingebaut und getestet, aber dann haben die Herren vergessen, die Software der Tronik entsprechend abzustimmen. Das Programm basiert nach wie vor auf den Werten der alten Konverter – es wußte einfach nichts davon, daß wir jetzt Basis-Konverter an Bord haben! Somit stimmte die gesamte Synchronisation zwischen Computer, Konvertern und Triebwerken nicht mehr – verstehen Sie?«

Thilo Kastrup strich sich mechanisch über den Kinnbart, seine Augen waren groß geworden.

»Sicher, ich verstehe«, sagte er langsam. »Der Automat hat seine Berechnungen nach den Erfahrungswerten durchgeführt, die für die bisherigen Konverter galten, und dann auch entsprechend geschaltet. So kam es zwangsläufig dazu, daß die Leistung der Basis-Konverter viel zu hoch war – sie wurden voll hochgefahren, die Triebwerke bekamen das doppelte Energiequantum, und der Knall war da ...« Er schlug mit der Faust auf das Pult vor sich, daß der Kaffeebecher einen förmlichen Sprung machte. »Verdammt, das wird eine Menge Wirbel geben, wenn wir zurückkommen – vermutlich wird dann irgend jemand seinen Hut nehmen müssen. Frans, Sie sind ein Prachtkerl! Ich wäre vermutlich nie darauf gekommen, und Sie ...«

Plötzlich fuhr er hoch, sein Gesicht war totenblaß geworden. »Die anderen Schiffe!« stieß er hervor. »Drei weitere OBSERVER-Raumer liegen zur Zeit in der Werft und bekommen ebenfalls Basis-Konverter eingebaut – wenn man bei ihnen den gleichen Fehler macht, ergeht es ihnen nicht anders als uns! Wir müssen sofort die HTO anrufen und davon verständigen, ehe weitere Unglücke geschehen können.«

Er stürzte förmlich zum Hyperfunkgerät, das seitlich des Pilotensitzes untergebracht war, denn die OB-7 besaß keine besondere Funkstation. Mit fliegenden Fingern schaltete er Sender und Empfänger ein und wartete fieberhaft darauf, daß sich die Skalen erhellten.

Doch das geschah nicht – beide Geräte blieben tot ...!

Der Captain hämmerte förmlich auf die Tasten, aber ohne Erfolg. Skalen und Bildschirm blieben dunkel, und so öffnete er das Gehäuse der Anlage. Seine Befürchtungen bewahrheiteten sich – die gesamte Hyperfunkanlage war ohne Strom, und einige häßlich geschwärzte Sektoren der Mikroschaltungen sagten alles.

»Durchgebrannt!« sagte Thilo Kastrup tonlos. »Die hintere Antenne liegt dicht über dem Triebwerkssektor, und vermutlich ist die dort hinführende Leitung irgendwie unter Strom gesetzt worden, der dann bis hierher durchgeschlagen hat. Das hat uns gerade noch gefehlt ...«

Doch sofort straffte sich seine Gestalt wieder. »Frans, sausen Sie los und holen Sie Urbanski aus dem Bett, Ersatzteile sind genügend an Bord, und die vordere Antenne ist vermutlich noch in Ordnung.«

De Witt trank hastig seinen Kaffee und verließ die Zentrale. Zehn Minuten später waren die drei Männer eifrig damit beschäftigt, die Hyperfunkanlage in ihre Bestandteile zu zerlegen; Funktechnik war

Pflichtfach für alle Männer, die mit der Führung eines Schiffes zu tun hatten. Doch ihnen standen Stunden angestrengter Arbeit bevor.

Stunden, in denen niemand Zeit fand, die Ortungsanlagen der OB-7 in Betrieb zu nehmen, was sonst in regelmäßigen Abständen geschah. So entging ihnen eine Anzahl von Transitionsschocks, die aus dem Sektor der roten Riesensonne kamen …

Nach Ablauf der Schlafperiode kam der Pilot in die Zentrale und löste den total übermüdeten Kommandanten ab. Der Hyperfunk-Empfänger war bereits wieder in Ordnung, nur der Sender bereitete noch Schwierigkeiten und mußte nochmals überprüft werden.

Thilo Kastrup fiel förmlich in sein Bett und schlief schon Sekunden später ein. Er schlief wie ein Toter, doch er fuhr gegen Mittag abrupt hoch, als plötzlich eine starke Erschütterung durch das Schiff ging.

Sekunden später gellten die Alarmsirenen auf, der Captain sprang aus dem Bett und aktivierte den Interkom. Das bleiche Gesicht von Peter Weyer sah ihn vom Bildschirm her an.

»Explosion im Triebwerkssektor, Captain! Elting wollte das Transitions-Triebwerk II kurz testen, und dabei scheint etwas schiefgegangen zu sein, etwas Näheres weiß ich auch noch nicht.«

Kastrup schlüpfte hastig in seine Kombination, verließ mit großen Sätzen die Kabine und sprang auf das Expreß-Laufband. Darauf stand bereits Dr. Wernicke mit einigen Medo-Boxen, und das ließ Schlimmes befürchten!

Als geschlagener Mann suchte der Kommandant eine halbe Stunde später die Zentrale auf.

Was eigentlich geschehen war, hätte nur der Chefingenieur sagen können – doch Walt Elting war tot. Mit ihm war auch Donald Calder gestorben, einer der Triebwerkstechniker. Beide Männer hatten sich nahe des noch offenen Schachtes von Triebwerk II befunden, als dieses bei einem eigentlich gefahrlosen Funktionstest mit minimaler Energie aus einer Speicherbank plötzlich explodiert war.

Am Heck des Forschungsschiffs klaffte nun ein häßliches Loch, und auch das zweite Borul-Triebwerk war in Mitleidenschaft gezogen. Es war nicht mehr gelungen, die Leichen der beiden Männer zu bergen, denn sofort hatten sich die Sicherheitsschotten geschlossen und verwehrten den Zugang zu diesem Sektor.

Doch das war noch nicht alles. Die Hülle von OBSERVER 7 hatte einen Riß bekommen, der sich bis zur Mitte des Schiffes hinzog. Durch ihn entwich langsam, aber stetig die kostbare Atemluft, und es war unmöglich, diesen Schaden mit Bordmitteln zu beheben, solange sich das Schiff im Raum befand!

So blieb ihm nichts weiter übrig, als die OB-7 zu einem der drei Sauerstoffplaneten der roten Sonne zu steuern, um dort auf Hilfe zu warten. Die drei DeGorm-Triebwerke funktionierten zum Glück noch.

»Da sitzen wir ja schön in der Tinte« meinte Peter Weyer, als er die Zentrale betrat. »Immerhin können wir jetzt die HTO anrufen, das Funkgerät ist eben fertig geworden, willst du das selbst tun?«

Der Kommandant nickte stumm, schaltete Sender und Empfänger ein und suchte nach Worten für den inhaltsschwersten Funkspruch seines Lebens.

8.

Amos Carter, einer der Manager der HTO-Corporation, war gewissermaßen Harry T. Orells Blitzableiter. Der schlanke Fünfziger mit den graumelierten Schläfen nahm seinem Chef all jene Routinearbeiten ab, die mit organisatorischen Aufgaben in den Werken zusammenhingen. So war er es auch, der als erster verständigt wurde, nachdem die Funkzentrale der HTO die Katastrophenmeldung der OB-7 empfing.

Carter ließ die Aufzeichnungen auf sein Visophon überspielen, stützte dann den Kopf in die Hände und überlegte scharf. Es kam zuweilen vor, daß ein HTO-Raumer SOS funken mußte, besonders im Asteroidengürtel, wo sich Kollisionen mit den zahlreichen Trümmern eines geborstenen Planeten ereigneten. Doch dieses Gebiet lag gewissermaßen vor der Haustür der Erde und war von den Rettungsschiffen in einer Kurztransition zu erreichen.

In diesem Fall war die Lage ganz anders. 3 500 Lichtjahre waren eine Entfernung, die außer der PROMET II, der MORAN und der SUUK noch kein irdisches Schiff überbrückt hatte. Die meisten HTO-Raumer besaßen nur einen Aktionsradius von einigen hundert Lichtjahren, und mehr schafften auch die Hilfsschiffe nicht. Es führte also kein Weg daran vorbei: Er mußte Orell verständigen, denn nur dieser konnte veranlassen, daß die MORAN oder Peet Orells PROMET eine Hilfsaktion für OBSERVER 7 durchführten.

Der HTO-Chef befand sich gerade bei einer geschäftlichen Besprechung, unterbrach sie jedoch sofort, denn er wußte, daß Carter ihn nicht ohne triftige Gründe stören wurde. Gleich darauf erschien sein Abbild auf dem Sichtschirm im Büro des Managers. »Wo brennt es denn, Amos?« fragte er kurz.

Nachdem Carter ihn unterrichtet hatte, legte der grauhaarige Riese seine Stirn in bedenkliche Falten. »Das kommt zu einem verdammt ungünstigen Zeitpunkt«, knurrte er. »Die PROMET II liegt in der Werft, ihre Besatzung macht Urlaub und hat sich in alle Winde verstreut. Doch wir haben ja noch die MORAN! Okay, Amos, ich kümmere mich darum, daß der Spindelraumer sofort in Marsch gesetzt wird.«

Er beendete das Gespräch und ließ sich umgehend mit der HTO-Raumleitstelle verbinden. Dort mußte er allerdings erfahren, daß sich die MORAN im Augenblick im Halo-System SGC 4 aufhielt, um Versorgungsgüter nach Suuk zu bringen. Sie war am Vortag gestartet.

Orell verlor keine Zeit und ließ sofort eine Hyperfunkverbindung mit der Pyramidenstadt auf dem Haloplaneten herstellen. Sie kam zustande, doch die Verständigung war sehr schlecht, und als Orell Captain Worner, den Kommandanten der MORAN, erreicht hatte, erfuhr er auch den Grund dafür.

»Hier im Halo-System ist im Moment der Teufel los, Mister Orell! Es scheint auf der Sonne zu irgendwelchen Ausbrüchen gekommen zu sein, der gesamte Raum innerhalb des Halos strotzt nur so von energetischen Störungen. Das wäre aber noch nicht so schlimm, denn wir verfügen ja über einen starken Schutzschirm. Viel schlimmer ist es, daß sich die Passage durch den Halo vor ein paar Stunden geschlossen hat! Wir können hier einfach nicht heraus, solange die Störungen andauern, und das kann eventuell noch mehrere Tage dauern.«

Orell kannte den tüchtigen Kommandanten und wußte, daß der keinesfalls übertrieb. Eric Worner war einer der zuverlässigsten Männer der HTO-Flotte.

Der HTO-Chef schüttelte den Kopf. »So lange können wir nicht warten, Worner, das Schiff ist in akuter Gefahr. Es hilft also nichts, wir werden versuchen müssen, das PROMET-Team zusammenzutrommeln. Kommen Sie trotzdem zurück, so bald es geht, vielleicht werden Sie auch noch gebraucht, man kann nie wissen.«

Er unterbrach die Verbindung. Er machte sich große Sorgen um die Männer und Frauen von OBSERVER 7, die sich aus eigener Kraft nicht mehr retten konnten. Ein Wettlauf mit der Zeit begann.

Orell setzte alle Hebel in Bewegung, um seinen Sohn und dessen Freunde sowie die übrige Besatzung der PROMET II aufzuspüren. Ihre Urlaubsadressen lagen im Hauptbüro vor, doch meist war es so, daß sie von den betreffenden Orten aus Abstecher machten und dann nur schwer aufzutreiben waren.

Immerhin war am Abend bereits der größte Teil der PROMET-Crew auf dem Rückweg zur HTO.

Dafür gab es eine zweite große Schwierigkeit: Die Techniker der HTO hatten sich die PROMET II zu einer Generalüberholung vorgenommen! Sie schimpften nicht schlecht, als sie vor der Benachrichtigung der PROMET-Crew Order erhielten, den Raumer schnellstens wieder startklar zu machen, aber sie taten ihr Bestes, als sie hörten, worum es ging. Trotzdem dauerte es etwa zwölf Stunden, bis die teilweise zerlegten Apparaturen wieder zusammengebaut und funktionstüchtig waren.

Gegen Abend trafen die ersten Mitglieder des PROMET-Teams auf dem HTO-Raumhafen ein. Zum Teil kamen sie mit Sonderjets, die weiter entfernten waren von Raumbooten abgeholt worden.

Um zwei Uhr nachts trafen Pino Tak und Ramon Mara als letzte ein, und dann ging die gesamte Besatzung an Bord. Niemand dachte an Schlaf, und die Männer packten gleich mit an, wo es nötig war, um so bald wie möglich starten zu können. Inzwischen waren auch Transporter angerollt und brachten zwei Austauschtriebwerke für die OB-7. Man wußte nicht, ob es möglich war, das Forschungsschiff zur Erde zurückzubringen, aber versuchen wollte man es auf jeden Fall. Auf Veranlassung von Doc Ridgers waren auch zusätzliche Regeneratoren und Medikamente aller Art herangeschafft worden, damit man für jede Eventualität gerüstet war.

Um fünf Uhr morgens war die PROMET II startbereit, die Koordinaten des havarierten Schiffes befanden sich im Computer. Peet Orell gab Gus Yonker den Auftrag, die OB-7 anzurufen und sie von ihrem Kommen zu verständigen. Zwei Minuten später rief der Funker zurück und machte ein ratloses Gesicht.

»Ich kann tun, was ich will, Peet – ich bekommen keine Verbindung mit OBSERVER 7!«

»Das gefällt mir gar nicht«, knurrte Peet. »Fragen Sie doch mal bei der Werksfunkzentrale an, wann sich das Schiff zuletzt gemeldet hat, und wie es zu diesem Zeitpunkt dort aussah.«

Yonker nickte und meldete sich zwei Minuten später erneut. »Der letzte Anruf von OB-7 kam vor sechs Stunden«, berichtete er. »Captain Kastrup gab durch, daß die Lage an Bord unverändert sei und daß sich das Schiff im Anflug auf das System der roten Sonne befände, wo er es notfalls auf einem Planeten herunterbringen wollte.«

»Dann muß inzwischen noch etwas geschehen sein«, sagte Jörn Callaghan, der Schwarzseher der PROMET-Crew. »Laß uns schnellstens starten, Peet, ehe es vielleicht zu spät ist.«

»Moment noch!« rief Gus Yonker in diesem Augenblick. »Eben kommt auch ein Anruf von der MORAN.« Sein Gesicht verschwand für eine Weile vom Schirm des Interkom und tauchte dann wieder auf. »Captain Worner läßt Ihnen mitteilen, daß sich die Verhältnisse im Halo-System so weit gebessert haben, daß er den Ausflug durch die Passage riskieren kann. Die MORAN ist bereits von Suuk gestartet und begibt sich ebenfalls umgehend in den Sektor der roten Sonne.«

»Das ist gut«, atmete Arn Borul auf. »Vielleicht können wir das Schiff dort gut brauchen, falls die Lage sich sehr verschlechtert hat.«

Eine Minute später zündete er die Triebwerke, und die PROMET schoß in den Morgenhimmel empor. Wie prophetisch seine Worte gewesen waren, ahnte er zu diesem Zeitpunkt noch nicht ...

»Wie sieht es aus, Jan?« fragte Captain Kastrup, als er das kleine Astro-Lab von OBSERVER 7 betrat. Urbanski hob die Schultern.

»Wir haben drei Sauerstoffplaneten zur Auswahl, Captain – aber leider stehen die beiden besten davon zur Zeit jenseits der Sonne. Am nächsten ist uns der achte, er ist viel kleiner als Terra, aber leider eine ausgesprochene Wüstenwelt, auf der es kaum Wasser gibt. Die Atmosphäre ist eben noch atembar, sie enthält knapp 13 Prozent Sauerstoff, aber die Hitze dort dürfte uns sehr zu schaffen machen. Die Durchschnittstemperatur von *Rotauge* VIII beträgt fast 35 Grad Celsius, und das ist etwas reichlich.«

»Rotauge?« fragte Kastrup verwundert und mußte dann lächeln, obwohl ihm nicht gerade danach zumute war. Auch der Astro-Experte grinste leicht. »Einen Namen muß das Kind doch haben, wie man so sagt, und diese Sonne läßt einen wirklich an ein großes rotes Auge denken, wenn man sie auf den Bildschirmen sieht.«

Der Kommandant mußte ihm recht geben, denn die Riesensonne strahlte trotz ihrer Größe nicht annähernd so hell wie Sol, sondern hing wie ein roter Feuerball in der Schwärze des Alls. Sie besaß nicht weniger als 23 Planeten aller Größenklassen, wie man mittels des Dekametro mühelos festgestellt hatte; der größte mit fast 700 000 Kilometern Durchmesser hätte selbst eine kleine Sonne sein können. Er wurde von 18 Monden umkreist, und mindestens 40 weitere Trabanten waren bei den übrigen Welten festgestellt worden.

Thilo Kastrup überflog die Daten für den achten Planeten, die Jan Urbanski auf einer Folie festgehalten hatte, runzelte die Stirn und fuhr sich gedankenlos über seinen Bart. »Das sieht aber gar nicht gut für uns aus, Jan«, bemerkte er skeptisch. »Die Schwerkraft von Rotauge VIII mit 0,8 Gravos wäre ja ganz annehmbar, aber sonst ist mit dem Planeten nicht viel Staat zu machen. Die HTO hat mir mitgeteilt, daß sich die Hilfsaktion für uns erheblich verzögert, weil weder die PROMET II noch die MORAN momentan aktionsbereit sind. Vielleicht müssen wir noch tagelang warten, und das wäre auf dieser Welt nicht gerade das ideale. Unsere Sauerstoffvorräte schrumpfen beängstigend schnell.«

»Haben die Versuche, den Riß abzudichten, keinen Erfolg gebracht?« fragte Urbanski. Der Kommandant schüttelte resigniert den Kopf.

»Berry Grant hat getan, was er konnte, das ganze Technikerteam hat sieben Stunden lang gearbeitet, aber nicht viel erreicht. Zwar ist der Riß in der Hülle jetzt mit Folien notdürftig abgedichtet, aber die vielen kleinen Sprünge, die es daneben gibt, sind sehr zahlreich und kaum aufzufinden. Direkt unter der Außenhaut verlaufen die vielen Kabelschächte und sonstigen Versorgungsleitungen, die an Dutzenden von Stellen leck geworden sind. Da sie durch das ganze Schiff führen, hat es auch nichts genützt, daß wir alle nicht unbedingt notwendigen Schiffsabteilungen von der Luftversorgung abgeschnitten und ihre Schotten abgedichtet haben. Wir verlieren immer noch soviel Luft, daß die Versorgungsanlage es eben noch schafft, den normalen Druck aufrecht zu erhalten.«

»Also müssen wir doch auf Nummer VIII landen?« meinte der Astro-Experte.

Der Captain hob die Schultern. »Ich bin mir noch nicht ganz schlüssig darüber«, bekannte er leise. »Es wäre mir erheblich lieber, wenn wir VI oder IV erreichen könnten, damit wir nicht unter Umständen tagelang auf einer Welt festliegen, die uns derart minimale Lebensbedingungen bietet. Ich werde gleich einmal die Tronik befragen, ob wir es noch schaffen ...«

Der Interkom sprach an, und auf der Bildfläche erschien das Gesicht von Berry Grant. Er war sonst meist die Ruhe selbst, doch jetzt war er hochgradig erregt.

»Wir müssen sofort alle Räume hinter dem Kabinensektor von der Sauerstoffversorgung abtrennen und isolieren!« meldete er mit heiserer Stimme. »Eben hat sich ein neuer Riß in der Außenhülle gebildet, durch den die Luft nur so in den Raum schießt. Wenn wir nichts tun, können wir in ein paar Stunden unser Testament machen ...«

»Okay, veranlassen Sie sofort alles Notwendige«, bestimmte Captain Kastrup. Grant nickte und schaltete sofort wieder ab, der Kommandant aber stieß einen langen Seufzer aus.

»Jetzt kann uns auch der Computer nicht mehr helfen – wir müssen auf dem achten Planeten landen, ob wir wollen oder nicht! In dem gefährdeten Sektor liegt unsere Küche mit den Haupt-Wassertanks, und ohne sie können wir nicht überleben, falls nicht schnell Hilfe kommt ... Überspielen Sie sofort die Koordinaten des achten Planeten in den Kommandoraum«, bestimmte er dann. »Wir müssen jetzt auf Höchstbeschleunigung gehen, denn wenn noch etwas derartiges passiert, erreichen wir Rotauge VIII vielleicht nie!«

Zwei Minuten später schaltete Peter Weyer die DeGorm-Triebwerke auf Vollast, und das havarierte Schiff wurde fast bis auf Lichtgeschwindigkeit gebracht. Der dabei auftretende Dilatationseffekt reduzierte die für das Schiff gültige Eigenzeit erheblich; der eine Lichttag, der es noch von dem Zielplaneten trennte, schmolz dadurch zu einigen Stunden subjektiver Zeit zusammen. Damit wuchs die Hoffnung, daß OBSERVER 7 die rettende, wenn auch ungastliche Welt noch erreichen würde, ehe es zu spät war.

Und doch war es bereits zu spät – in dem System der roten Riesensonne lauerte eine mindestens ebenso große Gefahr auf das Forschungsschiff und seine Besatzung …

Harry T. Orell erwachte wie üblich pünktlich um sieben Uhr morgens.

Er hatte in der vergangenen Nacht so lange im HTO-Hauptwerk ausgeharrt, bis er wußte, daß der Start der PROMET II gesichert war. Erst dann war er in seinen Bungalow am Großen Sklavensee zurückgekehrt, und so hatte er nur knapp fünf Stunden Schlaf gefunden. Das war auch für einen Mann von seiner guten Konstitution nicht viel, doch sein *innerer Wecker* hatte ihn trotzdem pünktlich wach werden lassen.

Es war ein herrlicher Sommermorgen des Jahres 2095, die Sonnenstrahlen fielen durch die Ritzen der Jalousien und malten bizarre Muster auf den Boden des Schlafzimmers. Orell dehnte sich, warf dann die leichte Schlafdecke ab und stieg leichtfüßig aus dem Bett.

Eine verspätete Amsel sang draußen in den hohen Tannen noch ihr Morgenlied, ein paar vorwitzige Eichhörnchen jagten sich keckernd die Bäume hinauf und hinunter. Tief sog Orell die würzige Luft ein, warf die Schlafjacke ab und begann mit seinen allmorgendlichen Freiübungen.

Auf die verzichtete er unter keinen Umständen, sie hatten mit dazu beigetragen, ihn bis in dieses vorgerückte Alter jung und elastisch zu erhalten.

Während er sich abwechselnd beugte und streckte, überdachte er noch einmal die Ereignisse des vergangenen Tages. Echte Sorge überkam ihn bei dem Gedanken an die Männer und Frauen von OBSERVER 7, die weit draußen im All in einem unerforschten Raumsektor jetzt vielleicht verbissen um ihr Leben rangen.

Hoffentlich schaffen es Peet und Captain Worner noch, das Schiff zu erreichen und die Menschen darin zu retten! dachte er. Obwohl er ein cleverer Businessman war, standen bei ihm doch stets die Menschen im Vordergrund.

Das Frühstück stand bereits auf dem Tisch, und er nickte dem Butler zu, den er seit ein paar Monaten beschäftigte.

»Morgen, Barker, ein herrlicher Tag heute. Nutzen Sie ihn gut aus, ich werde erst am Abend wieder zurückkommen. Beißen die Forellen drüben im Bach gut?«

Der Butler lächelte leicht. »Ausgezeichnet, Sir. Ist es Ihnen recht, wenn wir abends ein paar davon auf den Tisch bringen?«

»Eine gute Idee«, meinte Orell, köpfte sein Ei und biß herzhaft in die erste Toastschnitte. Butler Barker zog sich zurück. Orell aß mit gutem Appetit, doch plötzlich wurde er nachdenklich.

»Verdammt, irgend etwas muß mir gestern entfallen sein!« murmelte er dann, und plötzlich schmeckte ihm der Kaffee nicht mehr. Da war doch noch etwas im Zusammenhang mit dem OBSERVER-Schiff, etwas sehr wichtiges sogar ...

Plötzlich fiel es ihm wieder ein. Mit einem Satz sprang er auf, ließ die Serviette achtlos auf den Boden fallen und stürmte hinüber zum Visophon. Mit fliegenden Fingern schaltete er es ein und ließ sich hastig von der Zentrale mit dem Technischen Leiter der Werftabteilung verbinden.

Die Verbindung kam, das Gesicht von Ralph Hutchinson erschien auf der Bildfläche. »Etwas Besonderes, Sir?« fragte er, als er die Erregung in den Zügen seines Chefs erkannte.

»Und ob!« gab dieser zurück. »Hutchinson, wie weit sind Ihre Leute mit dem Einbau der Basis-Konverter in die drei OBSERVER-Schiffe, die zur Zeit bei Ihnen in der Werft liegen?«

»Fast fertig, Sir«, gab der Ingenieur zurück. »Wir wollen heute noch die abschließenden Tests vornehmen, anschließend können die Raumer wieder in den Einsatz gehen.«

»Sofort alles rückgängig machen!« rief Orell aufgeregt aus. »Mann, da hat jemand einen riesigen Bock geschossen, und OBSERVER 7 ist bereits das erste Opfer davon. Man hat vergessen, die Tronik mit den Daten über die neuen Konverter zu beschicken, und das hat zu einer Fehltransition mit katastrophalen Folgen geführt.«

Hutchinson wurde blaß. »Das ist ja furchtbar, Sir ...!« schluckte er. »Okay, ich werde umgehend dafür sorgen, daß dieser Lapsus ausgebügelt wird, darauf können Sie sich verlassen.«

Sein Chef nickte ihm zu und unterbrach die Verbindung. Langsam kehrte er zu seinem Frühstückstisch zurück.

»Ich werde eben doch alt«, knurrte er dabei vor sich hin, »früher hätte ich etwas so wichtiges bestimmt nicht übersehen. Auch Amos Carter hat nicht daran gedacht, mit ihm muß ich auch noch ein paar Worte deswegen reden.«

»Noch eine Stunde Schiffszeit, dann haben wir es geschafft«, sagte Peter Weyer. »Wir befinden uns jetzt schon innerhalb der Umlaufbahn des 14. Planeten, in zehn Minuten kann ich mit dem Bremsmanöver beginnen.«

Seit der Explosion im Triebwerksraum waren jetzt 14 Stunden objektiver Zeit vergangen, aber für die Besatzung der OB-7 waren sie infolge der Dilatation auf weniger als zehn Stunden zusammengeschrumpft. Der Raumer befand sich noch sechs Milliarden Kilometer von der roten

Sonne entfernt, die aber trotzdem bereits so groß wie ein Fußball auf den Bildschirmen zu sehen war.

Dr. Petersen hatte vorgeschlagen, auf einem der näher gelegenen Monde von Rotauge XVI zu landen, doch eine spektroskopische Untersuchung hatte ergeben, daß keiner der zwölf Trabanten über eine atembare Atmosphäre verfügte. So wurde die ursprüngliche Absicht des Captains durchgeführt und der achte Planet angesteuert.

Der Kommandoraum hatte sich bevölkert, denn niemand hatte noch Lust, sich in den Kabinen aufzuhalten, die jetzt direkt an die luftleeren Schiffssektionen angrenzten. Das Maschinendeck konnte nur noch über die Monitore kontrolliert werden, aber die Triebwerksanlagen liefen vollautomatisch und wurden ohnehin von der Zentrale aus geschaltet. Nur im Falle von technischen Störungen war die Anwesenheit von Menschen erforderlich, und dafür stand ein Trupp von vier Technikern in Raumanzügen bereit.

Bisher war alles glattgegangen, und so hatte sich unter der Besatzung des Schiffes ein vorsichtiger Optimismus verbreitet. Dazu trug auch die Tatsache bei, daß sich der Verlust von Luft jetzt in Grenzen hielt. Grant hatte errechnet, daß der Sauerstoffvorrat noch für etwa zwölf Stunden reichen würde, und bis dahin würde man längst gelandet sein.

Zudem bestand begründete Hoffnung, daß sich der Zwangsaufenthalt auf dem achten Planeten nicht allzu lange ausdehnen würde. Captain Kastrup hatte bei seinem letzten Hyperfunkgespräch mit der HTO vor etwa sechs Stunden die Auskunft erhalten, daß die PROMET II bereits startklar gemacht wurde, wenn man auch noch keinen genauen Termin für ihren Abflug von der Erde geben konnte.

»Was wir jetzt erleben, ist praktisch das Gegenstück zum Fehlsprung der PROMET vor zwei Monaten«, meinte Pamela Kohn. Sie war die Ökologin des OBSERVER-Teams, eine etwas füllige mittelgroße Blondine von 32 Jahren, die aus Israel stammte.

Sie hatte eine unglückliche Ehe hinter sich und war erst vor sechs Wochen geschieden worden, doch das hinderte sie nicht daran, dem

Geologen Dr. Hunter schöne Augen zu machen, der aber bisher nicht angebissen hatte.

»Nicht ganz, Pam«, sagte Captain Kastrup, der für jede Ablenkung dankbar war. »Damals geriet die PROMET II im Parakon in eine Raumvakuole, wurde unkontrolliert durch die Hyperdimension gewirbelt und es war schon fast ein Wunder, daß sie wieder in den Normalraum zurückkam. Bei uns war es nur ein gewöhnlicher technischer Fehler und nichts deutet darauf hin, daß uns ein ähnliches Abenteuer bevorsteht, wie Peet Orells Führungsteam bei den Galaktern der Vorzeit.«

»Kann man es wissen?« unkte Hans Iversen, der Bergbauingenieur. Er stammte aus Schweden, sah aber mit seinem dunklen Teint und dem gelockten schwarzen Haar eher wie ein waschechter Südländer aus. »Schließlich ist es doch gut möglich, daß es auch in diesem System irgendwelche intelligenten Wesen gibt.«

Dr. Petersen sah den Kommandanten an. »Was meinen Sie dazu, Captain? Halten Sie es für möglich, daß wir sozusagen vom Regen in die Traufe kommen, wenn der achte Planet bewohnt ist?«

Thilo Kastrup hob die Schultern. »Theoretisch wäre es schon möglich, Doc. Wie denken Sie darüber, Pat?«

Die Biologin Pat Clevers wiegte den Kopf. »Leben kann auf jeder Welt entstehen, die dafür annehmbare Bedingungen bietet, doch Rotauge VIII gehört nach meiner Ansicht nicht in diese Kategorie. Die Verhältnisse dort sind ausgesprochen ungünstig, vor allem fehlt es an Wasser, das die erste Voraussetzung ist. Der vierte oder sechste Planet käme schon eher in Frage.«

»Was sagen deine Ortungen dazu?« erkundigte sich Jean Falcon bei dem Ortungsspezialisten.

Frans de Witt hob die Hände. »Nichts, Jean, denn unsere Fernortungen sind sämtlich außer Betrieb, weil bei der Explosion alle Antennenleitungen zerrissen worden sind. Ein Glück, daß es hier keine Asteroiden gibt, sonst wären wir schlecht dran.«

Er wies auf die Ortungsschirme, und dann wurden seine Augen groß, denn im selben Moment begannen sämtliche Oszillos zu flackern ... Energie-, Massen- und Distanzortung sprachen gleichzeitig an, steile Amplituden zuckten über die Oszilloschirme. Alle Anwesenden zuckten zusammen, ein jäher Schreck durchfuhr sie. Captain Kastrup war mit einem Satz bei dem Ortungspult, las die Werte ab und drehte sich dann langsam wieder um.

»Wenn man vom Teufel spricht, dann kommt er ...« sagte er tonlos. »Vier fremde Raumschiffe sind dicht neben uns aus dem Parakon gekommen und schicken sich an, uns von allen Seiten einzukreisen!«

Lähmendes Entsetzen breitete sich in der Zentrale der OB-7 aus. Man hatte geglaubt, in spätestens einer Stunde in relativer Sicherheit zu sein, denn das Schiff war bereits wieder auf ein Zehntel Lichtgeschwindigkeit abgebremst, der achte Planet lag nur noch wenige hundert Millionen Kilometer vor ihnen. Und nun das ...!

Alle Augen richteten sich auf die Bildschirme, nur der Kommandant ließ sich nicht beirren. »Triebwerke abschalten, Peter!« befahl er dem Piloten. »Die meisten Schutzschirm-Projektoren funktionieren ja noch, leite alle verfügbare Energie hinein und versuche, unseren Schirm aufzubauen. Viel wird er uns nicht helfen, wenn die Fremden angreifen, aber wir müssen uns schützen, so gut es eben geht.«

Dann sah auch er auf den Panoramaschirm, der nun die fremden Raumer deutlich zeigte, denn sie befanden sich bereits sehr nahe. Sie besaßen Kugelform und daneben eine Anzahl verschiedenartiger Aufbauten. Am meisten fiel aber ein langgestrecktes konisches Gebilde ins Auge, das am Heck saß, und an dessen Ende sich eine Parabolantenne befand.

Eine unbekannte Waffe? Fast schien es so, denn die Parabolspiegel aller vier Schiffe waren eindeutig auf die OB-7 gerichtet.

»Es geht nicht, Thilo!« sagte der Pilot, und sein sonst unerschütterlicher Gleichmut war plötzlich wie weggewischt. »Irgendwo müssen auch die Zuleitungen zu den Schirmprojektoren einen Knacks bekommen haben – der Schirm läßt sich nicht aufbauen ...!«

Das ist das Ende! dachte der Kommandant müde, und seine Schultern fielen herab. Und wie durch diese Gedanken herbeigerufen, begann in diesem Moment auch schon der Angriff auf das irdische Schiff …

9.

Nicht nur auf *Err,* sondern auf allen bewohnten Planeten und Monden des Systems herrschte Alarmstimmung. Sie war durch einen Erztransporter ausgelöst worden, der sich auf dem Weg von einem der äußeren Monde nach Err befunden hatte. Seine Ortungen hatten einen ungewöhnlich starken Transitionsstoß in der Nähe des Systems registriert, und der Kapitän hatte sofort eine Meldung an die Raumbehörde abgesetzt.

Er hatte an ein eigenes Schiff geglaubt, das sich möglicherweise in Raumnot befand; nach der Heftigkeit der Erschütterung der Raumstruktur lag diese Befürchtung nahe. Doch die Ermittlungen der Raumbehörde hatten schnell ergeben, daß es sich um kein Fahrzeug der *Erros* handeln konnte, und diese Tatsache hatte die größte Unruhe ausgelöst.

Die Echsenwesen waren stets bestrebt gewesen, die Position ihres Systems geheimzuhalten. Als Flüchtlinge vor dem großen Galaktischen Krieg waren sie vor langer Zeit in diesen Sektor gekommen und hatten sich auf den beiden inneren Sauerstoffwelten der roten Riesensonne angesiedelt. Hier hatten sie Ruhe gefunden, denn im Umkreis von mehr als 500 Lichtjahren gab es keine anderen raumfahrenden Intelligenzwesen.

Nur selten waren sie Schiffen fremder Rassen begegnet, und nie war es zu näheren Kontakten gekommen. Die Erros hatten sich in ihrer selbstgewählten Isolation wohl gefühlt.

Sie wurde erst durchbrochen, als ihre Zahl so sehr zugenommen hatte, daß die beiden Planeten übervölkert waren. Notgedrungen hatten sie auf die Suche nach Kolonialplaneten gehen müssen. Das war für sie kein Wagnis mehr gewesen, nachdem ihre Wissenschaftler die *Mental-Projektoren* entwickelt hatten, Geräte, mit deren Hilfe sie jedes intelligente Wesen unter ihren Willen zwingen konnten.

Sehr bald hatten sie erkannt, daß diese Geräte sie allen Fremden weit überlegen machten. Was nützte diesen ihre Bewaffnung noch, wenn die Schiffsbesatzungen sie nicht mehr zu bedienen vermochten, weil sie willenlos geworden waren? Mehr noch, auch ihre Intelligenz wurde drastisch reduziert, solange sie sich im Wirkungsbereich der Projektoren befanden.

Die Erros waren gefühlsarme, nüchtern denkende Geschöpfe, und in ihren Augen wäre es Dummheit gewesen, ihre Überlegenheit nicht auch ausnutzen zu wollen. Sie entwickelten noch stärkere Mental-Projektoren und setzten sie gegen ganze Planeten ein, um sich diese zu unterwerfen.

Natürlich waren sie klug genug gewesen, nicht gegen Rassen vorzugehen, die über eine Raumfahrt und Kontakte mit weiteren Intelligenzen verfügten. Sie hatten sich damit begnügt, die Bewohner von drei in ihrer Umgebung gelegenen Welten zu unterwerfen, die noch auf einer niedrigen Entwicklungsstufe standen. Sie waren dabei nicht brutal vorgegangen, aber sie hielten diese Wesen auf einem Entwicklungsstand, der ihnen dienlich war, um sie ausbeuten zu können. Stationäre Mental-Projektoren hielten die Beeinflussung pausenlos aufrecht, nichts geschah auf diesen drei Planeten, was die Erros nicht wollten.

Tauchten wirklich einmal fremde Raumer in ihrem Herrschaftsbereich auf, wurden sie ignoriert, solange es ging. Wurden sie aber lästig, wurden die Besatzungen durch mentale Beeinflussung ausgeschaltet und ihre Schiffe von den Erros übernommen. Die Fremden kamen dann auf einen der drei Planeten, vergaßen alles, was früher gewesen war, und die Isolation der Erros blieb gewahrt.

Doch dann hatte sich von einem Tag zum anderen plötzlich alles geändert – ein fremdes Schiff war gekommen, das einen Schutzschirm besaß, den die Mental-Projektoren nicht durchdringen konnten! Es war die PROMET II gewesen, die im Zuge der Erforschung einer Dunkelwolke auf einen Kolonialplaneten der Erros gestoßen war. *)

Malln, der Kommandant der ERR 237, hatte das gemeldet, und seit-

---

*) siehe RP-CL 11: *›Die Zeitmeister‹*

dem hatte unter den Anführern der Erros die Furcht ihren Einzug gehalten. Die fremden Humanoiden waren gefährlich für den Bestand des kleinen Imperiums der Echsenwesen! Wie gefährlich, war nicht abzusehen, denn bestimmt hatten sie nicht alle ihre Karten aufgedeckt, als sie mit Malln zusammengetroffen waren.

Ihr Anführer hatte zwar angedeutet, daß seine Rasse den Erros nicht mehr nahe treten wollte – doch konnte man ihm trauen …? War nicht vielmehr zu befürchten, daß diese *Menschen* zurückkamen, um nun ihrerseits die Echsen unter ihre Herrschaft zu zwingen? Sie kannten zwar die galaktische Position von Err nicht, doch sie brauchten nur den Sektor zu überwachen, in dem sich der Kolonialplanet befand. Seine Bewohner mußten von Zeit zu Zeit versorgt werden, und die Erros im System der roten Sonne brauchten die Produkte ihrer Welt.

Ein Spezialschiff mit guten Ortungen, eine Folgetransition – und schon konnten die Menschen Err gefunden haben …

Konnte es unter diesen Umständen wirklich nur ein Zufall sein, daß schon wenige Dekaden nach dieser Begegnung jetzt plötzlich ein fremder Raumer in unmittelbarer Nähe des Systems auftauchte? Die Anführer der Erros glaubten nicht an diesen Zufall.

Natürlich hatten sie dafür gesorgt, daß die Besatzung der ERR 237 nichts ausplaudern konnte, um eine Panik zu verhindern. Malln und seine Mannschaft befanden sich in einer Isolieranstalt und wurden vorsorglich unter dem Einfluß eines Mental-Projektors gehalten, die Flüge nach Rantee führte jetzt ein anderes Schiff durch.

So war die Lage auf Err, dem Regierungsplaneten der Echsenwesen, als die OB-7 in die Nähe der roten Riesensonne verschlagen wurde.

Grom, der Chef der Raumbehörde, handelte rasch. Er sandte sofort vier eigene Raumer aus, die aus sicherer Deckung heraus die Annäherung des fremden Schiffes beobachten sollten. Es befand sich noch mehr als einen Lichttag außerhalb der Grenzen des Systems, in dem inzwischen jeder sonstige Flugverkehr eingestellt worden war. So war es vorerst noch nicht möglich, seine Form und Größe festzustellen.

Die Späher wurden auf eine harte Probe gestellt, denn lange Zeit bewegte sich der Raumer kaum vom Fleck, sondern trieb im freien Fall auf das System zu. Dann aber registrierten die Instrumente plötzlich einen kurzen, relativ schwachen Hyperschock. Zuerst glaubte man, er habe eine Kurztransition vorgenommen, doch die Ortungen bewiesen, daß er sich noch in der gleichen Position befand. Erst später wurde er beschleunigt, aber nur mit den Normaltriebwerken.

Was mochte das zu bedeuten haben?

Bren, der Anführer der Spähflottille, legte diese Frage dem großen Schiffscomputer vor. Die Antwort, die er von ihm erhielt, stimmte ihn nachdenklich.

Wenn er dem Rechenautomaten glauben durfte, dann mußte es in dem fremden Raumer bei dem Versuch, näher an das System heranzuspringen, zu einer Explosion in den Triebwerken gekommen sein. Der Computer legte dabei die Hypothese zugrunde, daß diese während der Transition, die das Schiff in diesen Sektor geführt hatte, Schaden genommen haben mußten. Das wäre nun auch der Grund dafür, daß sich dieses nun nur mit Hilfe der Normaltriebwerke auf das System zu bewegte.

Für diese Version gab der Automat einen Wahrscheinlichkeitskoeffizienten von 67 Prozent, und das war relativ viel. Trotzdem wollte sie Bren nicht recht gefallen, und schließlich legte er sich selbst eine einleuchtendere Erklärung zurecht.

Konnte es nicht so sein, daß die Fremden hier den Versuch eines geschickten Täuschungsmanövers unternahmen? Alles deutete darauf hin: Der überstarke Eintauchschock während der Ankunftstransition, dann der zweite schwächere, und nun die Annäherung mit einfacher Lichtgeschwindigkeit. Der Schaden an den Sprungtriebwerken war nur vorgetäuscht, er sollte lediglich als Motivation dafür dienen, daß der Raumer nun das System anflog – angeblich als Havarist, in Wirklichkeit aber als Spion!

Je länger Bren über diese These nachdachte, um so einleuchtender schien sie ihm. Der Computer hatte lediglich die nackten Tatsachen berücksichtigt und ausgewertet, von ihm konnte man kein schöpferisches Denken erwarten wie von einem lebenden Gehirn. So dachte Bren, ohne allerdings zu berücksichtigen, daß seine eigenen Überlegungen durch Angst und Mißtrauen erheblich beeinflußt wurden.

Er teilte seine Ansicht den anderen Schiffskommandanten mit, und diese stimmten ihm zu. Von der Computeranalyse wußten sie nichts, und so nahmen sie nun als gegeben an, daß das fremde Schiff nur kam, um das Erro-System auszukundschaften. Wurde es dann entdeckt, konnten sich seine Insassen darauf hinausreden, daß sie Schiffbrüchige seien; ihr Raumer war bestimmt entsprechend präpariert. Später, wenn sie genug erfahren hatten, genügte dann ein kurzes Hyperfunksignal, um die anderen Schiffe herbeizurufen, die bestimmt irgendwo in der Nähe lauerten.

»Dieses Konzept werden wir ihnen gewaltig verderben«, schloß Bren sein Funkgespräch mit den drei Kommandanten.

Geduldig warteten die vier Raumer der Erros in der Nähe von Rotauge X. Dieser große Gasplanet sandte eine schwache Radiostrahlung aus, die zuverlässige Ortungen in seiner Umgebung unmöglich machte, die eigenen Geräte aber nicht beeinflußte. Der anfliegende Raumer wurde pausenlos beobachtet, und schließlich stellte man fest, daß er seine Fahrt abzubremsen begann. Sofort wurden Kursberechnungen angestellt, und dann legte eine Ortungstechnikerin dem Kommandanten die Auswertungsresultate vor.

Brens große indigoblaue Augen lasen die vom Computer ausgedruckten Symbole ab, und dann verengten sich seine Nüstern.

»Es sieht so aus, als wollten sie den achten Planeten anfliegen«, sagte er zu seiner Pilotin. »Vermutlich haben sie sich ausgerechnet, daß Karr infolge der ungünstigen klimatischen Verhältnisse nicht bewohnt ist, und daß sie von dort aus ungestört ihre Beobachtungen vornehmen können. Soweit soll es aber nicht kommen, dafür werde ich schon sorgen!«

Er hatte sich das weitere Vorgehen bereits zurechtgelegt, ließ wieder eine Konferenzschaltung mit den anderen Schiffen herstellen und erläuterte den Kommandanten seinen Plan.

»Es muß blitzschnell gehen«, schloß er dann. »Die Fremden dürfen keine Gelegenheit mehr bekommen, noch einen Funkspruch abzusetzen, mit dem sie die anderen Schiffe warnen können. Sobald ich den entsprechenden Befehl gebe, wird das Manöver durchgeführt.«

OBSERVER 7 passierte Rotauge X in nur 300 Millionen Kilometer Abstand, und nun war es möglich, das Schiff auch bildlich zu erfassen. Als Bren es auf den Schirmen sah, ließ er seine Hand mit den vier Greifklauen auf die Seitenlehne seines Sitzes krachen.

»Eindeutig Tropfenform, also ein Schiff dieser Menschen!« knurrte Bren. Er wußte nicht, daß auch das Volk der Tobes tropfenförmige Raumschiffe baute. »Alles ist, wie ich es vorhergesagt habe, auch die Schäden fehlen nicht, die uns täuschen sollen.«

»Soll ich das sofort nach Err melden?« fragte die Funkerin, doch der Kommandant wehrte entschieden ab. »Wir dürfen jetzt nicht mehr funken, die Abhörgefahr ist zu groß. Wenn uns die Fremden bemerken, gehen sie in Transition, und alles war umsonst.«

Eine halbe Stunde verging, die OB-7 verschwand wieder von den Bildschirmen, als sie weiter in das System hineinschoß, doch die Ortungsgeräte hielten sie unerbittlich fest. Ihr Kurs blieb unverändert, und schließlich übermittelte Bren das verabredete Signal zu den anderen Schiffen.

Alle vier Raumer nahmen Fahrt auf, alle Bewegungen wurden sorgfältig koordiniert. Auf ein weiteres Signal hin gingen sie gleichzeitig in Transition, und als sie wieder in den Normalraum zurückkehrten, befanden sie sich dicht neben OBSERVER 7.

Sofort schwärmten sie aus, kesselten das Forschungsschiff ein, und dann begannen die Mental-Projektoren zu arbeiten.

Sie zerstörten nicht, sie fügten niemandem körperliche Schäden zu, und doch waren sie eine furchtbare Waffe. Wer in ihren Bereich geriet, wurde schlagartig seines freien Willens beraubt, wurde zu einer

Marionette ohne jede Eigeninitiative. Doch nicht nur das, er wurde auch in seiner Geistestätigkeit gehemmt; er konnte nicht mehr folgerichtig denken, sein geistiges Niveau sank auf das eines unwissenden Kindes herab!

Schutzlos waren die 28 Menschen in der OB-7 dieser Strahlung ausgesetzt, und die Wirkung zeigte sich innerhalb weniger Sekunden.

»So tun Sie doch etwas, Captain!« rief Pamela Kohn gerade, deren Nerven nicht mehr mitmachen wollten. »Sie können doch nicht einfach tatenlos zusehen, wie diese Schiffe ...«

Plötzlich unterbrach sie sich, schnappte nach Luft und sank haltlos in ihren Kontursitz zurück. Sie begann leise zu wimmern, ihre Augen füllten sich mit Tränen, und dann schluchzte sie wie ein kleines Kind.

Ein Nervenzusammenbruch! durchfuhr es Dr. Wernicke, und der Arzt wollte zu ihr eilen, um ihr zu helfen. Doch mitten in der Bewegung hielt er inne, faßte sich an den Kopf und starrte blicklos vor sich hin. Auf einmal wußte er nicht mehr, was er eben noch hatte tun wollen, wußte nicht mehr, wer und was er war – er wußte überhaupt nichts mehr.

Ebenso erging es auch den übrigen Mitgliedern der Besatzung. Von einer Sekunde zur anderen setzte ihr Denkvermögen aus, erlosch jeder freie Wille in ihnen. Ihre Gehirne vermochten die Sinneseindrücke einfach nicht mehr folgerichtig zu verarbeiten, und augenblicklich vergaßen sie alles, was sie in langen Jahren der Ausbildung gelernt hatten.

Frans de Witt erhob sich steif und hölzern und deutete auf den Panoramaschirm, der die rote Riesensonne zeigte. »Die Sonne – sie kommt zu uns herein!« lallte er und packte den Piloten am Arm. »Ich mag die Sonne nicht, Peter. Komm, wir verstecken uns schnell, dann kann sie uns nicht kriegen!«

»Faß mich nicht an!« gab Peter Weyer zurück und stieß ihn von sich. »Meine Mutter hat gesagt, ich soll mich von fremden Leuten nicht anfassen lassen. Nimm deine Finger weg, sonst muß ich dich verhauen!«

Captain Kastrup folgte diesem Geschehen mit hilflosem Staunen. In seinem Gehirn schien es eine Schranke zu geben, die den Strahlen der

Mental-Projektoren einen gewissen Widerstand entgegensetzten, die ihm einen Funken seines klaren Verstandes bewahrte. Doch auch sein Wille war ausgeschaltet, er konnte nur untätig zusehen, wie die anderen plötzlich Dinge zu tun begannen, die vollkommen unsinnig und einfach kindisch waren.

Auf einmal hing Pat Clevers an seinem Hals und schmiegte sich an ihn. »Du magst mich doch, nicht wahr?« fragte sie weinerlich. »Du wirst mir doch helfen, wenn die rote Sonne kommt, wirst du?«

»Ich helfe dir«, versprach er und strich unbeholfen über ihr Gesicht. »Du bist ein liebes Mädchen, und liebe Mädchen mag ich sehr.« Seine Augen gingen über sie hinweg, und dann sah er, wie sich das Eingangsschott der Zentrale öffnete.

Er sah die fremden unheimlichen Gestalten, die nun hereindrängten, er fühlte, wie in dem unbeeinflußt gebliebenen Teil seines Gehirns Entsetzen aufstieg, doch er blieb untätig sitzen, die kindlich vor sich hin plappernde Biologin im Arm.

Niemand war imstande, die Erros aufzuhalten, die OBSERVER 7 in ihre Gewalt gebracht hatten!

Bren hatte rasch und folgerichtig gehandelt, der pragmatischen Denkweise seiner Rasse entsprechend.

Sofort nach der Transition gab er den Befehl, das fremde Schiff zu besetzen. Die Entertrupps standen schon in den Luftschleusen seiner ERR 145 bereit. Als der Raumer nahe genug an die OB-7 herangekommen war, setzten sie die Rückstoßdüsen ihrer Raumanzüge ein und schwebten zu dem irdischen Schiff hinüber. Daß dieses Manöver bei einer Geschwindigkeit von rund 150 000 km/sek stattfand, spielte dabei keine Rolle, denn beide Raumer bewegten sich gleich schnell.

Die Erros verfügten über erfahrene Techniker, und diese entdeckten auf Anhieb die Notschleuse, die sich auf einen einfachen Knopfdruck hin von außen öffnen ließ. Sie lag direkt oberhalb der Zentrale, und sobald der Druckausgleich hergestellt war, drangen zehn der Echsenwesen in das Forschungsschiff ein.

In ihren langgestreckten, ihrer Kopfform angepaßten Raumhelmen steckten Absorber, die sie gegen die Strahlung der Mental-Projektoren schützten. Acht von ihnen übernahmen es, die hilflosen Menschen in den Hintergrund der Zentrale zu drängen, während die beiden anderen zielstrebig auf die Schiffskontrollen zugingen.

Sie machten sich daran, die Steueranlagen zu studieren, um ihre Funktionen herauszufinden. Inzwischen drangen weitere Trupps in die OB-7 ein, verteilten sich und begannen, das Schiff zu durchsuchen. Einige Besatzungsmitglieder, die in ihren Kabinen geblieben waren, wurden herausgeholt, und nach kurzer Beratung wurden alle 28 Menschen in die Schiffsmesse gedrängt und dort eingesperrt.

Mit dem letzten Trupp kam Bren selbst.

Seine vier indigoblauen Augen funkelten vor Stolz, denn sein Plan war voll aufgegangen. Das Spionschiff war in seiner Gewalt, sein Triumph war vollkommen. Jetzt kam es nur noch darauf an, daß seine Leute es fliegen konnten, dann konnte er nach Err zurückkehren und die Beute seinen Vorgesetzten präsentieren!

»Wie sieht es aus, Sarn?« fragte er einen der beiden Techniker vor den Kontrollen. Dieser wiegte zufrieden den Kopf.

»Die Instrumente sind auch in Galakto beschriftet, Kommandant, das erleichtert uns die Aufgabe sehr. Ich denke, daß wir in einer Teilzeit das Schiff werden bedienen können.«

»Ausgezeichnet«, sagte Bren, »melden Sie mir das dann sofort.«

Er verließ die Zentrale wieder und begann, sich in den anderen Sektionen des Raumers umzusehen.

Die OB-7 schoß indessen mit unverminderter Fahrt, von den vier Erro-Schiffen begleitet, weiter auf den achten Planeten zu. Die Mental-Projektoren arbeiteten weiter, allerdings nur mit Minimalleistung, die gerade noch ausreichte, die Menschen ihres Willens zu berauben. Eine Aufrechterhaltung der intensiven Bestrahlung hätte zu ihrer völligen

Verblödung geführt, und daran lag dem Kommandanten nichts. Er wollte sie nach Err bringen, wo sie in einem scharfen Verhör alle Einzelheiten der Aktion gegen die Echsenwesen preisgeben sollten. Was später mit ihnen geschah, war Sache seiner Vorgesetzten, aber ein freundliches Schicksal stand ihnen kaum bevor.

»Sie haben wirklich gründlich gearbeitet«, murmelte er, als er das ganze Ausmaß der Schäden an dem Schiff erkannte. »Wenn ich es nicht besser wüßte, müßte ich selbst glauben, daß es hier fast zu einer Katastrophe gekommen wäre ...«

Doch er kam nicht dazu, sich darüber weitere Gedanken zu machen, denn in seinem Funkgerät klang die Stimme von Sarn auf. »Wir sind jetzt soweit, Kommandant«, meldete er, »das Schiff gehorcht unseren Schaltungen. Was befehlen Sie?«

Bren wollte ihm gerade seine Anweisungen geben, als plötzlich der starke Sender der ERR 145 alle anderen Stimmen übertönte.

»Alarm, Kommandant!« sagte die erregte Stimme der Funkerin. »Am Rande unseres Systems ist ein weiteres fremdes Schiff aus dem Parakon gekommen – was sollen wir tun?«

10.

Die PROMET II hatte die zehnte Transition hinter sich. Gut 3 000 Lichtjahre waren zurückgelegt, und nun waren Szer Ekka und seine beiden Gehilfen im Astro-Lab dabei, die notwendige Standort-Kontrolle vorzunehmen. Das kostete zwar Zeit, war aber nicht zu umgehen, denn verschiedene Faktoren konnten zu Abweichungen gegenüber der vorausberechneten Sprungweite führen.

»Jetzt sitzen wir hier fest, lächerliche 500 Lichtjahre vom Ziel entfernt«, maulte die impulsive Vivien Raid und warf ihr langes schwarzes Haar zurück. Peet Orell lächelte leicht, obwohl auch ihm diese Verzögerung nicht gefiel.

»Was sein muß, muß sein, Vivy. Wenn wir jetzt keine Standortberechnung durchführen, kann es uns passieren, daß wir die Zielsonne beim übernächsten Sprung verfehlen, und die dann notwendigen Neuberechnungen würden uns vermutlich erheblich mehr Zeit kosten. Mir liegt das Schicksal der Besatzung von OB-7 genauso am Herzen wie dir und den anderen, das darfst du mir glauben.«

Vivien sah auf den Panoramaschirm, der ein nahe gelegenes System von vier dicht beieinander stehenden Sonnen in voller Pracht zeigte. »Schön, das sehe ich ein, Peet, aber es müßte eine grundsätzliche Änderung erfolgen. Die Sprungweite der PROMET II ist mit 300 Lichtjahren viel zu gering, das ist meine Meinung. Wenn ich da an das Leistungsvermögen der Schwarzen Raumer oder gar des Sieben-Sonnen-Schiffes der *Ewigen* denke ...«

»Sieh an, daher weht der Wind!« stellte Peet fest. »Du schlägst in die gleiche Kerbe, wie mein Vater es neuerdings tut, also hast du dich mit ihm darüber unterhalten. Dich juckt es bei dem Gedanken an die beiden Schiffe, die uns Naugor versprochen hat, um die jetzt unsichtbare Sprungstation nach Andromeda zu beobachten. Doch den Zahn kannst du dir ziehen lassen, meine Liebe – diese Raumer mögen unserer

PROMET weit überlegen sein, aber sie sind nicht für uns! Wir werden noch eine ganze Weile mit unserem Schiff hier vorliebnehmen müssen, es sei denn, daß wir die Ewigen dazu bewegen können, ein weiteres zu bauen.«

Arn Borul wiegte den Kopf. »Bestimmt würde es ihren Robotern kaum etwas ausmachen, anstelle von zwei Schiffen drei zu bauen, zumal das in der HTO geschehen soll. Doch das ist eben Zukunftsmusik, wie ihr Menschen sagt. Vielleicht kann das auch nur Naugor persönlich veranlassen, und der ist bekanntlich mitsamt der Station verschwunden. Wenn wir Pech haben, dauert es Jahre, bis beide wieder auftauchen.«

»Dann sollten wir wenigstens die PROMET weiter verbessern«, forderte Vivien hartnäckig. »Nur 300 Lichtjahre Sprungweite sind zu wenig, dabei bleibe ich.«

Jörn Callaghan schmunzelte und wies mit dem Stiel seiner Pfeife auf sie. »Du möchtest eben alles immer gleich übers Knie brechen, Vivy. Hast du schon ganz vergessen, wie klein wir mit der PROMET I angefangen haben? Sie war ganze 45 Meter lang und hatte nur ein einziges Transitions-Triebwerk, und doch kam sie uns damals wie ein Wunderwerk vor. Jetzt haben wir die PROMET II, 180 Meter lang und mit allen Schikanen versehen, und auch die genügt dir schon wieder nicht mehr ...«

Das Teufelsgirl der PROMET-Crew setzte zu einer hitzigen Entgegnung an, doch in diesem Moment sprach der Interkom an, und das rötliche Gesicht Szer Ekkas erschien auf dem Schirm.

»Wir haben eine Abweichung von fünf Lichtjahren gegenüber den Berechnungen festgestellt«, meldete er. »Vermutlich wurde sie durch die Gravitationsballung des Vierfach-Systems vor uns verursacht, das die Raumstruktur stark verzerrt. Vian Thoo errechnet bereits die neuen Daten für den zweiten Sprung, wir überspielen sie dann in die Zentrale.«

»Danke, Szer«, nickte Peet Orell und unterbrach die Verbindung. Dann schwang er mit seinem Kontursitz herum und sah die Frau an.

»Da siehst du, wie notwendig dieser Aufenthalt war, Vivy. Es kann uns auch jetzt wieder passieren, daß wir nicht exakt bei der roten Sonne herauskommen, gegen diese Naturgewalten ist auch die beste Technik machtlos.«

Die neuen Daten kamen, Arn Borul gab sie in den Computer, und Jörn Callaghan, der das Schiff mit Assistenz von Junici führte, leitete die elfte und kurz danach die zwölfte Transition ein.

Sie gelangen einwandfrei, und als der Raumer aus dem Parakon in den Normalraum zurückfiel, prangte die K 3-Riesensonne unübersehbar auf den Bildschirmen.

Die Ortungen liefen an, brachten aber vorerst nichts herein. Dann meldete sich das Astro-Lab, diesmal war der dicke Dave Landon am Interkom. »Keine Abweichung diesmal, Peet«, sagte er in der schleppenden Sprechweise des geborenen Phlegmatikers, und seine in dem Vollmondgesicht kaum wahrnehmbaren Augen strahlten. »Wir befinden uns genau eine Lichtwoche vor der Zielsonne, Szer und Vian nehmen gerade die erste Erkundung mit dem Dekametro vor.«

»Okay«, nickte Orell, schaltete das Hyperfunkgerät ein und nahm eine Nachjustierung vor. »PROMET II ruft OBSERVER 7«, sagte er dann in die Sprechrillen. »PROMET II an OB-7. Wir befinden uns dicht vor dem angegebenen System und sind zur Hilfeleistung bereit. OB-7 – bitte kommen!«

Nur das Rauschen der Statik antwortete ihm.

Auch ein zweiter und dritter Anruf brachten keinen Erfolg, und die fünf Mitglieder des Führungsteams der PROMET sahen sich besorgt an. Captain Kastrup war ihnen vom Raumflug-Center der HTO als ein tüchtiger und absolut verläßlicher Kommandant geschildert worden.

Wenn er sich nun nicht meldete, mußte es sehr schlecht um die OB-7 stehen!

Szer Ekka rief wieder an und gab die über das System ermittelten Daten durch.

Peet Orell runzelte die Stirn. »Da dieses System gleich drei Sauerstoffplaneten besitzt, ist es gut möglich, daß die OB-7 einen von ihnen angeflogen und dort eine Bruchlandung gemacht hat; letzteres würde dann auch erklären, weshalb sich das Schiff nicht meldet. Jörn, leite eine Transition bis zur Bahn des äußersten Planeten ein, von dort aus …«

Der Summer des Interkom unterbrach ihn, und erneut meldete sich der kleine Astro-Experte. »Ich glaube, das sollten Sie noch wissen, Peet: Wir befinden uns hier nur etwa 500 Lichtjahre von der Dunkelwolke B-143 entfernt, in der wir letzthin mit den Erros zusammengetroffen sind! Ich will ja nicht unken, aber etwas Vorsicht dürfte deswegen wohl angebracht sein.«

Das Unken übernahm dafür Jörn Callaghan, wie üblich.

»Vielleicht gibt es in diesem System auch Erros, und die sind für die *Bruchlandung* verantwortlich, wer weiß?« meinte er nachdenklich.

Vivien sah ihn spöttisch an.

»Du spinnst ja«, schnappte sie verächtlich. »Fünfhundert Lichtjahre sind eine so große Distanz, daß das schon mit dem Teufel zugehen müßte.«

»Sind sie das?« lächelte Jörn sarkastisch, ohne sich aus der Ruhe bringen zu lassen. »Vorhin hast du doch noch behauptet, das wäre eine geradezu lächerliche Entfernung, oder etwa nicht?«

Peet Orell grinste belustigt. »Jetzt hast du dich selbst ad absurdum geführt, Vivy! Im Ernst, ich glaube auch nicht daran; dieser Zufall wäre einfach zu groß.«

»Trotzdem sollten wir vorsichtig sein«, warf die meist sehr zurückhaltende Junici ein. »Da es hier drei Sauerstoffplaneten innerhalb der Lebenszone gibt, ist es durchaus möglich, daß auf einem von ihnen intelligentes Leben entstanden ist, wenn auch nicht gerade die Echsenwesen.«

»Okay«, sagte Peet, der wieder ernst geworden war. »Wir dürfen es aber mit der Vorsicht auch nicht übertreiben, sonst kommen wir eventuell zu spät. Wenn die OB-7 wirklich in Not ist, kann jede Stunde zählen, die wir jetzt noch vertrödeln.«

Inzwischen hatte Callaghan bereits die Vorbereitungen zur Transition getroffen. X-Zeit lief, die Tronik schaltete, und die PROMET übersprang die sieben Lichttage bis zu dem System.

Kommandant Bren stand sekundenlang wie erstarrt da.

Jetzt hatte er die Gewißheit, daß das kleine Tropfenschiff nicht durch Zufall gerade in dieses System gekommen war – da erschien bereits der nächste Raumer der Menschen! Trotzdem hätte er einiges dafür gegeben, diese Gewißheit nicht schon jetzt zu erhalten, wo es noch viel zu früh war.

Sein Vorhaben, die OB-7 nach Err zu bringen, ließ sich jetzt einfach nicht mehr durchführen. Die Sprungtriebwerke des Raumers waren zerstört, und in einfach lichtschnellem Flug hätte er dazu mehrere Stunden gebraucht. Diese Zeit würden ihm die Fremden nicht mehr lassen, das fühlte er. Vermutlich würden sie bald weitere Schiffe heranbringen und dann nicht mehr zögern, in das System einzufallen.

Die irdischen Raumer waren praktisch unangreifbar, das wußte er aus den Berichten des Kommandanten Malln. Ihre Schutzschirme ließen die Strahlen der Mental-Projektoren nicht durch, und über eine andere Waffe verfügten seine vier Raumer nicht. Zwar hatte man auf Err inzwischen bereits begonnen, die Bewaffnung von früher abgefangenen fremden Schiffen auf ihre Verwendbarkeit zu testen, aber bisher lagen noch keine greifbaren Ergebnisse vor.

»Ihre Befehle, Kommandant?« drängte die Stimme der Funkerin, und Bren fuhr aus seinen Gedanken auf. Es gab jetzt nur einen Weg, um das gekaperte Schiff von der Bildfläche verschwinden zu lassen und so den Beweis für sein Vorgehen aus der Welt zu schaffen. Er wandte sich an den Piloten.

»Ich setze jetzt wieder auf die ERR 145 über, Sarn. Das Enterkommando bleibt hier an Bord, und sobald ich drüben bin, beschleunigen Sie mit Höchstwerten. Wir nehmen Kurs auf Karr und verbergen uns dort auf dem zweiten Mond, die genauen Koordinaten erhalten Sie noch.

Von dort aus können wir dann beobachten, was das zweite Schiff der Fremden weiter unternimmt.«

Der Pilot bestätigte. Bren eilte aus der Zentrale und begab sich zu der Notschleuse. Eilig schoß er sich zu seinem Schiff hinüber, und dann beschleunigten alle fünf Raumer rapide. Eine knappe *Zeit* mußte genügen, um den Mond zu erreichen – wenn sich die Menschen in dem zweiten Schiff noch soviel *Zeit* ließen, würden sie das Nachsehen haben!

Nun hielt es der Kommandant auch für geboten, eine Nachricht an Grom abzusetzen, um die Raumbehörde über die neue Entwicklung zu informieren. Die Funkerin bekam ihre Instruktionen, eine Spezialantenne wurde genau auf Err ausgerichtet, und Bren sprach seine Meldung auf ein Rafferband. Als kaum hörbarer Kurzimpuls ging der Spruch dann über die Richtantenne, wurde auf dem Raumhafen von Bress empfangen und sofort an Grom weitergeleitet.

Der Chef der Raumbehörde von Err hatte den Befehl über sämtliche Raumer des Systems, denn eine private Raumflotte gab es bei den Erros nicht. Ihre Gesellschaftsform hätte man auf der Erde als streng sozialistisch bezeichnet, sie hatte sich aus der Notwendigkeit entwickelt, die Güter von zwei übervölkerten Welten gerecht zu verteilen. Das gelang auch reibungslos, denn die Echsen waren Pragmatiker und paßten sich allen Gegebenheiten rasch an.

Als Grom die Meldung gelesen hatte, ließ er die Nickhäute über seine vier Augen gleiten und dachte scharf nach.

Bren hatte zweifellos richtig gehandelt, als er das fremde Schiff rechtzeitig abfing, daran zweifelte er nicht. Ärgerlich war nur, daß dessen Sprungtriebwerke unbrauchbar waren – wären sie intakt gewesen, hätte er den Raumer sofort nach Err bringen können, und dann hätte alles anders ausgesehen.

Doch mit *hätte* und *wäre* war noch nie etwas zu erreichen gewesen, das wußte Grom aus Erfahrung. Die Landung auf dem zweiten Mond von Karr war eine Notlösung, brachte nur einen Aufschub. Es galt jetzt, eine bessere Lösung zu finden, und das möglichst schnell!

Die menschlichen Spione mußten verhört werden, ein sicheres Mittel dazu gab es in Gestalt eines modifizierten Mental-Projektors. Doch dieser befand sich hier auf Err, nicht dort, wo er gebraucht wurde …

Als Grom mit seinen Überlegungen soweit gekommen war, sprang er auf, und seine vier blauen Augen funkelten zufrieden.

Noch befand sich das zweite Schiff der Fremden am Rande des Systems, noch wußten die Menschen nicht, was hier vorging! Vermutlich würden sie noch einige *Zeiten* brauchen, bis sie sich dazu entschlossen, trotz der ungeklärten Lage weiter vorzustoßen, und diese Spanne wollte er nutzen.

Grom gab den Befehl, sofort die ERR 12 startklar zu machen, das Schiff, das ihm in seiner Eigenschaft als Chef der Raumbehörde zur Verfügung stand. Es war zugleich das größte, über das seine Flotte verfügte, seine Bugkugel durchmaß 950 Meter, der Heckteil mit den Technischen Anlagen war mehr als 1 250 Meter lang. Doch das war noch nicht alles.

Erst vor einigen Tagen war es den eifrig arbeitenden Technikern und Wissenschaftlern gelungen, einige Kampfraketen nachzukonstruieren, die man vor dreißig Jahren an Bord eines Diskusschiffs gefunden hatte, das in der Nähe des Systems *abgefangen* worden war. Zwar hatte der Kommandant des Tropfenraumers, mit dem die ERR 237 damals im Bereich der dunklen Wolke des Verderbens zusammengetroffen war, behauptet, sein Schutzschirm besäße Spiegelfunktion, doch das galt zweifellos nur für Strahlen jeder Art. Daß er auch imstande war, massive, mit hoher Beschleunigung anfliegende Raketen abzuwehren, erschien Grom mehr als unwahrscheinlich.

Zehn solcher Geschosse befanden sich aber an Bord der ERR 12 – das mußte seiner Meinung nach die Vernichtung ebenso vieler Raumer der Fremden bedeuten, falls diese kamen! Ob die Menschen angesichts dieser schrecklichen Waffe noch weiter auf ihrem Vorhaben bestehen würden, die Erros zu überfallen, erschien Grom sehr unwahrscheinlich. Vielleicht war ihr vielgepriesener Schutzschirm auch gar nicht so unüberwindlich, wie sie vorgaben – vielleicht hatten sie auch nur geblufft, als ihnen Malln mit dem *Eruptor* gedroht hatte, einer Waffe, die es gar nicht gab …

Der Chef der Raumbehörde ahnte nicht, daß seine Vermutung genau der Wahrheit entsprach, daß damals Bluff gegen Bluff gestanden hatte.

Er legte seinen Raumanzug an und ließ sich hinaus auf den Hafen von Bress fahren, wo die ERR 12 schon bereitstand.

Bald darauf startete das Schiff, und die Ereignisse im System der roten Riesensonne spitzten sich unaufhaltsam zu.

»Immer noch nichts von OBSERVER 7 zu bemerken?« fragte Peet Orell im Astro-Lab an. Szer Ekka schüttelte mit unglücklichem Gesicht den Kopf.

»Keine noch so blasse Spur, obwohl wir wirklich alles versuchen«, gab er zurück. »Es ist, als hätte sich das Schiff in Nichts aufgelöst, Peet. Sollte uns Captain Kastrup vielleicht irrtümlicherweise falsche Koordinaten angegeben haben?«

»Sehr unwahrscheinlich, Szer«, bemerkte Orell. »Der Kommandant ist ein erfahrener Mann, und seine Crew ist absolut zuverlässig. Einem von ihnen wäre es bestimmt aufgefallen, wenn in den Berechnungen ein Fehler gewesen wäre. Selbst im gegenteiligen Fall hätten es die Computerkontrolle ans Tageslicht gebracht.«

Arn Borul winkte ab und hielt die Folie mit den Koordinaten hoch, die der Crew vor dem Abflug durch die HTO-Raumleitstelle übergeben worden war. »Die Angaben stimmen!« sagte er nachdrücklich. »Eben habe ich das von der OB-7 übermittelte Spektrogramm mit dem der Sonne vor uns verglichen. Die Fraunhoferschen Linien sind identisch, und da es bekanntlich keine zwei Sterne gibt, bei denen das der Fall ist, kann es gar keinen Irrtum geben.«

»Das ist richtig«, räumte Jörn Callaghan ein, »diese Linien sind so etwas wie die Fingerabdrücke bei uns Menschen. Es bleibt also nur die

Möglichkeit, daß der Raumer irgendwo auf einem Planeten gelandet ist.«

Längst waren die Antennen der PROMET II, die eine vorzügliche Fern-Ortung erlaubten, aus der Hülle ausgefahren worden. Alle Ortungen tasteten pausenlos den Raum zwischen dem Schiff und der Sonne ab, hatten aber bisher absolut nichts auffangen können. Das einzige von Belang, das sie ermittelt hatten, war die Radiostrahlung, die von dem zehnten Planeten ausging. Wenn man ihnen glauben wollte, gab es in diesem System kein einziges Schiff.

»Okay«, sagte Peet Orell schließlich, »Jörn hat recht. Von den drei Sauerstoffplaneten ist uns der achte im Moment am nächsten, dort könnte die OB-7 am ehesten gelandet sein. Wir machen eine Kurztransition dorthin und nehmen dann die Suche auf.«

»Schon vorbereitet«, meinte der stets gewissenhafte Jörn Callaghan und gab die Foliendaten in den Computer ein. Milliarden Kilometer wurden in Nullzeit überbrückt, und das Schiff kam exakt sechs Millionen Kilometer vor Rotauge VIII aus dem Parakon.

Sofort rief Peet Orell die Funk-Z und gab Gus Yonker seine Anweisungen. »Nehmen Sie das Normalfunkgerät in Betrieb und versuchen Sie damit, OBSERVER 7 zu erreichen, Gus. Daß in dem Schiff beide Funkanlagen gleichzeitig ausgefallen sind, ist sehr unwahrscheinlich, und über diese geringe Distanz müßten sie uns unbedingt hören.«

Yonker nickte und unterbrach die Verbindung, aber schon Sekunden später leuchtete der Schirm wieder auf und Vian Thoo meldete sich aus dem Astro-Lab.

»Wir registrieren hier eine schwache Streustrahlung, die vermutlich von Schiffstriebwerken stammt«, gab er bekannt. »Eine Lokalisierung war uns in der kurzen Zeit noch nicht möglich, Ekka und Landon arbeiten daran.«

»Danke, Vian«, nickte Peet Orell und ging dann zu Arn Borul hinüber, der vor den Ortungskontrollen saß. »Wie sieht es bei dir aus, Arn?« forschte er.

Der Moraner hob die Schultern, ohne aufzusehen. »Die Energie-Ortung spricht ganz schwach an, bringt aber keine brauchbaren Werte herein. Die Streustrahlung verteilt sich so gleichmäßig um den ganzen Planeten, als hätte ihn ein Schiff mehrmals umkreist, ohne aber auf ihm zu landen.«

Peet runzelte die Stirn unter dem blonden Haar. »Wenn die OB-7 hier war, dann muß sie auch gelandet sein, obwohl der Planet nicht gerade dazu einlädt. Für einen Weiterflug zu einem anderen der beiden Sauerstoffplaneten reichte der Luftvorrat einfach nicht mehr aus; das geht aus der letzten Meldung von Captain Kastrup klar hervor.«

Er wandte sich an Callaghan. »Leite du schon mal einen Orbit um den Planeten ein, Jörn. OBSERVER 7 muß hier irgendwo sein, eine andere Möglichkeit gibt es einfach nicht, und wir werden suchen ...«

Der Summer des Interkom unterbrach ihn, und der rothaarige George Hall, Gus Yonkers Assistent, erschien auf dem Bildschirm. »Wir bekommen gerade einen Hyperfunkruf von der MORAN, ich lege ihn in die Zentrale um.«

Das Bild wechselte, und das Gesicht von Captain Worner wurde sichtbar. Peet Orell nickte ihm zu. »Hallo, Eric, ihr Kommen wurde uns ja schon angekündigt. Gibt es etwas Besonderes?«

Die schmalen Züge des Spindelraumer-Kommandanten wirkten noch herber als sonst. »Das kann man wohl sagen, Peet. Die Halosonne hat diesmal besonders intensiv verrückt gespielt, wir hatten trotz des Kombi-Schutz-Schirmes ganz erhebliche Schwierigkeiten, durch die Passage zu kommen. Als wir dann die vierte Transition über 300 Lichtjahre vornahmen, hatten wir auch noch das Pech, in der Nähe eines Vier-Sonnen-Systems herauszukommen, das unsere Sprungweite durch seine Gravitationsballung verändert hat. Im Augenblick sind wir dabei, die Daten für die zwölfte Transition auszurechnen, es dürfte vermutlich noch eine halbe Stunde dauern, bis wir Ihnen folgen können.«

Peet Orell lächelte leicht. »Trösten Sie sich mit uns, Eric, uns ist Ähnliches passiert. Inzwischen sind wir beim achten Planeten der Riesensonne angelangt, eine Sauerstoffwelt, aber ungemütlich heiß. Es gibt Anzeichen dafür, daß ihn die OB-7 angeflogen hat, aber bisher haben wir noch keine Spur von ihr entdecken können.«

Worner kniff die Brauen zusammen.

»Das gefällt mir gar nicht, Peet. Ich kenne Captain Kastrup von früher her, er ist ein guter Offizier, wenn auch manchmal etwas ehrgeizig. Er hätte es auf keinen Fall unterlassen, seinen Peilsender einzuschalten, wenn er dort notgelandet wäre.«

Orell winkte Junici, und die Moranerin verstand ihn sofort. Sie ging zum Computer und rief die augenblicklichen Positionsdaten der PROMET II ab.

Orell gab sie an Worner durch, und damit war gewährleistet, daß die MORAN sofort bei dem achten Planeten ankam, um sich ohne Verzug an der Suche nach dem Forschungsschiff beteiligen zu können.

Als das Gespräch beendet war, rief Peet unverzüglich den Chefingenieur der PROMET an. »Sorgen Sie dafür, daß schnellstens alle Beiboote bemannt und klargemacht werden, Pino, wir werden sie ausschleusen, wenn die OB-7 nicht innerhalb von fünfzehn Minuten gefunden wird. Das T-Boot übernehme ich selbst, die anderen können Sie nach eigenem Ermessen besetzen.«

Pino Tak nickte, und sofort schaltete Peet zum Astro-Lab um. »Noch immer kein Ergebnis?« fragte er.

Der kleine Astro-Experte hob die Schultern. »Es ist wie verhext, Peet, anders kann ich es kaum ausdrücken. Wenn OBSERVER 7 einen KSS besäße, würde ich sagen, man hätte ihn eingeschaltet und das Schiff so unsichtbar für unsere Ortungen gemacht. Das ist natürlich Unsinn, denn diese Forschungsschiffe verfügen nicht über Kombi-Schutz-Schirme, aber die Tatsache bleibt, daß wir von der OB-7 keine Spur entdecken können.«

Peet zog die Stirn kraus. »Wirklich eine merkwürdige Angelegenheit, zumal alles *dafür* spricht, daß der Raumer sich hier aufhalten müßte. Gut, suchen Sie noch eine Weile weiter, wir gehen jetzt in einen Orbit um den Planeten. Sollte sich in den nächsten 15 Minuten immer noch nichts tun, werden alle Beiboote ausgeschleust – wir *werden* OBSERVER 7 finden, und wenn wir Rotauge VIII auf den Kopf stellen müssen!«

Plötzliches Erwachen.

Ein Vorhang wurde weggezogen, mit einem Mal gab es wieder Helligkeit, wo eben noch nichts als diffuses Dämmerlicht gewesen war.

Wo bin ich?

Was ist geschehen …?

Was waren das für entsetzliche Alpträume …?

Captain Thilo Kastrup kam langsam wieder zur Besinnung. Sein Verstand, der stundenlang ebenso wie sein Wille so gut wie ausgeschaltet gewesen war, begann wieder normal zu arbeiten.

Der Kommandant sah sich um und erkannte die Messe der OBSERVER 7, die nur im trüben Schimmer der Notbeleuchtung lag. Er erkannte die Mitglieder seiner Besatzung, die gleich ihm in den Sesseln hingen, zum Teil schlafend, zum Teil apathisch vor sich hin starrend. Seine Erinnerung kehrte zurück.

Er entsann sich wieder der Fehltransition, der Geschehnisse, die fast zur Vernichtung seines Schiffes geführt hatten. Sie hatten um Hilfe gefunkt und dann den achten Planeten angeflogen – aber was war dann geschehen …?

Da gab es immer noch so etwas wie eine Schranke in seinem Gehirn, eine Barriere, hinter der sich etwas verbarg. Nur undeutliche Fetzen des späteren Geschehens drangen zu seinem Bewußtsein durch, verzerrt wie durch Nebel. Wie die Fragmente eines schlimmen Traumes, an den man sich nach dem Erwachen nur noch bruchstückhaft entsinnt, von dem man nur noch weiß, daß er voller Grauen war.

Doch dann brach plötzlich die Barriere zusammen, wurde durch jenen unbeeinflußt gebliebenen Teil seines Verstandes durchbrochen, der die Geschehnisse auch dann noch registriert hatte, als der fremde Einfluß übermächtig wurde. Wie eine reißende Sturzflut stieß die volle

Erinnerung in sein Bewußtsein vor. *Das, was er im ersten Moment der Reaktivierung seines Verstandes als Traumerlebnis eingestuft hatte, war tatsächlich geschehen! Die Alpträume waren real gewesen – keine bizarren Phantasieprodukte seines Geistes, der plötzlich ausgesetzt hatte, sondern schreckliche Wirklichkeit ...*

Thilo Kastrup fuhr hoch, seine Blicke durchflogen den Messeraum, suchten nach jenen Wesen, die plötzlich in das Schiff eingedrungen waren, kurz nachdem das alles begonnen hatte. Doch er entdeckte nichts von ihnen, nur seine Gefährten befanden sich in dem Raum, die nun allmählich auch in die Realität zurückfanden.

Jetzt begriff er in voller Konsequenz, was mit ihnen allen geschehen war.

Die Leitung der HTO hatte alle Schiffskommandanten davon unterrichtet, was die PROMET-Crew vor etwa zwei Monaten am Rande der Dunkelwolke B-143 im Sternbild Adler erlebt hatte. Jeder von ihnen wußte nun um die Existenz der Erros, die mittels ihrer Mental-Projektoren imstande waren, alle Lebewesen auszuschalten, die in deren Strahlungsbereich gerieten.

Die Umgebung der Dunkelwolke war zum Sperrgebiet für alle terranischen Schiffe erklärt worden, jeder Kommandant war angewiesen, sich schleunigst abzusetzen, sobald in seiner Nähe einer der Erro-Raumer auftauchte, die an ihrer merkwürdigen Form leicht zu erkennen waren. Allerdings hatte Captain Kastrup nie damit gerechnet, einem ihrer Schiffe zu begegnen, da seine OB-7 nur einen Aktionsradius von 1000 Lichtjahren besaß.

Doch das Verhängnis hatte es gewollt, daß das Unwahrscheinliche nun doch eingetreten war!

Zu weiteren Überlegungen kam der Captain nicht mehr, denn nun war auch sein Pilot wieder voll da. Allerdings sah man Peter Weyer an, daß er keine Erinnerung an die Ereignisse seit dem Überfall durch die fremden Raumer mehr besaß, und so wie ihm erging es auch allen anderen.

»Was ist passiert, Thilo?« fragte Weyer mit heiserer Stimme. »Ich weiß noch, daß plötzlich seltsam gebaute Schiffe neben uns aus dem Parakon kamen, aber dann ist in meinem Gehirn nur noch ein großes Loch. Warum sitzen wir hier, und warum ist es so dunkel?«

»Wir müssen irgendwo gelandet sein«, stellte Jean Falcon sachverständig fest. »Die DeGorm-Aggregate sind abgeschaltet, und die Schwerkraftanlage offenbar auch, die augenblickliche Gravitation beträgt höchstens 0,2 Gravos. Wo sind wir, Captain?«

Plötzlich fragten alle durcheinander, doch der Kommandant winkte energisch ab. Falcon hatte recht. Es fehlte das leise Summen, das durch laufende Triebwerke erzeugt wurde, und auch seine Einschätzung der Schwerkraft im Schiff stimmte ungefähr. Thilo Kastrup sah auf sein Chrono und stellte fest, daß seit dem Angriff der Erros ungefähr 70 Minuten vergangen waren. Das ließ nur einen Schluß zu: OBSERVER 7 mußte sich auf einem der Monde von Rotauge VIII befinden.

Demnach hatten die Erros also die Steuerung des Schiffes übernommen und es auf dem Trabanten gelandet. Zu welchem Zweck das geschehen war, konnte auch der Kommandant nicht erraten, aber es bestand die Möglichkeit, daß sie hier einen Stützpunkt besaßen.

Mit wenigen Worten klärte Kastrup seine Besatzung über die Geschehnisse auf. Bestürztes Schweigen war die Reaktion.

»Was mag man jetzt wohl mit uns vorhaben?« fragte nach einer Weile Pat Clevers, von deren sonst so gesunder Gesichtsfarbe nicht viel übrig geblieben war. Offensichtlich wußte sie nichts mehr davon, daß sie sich dem Captain an den Hals geworfen hatte, als der Überfall begann, und Thilo Kastrup war froh darüber.

»Ich wollte, ich wüßte es«, entgegnete er schulterzuckend. »Allerdings wäre uns dann auch noch nicht geholfen – daß wir etwas gegen Wesen ausrichten können, die über eine so wirksame Mentalwaffe verfügen, erscheint mir ziemlich unwahrscheinlich.«

»Warum läßt sich aber niemand von den Echsen sehen?« knurrte der Techniker Berry Grant. »Offenbar haben sie ihre Projektoren inzwischen abgestellt, und das muß doch etwas zu bedeuten haben.«

Seine Frage blieb ebenfalls unbeantwortet, denn es verging eine halbe Stunde, ohne daß sich etwas gerührt hätte. Die Ausgänge der Messe waren abgesperrt, es bestand also auch keine Möglichkeit, hinauszugelangen und sich umzusehen.

Die 28 Menschen stellten zahlreiche Mutmaßungen an, aber auch dabei kam nichts heraus. Dann aber stellte der wortkarge Jan Urbanski eine Frage, die alle aufrüttelte.

»Wie lange reicht eigentlich unser Luftvorrat im Schiff noch?«

Das war ein Problem, an das bisher noch keiner gedacht hatte, und zugleich eines von eminenter Wichtigkeit. Da sich der Raumer auf einem infolge seiner geringen Gravitation zweifellos luftleeren Mond befand, mußte nach wie vor Luft aus dem beschädigten Druckkörper entweichen!

Entsetzt sahen sich die Männer und Frauen an, als sie nun daran dachten, daß ihre Lage in zweifacher Hinsicht mehr als nur bedenklich war. Der Kommandant sah auf sein Chrono und rechnete nach.

Seit dem Überfall waren nun schon fast zwei Stunden vergangen, und kurz vorher hatte Grant geschätzt, daß die Sauerstoffvorräte noch etwa zwölf Stunden ausreichen würden. Wie genau seine Rechnung gewesen war, ließ sich nicht sagen, denn er hatte auch nur *über den Daumen peilen* können. Zehn Stunden waren also das Maximum, aber der Captain war geneigt, hier Abstriche zu machen, da er nicht wußte, was die Erros in der Zwischenzeit im Schiff unternommen hatten.

Ihnen konnte es schließlich gleich sein, wie lange sich die Atmosphäre im Schiff noch hielt, sie besaßen ja ihre Raumanzüge …

»Acht Stunden zuzüglich einer kleinen Sicherheitsspanne, immer vorausgesetzt, daß sich nichts verändert hat«, sagte Thilo Kastrup. »Noch besteht also keine unmittelbare Gefahr für uns, und wir haben ja noch immer die Hoffnung, daß die PROMET II bald hier eintrifft und uns heraushaut.«

»Wenn sie uns aber nicht findet, oder wenn diese Echsen sie daran hindern, uns zu helfen?« fragte Dr. Petersen tonlos. »Peet Orell kann ja nicht auf dem Mond landen, denn dazu müßte er den KSS der PROMET II ausschalten – und dann wäre ihre Besatzung genauso hilflos gegen die Mental-Projektoren wie wir ...!«

»Wir müssen etwas unternehmen!« rief Pamela Kohn verzweifelt, deren Nerven unter der Belastung litten. »Es muß etwas geschehen, ehe wir hier drin jämmerlich umkommen.«

Nach ihrem Ausbruch schien die folgende Stille förmlich wie eine schwere Last über den 28 Menschen zu liegen.

Don Mallow war es schließlich, dem eine Idee kam.

Er war ein schmächtiger Mann mit großen abstehenden Ohren und semmelblondem Haar, mit 22 Jahren der Jüngste der Crew von OBSERVER 7. Als Hilfstechniker war er so etwas wie ein Mädchen für alles an Bord, und solange sich das Schiff im Raum befand, wurde er meist in der Bordküche beschäftigt, wo er dem Koch zur Hand ging. Darum war ihm auch die Messe besonders vertraut, und nun wies er auf eine Stelle an ihrer Rückwand.

»Dort ist der Abfallschacht!« sagte er erregt, und seine großen wasserblauen Augen strahlten förmlich. »Er führt hinunter ins Zwischendeck, in den Lagerraum III, der noch unter Druck steht – durch ihn können wir die Messe verlassen!«

»Ausgezeichnet, Don«, meinte Jean Falcon und schlug ihm auf die Schulter. »Wenn wir es schaffen, dorthin zu kommen, dürften wir der Kontrolle durch die Erros entwischt sein, denn sie werden sich wohl kaum um die Lager kümmern.»

Der Kommandant stimmte zu.

Der von der Messe herunterführende Schacht durchmaß etwa fünfzig Zentimeter im Quadrat und endete über einem großen Auffangkorb aus Plastik. Der Höhenunterschied betrug nur drei Meter, und das war kein Hindernis für Menschen, die sich in Gefahr befanden.

»Ich gehe als erster«, meinte Don Mallow eifrig und setzte sich in Bewegung.

Der Captain schüttelte energisch den Kopf.

»Kommt nicht in Frage, Don – diese Rutschpartie mache ich selbst! Peter, willst du mir folgen? Ich habe da eine bestimmte Idee ...«

»Selbstverständlich«, antwortete der Pilot, den so leicht nichts aus der Fassung bringen konnte. »Wir sollten allerdings etwas mitnehmen, das uns im Notfall als Waffe dienen könnte.«

Wieder war es Don Mallow, der aus einem Fach einige große Tranchiermesser hervorholte, die gut als Waffen geeignet waren. Weyer und Kastrup entledigten sich ihrer Uniformjacken, umwickelten die Schneiden von zwei Messern mit Allzwecktüchern und schoben sie unter ihre Gürtel. Mallow hatte bereits die Klappe geöffnet, und der in einem Winkel von etwa 45 Grad verlaufende Schacht lag frei.

Der Kommandant stemmte sich in die Höhe, was infolge der geringen Gravitation keine Schwierigkeiten bereitete, und ließ sich mit den Beinen voran durch die Öffnung gleiten. Die Kunststoffwände waren glatt, doch seine Hüften und Schultern stießen links und rechts dagegen und bremsten seinen Fall. So landete er eine Sekunde später sanft in dem Auffangkorb und stieg sofort hinaus, um dem Piloten Platz zu machen.

Bei diesem dauerte das *Niederkommen* allerdings länger, durch die Körperfülle Weyers bedingt. Er hatte Schwierigkeiten, diesen engen Schacht zu passieren, und mußte heftig arbeiten, ehe er schließlich auch in dem Korb landen konnte.

Captain Kastrup half ihm heraus und konnte sich ein Lächeln nicht verkneifen. Er wurde aber sofort wieder ernst, und nun lauschten beide Männer angestrengt.

Sie vernahmen nichts als das leise Rauschen der Belüftungs- und Klimaanlagen, die nur mit halber Kraft arbeiteten, weil die Notstromanlage nicht mehr hergab. Der Lagerraum lag im düsteren Schein der Notbeleuchtung. Mit vorsichtigen Schritten bewegten sich die beiden Männer auf das Schott zu.

Dieses führte auf den unteren Schiffskorridor. Captain Kastrup verzichtete auf die Öffnungsautomatik, weil sie Geräusche verursachte, die im Moment wenig angebracht waren. Statt dessen drehte er an dem

Handrad für manuelle Öffnung, und langsam glitt das Schott zur Seite. Vorsichtig schob er den Kopf durch den Spalt und lauschte.

Beide hatten ihre Messer hervorgeholt und waren bereit, sich zu verteidigen, doch es gab keine Gegner. Leer und verlassen lag der Korridor vor ihnen. Rechts endete er kaum zwei Meter weiter vor dem Sicherheitsschott zur luftleeren Schiffsregion, links führte er etwa sechs Meter weit bis zu der Treppe zum Mitteldeck, auf dem auch die Zentrale lag.

»Was hast du eigentlich vor?« flüsterte der Pilot dem Kommandanten zu. Kastrup kniff die Brauen zusammen, seine Linke strich unbewußt über den Kinnbart.

»Wir müssen die Treppe hinauf und versuchen, ins Astro-Lab zu kommen«, flüsterte er zurück. »Dort ist der Schrank mit den sechs Blastern, den Schlüssel habe ich in der Tasche. Wenn wir unbemerkt bis dorthin gelangen, haben wir eine reelle Chance, die Erros auszuschalten, die sich in der Zentrale befinden. Sie werden nicht auf einen Angriff gefaßt sein, vermutlich halten sich auch nur ein paar von ihnen dort auf. Wenn wir die Zentrale haben, können wir das Schiff starten und versuchen, in den freien Raum zu gelangen. Ich vermute, daß sich die PROMET bereits in der Nähe befindet, und irgendwie wird es Peet Orell dann schon schaffen, uns zu helfen.«

Peter Weyer grinste humorlos. »Dein Wort in Gottes Ohr – für meinen Geschmack sind da noch ein paar *wenn* und *aber* zuviel im Spiel! Doch jetzt haben wir angefangen, machen wir also weiter; mehr als schiefgehen kann es nicht.«

Es ging schief.

Kaum hatten die beiden Männer die Treppe erstiegen, als auch schon wie ein Ungetüm die Silhouette eines Erro im Raumanzug vor ihnen aufwuchs. Es war Bren persönlich, und er hielt eine jener Laserwaffen in den Händen, die Thilo Kastrup noch in dem Schrank oben im Astro-Lab vermutet hatte!

»Messer wegwerfen!« sagte er in Interstar über den Außenlautsprecher seines Raumanzuges, und die beiden Menschen gehorchten sofort. Sie waren von seinem unvermuteten Auftauchen viel zu schockiert, um noch an eine Gegenwehr zu denken, die ohnehin kaum Aussicht auf Erfolg versprach.

Eine Minute später schloß sich die Tür zur Messe wieder hinter ihnen, und deprimiertes Schweigen war ihre einzige Begrüßung.

Bren aber war ernstlich beunruhigt.

Er hatte genügend Sorgen, denn schon befand sich das große Schiff der Menschen in einer Kreishahn um Karr, und seine Ortungen tasteten pausenlos die gesamte Umgebung ab. Bisher hatten sie weder seine vier Raumer noch die OB-7 entdeckt, an deren Bord er gleich nach der Landung zurückgekehrt war, doch sie suchten unbeirrt weiter.

Seine Schiffe waren durch die Ortungs-Absorber geschützt, die zwar nur von Speicherbänken versorgt wurden, weil alle Konverter stillgelegt waren, aber bisher ausgereicht hatten. Der größte Risikofaktor war das gekaperte Schiff, das nur in aller Eile durch eine Plastikfolie getarnt worden war.

Er wußte nicht, wie die beiden Männer aus der verschlossenen Messe entkommen waren, und er hatte jetzt auch keine Zeit, sich darum zu kümmern. Statt dessen brachte er den transportablen Mental-Projektor in Stellung, den er mitgebracht hatte, und richtete ihn auf den Messeraum der OB-7 aus.

Erneut schlugen die Strahlen zu, die die 28 Menschen darin zu willenlosen und lethargischen Individuen machten. Zufrieden begab sich der Erro-Kommandant wieder in die Schiffszentrale zurück, ohne zu ahnen, daß er gerade durch diese Maßnahme der Besatzung der PROMET II einen wichtigen Fingerzeig gab.

11.

Alles fertig?« fragte Peet Orell im Hangarvorraum an. Elker Hays breites Gesicht nickte ihm vom Bildschirm des Interkom zu. »Je drei Mann in den N-Booten, sie werden von Allan Biggs und Charles Gelon geflogen. Für das T-Boot stehen Mario Gorgo und meine Wenigkeit bereit.«

»Wenigkeit ist gut«, schmunzelte Peet, denn Hay war ein Hüne und wog mindestens 100 Kilo. »Okay, Elker, wir kommen.« Er winkte Jörn Callaghan und Vivien Raid, die neben ihm an der Suchaktion teilnehmen sollten, und sie verließen die Kommando-Zentrale.

Sie waren gerade am Zugang zu Hangar-Kaverne III angekommen, als der Summer des dort angebrachten Interkoms aufklang.

Orell schaltete es ein, und das Abbild von Szer Ekka erschien auf dem Sichtschirm.

»Wir haben eben etwas entdeckt, Peet!« sprudelte der Astro-Experte hastig hervor. »Nicht auf dem Planeten, aber auf dem zweiten Mond, den wir eben passieren. Dort existiert in einem tiefen Krater eine Strahlungsquelle, deren Emissionen verzweifelte Ähnlichkeit mit jenen haben, die von den Mental-Projektoren der Erros ausgehen.«

Peet Orell fuhr zusammen. »Sind Sie sicher, Szer?« fragte er ungläubig. »Erros ausgerechnet hier in diesem System – an einen solchen Zufall kann ich kaum glauben.«

Ekka wiegte den Kopf. »Auf diese Möglichkeit habe ich Sie schon hingewiesen, als wir hier ankamen«, erinnerte er den Eigner der PROMET II.

Peet nickte langsam. »Stimmt«, gab er zu. »Sie meinen, es könnte hier eine ähnliche Station geben, wie auf dem Mond von Dry im System 143-Beta?«

»Das erscheint mir ziemlich unwahrscheinlich«, warf Jörn Callaghan ein. »Rotauge VIII ist doch augenscheinlich unbewohnt, es gibt also auf dem Planeten niemand, den man mittels einer solchen Anlage beeinflussen könnte. Haben Sie sich nicht getäuscht, Szer?«

»Ausgeschlossen«, wehrte Ekka entschieden ab. »Sie kennen doch Vian Thoo und seine Gabe, Diagramme zu lesen wie ein anderer den Wetterbericht. Er hatte die Angaben auf dem Oszillo kaum gesehen, als er schon Alarm schlug.«

»Selbst wenn es stimmt, ergibt das doch keinen Sinn«, meinte Vivien Raid stirnrunzelnd. »Sonst ist weit und breit nichts zu entdecken, das auf die Anwesenheit von Echsen hinweist, zumindest nicht in diesem Teil des Systems. Vielleicht waren sie früher mal hier, und einer dieser Projektoren ist damals auf dem Mond zurückgeblieben.«

Peet Orell winkte ab. »Diese Mutmaßungen bringen uns nicht weiter, Herrschaften. Passen Sie weiter gut auf, Szer, und geben Sie uns sofort Bescheid, wenn Sie noch etwas entdecken sollten. Wir schleusen jetzt alle drei Boote aus, und die N-Boote gehen wie vorgesehen auf die Suche nach OBSERVER 7. Wir aber werden mit dem T-Boot die bewußte Stelle auf dem Mond anfliegen. Geben Sie uns gleich die Koordinaten durch.«

Der Astro-Experte nickte und unterbrach die Verbindung. Peet und seine Gefährten begaben sich in das T-Boot und nahmen ihre Plätze ein, die Tirbel-Pumpen begannen zu arbeiten und saugten die Atmosphäre aus der Hangar-Kaverne ab. Dann meldete sich Vian Thoo aus dem Astro-Lab und gab die angeforderten Koordinaten durch. Wenige Sekunden später öffnete die Automatik die Ausflugschleuse, und Jörn Callaghan steuerte das Boot ins Freie.

Fast gleichzeitig verließen auch die beiden anderen Boote die PROMET II und nahmen Kurs auf den Planeten. Orell verständigte sie kurz über Funk von dem Alleingang des T-Bootes, das nun mit voller Leistung den etwa 210 000 Kilometer entfernten zweiten Mond ansteuerte.

Rotauge VIII besaß drei Monde, doch zwei von ihnen waren kaum mehr als bessere Felsbrocken; nur der mittlere mit rund 2 370 Kilometern Durchmesser war bemerkenswert. In seiner Oberflächengestaltung glich er weitgehend dem Trabanten der Erde, doch neben zahlreichen

Kratern und Ringbergen gab es auf ihm auch eine erhebliche Anzahl spitzer, hoch aufragender Felsnadeln sowie einige tiefe Risse im Boden, die sich über Dutzende von Kilometern hinzogen.

Jörn Callaghan sah auf den Monitor, der die Daten aus dem Astro-Lab zeigte, und verglich die Angaben mit der Landschaft auf dem vor ihm befindlichen 360-Grad-Kugelschirm. Dann tippte er auf eine Stelle zwischen dem matt leuchtenden Koordinatengitter.

»Die von dem Astro-Team angemessene Stelle liegt mitten in einem dieser Canyons in einer Tiefe von etwa einem Kilometer. Im Moment ist es dort stockfinster, weil die Strahlen der Sonne schräg von der Seite einfallen. Es wird also nicht leicht sein, darin etwas zu entdecken.«

Die halb beleuchtete Mondkugel wurde auf den Bildschirmen rasch größer. Callaghan flog mit Manuellsteuerung und bewies seine Fertigkeiten im Umgang mit dem Boot, was ihn aber nicht daran hinderte, dabei genußvoll seine Pfeife zu rauchen. Schließlich befand sich das Boot in 1 000 Kilometern Höhe genau über dem Canyon, der langsamen Rotation des Mondes angepaßt.

Alle Ortungen liefen, vier Augenpaare beobachteten scharf die Bildschirme und Oszillos. Doch darauf war nichts zu entdecken, nur die Energie-Ortung brachte eine kaum erkennbare Feldlinie ganz am Rande des Oszillos herein. Die angemessene Emission kam zweifellos aus dem Riß im Mondboden, doch ihre geringe Stärke machte eine Lokalisierung einfach unmöglich.

»Das gibt es doch gar nicht«, knurrte Peet und drückte seine nur halb gerauchte Zigarette aus. »Versuchen wir es mal mit Infrarot, Jörn. Da unten in dem Spalt muß es extrem kalt sein, dort ist seit mindestens einer Woche kein Sonnenlicht hineingekommen. Falls es darin irgendeine Anlage gibt, müßte sie um einige Grade wärmer als der Boden sein.«

Callaghan nickte und schaltete die Bildschirme um. Die Schwärze in dem Bodenriß schien sich noch zu vertiefen, und Vivien Raid schaltete die schon gedämpfte Beleuchtung in der Bootszentrale nun ganz ab. Jörn folgte ihrem Beispiel und löschte auch das Koordinatengitter auf den

Schirmen, um optimale Beobachtungsbedingungen zu schaffen. Nur die Kontrollskalen glommen noch schwach, doch sie störten kaum.

Sekunden vergingen, bis sich die Augen der Menschen an das Dunkel gewöhnt hatten. Dann aber zeigte sich ihnen auf dem Grund des Canyons ein schwacher Schimmer von Helligkeit, nahm langsam Formen an, blieb aber noch zu vage, um ein deutliches Erkennen zu ermöglichen. Behutsam drehten Callaghans Finger an der Feineinstellung, ganz allmählich verkleinerte sich der Bildsektor, zoomte die Tele-Optik der betreffenden Stelle näher heran.

Ein schwach schimmernder Reflex gewann langsam an Deutlichkeit. Das Objekt war nur wenig wärmer als der es umgebende Boden, doch das genügte den empfindlichen Infrarot-Sensoren. Es war länglich und unregelmäßig geformt – woran erinnerte es nur?

Peet Orell kam als erster darauf.

»Tropfenform!« sagte er atemlos. »Wir haben eine Station der Erros gesucht – aber wir haben OBSERVER 7 gefunden ...«

Vivien Raid schüttelte verwirrt den Kopf.

»Das verstehe ich nicht ganz, Peet! Schön, das da unten ist zweifellos das Forschungsschiff, aber von dieser Stelle gehen auch die Impulse eines Mentalstrahlers aus – wie paßt das zusammen?«

»Das werden wir bald herausfinden«, sagte Orell grimmig.

Jörn Callaghan warf ihm einen fragenden Blick zu. »Sollen wir landen?«

Sein Freund winkte ab. »Sinnlos, Jörn, wir fünf Mann können da unten sowieso nichts ausrichten. Die PROMET muß her, mit ihren starken Scheinwerfern kann sie den Canyon erhellen und alles ans Licht bringen, was uns jetzt noch ein Rätsel ist.«

Er schaltete das Funkgerät ein und rief das Schiff an.

Seine Nachricht schlug an Bord der PROMET II wie eine Bombe ein.

»Den Göttern sei Dank!« atmete Junici auf. »Arn, wir müssen uns beeilen, vielleicht steht es um die OB-7 sehr schlecht! Daß von ihr keinerlei energetische Impulse mehr ausgehen, ist sehr bedenklich. Fliegen wir also sofort zum Mond, die N-Boote können wir auch später noch einschleusen.«

»Das machen wir im Flug«, sagte Arn Borul und schaltete bereits die Triebwerke hoch. Die Besatzungen der beiden Boote hatten mitgehört, und schon Sekunden später meldete sich Allan Biggs und fragte nach neuen Verhaltensmaßregeln. Der Moraner wies ihn an, ebenfalls den Mond anzusteuern, über dem die drei Fahrzeuge zusammentreffen sollten. Die N-Boote sollten dann in den Hangar einfliegen, und ihre Besatzungen sollten an der Hilfsaktion für den Forschungsraumer teilnehmen.

Die PROMET II hatte kaum die Kreisbahn verlassen, als die Ortungen einen Transitionsstoß in größerer Entfernung registrierten. Gleich darauf sprach das Hyperfunkgerät an, und das Gesicht von Captain Worner zeichnete sich auf der Bildfläche ab.

»Wir sind eben angekommen und befinden uns am Rande des Systems«, meldete der Kommandant der MORAN. »Haben Sie die OB-7 gefunden?«

Arn Borul schilderte ihm kurz die Lage. Dann schaltete sich auch Orell in das Gespräch ein. »Schön, daß Sie da sind, Eric«, sagte er. »Die Lage erscheint mir nicht ganz geheuer, irgendwie scheinen hier die Erros mit im Spiel zu sein. Transitieren Sie bis etwa zehn Millionen Kilometer vor Rotauge VIII, und bleiben Sie dann in dieser Position, um die Umgebung zu überwachen und uns den Rücken freizuhalten. Der Canyon, in dem OBSERVER 7 liegt, ist sehr tief, und wenn wir einmal dort unten sind, können wir selbst nicht feststellen, was außerhalb vor sich geht.«

Eric Worner nickte. »Okay, Peet, wir werden gut aufpassen. Falls Sie noch Hilfe brauchen, sagen Sie Bescheid, ich schicke dann sofort die Beiboote der MORAN herunter.«

Die PROMET II schoß dem Mond entgegen, und zugleich näherte sich ihr das T-Boot. Peet Orell flog einen Bogen und steuerte dann Hangar III an, dessen Schleuse sich auf einen Codeimpuls hin automatisch öffnete. Als die Fahrtanpassung erfolgt war, ließ er das Boot langsam in die Kaverne gleiten und setzte es sanft darin auf. Ungeduldig wartete er, bis wieder Luft in den Hangar eingeströmt war, dann sprang er als erster aus dem Boot und eilte in die Kommando-Zentrale, um Arn Borul einzuweisen.

Schon Minuten später trafen auch die beiden N-Boote ein. Als sich die PROMET dem Mond bis auf 10 000 Kilometer genähert hatte, waren alle Männer wieder auf ihren Posten. Die Hilfsaktion für OBSERVER 7 konnte beginnen.

Schließlich stand das Schiff, nur vom Antigrav gehalten, über dem schwarzen Schlund der Bodenspalte, die an dieser Stelle etwa zwei Kilometer breit war. Die Bodentaster zeigten an, daß sie auf ihrem Grund immer noch mindestens 200 Meter durchmaß und der Boden dort halbwegs eben war, so daß die PROMET ohne Schwierigkeiten landen konnte.

Ein erneuter Transitionsstoß zeigte an, daß nun auch die MORAN angekommen war, und beruhigt ließ Arn Borul den Raumer in den Canyon sinken. Die Scheinwerfer glitten aus der Hülle hervor und wurden nach unten gerichtet, wo sich das Forschungsschiff befinden mußte.

In den Schleusen standen alle verfügbaren Männer in Raumanzügen bereit, auch Jörn Callaghan und Vivien Raid hatten sich zu ihnen begeben. Der Bordarzt Doc Ridgers hastete hin und her und verteilte zusammen mit seinem Helfer Fred Elsner Medo-Boxen und andere Erste-Hilfe-Geräte. Auch zwei Schwebeplattformen, voll beladen mit Sauerstofflaschen und Werkzeugen, waren zum Ausschleusen bereit, und so war alles Menschenmögliche getan, um den Schiffbrüchigen schnelle Hilfe zu bringen.

Lebten sie überhaupt noch ...?

Diese Frage stellte sich Peet Orell voll banger Zweifel. Von der Funk-Z aus wurde immer wieder versucht, Funkverbindung mit der OB-7 zu bekommen, aber ohne jeden Erfolg. Das war kein gutes Zeichen, denn über die geringe Entfernung hin hätte sich seine Besatzung auch über die Helmfunkgeräte der Raumanzüge bemerkbar machen können.

Auf eine entsprechende Bemerkung hin zuckte Arn Borul nur mit den Schultern. »Peet, ich habe so ein Gefühl, als ob wir gleich irgendeine Überraschung erleben würden. Die seltsame Emission, die ausgerechnet von der Stelle ausgeht, an der das Schiff liegt, gibt mir zu denken. Könnte es nicht sein, daß die OB-7 in eine Falle der Erros geraten ist, ohne daß diese hier anwesend sind?«

»Eine automatische Station?« zweifelte Peet. »Welchen Sinn sollten die Echsen darin gesehen haben, eine solche ausgerechnet in dem Canyon zu errichten – Moment, was ist das denn …?«

Seine Blicke saugten sich auf dem Bildschirm fest, wo nun im hellen Licht der Scheinwerfer eine gläsern schimmernde Fläche aufgetaucht war. Sie lag etwa 200 Meter vor dem Schiff, und behutsam dirigierte der Moraner die PROMET II darauf zu. Daß dies der richtige Punkt war, bewies ein Anruf aus dem Astro-Lab.

»Vorsicht, die Emissionsquelle liegt dicht vor uns! Es handelt sich dabei einwandfrei um Impulse eines Mental-Projektors der Erros, allerdings von sehr geringer Intensität.«

Dann hatten die Scheinwerfer die schimmernde Fläche voll erfaßt, und Junici stieß einen Ruf der Überraschung aus. Was da auf dem Grunde des Canyons glänzte, war eine Plastikfolie, und unter ihr zeichneten sich nun deutlich die Umrisse des gesuchten Schiffes ab!

Diese Folie bot einen vollkommenen Ortungsschutz, denn auch jetzt sprachen die Instrumente in der PROMET noch nicht auf die Masse des Raumers an. Peet Orell stieß einen heftigen Fluch aus.

»Verdammt, Hölle und alle Raumteufel! Arn, das muß eine Falle sein – keines unserer Schiffe führt eine derartige Folie mit … Man hat den Raumer dort unten postiert und dann so getarnt, daß wir ihn erst entdecken konnten, als wir diese ominöse Strahlung auffingen. So hat man uns in den Canyon gelockt, und jetzt kommen bestimmt gleich die Erros, um uns abzufangen oder gar zu vernichten!«

Wie zur Bekräftigung seiner Worte zuckten in diesem Moment heftige Blips über die Oszillos der drei Haupt-Ortungssysteme, und gleich darauf kam die erregte Stimme Captain Worners aus der Feldmembrane des Hyperfunkgerätes.

»Alarm, Peet! Eben ist ein riesiges Schiff der Erros ganz in der Nähe aus dem Parakon gekommen und steuert nun den Planeten an ...«

Arn Borul reagierte sofort. Überall in der PROMET heulten die Sirenen auf, der Moraner schaltete alle fünf DeGorm-Triebwerke hoch und jagte das Schiff durch den Canyon wieder dem freien Weltraum entgegen. Der Kombi-Schutz-Schirm wurde eingeschaltet, um einem Angriff mittels Mental-Projektoren begegnen zu können, und mit fliegenden Fingern machte Peet Orell die drei Laserkanonen feuerbereit.

Jetzt ging es ums Ganze! Die OB-7 mußte warten, ob ihre Besatzung noch lebte oder nicht. Gelang es den Erros, eines der Schiffe in ihren Besitz zu bringen und die Position der Erde herauszufinden, war Terra in höchster Gefahr.

Arn Borul sprach diese Befürchtung aus und zuckte zusammen, als sein Freund Peet daraufhin in ein mißtönendes Gelächter ausbrach.

»Zu spät, Arn – wenn sie die OB-7 gekapert haben, kennen sie die Koordinaten schon längst! Ich habe schließlich selbst schon erlebt, wie radikal ihre Mental-Projektoren wirken; unter ihrem Einfluß hatte Captain Kastrup keine Möglichkeit mehr, sie zu vernichten und aus dem Computer zu löschen, ehe die Echsen an Bord kamen ...«

Die PROMET schoß aus der Bodenspalte heraus, und sofort steuerten sich die mit den Ortungen gekoppelten Magnet-Optiken der Bildschirme automatisch auf den Raumer der Erros ein. Er war noch etwa vier Millionen Kilometer von Rotauge VIII entfernt und näherte sich dem Planeten mit hoher Fahrt.

»Ein Riesenschiff«, sagte Arn Borul mit erstickter Stimme, »und zweifellos hat es auch den Eruptor an Bord, die Vernichtungswaffe, mit der uns Malln im System 143-Beta gedroht hat. Wir werden ...«

Er brach mitten im Satz ab, als er sah, was nun geschah.

Vier weitere Raumer in der charakteristischen Bauweise der Erro-Schiffe tauchten plötzlich wie aus dem Nichts über der Oberfläche des Mondes auf. Sie beschleunigten mit hohen Werten und jagten der PROMET nach; daß sie das irdische Schiff trotz des KSS zu orten vermochten, hatte sich bereits auf Dry im System 143-Beta gezeigt.

Zwar steuerte nun auch die MORAN mit voller Kraft auf den Schauplatz des Geschehens zu, doch das zahlenmäßige Übergewicht des Gegners war einfach zu groß.

Peet Orell hätte unter normalen Umständen keinen Augenblick lang gezögert, eine Nottransition vorzunehmen und sich so vor dem Zugriff der fünf Schiffe zu retten. Die PROMET II und die MORAN konnten auf diese Weise leicht entkommen, und zwei Schiffe voll lebender Feiglinge waren weit besser als zwei voll toter Helden, wenn man ein altes Sprichwort zum Vergleich heranzog.

Doch unten auf dem Mond lag immer noch die OB-7, deren Besatzung zweifellos unter dem Einfluß eines Mental-Projektors ihren freien Willen und jede Eigeninitiative verloren hatte! Ihr Schiff war schwer beschädigt, ihre Luftvorräte vermutlich fast zu Ende – wenn man sie jetzt im Stich ließ, war sie so gut wie verloren …

Peet Orell schob den Unterkiefer vor, und sein Wikingergesicht nahm den Ausdruck grimmiger Entschlossenheit an.

Auf einen fragenden Blick des Moraners hin schüttelte er entschieden den Kopf. »Wir bleiben hier, Arn, diese Konfrontation muß durchgestanden werden. Schließlich haben wir und die MORAN ja noch den Anticomp als letzten Ausweg – niemand soll sagen können, daß ein Orell hilflose Schiffbrüchige im Stich gelassen hätte!«

Captain Worner stand neben Professor Wallis im Beobachtungsraum der MORAN und starrte in den Weltraum hinaus.

Das 180 Meter lange Spindelschiff der HTO besaß im vorderen Drittel ihres schlanken Rumpfes eine kugelförmige Ausbuchtung, in der der

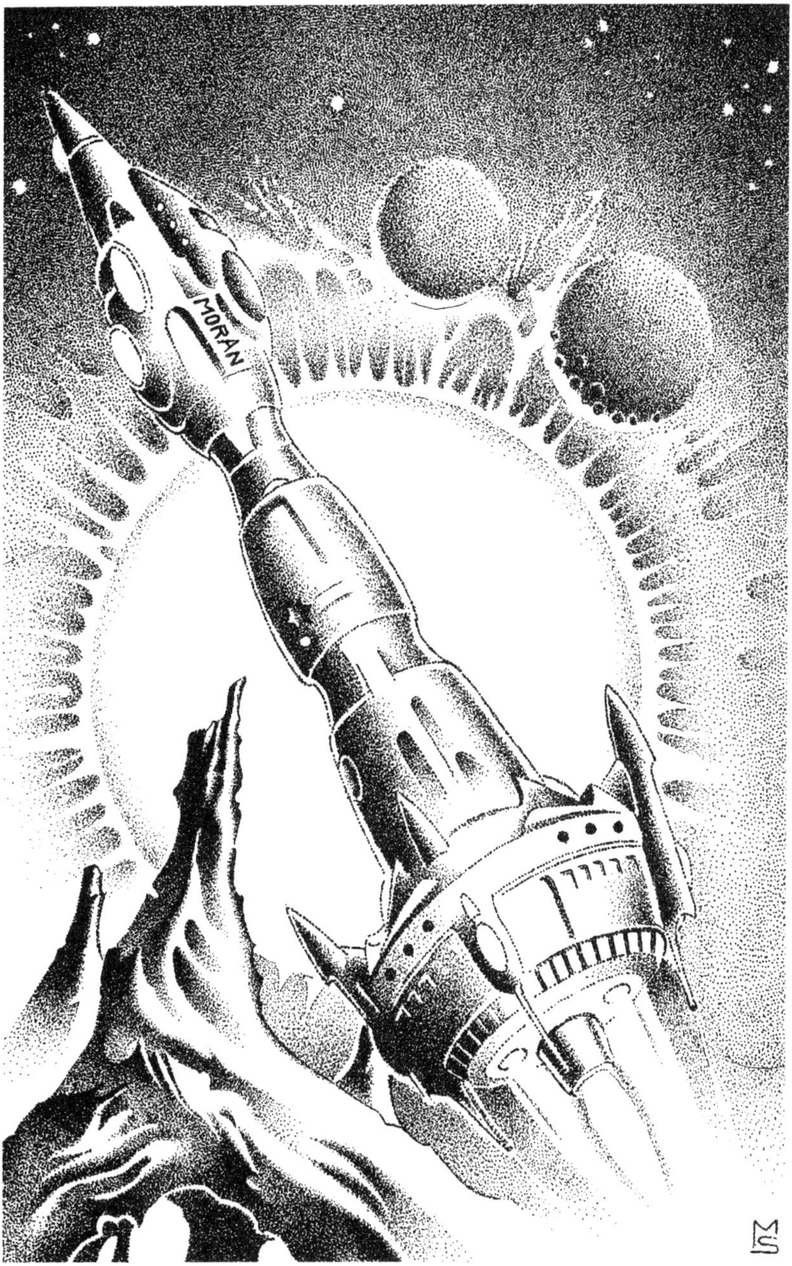
MORAN

Beobachtungsraum untergebracht war. Während man vom Astro-Lab der PROMET aus die Umgebung nur über Bildschirme und elektronische Geräte beobachten konnte, besaß dieser Raumer hier Direktsichtscheiben aus Spezialglas mit automatischen Strahlenschutzfiltern.

»Ein riesiges Schiff, Professor«, sagte Worner und meinte damit den Erro-Raumer, der sich dem Planeten Rotauge VIII näherte und bereits mit bloßem Auge zu erkennen war. Professor Wallis, Astro-Experte der MORAN, nickte mit verkniffenem Gesicht.

»Mit dem Anbau am Heck mehr als 2 200 Meter lang, also mehr als zwölfmal so groß wie die MORAN. Wenn dieser Raumer auch über eine entsprechende Bewaffnung verfügt, bläst er uns trotz Kombi-Schutz-Schirm in tausend Stücke.«

»Gott sei dank, da kommt die PROMET II«, atmete Worner auf, als er den Rumpf des tropfenförmigen Schiffes erblickte, das mit hoher Beschleunigung von dem zweiten Mond hinwegschoß. »Hoffentlich ist es Peet noch gelungen, die OB-7 ...«

Das Wort blieb ihm im Halse stecken, als er nun auch die vier Raumer erblickte, die ebenfalls von der Oberfläche des Mondes aufgestiegen waren und die PROMET II verfolgten.

»Wo kommen die denn her ...?« murmelte er dann entsetzt. »Verdammt, Professor – das Ganze hier riecht mir stark nach einer Falle! Ich muß sofort mit der PROMET Verbindung aufnehmen. Orell muß entscheiden, was jetzt geschehen soll.«

Er hastete zurück in die Kommando-Zentrale und eilte hinüber zu Yoko Maru, der attraktiven japanischen Funkerin des Schiffes. Doch Orell kam ihm zuvor, denn schon erschien sein Gesicht auf dem Bildschirm des Normalfunkgerätes.

»Wir sollten uns schleunigst absetzen, Peet«, sagte Eric Worner sofort. »Diesen fünf Schiffen, die alle soviel größer sind als unsere, dürften wir kaum gewachsen sein, deshalb schlage ich vor ...«

»Ausgeschlossen!« schnitt ihm Orell das Wort ab. »Worner, wenn wir jetzt kneifen, ist die Besatzung von OBSERVER 7 verloren. Wir müssen einfach versuchen, die Situation irgendwie zu unseren Gunsten zu wenden, wenn wir diesen Leuten noch helfen wollen, klar?«

»Anticomp-Einsatz?« fragte Worner knapp zurück. Orell nickte.

»Sobald die Lage für uns bedrohlich wird, früher aber nicht. Wir schließen jetzt zu Ihnen auf und passen uns der Fahrt der MORAN an, dann warten wir erst einmal ab, was die anderen tun. Mit ihren Mental-Projektoren kommen die Echsen nicht durch die Kombi-Schirme, wenigstens von dieser Seite droht uns keine Gefahr. Was sie sonst noch an Waffen aufzubieten haben, muß sich erst noch herausstellen. Sobald Sie aber merken, daß die Lage kritisch wird, zögern Sie nicht einen Augenblick mit dem Einsatz des Anticomp. Darin sehe ich unsere Chance.«

Worner nickte kurz. »Okay, Peet, wir übernehmen dann den großen Kahn, er fliegt direkt auf uns zu. Nur schade, daß wir keine Laserkanonen haben wie die PROMET II.«

Peet Orell lachte kurz auf. »Das sind praktisch nur Nahkampfwaffen, weil ihre Reichweite nur drei Kilometer beträgt, Eric. Nehmen Sie jetzt Fahrt weg, wir sind gleich bei Ihnen. Nur noch ein paar Minuten, dann dürfte der Zauber beginnen.«

Die ERR 12 war aus dem Parakon gekommen.

Gespannt starrte Grom, Chef der Raumbehörde von Err, auf die Bildschirme in der großen runden Zentrale des Raumers. Deutlich zeichnete sich auf ihnen die von der Riesensonne mit rotem Licht übergossene Kugel des Planeten Karr ab, auf den das Schiff nun zujagte.

»Stellen Sie eine Verbindung mit der ERR 145 her«, befahl er der Funkerin.

Diese hob die Hände und spreizte ihre Greifklauen. »Sie meldet sich nicht, Kommandant, obwohl ich mit voller Energie sende. Soll ich ...«

»Ortung, Kommandant!« rief in diesem Augenblick der Meßtechniker aus, der vor den Kontrollen der Ortungsanlagen saß.

»Ein fremdes Schiff befindet sich in der Nähe von Karr.«

Er schaltete, und sofort erschien das Bild auch auf einem Schirm vor dem Sitz des Kommandanten. Grom hatte schon halb und halb mit dieser Entwicklung gerechnet und war daher nicht sonderlich überrascht. Trotzdem weiteten sich seine Nüstern, als er nun die Form des fremden Raumers erkannte.

Dieser schlanke, nach beiden Enden hin spitz zulaufende Körper sah erheblich anders aus als jenes Schiff, mit dem Malln damals zusammengetroffen war. Grom hatte Bilder davon gesehen, denn natürlich hatte man in der ERR 237 Aufnahmen gemacht.

»Was mag das nun wieder zu bedeuten haben?« knurrte er vor sich hin. Dann aber kam ihm ein einleuchtender Gedanke.

Malln hatte auch berichtet, daß sich Moraner an Bord des Schiffes der Menschen befunden hatten, offenbar waren also beide Rassen eng miteinander verbunden. Es war also gut möglich, daß es sich bei dem Spindelraumer um ein Fahrzeug der Moraner handelte, das man dem ersten Schiff nachgeschickt hatte. Vielleicht sogar mit voller Absicht, um die Erros zu verwirren, das konnte durchaus sein.

»Mental-Projektoren aktivieren und auf das Schiff einrichten«, befahl Grom einem Techniker, der über ihm auf der Galerie saß, die rings um die Zentrale verlief. Vielleicht besaßen die moranischen Schiffe nicht den gleichen Schutzschirm wie die der Menschen, und dann war es gut möglich, daß ihnen mit der Beeinflussung durch die Projektoren beizukommen war! Wenn es ihm gelang, diesen ersten Gegner auszuschalten, konnte das eine stark abschreckende Wirkung auf die Besatzungen jener Raumer haben, mit deren Eintreffen er noch rechnete.

Der Techniker bestätigte, und kurz darauf liefen die Projektoren an. Sie arbeiteten zehn Unterzeiten lang, und Grom sah gespannt auf den Bildschirm, der das Spindelschiff zeigte.

Doch eine halbe *Teilzeit* später mußte er enttäuscht feststellen, daß der Einsatz dieser Waffe nicht den erhofften Erfolg brachte.

Der Raumer änderte nicht nur den Kurs, sondern der Funker fing auch ein Funkgespräch auf, das von ihm aus mit einem anderen Partner geführt wurde, von dem nichts zu sehen war. Grom schrak zusammen. Die Besatzung des durch Bren gekaperten Schiffes wurde mental beeinflußt und war ausgeschaltet, kam also für einen Funkverkehr nicht in Frage, das stand fest. Es mußte also in der Umgebung von Karr mindestens ein weiteres Schiff geben. Doch wo befand es sich ...?

Der Kommandant erfuhr es gleich darauf, als die Ortungen sein Auftauchen über dem zweiten Mond des Planeten registrierten. Es besaß Tropfenform, war also eindeutig ein Schiff der Menschen. Wenigstens in diesem Punkt waren die Fronten klar.

Grom sah auch die vier eigenen Raumer, die gleich darauf ebenfalls auf dem Bildschirm erschienen und ihm nachjagten. Sofort ließ er eine Funkverbindung zur ERR 145 herstellen, um mit Bren zu reden, doch an dessen Stelle meldete sich der stellvertretende Kommandant. Von ihm erfuhr Grom, daß Bren sich in dem gekaperten Schiff aufhielt, das in einer Schlucht auf dem Mond lag.

»Verfolgung sofort abbrechen!« befahl der Chef der Raumbehörde. »Bleiben Sie in einer Entfernung von mindestens 2 000 *Nall* von den beiden fremden Fahrzeugen – wir werden sie mit einer Waffe angreifen, die ihren Untergang herbeiführen muß.«

Eilig begab er sich zu dem provisorisch installierten Feuerleitstand, von dem aus der Einsatz der zehn Kampfraketen vorgenommen werden konnte. Dort standen zwei in aller Eile an den neuen Systemen geschulte Techniker bereit, und die Zielbildschirme der Abschußanlagen zeigten das spindelförmige Schiff.

Der zweite, vom Mond kommende Raumer bewegte sich auf diesen zu, und Grom bedauerte, daß die ERR 12 nur immer eine Rakete auf den Weg bringen konnte. Bis die Abschußanlage neu bestückt war, dauerte es mindestens eine *Zehntel-Teilzeit,* und so bestand die Gefahr, daß das zweite Schiff entkommen konnte.

Das ist aber nicht weiter schlimm! dachte er pragmatisch. *Wenn es entkommt und dann durch die abschreckende Nachricht von der Vernichtung des Spindelraumers weitere Schiffe davon abhält, in unser*

System einzudringen, ist das wahrscheinlich sogar noch viel effektvoller. Die Menschen können ja nicht ahnen, daß wir nur über zehn dieser Geschosse verfügen.

»Abschuß!« befahl Grom.

Einer der Techniker drückte auf einen Knopf, und vorn in der Bugkugel öffnete sich die Klappe vor dem Ausstoßschacht. Sekunden später glitt die etwa zehn Meter lange Rakete daraus hervor und raste mit flammendem Triebwerk auf die MORAN zu.

Sie trug einen atomaren Sprengkopf, und wenn dieser den Schutzschirm des Schiffes durchdrang, war es verloren!

»Was soll denn das nun wieder bedeuten?« fragte Jörn Callaghan. Die vier Raumer der Erros, die der PROMET II gefolgt waren, hatten die Verfolgung plötzlich abgebrochen, blieben zurück und hielten sich in respektvollem Abstand von dem Schiff.

Peet Orell wies auf den großen Panoramaschirm, der das auf die beiden irdischen Schiffe zusteuernde Riesenschiff zeigte.

»Das bedeutet vermutlich, daß sie Order zum Zurückbleiben bekommen haben, weil jetzt der große Bruder kommt, um uns zu versohlen«, kommentierte er. »Jetzt heißt es aufpassen! Wer weiß, was sich diese Echsen inzwischen haben einfallen lassen. Notsprungautomatik klar?«

»Ist klar«, bestätigte Arn Borul gepreßt.

Die Stimmung in der Zentrale war aufs höchste gespannt. Jeder vom Führungsteam der PROMET II wußte, daß bei der jetzt folgenden Konfrontation mit dem gigantischen Raumer, dem gegenüber die beiden irdischen Schiffe wie winzige Zwerge wirkten, so oder so eine Entscheidung fallen mußte.

Callaghan steuerte einen der Sektorenbildschirme auf das Schiff ein, und die Tele-Optik holte es ganz nahe heran. Deutlich erkannte man vorn an der Bugkugel einen kurzen Aufbau in Form eines abgestumpften Kegels, in dem sich vermutlich das Bordobservatorium befand, sowie verschiedene andere Aufbauten, in denen offenbar Korrekturtriebwerke untergebracht waren. Ein schwaches Flimmern umspielte den vom Licht der Sonne rötlich überhauchten Schiffskörper und deutete an, daß die Erros gleichfalls im Schutze eines Schirmfelds flogen; eine Annahme, die durch die Angaben der Energiemeßgeräte bestätigt wurde.

»Sehr stark ist dieser Schirm allerdings nicht«, meinte Junici, die ihre Werte ablas. »Ich tippe auf einen reinen Prallfeldschirm zur Abwehr fester Körper.«

Plötzlich erlosch jedoch das Flimmern für einen Augenblick, und inmitten der Anbauten tat sich eine runde dunkle Öffnung auf. Daraus huschte ein schlankes Projektil hervor und raste mit hoher Beschleunigung auf die beiden irdischen Schiffe zu.

»Eine Kampfrakete!« sagte Arn Borul heiser. »Nicht groß, ihre Länge beträgt kaum mehr als zehn Meter, getrieben wird sie durch ein Feststoff-Triebwerk auf rein chemischer Basis. Ob sie uns oder der MORAN gefährlich werden kann, Peet?«

Orell zuckte mit den Schultern. »Das kommt ganz auf die Ladung an, die sie mit sich führt, Arn. Daß sich mit gewöhnlichem Sprengstoff gegen den KSS nichts ausrichten läßt, dürfte den Erros klar sein – es ist also zu befürchten, daß die Rakete einen atomaren Sprengkopf besitzt! Wenn der an unserem Schirm detoniert, sehe ich schwarz ...«

Schon meldete sich auch Szer Ekka aus dem Astro-Lab. »Das Projektil beschleunigt mit etwa 100 Gravos, sein Kurs ist eindeutig auf die MORAN ausgerichtet. Unsere provisorisch aufgestellten Berechnungen ergeben, daß sie das Schiff in spätestens zwei Minuten erreichen wird.«

»Danke, Szer«, nickte Peet Orell und wandte sich sofort dem Bildschirm zu, auf dem Captain Worner zu sehen war; zwischen den beiden Raumern bestand in dieser kritischen Phase Dauerverbindung. »Sie haben sicher mitgehört, Eric. Ich halte es für ratsam, auszuweichen, einer Atomladung dürfte auch Ihr KSS nicht gewachsen sein.«

»Okay, Peet«, sagte Worner knapp, und gleich darauf änderte das Spindelschiff seinen Kurs und drehte seitlich ab.

»Eigentlich lächerlich, dieser Versuch«, meinte Vivien Raid, »die Echsen könnten sich doch eigentlich denken, daß wir nicht brav wie die Lämmer stillhalten, wenn sie ...« Doch plötzlich brach ihre Stimme ab und ihre Augen wurden groß – auch die Kampfrakete machte die Kursänderung mit und hielt unbeirrt weiter auf die MORAN zu ...

»Das Biest besitzt einen Suchkopf!« stöhnte Peet Orell. »Verdammt, sie ist zu schnell, als daß die MORAN noch entkommen könnte – Worner, sofort eine Nottransition durchführen, ehe es zu spät ist!«

Man hörte über den Funk, wie der Kommandant der MORAN seinem Ersten Offizier, Captain Murdock, das Kommando zurief, und erleichtert lehnte sich Orell in seinem Kontursitz zurück. Doch schon Sekunden später schrak er zusammen, als Worners Gesicht wieder auf dem Bildschirm erschien.

»Irgendeine technische Panne, Peet«, sagte er tonlos, »wir können nicht transitieren ...!«

Das Schicksal des Spindelraumers schien besiegelt. Doch wieder einmal war der Draufgänger Peet Orell gewillt, alles zu riskieren. »Arn, sofort Kurs auf die Rakete nehmen!« befahl er entschlossen. »Fliege sie tangential an, so daß wir sie in etwa zweieinhalb Kilometern Abstand passieren, alles weitere besorge ich.«

Der Freund gehorchte augenblicklich, denn jetzt ging es wirklich um Sekunden. Schlagartig fuhr er die DeGorm-Triebwerke hoch und zwang die PROMET II in eine scharfe Kurve, wobei er alle verfügbare Energie der Basis-Konverter einsetzte. Sekundenlang kamen einige Gravos Andruck durch, dann lag das Schiff auf Kurs und schoß genau auf jenen Punkt zu, an dem sich das Projektil in etwa 60 Sekunden befinden mußte, wenn es in der bisherigen Richtung weiterflog.

Auch Captain Worner hatte begriffen, worum es Orell ging, denn er nahm keine weiteren Ausweichmanöver mehr vor, die sich störend auf dieses Vorhaben ausgewirkt hätten. Peet aber stellte mit fliegenden Fingern eine Verbindung zwischen der Zielerfassung der Laserkanonen und der Tronik her. Nur diese konnte den Waffeneinsatz präzise genug steuern.

Überall in den beiden Schiffen verfolgten die Besatzungen über die Monitore das dramatische Geschehen, niemand wagte sich zu rühren. Für den Augenblick war das Riesenschiff der Erros vergessen, obwohl es bereits bis auf 20 000 Kilometer an die irdischen Raumer herangekommen war, während die übrigen vier Schiffe in ihre Positionen verblieben waren und nicht in das Geschehen eingriffen.

Arn Borul biß die Zähne zusammen, während seine Finger behutsam mit den Schaltungen manipulierten und seine schockgrünen Augen wie beschwörend an den Bildschirmen hingen. Dieses Rennen auf Leben und Tod wurde knapp – war es überhaupt noch zu schaffen ...?

»Helft uns, ihr Götter von Moran!« murmelte er beschwörend vor sich hin. Sonst sprach niemand in der Kommando-Zentrale, nur das gepreßte Atmen der Männer und Frauen klang durch den Raum.

Noch zehn Sekunden!

Nur noch 5 000 Kilometer trennten das todbringende Geschoß von der MORAN, als Arn die PROMET endlich in die richtige Position gebracht hatte. Sie schoß parallel zu dem Projektil dahin, passierte es in nur 2,5 Kilometern Entfernung, und in diesem Augenblick schaltete der Computer die Laserprojektoren ein.

Die grellen, scharf gebündelten und sonnenheißen Strahlenfinger zuckten für Sekundenbruchteile zu der Rakete hinüber, um dann wieder zu verlöschen. Die PROMET II jagte weiter, doch hinter ihrem Heck glühte nun eine kleine Sonne auf.

Unter dem Einfluß der auftreffenden Lichtenergien wurde die atomare Ladung des Sprengstoffes schlagartig zur Explosion gebracht. Sie war nicht besonders stark, doch sie hätte zweifellos ausgereicht, um die MORAN zu vernichten. Ihr Kombi-Schutz-Schirm hielt zwar kurzfristig eine Belastung bis zu 760 Dyrr aus, doch dieser Wert wäre weit überschritten worden, wie die spätere Auswertung ergab!

Captain Murdock reagierte rasch und beschleunigte wieder mit allen verfügbaren Kräften der Normaltriebwerke. Die MORAN bekam von den entfesselten Gewalten nichts mehr zu spüren, dafür aber die PRO-

MET. Sekundenlang schnellten die Belastungsanzeigen des KSS bis in den Rotbereich hinauf, dann aber blieb die expandierende Atomwolke hinter ihr zurück.

Die Besatzungen beider Raumer atmeten auf, doch es kam zu keinen lauten Freudenäußerungen. Die Lage war nach wie vor ernst, denn noch immer lauerten fünf Schiffe der Erros auf sie.

Unter normalen Umständen hätten sich beide Schiffe nun schleunigst abgesetzt, denn sie waren keine Kampfraumer, die für Auseinandersetzungen mit Fremden geschaffen waren. Doch noch immer lag die OB-7 havariert auf dem zweiten Mond, und die Techniker der MORAN konnten trotz fieberhafter Bemühungen den Fehler nicht finden, der ihre Notsprunganlage blockierte – sie mußten in diesem System bleiben, ob sie wollten oder nicht …

»Jetzt hilft nur noch ein Mittel!« knurrte Peet Orell entschlossen. »Wir müssen den Anticomp einsetzen, um uns Respekt zu verschaffen, anders geht es nicht.«

Niemand widersprach ihm, und so holte er den Schlüssel für die Anlage aus dem Safe.

In der ERR 12 hatte Kommandant Grom inzwischen alle Höhen und Tiefen der Gefühlsskala erlebt, die es für einen nüchtern arbeitenden Verstand gab.

Zuerst die Zufriedenheit darüber, daß die Kampfrakete ihr Ziel treffen und vernichten würde. Dann die Verwunderung über das riskante Manöver des Tropfenschiffes, und schließlich die tiefe Enttäuschung über ihren Erfolg in letzter Sekunde.

Sein Pilot sah sich nun selbst gezwungen, sein Schiff aus dem Kurs zu nehmen, weil es sonst direkt in die atomare Wolke hineingerast wäre, die inzwischen eine Ausdehnung von etwa 3 000 Kilometern angenommen hatte, da ihr der leere Raum keinen Widerstand bot. Daß er dabei die falsche Richtung gewählt hatte, bemerkte er erst, als dann plötzlich das

Tropfenschiff der Menschen vor ihm auftauchte und genau auf den Erro-Raumer zuhielt …

Er versuchte ihm auszuweichen, und gleichzeitig gab Grom den Befehl zum Abschuß einer zweiten Kampfrakete – doch im nächsten Moment mußten beide feststellen, daß ihre Bemühungen vergeblich blieben!

Schlagartig fielen sämtliche Computer an Bord der ERR 12 aus, und sowohl die Steueranlagen wie auch die Abschußvorrichtung der Kampfprojektile versagten. Hilflos und manövrierunfähig trieb der Raumer dahin, und Grom brach innerlich zusammen.

Den Menschen war nicht beizukommen, das wußte er jetzt. Nur zwei lächerliche kleine Schiffe hatten es geschafft, den größten und am besten ausgerüsteten Raumer seiner Rasse auszuschalten, ohne daß er bisher wußte, wie das vor sich gegangen war. Wie schwach, uneins und hilflos die Menschheit in Wirklichkeit war, konnte er nicht im entferntesten ahnen.

Die Funkgeräte der ERR 12 funktionierten noch. Grom gab den anderen Schiffen den strikten Befehl, auf keinen Fall mehr etwas gegen die beiden Fremdraumer zu unternehmen. Dann tat er das, was ihm sein pragmatisch arbeitender Verstand riet, so schwer es ihm auch fiel.

»Die Erros rufen uns über Funk, Peet!« sagte Gus Yonker mit leicht fassungslosem Gesicht.

Peet Orell grinste ihn vergnügt an. »Das hatte ich erwartet, Gus, denen geht jetzt vermutlich ein bestimmter Körperteil schwer auf Grundeis … Okay, legen Sie das Gespräch in die Zentrale.«

Groms grünliches Schuppengesicht mit den vier indigoblauen Augen war keiner mimischen Regung fähig, doch aus seinen Worten sprach tiefe Resignation. »Sie haben gewonnen, Mensch von der Erde. Wir haben alles getan, um unser System zu beschützen, doch gegen eine Waffe, die unsere Schiffe von innen her lahm legt, sind wir machtlos. Sagen Sie mir, was Sie jetzt von uns verlangen.«

Peet Orell setzte sein bestes Pokergesicht auf und begann zu kombinieren.

Unser System! hatte der Erro gesagt. Folglich hatten sich die Echsen vor 1 350 Jahren hier angesiedelt und bewohnten die beiden Sauerstoffplaneten Rotauge IV und VI. Sie mußten sehr zahlreich sein, das hatte schon Malln im System 143-Beta angedeutet, und doch hatten sie Verstecken gespielt, nachdem die OB-7 infolge der Fehltransition hier aufgetaucht war. Nur fünf Schiffe waren bis jetzt in Erscheinung getreten, alle anderen schienen sich in ihren Häfen verkrochen zu haben.

Sie können nicht stärker sein als wir! folgerte Peet messerscharf. *Wenn sie den Eruptor besäßen, mit dessen Einsatz uns Malln damals gedroht hat, wäre er auch gegen uns zur Anwendung gekommen, nicht nur eine Kampfrakete mit chemischem Triebwerk, das bei uns schon lange nur noch im Museum zu finden ist.*

Was war nun zu tun?

Peet hätte es sich leisten können, den starken Mann zu spielen, doch das lag nicht in seiner Absicht. Er hatte immer versucht, sich Freunde im Weltraum zu schaffen, doch leider immer wieder ergebnislos. Selbst den scheinbar so großmütigen Galaktern war nicht zu trauen; bestimmt hatte Naugor, der Ewige der Sieben Sonnen, die Menschen nicht umsonst vor ihnen gewarnt. Auch die Andorer, deren Vorfahren einst Riddle in Alpha Centauri bewohnt hatten, schienen keine vertrauenswürdigen Partner zu sein, denn ihr angekündigter Besuch im System ihrer Ahnen stand noch immer aus. Die Erros dagegen waren zwar in menschlichen Augen kalt und nüchtern, doch gerade deshalb erschienen sie ihm vertrauenswürdig. Wenn sie so konsequent logisch dachten, mußten sie auch die Vorteile erkennen, die sich aus einem guten Verhältnis zwischen ihnen und der Menschheit ergeben konnten!

»Wir verlangen nicht viel«, sagte Peet schließlich. »Wir sind nur gekommen, um die Besatzung des Forschungsschiffs zu retten, das infolge eines Unglücks hierher verschlagen wurde, weitergehende Absichten haben wir nie verfolgt. Wir hatten keine Ahnung davon, daß hier die

Rasse beheimatet ist, der wir ebenfalls nur zufällig auf dem Planeten Rantee begegnet sind.«

»Ist das Ihr Ernst?« fragte Grom entgeistert zurück. Sein Interstar, bei den Echsenwesen *Galakto* genannt, war zwar etwas hart, aber gut verständlich. »Wollen Sie sagen, daß diese Konfrontation im Grunde nur auf einem Mißverständnis beruht hat?«

»Genau das«, sagte Peet Orell ruhig. »Wir wollten unseren Leuten helfen, ihr Schiff ist schwer beschädigt und ihr Luftvorrat reicht höchstens noch für ein paar Stunden aus. Ich hoffe, daß Sie uns nichts mehr in den Weg legen werden, wenn wir nun versuchen, die Besatzung jenes Schiffes in Sicherheit zu bringen!

Als Antwort auf ihren Raketenangriff sahen wir uns leider gezwungen, die Computer Ihres Schiffes lahmzulegen. Das ist nun nicht mehr rückgängig zu machen, aber wir beabsichtigen nicht, Ihnen weitere Schwierigkeiten zu bereiten. Im Gegenteil, wir würden uns freuen, wenn wir nach der Rettungsaktion eine Zusammenkunft mit Ihnen arrangieren könnten, bei der alle Probleme aus der Welt geschafft werden können, die noch zwischen Ihrer Rasse und uns bestehen.«

Grom ließ die Nickhäute über die Augen gleiten und überlegte einige Sekunden. »Ich glaube jetzt, daß Sie es ehrlich meinen«, sagte er dann. »Ich bin zwar der Chef der Raumbehörde von Err, doch weittragende politische Entscheidungen kann ich von mir aus nicht treffen. Deshalb schlage ich vor, daß Sie zunächst die Besatzung Ihres Schiffes auf dem Mond retten. Ich werde die Erros, die sich dort an Bord befinden, über unsere Abmachung verständigen. Dann werde ich Verbindung mit meiner Regierung aufnehmen und sie über die neue Lage unterrichten. Ich glaube, daß die Regentin auf meinen Rat hören wird, wenn ich ihr vorschlage, eine Art Neutralitätspakt mit Ihrer Rasse zu schließen.«

Peet Orell lächelte leicht, denn das war Musik für seine Ohren. »Einverstanden, Grom. Auch ich kann nicht ohne weiteres für meine Artgenossen sprechen, doch ich habe einigen Einfluß auf unsere Politiker und glaube, sie ebenfalls zu einem solchen Pakt bewegen zu können.

Doch darüber reden wir später, versuchen Sie jetzt erst einmal, ihre Rechenautomaten neu zu programmieren. Wir holen inzwischen unsere Leute vom Mond, und wenn auf beiden Seiten wieder alles in Ordnung ist, reden wir weiter.«

»Ich akzeptiere«, entgegnete Grom würdevoll, denn nun war sein inneres Gleichgewicht wieder hergestellt. Der Mensch Peet Orell war ihm jetzt direkt sympathisch, denn er sprach genauso logisch und sachlich wie ein echter Erro. Wenn alle Menschen so waren und handelten wie er, war eine Partnerschaft zwischen ihren Rassen durchaus denkbar und nützlich.

Wie es auf der Erde aussah, wo immer noch die Machtblöcke eifersüchtig um ihre eigenen, im Sinne des Wortes *beschränkten* Vorteile rangen, konnte er zum Glück nicht ahnen …

Wenig später nahmen die beiden irdischen Raumer Kurs auf den zweiten Mond von Karr, und für die 28 Männer und Frauen von OBSERVER 7 schlug die Stunde der Erlösung. Zur gleichen Zeit näherten sich die vier Raumer Brens der ERR 12, um ihre Computer mit den Daten zu speisen, die sie brauchte, um wieder manövrierfähig zu sein. Beides dauerte einige Stunden, dann ging Groms Schiff in Transition und flog Err an. Die PROMET II und die MORAN – die OB-7 mußte aufgegeben werden, weil sie nicht mehr raumtüchtig war – warteten in einer Kreisbahn um Rotauge VIII.

12.

Captain Kastrup betrat zusammen mit Dr. Petersen die Kommando-Zentrale der PROMET II, in der Peet Orell und Vivien Raid Wache hielten. Peet nickte ihnen zu und wies auf die freien Kontursitze. »Alles in Ordnung, Gentlemen? Sind Ihre Leute gut untergebracht und versorgt worden?»

»Ja, Sir«, gab Thilo Kastrup zurück. »Die Verletzten befinden sich in der Medo-Station, wo sich Ihr Arzt um sie kümmert. Für die beiden Männer, die sich Armbrüche zugezogen hatten, war es höchste Zeit, daß sie richtig versorgt wurden, sonst hätte es zu Komplikationen kommen können. Doc Wernicke hat sie zwar behandelt, aber in der Zeit, in der wir unter dem Einfluß des Mental-Projektors standen, konnte er nichts für sie tun.«

Er gab sich einen Ruck. »Ich möchte mich noch im Namen meiner Crew für Ihr entschlossenes Eintreten für uns bedanken, Sir. Zum Glück ist alles gut abgegangen, aber es hätte auch anders kommen können. Was mich trotzdem bedrückt, ist der Tod von Elting und Calder. Ich werde natürlich dafür einstehen und die Konsequenzen ziehen, Sir.«

Orell lächelte leicht. »Erstens sollen Sie nicht immer *Sir* zu mir sagen; ich bin alles andere als eine Respektsperson und heiße Peet, klar? Zweitens ist es vollkommen unnötig, daß Sie sich wegen der beiden Toten Vorwürfe machen. Was zu der Explosion geführt hat, werden unsere Experten bei einer späteren Untersuchung der OB-7 feststellen.«

Er wandte sich an Dr. Petersen. »Ihnen war es auch diesmal wieder nicht vergönnt, eine brauchbare Welt zu finden. Manchmal läuft einem das Pech geradezu nach. Doch das sollten Sie demnächst nachholen, dafür werde ich mich persönlich einsetzen. Sobald Ihre Mannschaft wieder gesund und komplettiert ist, werden Sie beide einen zweiten Flug zur Sonne Sadir vornehmen. Mit einem neuen Schiff und ohne Fehltransition und andere unliebsame Begleiterscheinungen ...«

»Danke Peet«, gaben beide Männer gleichzeitig zurück, und damit war das Eis gebrochen. Es entspann sich eine zwanglose Unterhaltung, bei der Kastrup und Petersen die Eindrücke schilderten, die sie bezüglich der Erros gewonnen hatten.

»Man hat Sie also, von Maßnahmen abgesehen, die die Echsenwesen zu ihrer eigenen Sicherheit glaubten treffen zu müssen, nicht schlecht behandelt«, stellte Orell dann schließlich fest. »Das spricht für die Erros, denn schließlich hielt man Sie für Spione, für die Vorboten einer terranischen Invasionsflotte. Ich weiß nicht, was man bei uns auf der Erde in einem solchen Fall getan hätte, aber ...«

Der Summer des Interkom unterbrach ihn, und das runde Gesicht von Dave Landon erschien auf der Bildfläche. »Sehen Sie doch einmal auf die Ortungen, Peet!« forderte er Orell auf. »Seit eben scheint hier im System förmlich der Teufel los zu sein – plötzlich wimmeln alle Oszillos nur so von Blips und Amplituden aller Schattierungen. Eine Unmenge von Schiffen scheint von den Planeten IV und VI gestartet zu sein.«

»Das gefällt mir nicht, Peet«, sagte Vivien Raid mit hochgezogenen Augenbrauen. »Das könnte bedeuten, daß die Erros jetzt mobil gemacht haben, um uns mit aller Macht auf den Pelz zu rücken!«

Peet Orell schüttelte ruhig den Kopf. »Keine Sorge, Vivy, meiner Ansicht nach ist genau das Gegenteil der Fall. Bisher haben die Echsen vor uns Verstecken gespielt und allen Verkehr zwischen den Planeten unterbunden. Wenn sie jetzt plötzlich das Gegenteil tun, so kann das nur bedeuten, daß sich die Lage wieder normalisiert, daß man also auf Err eingesehen hat, daß die Furcht vor uns unbegründet war.«

Er behielt recht, denn schon wenige Minuten später registrierten die Instrumente einen Transitionsstoß nahe des achten Planeten. Die ERR 12 war zurückgekehrt, und gleich darauf wurde die PROMET II über Funk angerufen. George Hall, der in der Funk-Z Dienst tat, legte das Gespräch in den Kommandoraum, und dann zeigte sich auf dem Schirm der plattgedrückt wirkende Echsenkopf Groms.

»Die Regentin von Err entbietet Ihnen ihren Gruß«, sagte er mit seiner kehligen Stimme. »Sie hat mich ermächtigt, Verhandlungen mit Ihnen aufzunehmen zu dem Zweck, eine Übereinkunft über das künftige Verhältnis zwischen unseren Rassen zu erzielen. Bestimmen Sie bitte einen Ort, an dem wir uns treffen können.«

Peet Orell überlegte nicht lange. »Wir danken für den Gruß Ihrer Regentin«, sagte er mit gespielter Würde. »Ist es Ihnen recht, wenn wir diese Verhandlungen hier an Bord meines Schiffes führen? Wir garantieren selbstverständlich für Ihre Sicherheit, Unterhändler sind für uns Menschen unantastbar.«

Grom stimmte zu und beendete das Gespräch. Vivien Raid aber lachte hell auf.

»Unser Peet spielt Diplomat!« frotzelte sie. »Was wird aber sein, wenn dich dieser Grom nach einer Legitimation dafür fragt, du Hochstapler?«

Orell lächelte ruhig zurück. »Mitnichten, Vivy, ich habe schon vor drei Stunden mit Pjotr Chronnew von den Terra States gesprochen und ihm die Lage hier geschildert, denn natürlich wollte ich nicht nur auf eigene Faust handeln. Chronnew hat mir in seiner Eigenschaft als persönlicher Berater des Weltrats-Vorsitzenden die formelle Genehmigung erteilt, mit den Erros ein Abkommen zu treffen, sofern dabei die Interessen der Erde gewahrt werden. Na, was sagst du jetzt?«

Peet schaltete den Interkom auf Rundspruch und unterrichtete die Besatzung der PROMET von dem bevorstehenden Ereignis.

Die anderen Mitglieder des Führungsteams fanden sich gleich darauf in der Zentrale ein, und eine Viertelstunde später verließ ein kleines ellipsoides Raumboot die ERR 12, die sich dem irdischen Schiff inzwischen bis auf 5 000 Kilometer genähert hatte. Es wurde sicher in eine geöffnete Hangarschleuse der PROMET gesteuert, und zwei Minuten danach konnte Orell den Unterhändler am Schott der Kaverne empfangen.

Er hatte eine regelrechte Delegation erwartet, aber der Chef der Raumbehörde von Err kam allein. Er trug keinen Raumanzug, sondern einen scharlachroten Umhang mit einem silbernen Sonnenemblem, der seinen grünlichen Schuppenkörper nur unvollkommen verhüllte. Damit wirkte er eher komisch als feierlich, und sein watschelnder Gang trug noch dazu bei, diesen Eindruck zu verstärken. Doch niemand verzog eine Miene, denn alle an Bord wußten, daß dies ein großer Augenblick war.

Endlich sollte ein alter Traum wahr werden – das erste Abkommen zwischen den Menschen und einer nicht-humanoiden Rasse sollte geschlossen werden!

Zwei Stunden später war es perfekt. Beide Seiten verpflichteten sich für unbegrenzte Zeit, keinerlei irgendwie geartete Handlungen zu unternehmen, die den Interessen des anderen Vertragspartners zuwiderliefen, und sich nicht in innere Angelegenheiten der anderen Rasse einzumischen. Innerhalb eines irdischen Jahres sollte außerdem der Austausch von Botschaftern zwischen Err und Terra erfolgen, deren Aufgabe es dann sein würde, Handelsbeziehungen anzuknüpfen und die Kontakte zwischen Menschen und Erros zu regeln und zu vertiefen.

Schriftliche Urkunden wurden nicht angefertigt, weil Grom keinen Wert darauf legte. »Wir Erros halten unser Wort immer«, erklärte er sachlich und ohne jedes Pathos. »Wenn wir es wirklich brechen wollten, könnte uns dann ein Stück Papier daran hindern?«

Peet Orell nickte tiefsinnig und dachte an die vielen Verträge auf der Erde, die nicht einmal das Papier wert gewesen waren, auf das man sie geschrieben hatte ...

Grom erhielt eine Bildaufzeichnung der Verhandlungsgespräche als Information für seine Regierung, wurde durch das Schiff geführt und anschließend in der Messe bewirtet. Der Schiffskoch Armand Léon war sehr enttäuscht, denn die Erros waren strikte Vegetarier, und der fremde Gast nahm nur Früchte zu sich, die ihm allerdings ausgezeichnet mundeten, wie man deutlich hören konnte.

Am besten schmeckten ihm Ananas, und Peet Orell gab dem Koch einen Wink, die restlichen Vorräte einzupacken, die er ihm dann als Gastgeschenk überreichte. Eine Geste, die der Erro durchaus zu würdigen verstand – vielleicht würden Ananas einmal der erste Exportartikel der Erde nach Err sein?

Als der Abschied kam, richtete Grom seine vier blauen Augen voll auf Peet Orell und seine Gefährten.

»Ich glaube, wir Erros haben in den letzten Tagen etwas gelernt«, sagte er dann schließlich sachlich und emotionslos wie immer. »Mißtrauen ist ein schlechter Ratgeber, und Fremde müssen nicht automatisch Feinde sein, nur weil sie anders aussehen und vielleicht auch denken und handeln. Lebt wohl, Menschen und Moraner.«

Würdevoll watschelte er auf seinen kurzen Beinen in den Hangar, das Paket mit den Früchten wie einen Schatz an sich gepreßt. Als sich die Hangarschleuse hinter ihm geschlossen hatte, sagte Junici Borul leise: »Peet, wenn ihr auf der Erde es nicht verstehen solltet, mit den Erros auszukommen, wäre das ein nicht wiedergutzumachender Fehler! Ob Echsen oder nicht, sie meinen es ehrlich, und darum darf die Erde auch nie das Wort brechen, das du Grom in ihrem Namen gegeben hast.«

Sie kehrten in die Zentrale zurück, und auch das Spalier der Besatzungsmitglieder der PROMET II und OB-7 auf dem Korridor löste sich auf.

Als das Beiboot mit Grom in der Schleuse der ERR 12 verschwunden war, begannen die PROMET II und die MORAN mit den Startvorbereitungen. Jörn Callaghan paffte genußvoll seine Pfeife, die er mit Rücksicht auf den fremden Gast zuvor in der Tasche behalten hatte. Plötzlich wirbelte er seinen Kontursitz herum und sah die anderen an.

»Um noch einmal auf deine Worte von vorhin zurückzukommen, Junici«, sagte er, »es gibt da noch einen Aspekt, an den wir im Augenblick gar nicht mehr gedacht haben: Das Abkommen mit den Erros hat auch eine große Gefahr für die Erde beseitigt. Jetzt brauchen wir nicht mehr zu befürchten, daß sie uns eines Tages überfallen und mit Hilfe der Mental-Projektoren unterjochen. Vielleicht können wir später, wenn Terra und Err gute Beziehungen unterhalten, von ihnen sogar selbst diese Geräte erhalten.«

Er war sehr überrascht, als Peet Orell daraufhin energisch den Kopf schüttelte. »Nein, Jörn«, entgegnete er, »das wird nicht geschehen, darauf kannst du dich verlassen. Grom hat, als wir für einen Moment allein waren, bei mir angefragt, mit welcher Waffe wir denn die Computer seines Schiffes lahmgelegt hätten – ich habe es ihm nicht gesagt. Auf der Erde dürfte sich bald einiges ändern, vermutlich wird dann der Anticomp auch weitere Verbreitung finden, aber selbst das ist mir schon zuviel. Noch eine zweite derartige Waffe, und bald würde bei uns der Größenwahnsinn ausbrechen, würde man versuchen, alle Rassen, die unserer Expansion im Wege stehen, damit zu unterdrücken. Es wäre ein bequemer Weg, um ein terranisches Imperium zu schaffen, aber gerade das ist alles andere als wünschenswert. Die Erde ist für ein solches Vorhaben einfach noch nicht reif, schon gar nicht, um es mit solchen Mitteln aufzubauen! Wir behalten das Geheimnis des Anticomp, und die Echsen sollen das ihrer Projektoren behalten. So haben sowohl wir als auch die Erros etwas, das dazu beiträgt, das Gleichgewicht zwischen uns zu erhalten – brauchen wir wirklich noch mehr?«

Tage später wurde auf der Erde in einer dreitägigen Sitzung das Verhandlungsergebnis von den Terra States akzeptiert, wenn auch mit den üblichen Bedenken. Vielen Politikern wollte nicht gefallen, daß es keinen schriftlichen Vertrag gab. Worauf Harry T. Orell, der als Chef der HTO in Vertretung seines Sohnes zu der Sitzung erschienen war, mit wohlgeschliffenen Worten einige bissige Bemerkungen über »von Steuergeldern finanzierte Berufsgauner und Amtsbedenkenträger« von sich gab, die ihm einmal mehr eher Feinde als Freunde bescherte.

Peet Orell ersparte sich das tagelange Geschwätz und den Kleinkrieg mit kleinkrämerischen Politnieten. Ihn zog es längst wieder hinaus in den Weltraum. Dort gab es immer wieder staunenswerte Erlebnisse und Wunder, die die Schreibtischtäter Terras in ihrem erbsenzählenden und paragraphengebundenen Denken niemals begreifen würden …

13.

Sie kamen – wie immer – im Morgengrauen. Langsam pflügten die metallenen Boote durch das Meer und steuerten auf den weißen Sandstrand der Küste zu. Die Motoren der Landungsboote erzeugten einen ungeheuren Lärm. Der Posten, den die Küstenbewohner am Rande des Dschungels aufgestellt hatten, wachte augenblicklich aus seinem Erschöpfungsschlaf auf und rannte zu seinem Heimatdorf zurück.

Wenig später trafen die Sklavenhändler ein. Sie hatten ihre kleinen Boote an der Küste zurückgelassen und drangen bewaffnet in die vorderste Dschungelregion vor, die sich – dreihundert Meter vom Ozean entfernt – mehrere hundert Kilometer weit in das Innere des Landes hineinzog.

Die breitschultrigen riesigen Gesellen, die allein schon durch ihr barbarisches Aussehen Wellen von Hysterie unter den friedlichen Fischern und Jägern erzeugten, gingen strategisch geschickt vor. Sie umzingelten das erste Dorf und warfen ihre metallischen Netze aus, die sich augenblicklich eng um ihre Opfer legten und sie zur Bewegungslosigkeit verdammten.

Kaum jemand setzte ihnen Widerstand entgegen. Diejenigen, die schnell genug waren, flohen. Sie wußten längst, daß die bärtigen Fremden es lediglich auf junge und starke Angehörige ihres Volkes abgesehen hatten. Alte Männer und Frauen, aber auch Kinder, interessierten sie offensichtlich nicht.

Dennoch gelang es nur den Schnellsten, aus dem ausgeklügelten Gürtel, der sich immer enger um das Dorf zusammenzog, zu entfliehen.

Auch an diesem Morgen machten die Fremden reiche Beute. Der Anführer des Kommandos, ein hünenhafter, hellhaariger Humanoide, der in Begleitung von zwei anderen Männern die ganze Aktion von einem Hügel aus beobachtete, rieb sich zufrieden die Hände. Die Umzingelung des kleinen Pfahldorfes wurde immer enger. Seine Männer warfen mit geschickten Händen ihre vollautomatisch zuschnappenden Netze aus, die nur in den seltensten Fällen ihre Beute verfehlten. Im Geiste überschlug der Anführer bereits den Gewinn, den er für diese Ladung herausschlagen würde.

Lautes Stimmengewirr, das plötzlich an seine Ohren drang, erweckte seine Aufmerksamkeit. Eine hochgewachsene Eingeborenenfrau, die mit einer primitiven Waffe aus einer Hütte gestürmt war, hatte einen seiner Untergebenen getötet.

Der Anführer war für einen Augenblick unfähig, auch nur den kleinsten Befehl zu erteilen. Diese Lage war für ihn völlig neu, denn Forschungen hatten ergeben, daß die Küstenbewohner friedlich und waffenlos waren. Bisher war es noch nie vorgekommen, daß sich einer der Eingeborenen gegen seine gewaltsame Verschleppung gewehrt hatte.

Gewiß, sie hatten zu jeder Zeit versucht, sich der Gefangennahme durch Flucht zu entziehen, aber sie hatten nie die Hand gegen die Jäger gehoben ...

Die Männer des Kommandos schienen jetzt ihren Schock überwunden zu haben. Mit vereinten Kräften stürzten sie sich auf die sich mit Händen, Füßen und Zähnen wehrende Frau und warfen ein Netz über sie, das sich sofort zusammenzog und die Frau zu einem zuckenden, wütenden Bündel verschnürte.

Die Aktion ging ihrem Ende entgegen. Der Anführer ging den Weg, den er mit seinen Begleitern gekommen war, zurück. An der Küste tauchte bereits der Frachter auf ...

Das Geländefahrzeug rasselte auf breiten Raupenketten den Waldweg entlang. Geschickt steuerte der Holländer Elker Hay das schwere Fahrzeug – eine der neuesten Errungenschaften der HTO-Corporation – an allen Hindernissen vorbei. Die Vegetation zu beiden Seiten ihrer Fahrtroute war so eigenartig blaugrün wie die meisten Lebewesen, die sie bis jetzt hier auf Secundus gesehen hatten.

»Diese Sache gefällt mir nicht«, stellte er mit einem kurzen Seitenblick auf seine beiden Begleiter fest.

Die Männer hatten seltsam bläuliche Gesichter, die das von draußen hereinfallende Licht reflektierten. Diese blauen Schatten ließen alles irgendwie kalt erscheinen, obwohl es hier in der Äquatorgegend unter den sengenden Sonnenstrahlen ziemlich heiß war. Der Dschungel zu beiden Seiten des Weges wucherte üppig. Zweige und Äste sanken unter dem Gewicht ihrer eigenen Blätter nach unten.

Bei ihrer Ankunft auf Secundus, dem zweiten Planeten der Sonne Algenib im Sternbild des Perseus, hatten sie in absoluter Nähe ihres Landeplatzes ein Eingeborenendorf ausgemacht. Deutlich hatten die Außenkameras die Gestalten humanoider Wesen ins Schiff übertragen. Die Eingeborenen hatten die PROMET kommen gesehen, aber keinerlei Anstalten gemacht, mit der Besatzung Kontakt aufzunehmen.

»Glauben Sie, daß es uns anders geht?« fragte Peet Orell. »Ich bin Raumfahrer, kein Verhaltensforscher. Vielleicht haben die Eingeborenen schon einmal Kontakt mit einer raumfahrenden Rasse gehabt und ziehen es seither vor, für sich allein zu leben.«

»Sie glauben an ein negatives Erlebnis?«

Orell war sich seiner Sache nicht sicher; aber die Tatsache, daß acht Stunden nach der Landung der PROMET auf Secundus sich immer noch keines der hier lebenden Intelligenzwesen hatte sehen lassen, schien seine Theorie zu bestätigen.

»Dem Augenschein nach«, sagte der Moraner Arn Borul, der sich als dritter Mann im Innern des Geländefahrzeugs befand, »ist der schwierigste Faktor auf Secundus das planetarische Klima. Die Gletscher beginnen kaum zweitausend Kilometer nördlich und südlich von hier und reichen bis zu den Polen. Die paradiesische Äquatorzone wäre wunderbar dafür geeignet, einen Platz für eine terranische Kolonie abzugeben. Aber die Anwesenheit einer intelligenten Bevölkerung macht uns leider einen Strich durch die Rechnung ...«

Er hatte das Thema absichtlich gewechselt, um die anderen von ihren

Grübeleien abzulenken. Aber sein Hinweis auf die Eingeborenen schloß den Kreis. Sie waren also wieder beim Thema.

Hay seufzte. Resigniert angelte er nach seinen Zigaretten und setzte eine in Brand.

Ihre Fahrt endete unerwartet schnell. Sie waren knapp zwei Kilometer vom Landeplatz der PROMET II entfernt, die in nächster Nähe eines wild wogenden Ozeans niedergegangen war, als der wuchernde Dschungel plötzlich an einer Felswand endete, die den Sockel eines steil aufragenden Hügels bildete. Als sie um den Felsvorsprung bogen, sahen sie eine Art Siedlung vor sich – kleine hölzerne Hütten, die auf Pfählen gebaut waren, wahrscheinlich um wilde Tiere abzuhalten.

Hay stoppte und stellte den Motor ab. Schweigend betrachteten die Männer die Szenerie.

Unter den Bäumen, die das Dorf teilweise umgaben, waren rasche Bewegungen zu erkennen. Die eingeschalteten Außenmikrofone übertrugen das Rascheln von Blättern und eilige Schritte.

»Anscheinend naht nun doch endlich so etwas wie ein Begrüßungskomitee«, sagte der Moraner. »Ich schlage vor, daß wir aussteigen und versuchen, einigermaßen freundlich zu blicken – obwohl die Mentalität der Eingeborenen uns noch nicht bekannt ist. Vielleicht provoziert sie bereits ein leichtes Grinsen ...«

Sie wurden umringt, als sie ausstiegen. Die Eingeborenen bewegten sich mit erstaunlicher Schnelligkeit. Von allen Seiten kamen sie heran und versammelten sich um das für sie gewaltige Fahrzeug. Ehrfurchtsvoll betasteten einige von ihnen die Hülle und sahen das stählerne Ungetüm staunend an.

Für das terranische und moranische Schönheitsideal waren die Bewohner des Planeten Secundus vollkommen mit ihrer an Oliven erinnernden Hautfarbe, ihren blaugrünen Augen, ihren graziösen Körperproportionen und den in weichen Wellen bis auf die Schultern fallenden schwarzen Haaren. Bis auf ihre Körpergröße, die kaum mehr als einen Meter dreißig überstieg, unterschieden sie sich kaum von den Terranern.

Abenteuerlich war ihre Bekleidung. Die schlanken und dennoch muskulösen Körper waren von kleinen, schneeweißen Fellen irgendwelcher Tiere bedeckt, die aber nur um die Hüften geschlungen waren und kurz über dem Knie endeten.

Peet Orell sprach die Eingeborenen auf Interstar an: »Wir grüßen euch! Wir sind Forscher von Terra und sind gekommen, um euren Planeten kennenzulernen!«

Augenblicklich setzte Gekrächze und Geschnatter ein. Keiner der Laute konnte als Antwort auf Peets Worte gedeutet werden. Secundus hatte also zumindest keinen Kontakt mit einer jener Rassen gehabt, die der Kunstsprache Interstar mächtig war.

Peet seufzte. »War ein Versuch. Pech gehabt – sieht so aus, als würden wir ohne unseren Translator kaum auskommen.«

Hay nickte zustimmend, während der Moraner unbewegten Gesichts am Vorderrad des Geländefahrzeuges lehnte.

»Merkwürdig«, sagte er, die Reihen der Eingeborenen musternd, »besteht dieses Volk eigentlich nur aus männlichen Wesen?«

Peet Orell überhörte seine Frage. »Vielleicht sind sie doch nicht so intelligent, wie wir annahmen«, sagte er, als Hay mit dem Gerät erschien. Er setzte eine weitere Zigarette in Brand und betrachtete die Eingeborenen, von denen sich mittlerweile wenigstens hundert um sie versammelt hatten, mit gemischten Gefühlen.

»Immerhin sind sie bekleidet und wissen, wie man Hütten baut«, gab Hay zu bedenken, während er Einstellungen an dem Translator vornahm. »Außerdem zeigen sie so etwas wie Neugier. Wir müssen wenigstens fünf Minuten lang ihre Gespräche aufzeichnen, wenn der Translator einwandfrei arbeiten soll.«

»Geben Sie sich keine Mühe, Elker« sagte Borul plötzlich, »ich glaube, daß die Burschen unsere Anwesenheit hier nicht sonderlich schätzen.«

Hay wandte sich um.

Verblüfft registrierte er, daß die Eingeborenen das Interesse an ihnen verloren zu haben schienen und sich in Richtung ihres Pfahldorfes zurückbewegten.

»Kommt, wir gehen ihnen nach«, wies Orell seine Kollegen an. »Das scheint mir doch des Mysteriösen zuviel zu sein.«

»Die Frauen«, murmelte Arn Borul. »Es sind keine Frauen zu sehen, Peet. Was hat das zu bedeuten? Warum verbergen sie ihre Frauen vor uns?«

Orell zuckte mit den Schultern. Konnte man dieses mysteriöse Verhalten der Eingeborenen auf religiöse Tabus zurückführen? War es den Frauen verboten, die Fremden anzusehen? Auf der Erde gab es in einigen islamischen Regionalstaaten ähnliche Gesetze. Dort durften die Frauen nur verschleiert auftreten, und niemand anders als ihr angetrauter Mann hatte das Recht, ihr Gesicht zu sehen.

Die drei Männer näherten sich der Siedlung. Ihre unfreiwilligen, aufgeregt schnatternden Führer schienen keinesfalls damit einverstanden zu sein, wichen aber äußerst schreckhaft zurück, als einer von ihnen die Blaster entdeckte, die an den Hüften der Fremden baumelten.

Die Siedlung umfaßte etwa hundertfünfzig Hütten, die durch hölzerne Laufstege miteinander verbunden waren. Türen und Fenster gab es nicht. Die Eingänge waren mit hellbraunen Fellen verhängt.

In starkem Gegensatz zu den an sich primitiven Unterkünften der Planetarier stand die dahinter aufragende Felswand, deren Vorderfront mit stilisierten Blättern und geometrischen Figuren verziert war. Die in den Fels gemeißelten Figuren reichten bis in eine Höhe von zwei Metern und erschienen den Männern originell und richtig proportioniert.

Als sie näherkamen, entdeckten sie den etwa drei Meter hohen Eingang zu einer Grotte, vor der vier Eingeborenenfrauen standen und armbrustähnliche Waffen in den Händen hielten.

»Na, bitte«, sagte Elker Hay.

Die Eingeborenenfrauen waren weitaus größer als die Männer. Sie waren ausnehmend hübsch, waren barbusig und wirkten nervös und angespannt. Sie ließen die Ankömmlinge keine Sekunde aus den Augen.

»Ich bin beeindruckt«, gestand Peet und warf einen weiteren Blick auf die Felswand. »Ich muß wohl mein Urteil über die Eingeborenen revidieren.«

Die männlichen Eingeborenen hatten sich mittlerweile in alle Windrichtungen zerstreut. Die ängstlichen Männer, die bewaffneten Frauen: all das schien darauf hinzudeuten, daß auf Secundus die Frauen die Macht in der Hand hielten.

Allerdings schienen auch sie sich nicht darüber im klaren zu sein, wie sie sich den Terranern gegenüber verhalten sollten. Peet registrierte, daß die Hände der vier Amazonen verdächtig zitterten. Sie schienen jeden Moment mit einem Angriff zu rechnen.

»Wir wollen allen weiteren Komplikationen aus dem Wege gehen«, sagte Arn Borul. »Die Eingeborenen scheinen uns zu fürchten oder zumindest nicht zu mögen. Sie haben unsere Waffen gesehen und haben Angst davor. Das heißt in jedem Fall, daß sie bereits einmal mit Blastern Bekanntschaft gemacht haben.«

»Die Männer dieses Dorfes trugen keine Waffen«, warf Peet Orell ein, »hingegen verfügen die Frauen über primitive Armbrüste. Auch sie scheinen Angst vor uns zu haben, gehen jedoch trotzdem nicht gegen uns vor. Augenscheinlich wollen sie ihre Waffen nur dann einsetzen, wenn sie sich auf andere Art nicht mehr wehren können.«

»Wir müssen erfahren, was sich in der Vergangenheit auf dieser Welt abgespielt hat, um sie verstehen zu können«, sagte Hay.

Peet zuckte unentschlossen mit den Schultern, aber Arn stimmte dem Holländer zu. Er hob beide Arme, in der Hoffnung, die Eingeborenen würden seine Handflächen als Zeichen des Friedens verstehen.

»Wir sind in Frieden gekommen«, sagte der Moraner, während er langsam auf die Frauen zuging. »Wir sind Forscher einer anderen Welt. Wir sind nicht gekommen, um Unfrieden zu stiften. Laßt uns friedlich miteinander reden ...«

Als er nur noch zwei Meter von den bewaffneten Eingeborenenfrauen entfernt war, verlor die erste die Nerven.

Mit einem Aufschrei, der Angst, Not und Schmerz zugleich auszudrücken schien, riß sie die primitive Armbrust hoch und legte an.

Der Moraner machte einen katzenhaften Sprung zur Seite, aber er konnte nicht verhindern, daß der Bolzen seine Schulter traf.

Er schrie auf. Im gleichen Moment schossen die drei anderen Frauen ihre Bolzen ab. Peet Orell und Elker Hay rissen ihre auf Paralyse-Modus geschalteten Blaster hoch. Ein Bolzen prallte von Elker Hays Stiefel ab, ein zweiter zerfetzte den rechten Ärmel seiner Kombination. Der dritte Pfeil traf die linke Hand Peet Orells. Der plötzlich aufkeimende Schmerz ließ ihn aufstöhnen. Sein Lähmstrahl ging ins Leere. Wilde Schreie ausstoßend verschwanden die Frauen im Dunkel der Grotte.

»Weg hier, Elker!« rief Orell. Mit seinem unverletzten Arm riß er den Moraner hoch und rannte zurück. Elker Hay folgte ihm.

Arn Borul knirschte mit den Zähnen. Obwohl der Schmerz ihn fast wahnsinnig machte, war er der festen Überzeugung, daß er etwas falsch gemacht hatte. Alles war nichts anderes als ein großes Mißverständnis gewesen.

Die Stimmung an Bord der PROMET war nicht die beste, als Orell, Hay und der Moraner zurückkehrten.

Doc Ben Ridgers war sofort zur Stelle, untersuchte die Wunden, die die Armbrüste der Amazonen verursacht hatten, und stellte fest, daß die Bolzen nicht vergiftet waren. Er legte den Verletzten Bioplastverbände an.

Jörn Callaghan schüttelte den Kopf, als er seine Gefährten sah. Die Crew war bereits auf vielen Planeten gelandet, aber in dieser Art war sie bisher noch nie empfangen worden.

»Keine Panik, Jörn«, beruhigte Arn Borul, nachdem er sich in einen Sessel geworfen hatte. »Es war eindeutig unser Fehler. Wir hätten uns von der allgemeinen Atmosphäre im Dorf der Eingeborenen warnen lassen müssen. Wir waren unvorsichtig.«

»Die Amazonen waren ganz schön auf Draht«, warf Elker Hay ein. »Aber ich werde den Eindruck nicht los, daß sie mehr Angst vor uns hatten als wir vor ihnen.«

Junici stürmte in die Medo-Station, gefolgt von Vivien Raid und einem guten Dutzend Besatzungsmitglieder, die von irgend jemandem benachrichtigt worden sein mußten.

Als sie feststellten, daß die Wunden der drei harmlos waren, trat Ruhe ein.

Mit wenigen Worten berichtete Peet den Anwesenden, daß die PROMET-Crew augenscheinlich auf ein Volk gestoßen war, in der die Frauen das Zepter der Macht in den Händen hielten.

»Interessant, interessant«, erwiderte Vivien und rieb sich die Hände. »Das bedeutet wahrscheinlich, daß es diesmal darauf ankommt, wie Junici und ich unsere weiblichen Talente einsetzen.«

»Wie bitte?« fragte Orell verblüfft. Elker Hay grunzte unwillig. Die Kinnlade des Moraners klappte nach unten. »Wie sollen wir das verstehen, bitte?«

»Ganz einfach. Ihr seid offensichtlich nicht als vollwertige Partner anerkannt worden. Das kann nur bedeuten, daß es an uns Frauen liegt, wie die Verhandlungen mit den *Amazonen* über die Runden gehen.«

»Ihr wollt …?« keuchte Arn. Peet grinste. Jörns Mundwinkel näherten sich verdächtig seinen Ohren.

»Darüber können wir später beratschlagen«, unterbrach der Moraner den sich anbahnenden Disput. Er wußte genau, daß es wenig Zweck hatte, Vivien Raid das auszureden, was sie zu tun beabsichtigte, aber in erster Linie galt es jetzt, die Lage zu klären.

»Wie Elker bereits sagte, machten die Frauen der Eingeborenen auf uns den Eindruck, als fürchteten sie sich vor uns. Solange wir uns dem Höhleneingang, den sie offensichtlich bewachen, näherten, machten sie keine Anstalten, uns an unserem Tun zu hindern. Erst als wir auf sie zugingen und das Friedenszeichen machten, gingen sie auf uns los. Während der ganzen Aktion verschwand keine Sekunde lang dieses ängstliche Flackern aus ihren Augen. Als sie ihre Bolzen verschossen hatten, nahmen sie reißaus.«

»Hmm«, machte Doc Ridgers. »Die Frage, die es zu klären gilt, lautet also: Schossen sie auf euch, weil ihr auf sie zugegangen seid, oder weil ihr das Friedenszeichen machtet?«

»Na, ersteres, denke ich«, erwiderte der Moraner.

Ridgers wiegte nachdenklich den Kopf. »Man darf keine Möglichkeit außer acht lassen. Was bei dem einen eine Geste des Friedens ist, kann bei einem anderen bereits eine Obszönität oder Beleidigung sein.«

»Glaube ich kaum«, brummte Peet. »Wir haben mit diesem Zeichen bisher nur gute Erfahrungen gemacht, Doc. Das Vorzeigen der leeren Handflächen wird scheinbar überall verstanden – selbst auf der Erde, auf der es über hundert verschiedene Völker gibt.«

»Unsere Diskussion führt in eine falsche Richtung. Wir sollten uns lieber den Kopf darüber zerbrechen, warum man Angst vor uns hat, obwohl wir diesen Planeten niemals zuvor betreten haben.«

»Vielleicht ähneln wir Leuten, die einmal hier waren, und an die man nur ungute Erinnerungen hat.«

»Das ist eine Möglichkeit«, sagte Szer Ekka. »Man verwechselt uns.«

»Und mit wem?« fragte Callaghan.

Die Diskussion, an der nach und nach die gesamte Besatzung teilnahm, wogte noch mehrere Stunden hin und her. Man kam allgemein zu dem Schluß, daß Ekkas Theorie die einzig mögliche sei. Die PROMET-Crew wurde – wegen ihres Aussehens, oder einfach aus dem Grunde, daß sie aus dem Weltraum kamen – mit einer Rasse verwechselt, die ihnen entweder glich oder ähnliche Raumschiffe besaß, und die vor nicht allzu langer Zeit hier gewesen war und sehr wahrscheinlich Schlimmes angerichtet hatte.

Vermutlich hatte es sich dabei um männliche Angehörige eines raumfahrenden Volkes gehandelt, vor denen sich die Amazonen – man hatte den Namen für die Eingeborenenfrauen der Einfachheit halber beibehalten – fürchteten.

Um vor nächtlichen Überraschungen sicher zu sein, wurde der Kombi-Schutz-Schirm um die PROMET gelegt. Um mögliche Mißverständnisse erst gar nicht mehr aufkommen zu lassen, hatte die Bordversammlung dem Antrag Vivien Raids entsprochen, daß sie am nächsten Tag einen Kontaktaufnahmeversuch unternehmen wollte.

Der nächste Tag kam, und er war nicht minder prachtvoll als der erste. Der Planet Secundus erschien den Terranern zumindest in der Äquatorialzone, in der sie sich befanden, als reines Paradies.

Vivien verließ das Schiff in Begleitung der Moranerin. Um etwaigen Schwierigkeiten aus dem Wege zu gehen, hatten die beiden Frauen ihre Antigravgürtel angelegt, die ihnen im Notfall eine schnelle Flucht ermöglichten. Den größten Teil der zwei Kilometer langen Strecke zum Pfahldorf legten sie fliegend zurück, den Translator zwischen sich haltend. Durch ihre Visophon-Armbandsender waren sie ununterbrochen mit der Funk-Z der PROMET II verbunden.

Die letzten zweihundert Meter zum Dorf der Amazonen – man war bei diesem Namen geblieben – legten sie zu Fuß zurück, um die Eingeborenen nicht unnötig zu erschrecken.

Die männlichen Bewohner des Amazonendorfes näherten sich den Ankömmlingen in der gleichen Art, wie sie es bereits am Tag zuvor bei den drei Männern getan hatten. Sie umringten eifrig diskutierend die beiden Frauen – jedoch ohne sie mit einer einladenden Geste zum Besuch ihres Dorfes zu bewegen.

Vivien und Junici stellten den Translator ab und aktivierten den Aufnahmesektor, der die Gespräche der Eingeborenen aufzeichnete und entschlüsselte. Die ganze Sache dauerte knapp fünf Minuten, in denen die Männer Vivien und ihre moranische Freundin keine Sekunde aus den Augen ließen …

Dann schaltete Junici das Gerät um.

»Wir kommen als Freunde zu euch, ohne böse Gedanken. Wir möchten mit jemandem sprechen, der das Vertrauen aller Bewohner dieses Dorfes besitzt.«

Das Gerede der männlichen Eingeborenen verstummte schlagartig. In der Funk-Z der PROMET saß man erwartungsvoll vor den Empfangsgeräten und lauschte.

»Wir kommen in Frieden«, wiederholte Vivien, und obwohl sie sich äußerlich gelassen wie eh und je gab, konnte sie Junici gegenüber nicht verheimlichen, daß ihre Hände leicht zitterten. »Führt uns zu eurer Herrscherin.«

Innerlich verwünschten beide Frauen die verfahrene Situation, der sie gegenüberstanden. Aber wenn sie herausfinden wollten, was die Ursache des merkwürdigen Verhaltens der Eingeborenen von Secundus war, mußten sie jetzt am Ball bleiben.

Langsam wiederholte Junici Borul die Worte. Die Eingeborenen lauschten unverkennbar dem Klang ihrer Stimme, die in ihrer eigenen Sprache aus dem Übersetzungsgerät an ihre Ohren drang. Nach einer Weile drängte sich einer der Männer nach vorn, verbeugte sich ehrerbietig vor der Moranerin und sagte: »Was will die Sternenfrau? Weiß sie nicht, daß die Frauen unseres Volkes im Morgengrauen des gestrigen Tages von den Männern ihres eigenen Stammes geraubt wurden?«

»Bi-bitte?« Junici und Vivien zuckten unwillkürlich zusammen. Der Translator lieferte nur die Worte, aber in der Stimme des Mannes klang unsägliche Trauer mit.

»Das ... das ... ist ein Irrtum!« stammelte Vivien, die die äußerliche Gelassenheit jetzt abwarf wie einen dünnen Mantel, und deutlich ihre Verwirrung und Unsicherheit zeigte. »Die Männer meines Volkes entführen nicht die Frauen fremder Völker!«

»Wir ...« setzte auch Junici an.

Aber der Eingeborene unterbrach sie: »Du lügst! Wir haben es deutlich gesehen. Ihr suchtet unser Dorf heim mit euren kleinen Schiffen, mit denen ihr vom Meer herkamt ...« Er machte eine weitausholende Geste mit dem rechten Arm, um die Richtung anzuzeigen, in der die nicht weit entfernte Küste lag. »Eure barbarischen Männer haben sie weggeschleppt wie wilde Tiere! Ihr habt sie in eure Burg gebracht, die draußen auf der Felseninsel liegt!«

Eine klärende Verständigung war kaum möglich, weil nun auch die anderen Männer sich erregt in das Palaver einmischten. Einige, die besonders mutig waren, nahmen den Frauen gegenüber eine drohende Haltung ein.

»Gefahr, Vivien?« fragte Peet aus der Funk-Z der PROMET.

Vivien Raid kam nicht dazu, die Frage zu beantworten. Einige Meter von ihr entfernt befand sich ein blütenbedecktes Gebüsch, das einen nicht unangenehmen Duft ausströmte. Die Zweige dieses Gewächses teilten sich plötzlich, und vor ihnen stand eine der Amazonen. Sie war groß und wohlproportioniert und musterte die beiden Frauen mit einem durchdringenden, fast verächtlichen Blick.

»Ich glaube, wir sind hier einer großen Sache auf der Spur«, flüsterte Junici in ihren Armbandsender.

Die Amazone kam langsam auf Vivien und Junici zu.

»Wie ich sehe, versteht ihr unsere Sprache gut«, sagte sie mit melodiöser Stimme. »Das erleichtert die Sache. – Ihr braucht euch nicht zu fürchten«, fügte sie mit einem schwachen Lächeln hinzu. »Ich bin gekommen, um zu verhindern, daß es noch mehr Mißverständnisse zwischen unseren Völkern gibt.«

Die beiden Frauen von der PROMET atmeten auf.

»Die Männer eures Volkes«, begann Vivien, »schienen uns mit jemandem zu verwechseln.«

Die Amazone nickte. »Das taten sie. Aber euer Verhalten unterscheidet euch von denen, die wir fürchten, sehr beträchtlich. Die Männer eures Volkes wurden mit den *Sklavenjägern* verwechselt, die unsere Dörfer aufsuchen, um die weiblichen Angehörigen unseres Stammes zu verschleppen. Zwei der drei Männer, die gestern unser Dorf aufsuchten, gleichen den Sklavenjägern aufs Haar, wenn sie auch keine Bärte trugen. Und auch sie kamen mit einem metallenen Wagen.«

Also hatte Doc Ridgers mit seiner Verwechslungstheorie recht. Dieses Volk war von einer anderen, sehr wahrscheinlich raumfahrenden Rasse heimgesucht worden. Das Wort *Sklavenjäger*, das die Amazone benutzte, sagte alles. Es mußte eine kriminelle Organisation sein, die das Dorf heimgesucht und die Frauen verschleppt hatte.

Die männlichen Eingeborenen begannen sich zurückzuziehen. Einer nach dem anderen verschwanden sie in ihrem Dorf.

Die Amazone, die Amra hieß, bedeutete den beiden Frauen, mitzukommen. Sie führte sie quer durch das Pfahldorf bis zu der riesigen Grotte, vor der bereits Borul, Hay und Orell gestanden hatten.

»In dieser Höhle halten wir uns versteckt«, erklärte Amra. »Wir haben versucht, in den Sklavenjägern den Eindruck zu erwecken, als existierten hier keine Frauen mehr. Aber sie sind zu schlau.«

In der Grotte lebten etwa zwanzig Amazonen, die sich allmählich aus zahllosen Nischen und Nebenhöhlen in die Haupthöhle, in der ein kleines Feuer brannte, gesellten. Der Boden und die Wände waren mit den Fellen gefleckter Tiere ausgelegt.

»Wir müssen mehr über diese mysteriösen Sklavenjäger erfahren, Amra«, sagte Junici nach einer Weile atemlosen Zuhörens. »Sklavenhandel ist bei allen Völkern, mit denen wir bisher Kontakt aufnahmen, ein schlimmes Verbrechen. Wenn ihr uns helft, können wir vielleicht euch helfen.«

Die Amazonen begannen wild durcheinanderzureden. Diejenigen, die Vivien und Junici hier zum ersten Mal sahen, forderten von Amra, die eine Art Häuptling war, eine Erklärung. In ihrer vokalreichen Sprache schilderte die Amazone ihren Gefährtinnen, unter welchen Umständen sie die beiden Frauen getroffen und kennengelernt hatte. Der Translator kam mit der Übersetzung kaum nach, so schnell sprach sie. Junici und Vivien verstanden nur einzelne Satzfetzen, wie etwa »... fremde Wesen ... keine Sklavenjäger ... sprechen unsere Sprache ... Mißverständnis.«

Die anderen Frauen schienen sich mit Amras Erklärung zufriedenzugeben. Eine schlanke Frau, die Amra mit Kitha ansprach, reichte in einem steinernen Gefäß einen Willkommenstrunk, der vorzüglich schmeckte und an den Saft von Apfelsinen erinnerte.

Die Amazonen und ihre Männer hatten bereits mehr als einmal Besuch von raumfahrenden Rassen bekommen. Es waren in der Vergangenheit öfters Handelsschiffe auf Secundus gelandet, und die Raumfahrer, die sich hier gelegentlich aufgehalten hatten, verhielten sich durchweg wie zivilisierte Intelligenzen. Bis eines Tages die haarigen Sklavenjäger kamen, die angeblich Orell und Borul so sehr glichen – was bedeutete, daß dieses Volk nach irdischen Maßstäben gemessen im Aussehen einen skandinavischen Einschlag hatte.

»Es sind große, bärtige Barbaren«, führte Amra weiter aus. »Sie sind bunt gekleidet, und das am ganzen Körper, trotz der hier herrschenden Wärme. Sie tragen Haartrachten, die ihnen bis zu den Schulterblättern reichen, und sie brüllen wie Raubtiere, wenn sie an Land kommen und unsere Dörfer heimsuchen.«

Kitha ergänzte: »Sie hausen auf einer Insel, die nicht weit von der Ptal-Bucht entfernt im Blauen Ozean liegt. Sie haben dort eine Burg errichtet, die uneinnehmbar ist. Ab und zu, wenn sie genug Sklaven zusammengeraubt haben, hören unsere Fischer draußen auf ihren Booten das Fauchen der Sternenschiffe, die von der Festung aus unsere Welt verlassen.«

Es war klar, daß hier nur schnelles Handeln die Bevölkerung des Planeten Secundus vor dem Aussterben bewahren konnte. Wenn diese mysteriösen Sklavenjäger, von denen sie bisher nicht einmal wußten, welcher Rasse sie angehörten, sich darauf konzentrierten, nur die weiblichen Angehörigen dieses Volkes zu entführen …

»Wir sind zwar nicht die Space-Police, Peet«, sagte Vivien, als sie sich wieder an Bord der PROMET befanden, »aber ich bin sicher, daß es uns niemand verübeln wird, wenn wir hier mal kräftig die Kelle kreisen lassen.«

Orell stimmte ihr zu. »Natürlich werden wir das, Vivy. Wenn wir erst einmal herausgefunden haben, wer hier seine Profitgier zum Äußersten treibt, haben wir auf jeden Fall eine Handhabe, um die Behörden der Heimatwelt dieser interstellaren Hyänen zu informieren.«

Niemand an Bord der PROMET konnte zu diesem Zeitpunkt ahnen, daß das Volk, dem die Sklavenjäger angehörten, bereits einmal ihren Weg gekreuzt hatte. Die PROMET-Crew kannte diese Leute sogar sehr gut …

14.

Ganz in der Nähe zuckte ein gewaltiger Blitz über den schwarzen Himmel. Der Donner kam kaum eine Sekunde später. Er ließ das Fahrzeug erbeben, und Alvan klammerte sich an das Lenkrad und umkrallte es mit den Fingern, daß sich die Nägel in seine Handflächen bohrten.

Während der ganzen Zeit, die er damit verbracht hatte, die Insel zu umkreisen, war es neblig gewesen; später ging der Nebel in Regen über, und jetzt goß es in Strömen. Die schweren Tropfen trommelten auf das Dach und die Motorhaube.

Alvan wußte, wo er die Fahrt verlangsamen mußte; nämlich eine Meile hinter dem Anfang der hohen Steinmauer mit den einzementierten Glassplittern, aber er konnte nicht das geringste erkennen. Plötzlich ließ der Regen nach, als habe er Alvans Bedrängnis erkannt, und ein neuerlicher Blitz spendete ihm das nötige Licht.

Die Mauer war mindestens dreieinhalb Meter hoch, und für den Bruchteil einer Sekunde konnte Alvan die scharfen Glaskanten sehen, die wie Juwelen in allen Farben glitzerten.

Er klammerte sich erneut an das Lenkrad, als er sich der Einfahrt näherte. Angestrengt blickte er durch den immer stärker werdenden Regen. Die Einfahrt war schmal; angeblich war hier früher einmal ein schweres Gitter gewesen, und in der Wachstation dahinter hatte ein Trupp von Wächtern gesessen.

Alvan fuhr den Weg hinauf und schaltete in einen niedrigeren Gang, um den Schlaglöchern und Wagenspuren auszuweichen, und eine Sekunde lang dachte er, er sähe jemanden wie verrückt winken. Es mußte eine Täuschung gewesen sein, denn in dieser Nacht ging niemand hier draußen spazieren; nicht einmal die Sklaven würden bei diesem Wetter eine Flucht aus der Festung wagen. Das Gelände ringsum war mit wirksamen Ortungsgeräten und Abwehrwaffen geschützt.

Der Weg begann durch den Wald anzusteigen. Die Wagenfurchen, die voller Wasser standen, waren wie reißende kleine Bäche, und Alvan mußte den kleinsten Gang einlegen, damit die Räder seines primitiven, mit einem Verbrennungsmotor ausgestatteten Fahrzeugs nicht durchdrehten.

Dann wurde der tiefdunkle Wald plötzlich von Krüppelkiefern und riesigen, verstreut herumliegenden Felsblöcken abgelöst; uralten Überbleibseln der Grundmoräne, dem mächtigen Fuß des Gletschers. In der Ferne tauchten die Umrisse der mächtigen Festung in der pechschwarzen Nacht auf.

Sie lag auf der flachen Kuppe eines felsigen Hügels, der nur von der Südseite her zu erreichen war. Die Mauern aus feuerfestem Metall ragten fünfzig Meter in die Höhe und machten somit die dahinterliegenden Gebäude uneinnehmbar. Um Angriffe aus der Luft abzuwehren, verfügte die Festung über starke Verteidigungsanlagen, die unüberwindbar waren, obwohl Alvan sie für überflüssig hielt. Die Eingeborenen dieses Planeten waren nicht einmal in der Lage, der Festung vom Land her Schaden zuzufügen, wie sollten sie da erst aus der Luft angreifen können?

Es ging ein Gerücht, daß der Kommandant in der Lage sei, den gesamten Festungskomplex mit einem undurchdringlichen Energiefeld zu umgeben. Aber das Energiefeld hatte man niemals eingeschaltet, denn bisher hatten die Eingeborenen noch nie versucht, die Eindringlinge, die sich auf ihrer Welt eingenistet hatten, zu vertreiben.

Die Eingeborenen dieser Welt waren schön und friedlich. In ihrer Gesellschaft hatten die Frauen das Heft fest in der Hand. Es waren hochgewachsene Schönheiten, stolz und unnahbar, und sie waren die einzigen, die den Eindringlingen Widerstand entgegensetzten.

Alvan war Sklavenhändler, wie alle Angehörigen seiner Sippe, die etwa zweihundert erwachsene Männer nebst ihren Familien umfaßte. Es war ihr Geschäft, humanoide Wesen zu fangen und auf den Ödplaneten am Rande des *Reiches der Mitte* zu verkaufen. Die Frauen dieser Welt waren ein begehrtes Handelsobjekt: Die Fürsten archaischer Welten, die keiner Kontrolle unterstanden, rissen sich um sie und zahlten gute Preise.

Bisher hatte es Alvan nicht sonderlich gestört, welchen Geschäften die Führer seines Clans nachgingen. Ihre Sippe war seit Generationen eine ausgestoßene. Man war froh gewesen, als man diese Welt und ihre übervollen Pfründe entdeckt hatte. Eine Niederlassung war schnell gegründet. Alvans Clan lebte auf dieser Welt, seit er ein Kind gewesen war.

Erst später hatte sich seine Einstellung gegenüber dem Sklavenhandel geändert; nämlich an jenem Tag, an dem er Yuri, eines der geraubten Mädchen von einem der Küstenstämme, kennengelernt hatte. Sie war seine persönliche Beute auf einem der Streifzüge im Küstengebiet gewesen, und er hatte sie für sich beansprucht, wie es sein Recht war. Unglücklicherweise war sie das allerschönste Mädchen, das je in die Hände der Händler gefallen war. Einige andere Männer hatten sie ebenfalls für sich beansprucht, deshalb war es zu bösem Streit gekommen. Um Schwierigkeiten zu vermeiden, entschied der Kommandant der Festung, daß Yuri mit dem nächsten Transport verkauft wurde. Er wollte verhindern, daß seine besten Männer sich ihretwegen entzweiten. Und das war auch der Grund, aus dem Alvan sich hatte zur Patrouille versetzen lassen. Er wollte in keinem Fall dabei sein müssen, wenn das Mädchen in den bald erscheinenden Frachter geschleppt und irgendwo für einen Beutel Gold verhökert wurde.

Der Wagen tuckerte jetzt langsam am Rand eines gefährlichen Steilhangs vorbei, der fast dreihundert Meter tief auf scharfkantige Felsblöcke und das tobende Meer hinabfiel. Alvan konzentrierte seine Aufmerksamkeit auf den nicht abgesicherten Rand.

Als er kurz aufblickte, barst ein neuer Blitz über den Himmel und erleuchtete die Festung hoch oben auf dem Hügel. Selbst durch den schweren Regen konnte Alvan die enormen Ausmaße des riesigen Gebäudes erkennen; die hochragenden Türme mit den kreisrunden Fenstern und den metallenen Dächern; die strammen Ketten der Zugbrücke und das hochgezogene, stählerne Fallgitter.

Der Motor des Wagens begann plötzlich zu spucken und setzte binnen weniger Sekunden ganz aus. Konzentriert blieb Alvan einige Minuten sitzen. In den Taschen seiner Uniformjacke suchte er nach Narkotikstäbchen. Er verfluchte das Mißgeschick, das ihm ausgerechnet jetzt bei diesem Wetter widerfuhr. Er war wütend und keinesfalls gewillt, die restliche Strecke bis zur Festung zu Fuß zurückzulegen. Als er die aus Kunststoff gefertigte Seitentür öffnete, um das zerbrochene Narkotikstäbchen, das er in seiner Tasche gefunden hatte, hinauszuwerfen, plätscherte das Regenwasser wie tausend kleine Nadeln auf seiner Hand herab. Alvan nahm ein zweites, aber der Rauch geriet in die falsche Richtung. Er hustete wütend, spie das angerauchte Stäbchen aus und öffnete die Tür vollends. Entschlossen holte er Atem und schwang die Beine aus dem Wagen.

Einige Sekunden blieb er so sitzen und starrte auf seine Stiefelspitzen, die völlig in dem brackigen Wasser verschwunden waren.

Der Regen trommelte monoton auf das Dach seines Fahrzeugs und auf seine Knie, als er sich darauf einstellte, den schützenden Bereich seines Wagens zu verlassen. Obwohl ihm sein Helm und sein Überwurf einen optimalen Schutz boten, fühlte er das Wasser auf Wangen und Händen. Das stetige Trommeln der Regenmassen war das einzige, was er minutenlang, als er schweigend und wütend da stand, hörte.

Dann vernahm er die Stimmen.

Zuerst glaubte Alvan einer Täuschung zu unterliegen. Er war der Ansicht, daß der rauschende Regen eine fast perfekte Illusion erzeugte, die einem durchdringenden Murmeln ähnelte.

Doch die Stimmen blieben. Alvan schlug den Pelzkragen seines Überwurfs hoch, ergriff den Nadler, der auf dem Nebensitz seines Fahrzeuges lag, und kramte auf dem Rücksitz nach seinem Fernglas, das er irgendwo dort im Dunkel wähnte. Es konnte sein, daß er wirklich einer Illusion zum Opfer gefallen war, aber sicher war sicher. Nicht auszudenken, wenn Eingeborene vom Festland in der Nähe waren! Vielleicht hatte eine der automatischen Kontrollen versagt.

Es war nicht einfach, die Richtung zu bestimmen, aus der die Stimmen kamen. Angestrengt lauschte er, konnte aber nur feststellen, daß die mysteriösen Stimmen aus allen Richtungen zugleich zu kommen schienen.

Vorsichtig, seinen Nadler vor sich haltend, suchte er die Umgebung ab. Als ein Blitz die von Felsbrocken übersäte Ebene sekundenlang erhellte, erkannte er, daß dort nichts war. So leise es seine Stiefel erlaubten, durchkämmte Alvan das nahegelegene Unterholz. Zweige peitschten in sein Gesicht und Dornen verhakten sich in seinen Haaren und seiner Kleidung. Alvan machte sich fluchend wieder auf den Rückweg. Er lechzte nach einem Narkotikstäbchen, aber er vermied es, eines in Brand zu setzen, aus Angst, der Feuerschein könnte ihn verraten.

Es bleibt nur das Meer, dachte er. Und genau so war es. Als er an dem steil in die Tiefe gehenden Abgrund stand und angestrengt in die Tiefe starrte, sah er es.

Zwischen den zahllosen, scharfzackigen Klippen hatte ein schwarzes Unterseeboot festgemacht. Einige dunkle Gestalten sprangen von dem Boot herunter auf die Felsen, auf denen sich bereits über ein Dutzend Leute versammelt hatten.

Alvan stockte der Atem. Mit zitternden Fingern ließ er den Nadler los, der an einem Riemen über seiner Schulter baumelte, und tastete nach dem Fernglas, das um seinen Hals hing.

Sein Blick glitt über das fremde, tropfenförmige Unterseeboot, das mit offener Luke unter ihm lag wie ein gigantischer schwarzer Riesenfisch. Die Gestalten, von denen er lediglich die Umrisse wahrnahm, schienen erregt zu diskutieren.

Alvan kniete sich nieder und legte sich dann auf den Bauch. Über den Rand des Abgrundes hinweg blickte er auf die Szenerie hinunter, über deren Bedeutung er sich immer noch nicht klar werden konnte.

Was ging da vor sich? Wer waren diese Leute? Gab es auf diesem

Planeten eine Rasse, die technisch viel weiter fortgeschritten war als das Volk der Küstenbewohner? Handelte es sich bei dem vermeintlichen Unterseeboot um ein havariertes Raumschiff einer unbekannten Rasse? Oder handelte es sich um Ordnungsstreitkräfte eines raumfahrenden Volkes, das diesen Sternensektor einer Kontrolle unterzog?

Das war möglich. Der Gedanke, daß Agenten einer unbekannten Macht – oder vielleicht sogar des Orff! – sich derart leise an die illegale Kolonie der Sklavenhändler heranmachten, erschien Alvan absurd. Wenn eine andere Macht Ansprüche an diesen Planeten zu stellen hatte, würde sie es laut und deutlich aussprechen. Leute, die bei Nacht und Nebel kamen, hatten etwas zu verbergen.

Also doch Agenten aus des Orffs Reich der Mitte?

Woher sollte er ahnen, daß es diesen Orff als Herrscher nicht mehr gab?

Alvan war verwirrt. Das Wasser lief in Strömen über sein Gesicht; es peitschte in die Augen, es strömte wie ein reißender Fluß um die Stiefel; es war ein Regen, in dem alle Erinnerungen an vorhergegangene Unwetter förmlich ertranken.

Die Gestalten unter ihm schienen jetzt vollzählig zu sein. Alvan zählte siebzehn Personen. Sie bewegten sich mit einer merkwürdigen Leichtigkeit, als würden sie leicht in der Luft schweben.

Ob sie sich mit einem Antigravsystem aufrecht hielten? Das mußte es sein, denn der Regen und der Wind waren hier oben kaum mehr erträglich; dort unten auf den Klippen, von meterhohen Wellen und schäumender Gischt umgeben, war es ein Spiel auf Leben und Tod. Er hatte genug gesehen.

Als Alvan aufstand, rutschte er mit einem Fuß an einem glitschigen Stein ab, verlor das Gleichgewicht und versuchte sich im Fall mit den Händen abzustützen. Sein Nadler flog hoch und prallte gegen sein Kinn. Alvan ruderte wild mit den Armen, verhedderte sich während des Fallens in dem an seiner Schulter hängenden Lederriemen und schleuderte die Waffe mit einem wilden Fluch von sich. Hart prallte er auf den Boden auf, heißer Schmerz durchzuckte sein Bein. Im gleichen Augenblick sah er den Nadler, der im hohen Bogen in den Abgrund flog. Tränen des Schmerzes stiegen in seine Augen, und wie durch einen Schleier sah er, wie die Waffe in den schwarzen Fluten des nächtlichen Ozeans versank.

Er lag auf dem Bauch, betastete sein Bein und stellte zerknirscht fest, daß es gebrochen war. Als er aufzustehen versuchte, wurde ihm übel. Im gleichen Moment griff ein greller Lichtfinger nach ihm. Alvan wurde in eine gleißende Helligkeit getaucht.

Er war entdeckt.

Nachtschwarze Dunkelheit umgab ihn, als er die Augen aufschlug.

Der stechende Schmerz seines gebrochenen Beines war verschwunden, seine Übelkeit gewichen.

Er lag auf einer Pritsche, seine Arme und Beine wurden von metallenen Bändern, die ihn auf sein Lager fesselten, umspannt. Er war nicht in der Lage, sich zu bewegen. Mit einem Blick sah er, daß er sich an Bord des mysteriösen Unterseeboots oder Raumschiffs aufhielt.

Eine Tür öffnete sich, und ein großer Mann trat hindurch. Er trug einen Kittel aus glänzend weißem Stoff, der ihm bis zu den Knien reichte. Sein helles Haar war schütter und seine Augen blaugrau. Die Rasse, der er angehörte, war Alvan auf den ersten Blick unbekannt. Hinter ihm erschienen zwei weitere Männer, breitschultrig und kräftige Individuen. Einer schien ein Moraner zu sein, denn sein Haar war silbern und seine Augen hellgrün.

»Können Sie mich verstehen?« fragte der Mann, der zuerst eingetreten war. Er sprach ein fast akzentfreies Interstar, wie Alvan neidlos zugeben mußte.

»Sicher kann ich das«, erwiderte er. »Wer sind Sie? Was machen Sie in diesem Gebiet? Was haben Sie mit mir vor?«

»Langsam!« sagte der Moraner. »Immer der Reihe nach. Gestatten Sie, daß ich uns vorstelle? Meine Name ist Borul, und dieser Gentleman«, er deutete auf den Blonden, »ist Doktor Ridgers, unser Bordarzt. Und dieser Mann ist Peet Orell, der Eigner dieses Schiffes.«

Ohne Übergang fragte er: »Sie gehören zu der Festung der Sklavenhändler?«

Alvan knurrte unwillig. Zornig zerrte er an seinen Fesseln.

»Natürlich. Niemand sonst wäre in der Lage, einen Fuß auf die Insel zu setzen.«

Der Moraner lächelte freundlich. Die Antwort Alvans schien ihn irgendwie zu amüsieren.

»Wir befinden uns seit bereits einer geraumen Stunde im Sicherheitsbereich der Insel.«

Alvan überhörte die Antwort. Er fragte: »Was geht hier vor? Welcher Macht gehören Sie an, Moraner? Was ist ihr Ziel?«

»Wir stellen hier die Fragen«, sagte der Mann, den der Moraner als Orell vorgestellt hatte. Er setzte sich auf einen fremdartig geformten Stuhl und musterte Alvan ungeniert. »Erzählen Sie uns von der Festung.«

»Ich denke nicht daran!« Alvan zerrte an seinen Fesseln. »Sind Sie sich überhaupt darüber im klaren, mit wem Sie sich hier anlegen, Fremder? Auch wenn die automatische Abwehr der Festung bis jetzt noch nicht zugeschlagen hat ... ich würde an Ihrer Stelle nicht derart überheblich sicher sein. Wenn Sie bis jetzt innerhalb des Sicherheitsbereichs überlebt haben, haben Sie das nur der Festung zu verdanken. Wenn man Sie soweit in den Sicherheitsbereich hat eindringen lassen, verfolgt man irgendwelche Pläne, dessen können Sie sich sicher sein.«

»Sie tun so, als sei die Festung ein allmächtiges Wesen«, antwortete der Moraner. »Machen Sie sich nicht lächerlich. Wir wissen genau, was hier getrieben wird. Und wir wissen auch genau, was wir tun.«

Orell erhob sich.

»Wenn Sie nicht reden wollen, müssen wir es eben auf eine andere Weise versuchen.«

»Man wird mich vermissen«, gab Alvan zu bedenken. »Man wird mich suchen und Ihr Schiff finden. Es gibt keine Rettung für Sie.«

Die Fremden verließen den Raum, ohne ein weiteres Wort mit ihm zu wechseln. Für Alvan begann eine nervenzermürbende Wartezeit.

Da die PROMET-Crew von den Eingeborenen keinerlei Informationen über die personelle Stärke der mysteriösen Sklavenjäger erhielt, blieb ihr nichts anderes übrig, als sich diese Informationen zu verschaffen. Der plötzlich aufziehende Sturm, der das Meer in ein gischtendes Chaos verwandelte, stellte für die PROMET II, die mit wenigen Handgriffen in ein taugliches U-Boot zu verwandeln war und ihre Fähigkeiten in dieser Beziehung bereits mehrmals bewiesen hatte, eine ideale Tarnung dar.

Man näherte sich der Insel der Sklavenjäger, auf der die Eindringlinge ihre Festung errichtet hatten, unter Wasser und ging in einer Bucht, die von haushohen Felsen umgeben war, vor Anker.

Eigentlich hatte das Führungsteam der PROMET vorgehabt, mit Hilfe der an die Besatzung ausgeteilten Antigravgürtel auf der Insel auszuschwärmen und die Lage zu erkunden, aber die Gefangennahme des Wachtpostens, den man mit einem gebrochenen Bein aufgefunden hatte, hatte die ganze Angelegenheit ungemein erleichtert. Mit Hilfe ihrer Antigravgürtel hatten Elker Hay, Charles Gelon und Tim Axelrod den Verletzten geborgen.

»Es dürfte ziemlich sicher sein, welchem Volk dieser Mann angehört«, sagte Orell, nachdem er in Begleitung von Borul und Doc Ridgers in die Zentrale der PROMET zurückgekehrt war.

Ein Dutzend Augenpaare starrten ihn erwartungsvoll an. Natürlich hatten sich auch die anderen ihre Gedanken gemacht, aber absolut sicher war keiner von ihnen.

»Erinnert ihr euch an einen Mann namens Ebb Karran?« fragte Doc Ridgers. *)

»K'inga! Also doch!« Jörn Callaghan begann erregt, seine Pfeife zu stopfen.

---

*) siehe RP-CL 8: ›*In den Fängen des Orff*‹

»Genau. Er hat es zwar noch nicht zugegeben, aber alle Anzeichen sprechen dafür, daß er ein Angehöriger der K'inga von Algor ist.«

Charakteristisch für die Rasse der K'inga war ihre farbenprächtige Kleidung, ihr ungewöhnlich muskulöser Körperbau und ihre typische Haartracht, die selten oberhalb der Schulterblätter endete. Die K'inga hatten in der Regel weißes Haar, das bis auf den Rücken hinabfiel, je nach Stand trugen sie jedoch einen Teil ihres Haares zu künstlich gefärbten Zöpfen geflochten.

»Hmmm«, machte Orell. »Ganz ehrlich gesagt, hätte ich diesen sympathischen Halunken eigentlich nicht zugetraut, daß sie derart schmutzigen Geschäften nachgehen. Wenn diese Art des Geldverdienens bei den K'inga gang und gäbe ist, sehe ich schwarz für unsere geplante Anzeige bei den zuständigen – algorischen – Behörden.«

»Falls es bei denen überhaupt so etwas wie eine Behörde gibt, was ich mir bei ihrer anarchistischen Lebensweise kaum vorstellen kann«, sagte Doc Ridgers.

Arn Borul, der Moraner, schwieg eine Weile.

Dann wandte er sich der fast vollzählig versammelten Besatzung zu und sagte: »Ich denke, daß es Zeit wird, daß wir uns von einigen Klischeevorstellungen lösen. Ich will keinem von euch – auch nicht dir, Peet – zu nahe treten, aber mir scheint, daß wir auch nicht eben frei davon sind, die Vorurteile gleich kiloweise mit uns herumzuschleppen. Wenn einige Angehörige einer bestimmten Gruppe von Intelligenzen extrem aus dem üblichen Standard ausscheren, so sollte das für uns noch kein Grund zu der Annahme sein, daß das ganze Volk aus kriminellen Elementen besteht. Versteht ihr, was ich damit sagen will? Selbst wenn diese Sklavenjäger eine blutgierige Mörderbande sein sollten, sollten wir uns davor hüten, dieses sicherlich abnorme Verhalten ihrem ganzen Volk anzudichten.«

»Natürlich hast du recht«, sagte Peet nachdenklich. »Zum Verbrecher wird niemand geboren. Und die Tatsache, daß Ebb Karran und seine Leute dem nicht eben edlen Beruf von Piraten nachgehen, sollte uns nicht dazu verleiten, alle Kinga für einen Haufen von Sklavenhändlern und Plünderern zu halten.«

»Jetzt zu einem anderen Thema«, warf Vivien Raid ein. »Auch wenn alles darauf hindeutet, daß diese Sklavenhändler dem Volk der K'inga angehören, sollten wir nichts unternehmen, bis wir genau wissen, ob unsere Vermutung stimmt. Vor allen Dingen müssen wir – bevor wir uns an eventuell vorhandene Algor-Behörden wenden – wissen, wer das Oberhaupt dieser Sippe ist und wohin die *geschäftlichen* Beziehungen dieser Leute reichen. Ich glaube, es wäre nicht damit getan, daß wir dafür sorgen, daß irgendein kleiner Händler ausgeschaltet wird, wenn noch zahlreiche andere Organisationen gleicher Art existieren. Auch müßten wir Informationen über die Umschlagplätze, die Sklavenmärkte, und die Kundschaft dieser Sippe sammeln.«

»Es wäre vielleicht nicht unangebracht«, fügte Doc Ridgers hinzu, »wenn wir versuchten, unserem unfreiwilligen Gast einige Informationen zu entlocken, bevor man sich in der Festung seiner erinnert und uns auf den Pelz rückt.«

»Und wie wollen wir das anstellen?« fragte der Moraner, der sich plötzlich schmerzlich der Tatsache bewußt wurde, daß sie den Fremden zwar geblufft hatten, aber trotzdem keinen Weg wußten, von ihm Informationen zu bekommen.

Doc Ridgers spitzte die Lippen und sah zur Decke, während seine Fingerspitzen einen uralten Rock'n'Roll auf dem Steuerpult der PROMET II trommelten.

»Mal sehen. Laßt mich nur machen …«

Alvan träumte.

… es war ein langer, sehr langer Weg hinab in die Stadt. Er ging mit langen, zielbewußten Schritten vorwärts, marschierte über alle steinernen Hindernisse hinweg und verließ nicht die gerade Linie, die er in seinem Geist bis zu den mächtigen Toren der Stadt gezogen hatte.

Der Umhang, den er trug, hinderte ihn am Gehen; er nahm ihn ab. Maskenhaft starr war sein Gesicht, dicke Schweißperlen rannen über seine Wangen.

Er war ein Wesen zwischen zwei Welten. Er durchschritt Täler, die in der Hitze des Sommertages brüteten. Blätterbedeckte Zweige seltsamer Bäume streiften sein Gesicht, während der Saft zertretener Gräser wie Tau seine Sandalen benetzte. Um ihn herum flog und schwirrte das Leben, hüpfte und sprang und stieß seltsame Geräusche aus.

Und er wußte plötzlich, daß er nur durch eine Wüste wanderte, in der selbst der Wind die Namen der Toten vergessen hatte.

Dann erstieg er Berge, schritt durch Klüfte, gelangte an einen Abhang und sah vor sich den ausgetrockneten Ozean, stellte sich vor, wie einst die Wellen tosend und brüllend an der Küste zerbrochen waren.

Die finsteren, zackigen Umrisse gewaltiger Festungen tauchten vor seinen Augen auf, undurchsichtige, dicke Fensterscheiben, hinter denen Moder und Verfall sich ausbreiteten.

Langsam senkte sich die Sonne, die plötzlich ganz anders aussah, dem Horizont zu.

Als Alvan den letzten Abhang erreicht hatte, schien er durch ein Flammenmeer zu gehen. Die Festung, die seine Heimat war, brannte, und sogar die Wolken hatten eine glühende Färbung angenommen. Verwundert betrachtete Alvan das Gold und das Purpur, das verdorrte Gras und den ausgelaugten Boden. Diese Welt lag im Sterben – sie war tot.

Nun konnte er auch den Hafen erkennen, den Hafen mit den rostigen Schiffen, die Docks, die Kais, die ...

Alvan schrie. Ein dunstiger Schleier lag über seinen Augen, als er sie aufriß und um sich blickte. Vier Männer umstanden sein Lager und starrten ihn erschreckt an. Die ihm unbekannten Apparaturen, die an den Wänden angebracht waren, summten tückisch; vereinzelte Lichter flammten an der Vorderfront einer Maschine auf.

Alvan nahm das alles nur mit halberwachten Sinnen wahr. Eine

Stimme sagte etwas in einer verzerrten, unverständlichen Sprache, dann war wieder Stille. Alvan versank aufs neue in Nacht und Schwerelosigkeit.

... dann umgaben ihn die Mauern der Stadt. Er sah die Wesen – große, schlanke, muskulöse Gestalten mit wallendem Haupthaar und dichten Bärten. Männer und Frauen, die seinen Weg in den engen Gassen kreuzten, die gegen ihn stießen, weitereilten, umkehrten oder stehenblieben, um ihm nachzuschauen.

Und die Bewohner der Stadt beobachteten ihn, als hätten sie Verdacht geschöpft. Ängstlich zogen sie sich vor ihm zurück, verschwanden in Nischen und Türen und tuschelten.

Als Alvan erwachte, stand der Mann, der ihm als Ridgers vorgestellt worden war, wieder an seinem Lager. Im Hintergrund entdeckte Alvan Orell und Borul, und noch einen anderen Mann, der ihm unbekannt war.

»Ich bin zwar kein Psychoanalytiker«, sagte Ridgers, »aber das, was Sie während Ihres künstlich erzeugten Traumes geredet haben, war für mich sehr aufschlußreich.«

Alvan keuchte. Er merkte, daß man seine Arme und Beine aus der Fesselung befreit hatte, und wischte sich mit einem Ärmel die Schweißtropfen von der Stirn, die salzig in seine Augen rannen.

In seinem Kopf schien es zu surren und zu klicken. Die Gedanken wirbelten wie Kometen in seinem Kopf herum; nur mit äußerster Konzentration war es ihm noch möglich, konkrete Gedanken zu formen und sie zu formulieren.

»Mein Leben ...«, keuchte er, mühsam nach Luft ringend, »... ist es das, was ich gesehen habe? Diese ausgedörrte Welt, diese verfallenen Festungen ... die Wesen ...«

Er war verwirrt und schockiert. Nur langsam begriff er, daß man ihn auf irgendeine Art einem telepathischen Verhör unterzogen haben mußte. Die Erkenntnis kam gleich darauf: Er hatte seine Vergangenheit preisgegeben, ohne es gewollt zu haben. Er hatte von Algor berichtet, von der ausgedörrten Welt, von der Festung seiner Sippe, die vernichtet worden war, von der Verbannung, die ihnen von der Gemeinschaft, die selbst ihre eigene Ernährung kaum zu meistern in der Lage war, auferlegt worden war.

»Wer sind Sie?« fragte er rauh. »Was haben Sie vor? Was planen Sie gegen meine Sippe?«

Der Moraner drängte Ridgers zur Seite und setzte sich neben Alvan auf die Liege.

»Wir haben bereits von der Minute an, in der unsere Leute Sie zu uns an Bord brachten, geahnt, daß Sie ein Angehöriger der K'inga sind«, sagte er. »Was wir hingegen nicht gewußt haben, ist, daß Ihre Sippe von Ihrem eigenem Volk verstoßen wurde, weil sie sich bereits früher mit dem Handel von Intelligenzwesen beschäftigt hat.«

»Und was wir weiterhin nicht wußten«, warf Doc Ridgers ein, »ist, daß Sie selbst – zumindest Ihr Unterbewußtsein – nicht mit dem einverstanden ist, was Ihre Sippe tut.«

Alvan zog es vor, auf Ridgers' Frage nicht einzugehen. »Was haben Sie mit mir gemacht, Gedankendieb?« knurrte er wütend. »Wer gab Ihnen das Recht ...«

»Es hat nichts mit Telepathie zu tun, K'inga«, sagte Doc Ridgers steif. »Ich bedaure es ehrlich, daß ich zu einem illegalen Mittel greifen mußte, um Ihnen wichtige Informationen zu entlocken – aber hier geht es, wie wir meinen, um mehr als um einen einzelnen. Die Spritze, die ich Ihnen verabreicht habe, war harmlos. Sie hatte keine andere Funktion, als Sie im Traum reden zu lassen. Sie können unbesorgt sein: Ich habe nicht in Ihren intimsten Gefühlen herumgeschnüffelt.«

»Was planen Sie gegen meine Sippe?« fragte Alvan grollend. Er fühlte, wie seine alte Selbstsicherheit zurückkehrte. Wer war er, daß er sich von diesen dahergelaufenen Fremden behandeln ließ wie ein abgewrackter Raummatrose? Er war schließlich ein Offizier der Ulann-Sippe.

»Es würde zu weit führen, Ihnen jetzt detailliert auseinanderzusetzen, wer wir sind und was wir planen. Ganz abgesehen davon, daß es unklug wäre, Sie in unsere Pläne einzuweihen«, sagte der Moraner halblaut. »Es würde auch zuviel Zeit in Anspruch nehmen.«

»Sie sollten nur wissen«, fuhr der Mann fort, der sich Orell nannte, »daß die Tage Ihrer Sippe gezählt sind.«

Alvan stöhnte auf.

»Sie ... Sie ...«, stammelte er, »... Sie werden ...?«

Orell nickte. »Ja. Wir werden die algorischen Behörden informieren, so schnell es geht. Wir sind keine Raumpolizei, und es ist nicht unser Recht, uns in Angelegenheiten fremder Rassen zu mischen. Aber es ist unsere Pflicht, die Ordnungsbehörden Ihrer Welt von dem zu unterrichten, was wir hier gehört und gesehen haben.«

Die Worte versetzten Alvan einen Schock. Natürlich, was hatten sie anderes zu erwarten? Die K'inga von Algor hatten in dem Raumsektor, in dem sie lebten, seit Jahrhunderten einen schlechten Ruf. Das war einer der Gründe, weshalb die kleine aber schlagkräftige Ordnungsbehörde des K'inga-Volkes ganz besonders darauf achtete, daß einzelne Sippen nichts anrichteten, was anderen Völkern den Grund gab, diese Missetaten allen K'inga zugleich anzuhängen. Auch wenn die Ulann-Sippe eine abtrünnige Sippe war – erfuhr Algor von dem, was sich auf dieser Welt abspielte, war es mit ihrer Freiheit für immer vorbei. Der Sklavenhandel war selbst unter den K'inga ein todeswürdiges Verbrechen – und der Sklavenhandel war es auch gewesen, der seine Sippe vor mehr als hundert Jahren von Algor vertrieben hatte. Obwohl man den Ulanns nichts Konkretes hatte nachweisen können, hatte man sie vertrieben, denn das ständige Gemunkel und Getuschel, das ausbrach, sobald sich die Ulanns in einer der algorischen Festungsstädte aufhielten, konnte einfach nicht zum Verstummen gebracht werden – weder mit Geld, noch mit guten Worten.

Es gab für Alvan nur zwei Alternativen. Da die Fremden bereits unbeschadet innerhalb der Sicherheitszone der Insel wasserten, war ihnen zuzutrauen, daß sie diese auch unbeschadet wieder verlassen konnten.

Das Schicksal der Ulann-Sippe war demnach bereits jetzt besiegelt, egal ob er auspackte oder weiterhin schwieg.

Das Blatt konnte sich allerdings wenden, wenn er versuchte, sie so lange hinzuhalten, bis er die Möglichkeit zur Flucht bekam. Danach würde es leicht sein, den Start des Schiffes der Fremden von der Festung aus zu verhindern …

Die Gedanken jagten sich in Alvans Kopf. Er dachte an die Sippe und an seine Verpflichtungen ihr gegenüber; aber er dachte auch an Yuri, das Mädchen seiner Träume, und an den in ihm bereits vor längerer Zelt erwachten Widerwillen gegen den Sklavenhandel. Wem war er mehr verpflichtet: Der Sippe oder einer nebulösen Ethik, in der man ihn nicht erzogen hatte?

»Ich mache euch ein Angebot«, sagte er krächzend. Er konnte jetzt nicht mehr zurück. Er mußte seine Abneigung gegen das Geschäft der Sippe nutzen, um seine Sippe zu retten. »Ich mache euch ein Angebot«, wiederholte er und leckte sich die plötzlich ausgedörrten Lippen. »Ich sage euch, was ihr wissen wollt. Dafür laßt ihr das Leben meiner eigenen Familie ungeschoren.«

Jetzt war es heraus. Er kam sich wie ein Verräter vor. Nicht an seiner Sippe, aber gegenüber seinem eigenen Ich.

Eine Stunde später versammelte Peet Orell die Besatzung der PROMET in der Messe des Schiffes. Lediglich Elker Hay hielt die Ortungsanlagen besetzt, um einen etwaigen Angriff frühzeitig melden zu können.

»Unser Verdacht hat sich bewahrheitet«, begann Orell seine Ansprache. »Der Mann, den wir gefangennahmen, heißt Alvan Lai und ist Angehöriger der algorischen Ulann-Sippe, die vor mehr als achtzig irdischen Jahren vom Volk der K'inga ausgestoßen wurde, weil sie sich schon damals mit dem Sklavenhandel beschäftigt hat. Wir haben von ihm übrigens noch einige interessante Informationen über den Heimatplaneten der K'inga bekommen. Algor – der Planet trägt den gleichen

Namen wie seine Sonne – ist dem Tode nahe. Die Welt ist nahezu ausgetrocknet und besteht im wesentlichen aus unendlichen Wüstengebieten, in denen die K'inga in festungsähnlichen Städten leben. Der Boden ist so unfruchtbar, daß die Bewohner dieses Planeten sich selbst kaum versorgen können, obwohl die Bevölkerung kaum vier Millionen Köpfe zählt. Es ist also kein Wunder, wenn sich einzelne Sippen durch Piraterie und Plünderung zu ernähren versuchen. Aber das nur nebenbei. – Oberhaupt der Ulann-Sippe ist ein gewisser Patriarch Kil'Gallen, ein harter und unnahbarer Mann. In der Festung leben etwa zweihundert einzelne Familien. Kil'Gallen und seine vier Söhne sind die einzigen, die das Erbe ihrer Großeltern bewahrt haben, die einst den Planeten Secundus entdeckten. Das heißt, daß sie die einzigen sind, die die beiden Raumschiffe fliegen können, über die die Ulanns verfügen. Deshalb sind sie es auch, die allein über das Handels- und Vertriebsnetz Bescheid wissen. Wenn wir also jetzt einen Fehler begehen, indem wir die algorischen Behörden informieren, ist es ziemlich sicher, daß Kil'Gallen mitsamt seiner Familie verschwindet, und mit ihnen alle Informationen über Planeten, die Sklaven kaufen. Da letzteres aber für die algorischen Behörden eminent wichtig sein dürfte ...«

»... teilen wir unser Kräftepotential auf«, beendete der brasilianische Ingenieur Mario Gorgo Orells Ausführungen.

Gemurmel setzte ein. Der Strahlungstechniker Allan Biggs sagte: »Das hört sich logisch an, Chef. Aber wie stellen Sie sich ein weiteres Vorgehen konkret vor?«

»Während eine Gruppe mit der PROMET nach Algor startet«, erwiderte Arn Borul anstelle seines Freundes, »nistet sich die andere hier auf der Insel ein. Diese Gruppe hat die Aufgabe, einen günstigen Zeitpunkt abzuwarten und sich bei Nacht und Nebel an die Schiffe der K'inga heranzupirschen.«

»... und dort sämtliche Stromkabel durchzuknipsen«, grinste George Hall. Der sechsundzwanzigjährige Engländer schlug dem neben ihm sitzenden Cheffunker Gus Yonker begeistert auf die Schulter.

»Genau«, lächelte Peet Orell. »Es ist die Aufgabe der hier zurückbleibenden Gruppe, mit allen zur Verfügung stehenden Mitteln zu verhindern, daß Patriarch Kil'Gallen mit den Seinen bei Gefahr das Weite sucht.«

»Wir müssen damit rechnen«, warf Jörn Callaghan hastig ein, »daß das Verschwinden des gefangenen Wächters bald auffällt. Wir sollten daher so schnell wie möglich handeln.«

Die Crew murmelte allgemeine Zustimmung. »Wie wir bereits von Junici und Vivien erfuhren«, meinte Dr. Ridgers, »hat man Arn und Peet im Lager der Amazonen für K'inga gehalten. Es wäre also angebracht, die hierbleibende Gruppe nach ihrem Aussehen auszuwählen, um nicht so früh entlarvt zu werden.«

»Das bedeutet mal wieder, daß ich Dienst in der Zentrale der PROMET II schieben darf, während Arn und Peet frische Luft genießen können«, murmelte Jörn Callaghan verdrossen.

»Die Idee ist nicht schlecht«, stimmte Vivien Raid zu. »Man stelle sich vor, daß ein K'inga, der auf der Insel herumstromert, weil er einem Hasen auf der Spur ist, unsere Jungs im Wald kampieren sieht. Wenn wir unsere Blondschöpfe an den Gegner lassen, wird man sie zumindest aus der Ferne für Artgenossen halten.«

Der Vorschlag wurde allgemein akzeptiert, wenngleich auch einige der Männer gerne die Metallplanken der PROMET II mit dem festen Boden vertauscht hätten.

Die Gruppe war schnell zusammengestellt: Außer dem Moraner Arn Borul und Peet Orell sollten Elker Hay, Manfred Elsner, der breitschultrige ehemalige Werkspolizist der HTO, der nun neben dem Schiffskoch Armand Léon die Pfannen schwenkte, und Peer Haglund, ebenfalls Kochgehilfe, auf Secundus verbleiben. Auch Allan Biggs und George Hall – deren Haarfarbe wie die Peer Haglunds ins Rötliche spielten – meldeten sich, aber um die Gruppe möglichst klein zu halten und sie beweglicher zu machen, verzichtete man auf ihre Mithilfe. Junici Borul und Vivien Raid zogen es vor, ebenfalls auf Secundus zu bleiben, und zwar zog es sie in das Lager der Amazonen, wo sie die Wartezeit nützlich verbringen sollten, indem sie die friedlichen Dorfbewohner in einigen Überlebensregeln unterrichteten.

Mit gemischten Gefühlen beobachtete Alvan am nächsten Morgen, wie sich die Besatzung des Raumschiffs in zwei Gruppen teilte. Er hatte mit Erstaunen festgestellt, daß sein Bein nach der Behandlung des Mannes namens Ridgers völlig geheilt war und er es mühelos bewegen konnte. Außerdem versetzte ihm die Tatsache, daß die Fremden ihm anscheinend blindlings vertrauten, einen ziemlichen Schock. Sie verzichteten darauf, ihn zu fesseln, legten ihm statt dessen einen breiten Gurt um die Hüften und ließen ihn in der Schleuse stehen.

Die Gruppe, die sich anschickte, mit ihm zusammen das geheimnisvolle Schiff zu verlassen, bestand außer ihm selbst aus fünf Personen. Zwei davon, Orell und den Moraner Borul, kannte er bereits. Die anderen drei, die ebenso wie die ihm bereits bekannten Männer im Aussehen den K'inga kolossal ähnelten, wurden ihm als Elsner, Hay und Haglund vorgestellt.

Der Mann, den die anderen Haglund nannten, ähnelte einem K'inga am meisten. Er hatte feuerrotes Haar und einen ebensolchen Kinnbart, außerdem eine imposante Gestalt und wasserblaue Augen, die Alvan neugierig musterten.

Jedoch schien er Interstar nur mangelhaft zu beherrschen, denn er unterhielt sich mit seinen Kollegen meist in einem Idiom, das Alvan irgendwie an einen heimischen Algor-Dialekt erinnerte, den er jedoch nicht verstehen konnte.

Alle fünf Männer waren mit leichten Waffen ausgerüstet und ebensolchen Gurten, wie Alvan einen trug. Auf ihren Schultern hatten sie kleine Tornister festgeschnallt, die wahrscheinlich Nahrung und Ausrüstung enthielten.

»Ich weiß nicht«, begann Orell, während er auf Alvans Gurt deutete, »ob Sie solche Dinger kennen. Jedenfalls sollten Sie sich nicht wundern, wenn Sie gleich den festen Boden unter den Füßen verlieren. Zur

Sicherheit ist das Steuergerät ihres Antigravgürtels entfernt worden. Es befindet sich nun an meinem.«

Alvan wollte etwas sagen, aber das saugende Geräusch der sich öffnenden Luftschleuse riß ihm die Worte von den Lippen. Plötzlich verlor er den Boden unter den Füßen und stieg in die Luft auf. Die anderen folgten ihm. Sie ließen schwebend das wassernde Sternenschiff unter sich, näherten sich der nächsten Klippe und stiegen von dort aus zur Insel hoch. Orell brachte seinen rechten Arm in die Nähe seines Mundes, und Alvan sah, daß er in ein Armbandmikrofon sprach. Wahrscheinlich gab er seinem Stellvertreter an Bord des Schiffes Anweisungen.

Als er nach unten sah, registrierte er, daß das Schiff die Schleusen schloß und unter den Wasserspiegel sank. Dann glitt das Schiff davon, in Richtung auf das Festland.

Orell und seine Männer versammelten sich am Rand des Abgrunds zu einer Besprechung.

»Unsere erste Aufgabe wird es sein, ein Nachtlager zu finden, in dem wir uns bewegen können, ohne gesehen zu werden«, sagte Orell. »Ich denke, daß unser Freund Alvan hier uns dabei helfen wird.«

Alvan hatte keine andere Wahl. Zwar hatten sie ihn nicht gefesselt und geknebelt, aber der Antigravgurt, eine seinem Volk bisher unbekannte Konstruktion, war in der Lage, jede Flucht zu verhindern. Als er sich vorstellte, wie er rennend die Beine bewegte und Orell ihn dabei zwei Zentimeter über dem Erdboden in der Luft schweben ließ, mußte er fast grinsen.

»Die Insel ist so groß«, erklärte Alvan gelassen, »daß ein Mann zu Fuß sieben Tage brauchen würde, um sie zu umrunden. An der engsten Stelle würde er einen Tag brauchen, um sie zu durchqueren. Der größte Teil besteht aus massivem Fels, aber es gibt eine stark bewaldete Zone, die von allen möglichen Tieren – auch Raubtieren – bewohnt wird. Es gibt auch ein Sumpfgebiet, in dem fleischfressende Pflanzen wachsen.«

Erst jetzt stellte er fest, daß das Schiff anscheinend in der Nacht einen Teil der Insel umrundet hatte, denn der Ort, an dem sie sich momentan befanden, war ihm unbekannt. Auch die Festung war von hier aus nicht zu sehen, denn die Waldzone, die hier ziemlich dicht war, verbarg den Blick auf den höchsten Punkt der Insel.

»Wir müssen einen Ort finden«, sagte Hay, »der uns mindestens vier bis fünf Nächte lang absoluten Schutz bietet. Mit der Hilfe unserer Antigravgürtel wird es leicht sein, dorthin zu gelangen, wo Mister Kil'Gallen seine Raumschiffe parkt.«

Alvan machte ein unwilliges Gesicht. Er mußte vorsichtig zu Werke gehen und so viel Zeit gewinnen, wie eben nur möglich war, denn er hatte bislang noch keinen Plan entwickelt, wie er den Fremden entkommen und seine Sippe in der Festung warnen konnte. In den letzten Stunden hatte der Zwiespalt seiner Gefühle beträchtlich zugenommen. Sicherlich hatte man sein Verschwinden bereits entdeckt und eine Patrouille an seine Fersen geheftet. Vielleicht befand sich schon die ganze Festung in Aufruhr, denn er konnte sich nicht vorstellen, daß man sein plötzliches, spurloses Verschwinden einfach ignorierte.

15.

Die Disziplin in den unteren Rängen wird immer zügelloser«, schnaubte Kil'Gallen, der unangefochtene Herr über die Ulann-Sippe, und schlug mit geballter Faust auf den hölzernen Tisch. »Wie können Sie es wagen, mir eine solche Meldung zu bringen? Jedermann hier in der Festung weiß, daß Ihr Schwager Alvan Lai sich in eines der Mädchen verliebt hat! Schicken Sie ihm eine Patrouille nach, und sie wird ihn träumend auf einer Klippe sitzend und ins Meer starrend auffinden!«

Quaxtr Lai nahm Haltung an. Er wußte genau, daß das Verhalten Alvans Kil'Gallen bereits zu sehr in Wut versetzt hatte, um jetzt noch vernünftig mit ihm reden zu können. Kil'Gallens Zorn auf Alvan wurde noch verständlicher, wenn man darüber informiert war, daß Ragh, einer von Kil'Gallens Söhnen, ebenfalls ein Auge auf das Mädchen Yuri geworfen hatte.

»Ich bitte um Verzeihung«, sagte er, den Blick auf den blankgescheuerten Boden gerichtet, »aber mit Eurer gütigen Erlaubnis werde ich mit einer Gruppe losziehen und den vor Liebesleid pflichtvergessenen jungen Mann an seine Aufgaben erinnern.« Das war das beste, was er vorschlagen konnte. Wenn Kil'Gallen auf die Idee kam, einen anderen Mann mit der Aufgabe zu betrauen, einen sich nicht mehr meldenden Wächter zu kontrollieren, konnte das üble Folgen haben.

Kil'Gallen musterte den Wachoffizier mißbilligend. »Ihre Unfähigkeit tritt von Minute zu Minute mehr zu Tage, Quaxtr«, knirschte er dann, »ich denke, es wird Zeit, daß einer der jungen aristokratischen Kadetten Ihre Wacheinheit übernimmt!«

Quaxtr zuckte zusammen. *Nur das nicht!* Das bedeutete das Ende seiner Karriere. Kil'Gallens Drohung war ein übliches Mittel der Aristokratie, verdiente ranghohe Offiziere durch aristokratische Kadetten zu ersetzen, die sich selbst noch in der Ausbildung befanden. Damit wollte man zeigen, daß selbst noch ohne Befehlsrang dastehende Aristokratensöhne intelligenter, tapferer und erfahrener waren als jeder Offizier, der aus der Unterschicht kam.

»Lassen Sie sich das eine letzte Warnung sein, Quaxtr!« fuhr Kil'Gallen fort. »Ich gebe Ihnen noch diese Chance. Nützen Sie sie, und bringen Sie Ihren Schwager zur Vernunft, sonst werden Sie beide sich demnächst in meinem Drachenzwinger wiederfinden.«

Quaxtr Lai errötete, biß sich auf die Unterlippe und verabschiedete sich. Draußen auf dem langen Korridor, der die Privatgemächer des Herrschers der Ulann-Sippe mit den weiten Hallen der Inselfestung verband, stieß er einen leisen Fluch aus; nicht jedoch ohne sich vorher davon überzeugt zu haben, daß ihn niemand hören konnte.

Im Burghof empfing ihn Sonnenschein. Die stürmische und regnerische Nacht war einem neuen, strahlenden Tag gewichen. Eine Abteilung aristokratischer Kadetten marschierte vorbei, geführt von einem jungen Tara, der seinem weibischen Auftreten dadurch die Anzüglichkeit zu nehmen versuchte, daß er mit verstellter, tiefer Stimme heisere Befehle brüllte.

Quaxtr grinste schadenfroh. Er kannte diesen Tara besser als dieser ihn, und er wußte auch, daß diesem jungen Mann nichts mehr zuwider war, als in der heißen Sonne stehend schwitzenden Männern das Exerzieren beizubringen.

Nichts als ein Mythos, dachte er, als ihm die Worte Kil'Gallens einfielen. Sie taten so, als sei jeder Aristokratenabkömmling zum perfekten Offizier geboren.

Er ging an den großen Sklavenhallen vorüber, in denen die Mädchen der letzten Aktion auf ihren Abtransport zu fernen Sternen warteten. Sie saßen stumm da, würdigten ihn und die Männer, die sie mit langen, aufgerollten Peitschen in den Händen bewachten, keines Blickes. Ein untersetzter, breitschultriger Mann ging in Begleitung zweier Wächter durch die Reihen der Sklavinnen und machte sich Notizen. Er war der *Fleischbeschauer,* derjenige, der für die Einteilung der Sklavinnen in

Güteklassen verantwortlich war. Außerdem achtete er strikt darauf, daß keiner der Wächter unnötig von seiner Peitsche Gebrauch machte. Sie galten nur der Abschreckung, denn der unternehmerisch geschulte Fleischbeschauer wußte genau, daß Mädchen, die Peitschenstriemen aufwiesen, einen geringeren Preis erzielten.

»Wie sieht es aus, Corman?« fragte Quaxtr leutselig. »Wie steht's mit der Qualität?«

Corman grinste und offenbarte eine Reihe lückenhafter Zähne. Seit der einzige Zahnarzt der Festung gestorben war – er hatte einen Jungaristokraten in ziemlich ruppiger Manier behandelt und hatte deshalb sein Leben lassen müssen – litten mehrere Dutzend Männer und Frauen der Ulann-Sippe höllische Schmerzen. Die Beschaffung eines in der Zahnmedizin bewanderten Mannes stand obenan auf der Liste demnächst zu erledigender Fälle.

»Die Hallen sind überfüllt, Herr«, sagte Corman katzbuckelnd. »Unsere Magazine bersten. Die nächste Ladung soll morgen gegen ...«

Quaxtr Lai ließ den Redeschwall an sich vorbeigehen und setzte seinen Weg fort. Etwas später, als die Mittagssonne wie ein funkelndes Auge über dem Ozean leuchtete, stellte er seine Gruppe zusammen. Er wählte vier kräftige Burschen aus seiner eigenen Familie aus und ließ Waffen an sie austeilen. Da die wenigen Wagen, über die die Ulann-Sippe verfügte, zum Großteil den Inselwächtern zugeteilt waren, die in einem bestimmten Rhythmus die Küste entlangfuhren und nach Verdächtigem Ausschau hielten, mußte er auf ein Fahrzeug verzichten.

Also ging er mit seinen Männern im Schlepptau zu den Drachenställen. Zum Glück waren genug Reittiere vorhanden, wie ihm der zuständige Stallmeister versicherte.

Die Drachen waren starkknochige Echsen, die sich von Pflanzen ernährten. Sie waren harmlos, aber schnell wie Wildkatzen. Einer von Kil'Gallens Söhnen hatte sie von einem Handelsausflug mitgebracht. Gerüchteweise hatte er sie von einem Fürsten auf einer Primitivwelt im galaktischen Ödland bekommen, der nicht in der Lage war, die angeforderte Ware, die Kil'Gallens Sohn ihm überbrachte, in klingender Münze zu bezahlen. Da es für die Ulann-Sippe einigermaßen schwierig war, technische Geräte zu bekommen – sie hatten praktisch nur Beziehungen zu Welten, auf denen noch rauhe Gesetze herrschten und es meist keine großartige Technik, geschweige denn Raumflug, gab –, waren die Drachen als willkommene Reittiere angenommen worden. Die Echsen waren sehr stark. Sie hatten eine Schulterhöhe von anderthalb Metern, waren von grünblauer Hautfarbe und besaßen dicke Schwänze, die bis zur Erde reichten. Man ritt sie mit Sattel und Zaumzeug.

Als Quaxtr Lai und seine Männer die Festung verlassen hatten und auf dem staubbedeckten, primitiven Weg zum Landeplatz der Boote hinabritten, sagte einer seiner Männer: »Alvan ist stets sehr zuverlässig. Was mag ihn bewogen haben, seine Meldung nicht abzugeben?«

»Vielleicht ist sein Funkgerät defekt?« stellte ein anderer eine Gegenfrage.

Quaxtr schwieg, während die Männer sich weiter unterhielten. Er wußte, daß sein Schwager Schwierigkeiten mit einigen anderen Männern hatte – auch mit Ragh, Kil'Gallens jüngstem Sohn.

Ob vielleicht …? Quaxtr schüttelte den Kopf. Ragh war ein Rauhbein. Er war arrogant, überheblich, rauflustig und streitsüchtig. Aber er war kein Mörder. Oder sollte er doch …?

Der Gedanke ließ Quaxtr nicht mehr los. Natürlich hatte Alvan das Erstrecht auf seine Beute, das war ein allgemeines Gesetz. Aber die außergewöhnliche Schönheit der gefangenen Yuri hatte die Sinne der anderen Männer ebenfalls verwirrt, so daß es heftige Diskussionen über dieses Gewohnheitsrecht gegeben hatte. Manche hatten verlangt, daß der Stärkste das Beuterecht bekam, andere wiederum hatten auf ihre Verdienste gepocht. Ragh wiederum wies auf seinen Stand hin, bis Kil'Gallen entschied, daß keiner der Männer das Mädchen bekommen solle. Hatte einer der Männer solche Rachegelüste gegenüber Alvan entwickelt, daß er zum Mörder geworden war?

Die Gruppe verließ die staubige Straße kurz vor dem Anlegeplatz und schlug sich seitwärts in die Büsche. Nicht viel später trafen sie auf die von den Patrouillenfahrzeugen ausgefahrene Uferstraße.

Sie fanden Alvans Wagen bald. Er stand mitten auf der Strecke, eine der Seitentüren war geöffnet – aber Alvan war verschwunden. Quaxtr saß ab und ging mit kräftigen Schritten auf das Fahrzeug zu.

Als er hineinschaute, entdeckte er nichts, was ihm hätte weiterhelfen können. Alles sah so aus, als sei Alvan nur kurz ausgestiegen und wolle gleich weiterfahren.

Einer der Männer sagte: »Stiefelspuren – dort.« Er wies in die Richtung des Abgrunds, hinter dem der Ozean lag. Quaxtr hörte, wie die Wellen gegen die Insel schlugen.

Tatsächlich fand er einige bereits ziemlich regenverwaschene Stiefelspuren. Am Rand des Abgrunds war das spärliche Gras zertreten, und zwar auf einer ziemlich großen Fläche. Es sah so aus, als hätte hier ein K'inga auf dem Bauch gelegen und in das Meer gestarrt.

Eine eiserne Hand griff nach Quaxtrs Herz. Er dachte an Alvan und seine Familie, an seine Frau, die Alvans Schwester war.

»Hat … er sich … das Leben genommen?« fragte einer der wartenden Männer.

Quaxtr sagte nichts. Er nickte nur, denn seine Kehle war ihm wie zugeschnürt. Ja, er hatte sich wohl das Leben genommen, indem er sich ins Meer gestürzt hatte.

Aber vielleicht hatte ihn auch jemand hinabgestoßen … Quaxtr nahm sich vor, Ragh Kil'Gallen bei nächster Gelegenheit danach zu fragen.

Der Ort, zu dem Alvan die Männer der PROMET führte, war wie geschaffen für einen Lagerplatz.

Der anstrengende Fußmarsch, den die Männer vorgelegt hatten, um die Energie ihrer Antigravgürtel vorerst zu sparen, hatte sie einigermaßen erschöpft, aber nichts und niemand konnte den bulligen Schweden Peer Haglund daran hindern, seinen Elektrokocher aufzustellen.

Wenig später brutzelte etwas ungeheuer gut riechendes in der Pfanne. Orell und Borul sahen sich um. Der K'inga schien eine gute Nase für Verstecke zu haben. Entweder war er ein passionierter Jäger oder er hatte einen Großteil seiner Freizeit damit verbracht, in der Waldzone der Festungsinsel umherzustreifen.

Den Nachmittag verbrachten sie damit, daß sie versuchten, Alvan möglichst viele Informationen zu entlocken. Elker Hay übernahm die erste Wache und machte es sich im Wipfel eines Baumes bequem.

»Erzählen Sie uns mehr über Ihr Volk«, begann Peet Orell und setzte eine Zigarette in Brand. Bis zum Abend hatte man noch genügend Zeit, um den ersten Schachzug eingehend zu planen.

»Da gibt es nicht viel zu erzählen«, erwiderte Alvan einsilbig. Es war ihm deutlich anzusehen, daß er über dieses Thema nicht reden wollte.

»Wann sind Sie hierher gekommen, Alvan?« fragte Orell. »Wie lange lebt Ihre Sippe schon hier?«

»Ich wurde hier geboren. Schon mein Vater wurde hier geboren. Nur wenige Männer der Ulann-Sippe waren auf Algor zu Hause.«

»Man hat sie verbannt, nicht wahr?«

»Ja.«

»Aus welchem Grund?«

»Das wissen Sie doch selbst.«

»Wegen des Sklavenhandels?«

»Der damalige Sippenpatriarch hatte sich in unglaubliche Schulden gestürzt, aus denen er nie wieder herauskam. Seine Flotte war zudem wertlos und bestand lediglich aus einigen halbverrosteten Transportern, mit denen sich keine Beute mehr machen ließ. So verfiel er darauf, primitive Welten anzufliegen, Eingeborene zu rauben und zu verkaufen. Man kam ihm schließlich auf die Spur.«

»Man verbannte ihn mitsamt seiner ganzen Sippe?«

»Ja.«

Arn Borul, der der mit knappen Worten geführten Unterhaltung bislang schweigend und mit vor der Brust verschränkten Armen zugehört hatte, sagte: »Ich glaube, daß es keinen großen Zweck hat, um den heißen Brei herumzureden. Wollen Sie uns nicht allmählich sagen, welche Gefühle Sie uns gegenüber hegen?«

Alvan sah ihn erstaunt an. »Wie soll ich das verstehen?«

»Sie wissen so gut wie ich, Alvan, daß Sie Ihre Sippe nicht den algorischen Behörden ausliefern werden. Wie gedenken Sie uns in eine Falle zu locken?«

Der K'inga sprang erregt auf. »Sie sind ein Telepath! Ich habe es von Anfang an gewußt!«

Der Moraner schüttelte den Kopf. »Als Telepathie kann man die Gabe, die ich ansatzweise besitze, nicht direkt bezeichnen. Ich glaube, daß es meine Menschenkenntnis ist, die mich zu diesem Ergebnis führt. Sie wollen uns 'reinlegen!«

Im Gesicht des K'inga zuckte es vor Erregung. Er stand da, die Arme leicht angewinkelt, als sei er sich nicht darüber im klaren, ob er den Moraner angreifen oder fliehen sollte.

»Es … es stimmt«, gab er schließlich leise zu. »Ich hatte vor, bei der ersten sich bietenden Gelegenheit zu flüchten und meine Leute zu warnen.«

Er riß plötzlich die Arme hoch und schrie: »Was hätte ich denn sonst tun sollen? Verlangen Sie etwa, daß ich meine eigene Sippe den Behörden ans Messer liefere? Nur ein ganz mieser Feigling würde zu solch einer Tat fähig sein!«

Peet Orell reagierte instinktiv. Er drückte den Knopf, der Alvans Antigravgürtel steuerte, ließ den K'inga zwanzig Zentimeter in die Luft heben und dann herunterfallen. Der Bärtige verlor das Gleichgewicht unter den Füßen und fiel zu Boden.

»Tut mir leid, mein Freund!« sagte der Moraner und reichte Alvan die Hand. »Aber Peet hatte keine andere Wahl, wenn wir uns nicht selbst eine Patrouille Kil'Gallens auf den Hals hetzen wollen.«

Alvan setzte sich hin und begann zu brüten. Die nächsten Stunden war es unmöglich, auch nur das kleinste Wort mit ihm zu wechseln.

Als der Abend sich über Secundus zu senken begann, löste Peer Haglund Elker Hay ab.

»In wenigen Minuten«, erklärte Orell. »werden Arn und ich der Umgebung der Festung einen kleinen Besuch abstatten. Wir werden die Lage auskundschaften und versuchen herauszufinden, wie wir am besten an Kil'Gallens Schiffe herankommen. Während unserer Abwesenheit übernimmt Hay das Kommando. Sollten wir bis Sonnenaufgang nicht zurück sein, wird Elsner nach uns suchen.«

Peet legte seinen Antigravgürtel ab und warf ihn Hay zu, der ihm seinen dafür gab. Jetzt war der Holländer für den Gefangenen verantwortlich.

»Passen Sie gut auf ihn auf, Elker«, raunte Peet ihm zu. »Der K'inga wartet nur auf eine Gelegenheit, durchzubrennen.«

»Okay, Chef. Ich werde ihn schon unter meine Fittiche nehmen.«

Eine halbe Stunde später brachen sie auf, dicht über den Boden schwebend, um jeder etwaigen Ortung aus dem Wege zu gehen.

Die Festung der K'inga war in der Tat ein imposantes Bauwerk. Ihre Mauern waren an die fünfzig Meter hoch und breit genug, daß sich auf ihren Kuppen drei bis vier Meter breite Laufwege befanden, auf denen bewaffnete Wächter Patrouille gingen.

Aus der Luft gesehen erschien sie Orell und Borul fast quadratisch. Sie hatte eine Kantenlänge von etwa dreihundert Metern, und die Bauwerke in ihrem Innern überragten die Außenmauern bis auf zwei Türme, die sich exakt im Mittelpunkt der Festung befanden, nicht.

Wie zwei riesige, schwarze Vögel näherten sich Orell und sein moranischer Gefährte der Befestigungsanlage. Etwas verblüfft registrierten sie, daß in allen Gebäuden der Festung helles Licht brannte. Von unten erklang exotische Musik zu ihnen herauf.

»Sie scheinen ein Fest zu feiern«, sagte Borul.

Sie befanden sich fast senkrecht über der Südmauer, in der sich ein imposantes Tor befand, das jedoch im Moment geschlossen war. »Ich würde eher auf eine antike Orgie tippen, wie sie früher im alten Rom auf Terra üblich waren«, erwiderte Orell. Die beiden Männer sanken etwas tiefer.

In der Tat schien innerhalb der Festung die Hölle los zu sein. Dutzende von Betrunkenen torkelten grölend und singend durch die engen Gassen; ein junger Mann in einem stutzerhaften Aufzug rempelte einen der herumstehenden Wachmänner an und brüllte in geradezu unverschämter Weise auf ihn ein.

Sie näherten sich den steil aufragenden, spitz zulaufenden Türmen, deren Fenster seltsamerweise als einzige verdunkelt waren.

»Nicht zu nah an die Dinger ran, Arn« warnte Orell im Flüsterton. »Vielleicht kann man uns von da aus ...« Er schlug sich plötzlich mit der flachen Hand vor die Stirn. »Ja, ist es denn die Möglichkeit?« fragte er sich dann selbst.

»Hast du das gleiche entdeckt wie ich?« fragte der Moraner grinsend. Er hatte ebenfalls erkannt, daß sie beinahe den Wald vor lauter Bäumen nicht gesehen hätten. Die beiden schlanken, etwa siebzig Meter in die Höhe ragenden Türme waren nichts anderes als die gesuchten Raumschiffe Kil'Gallens!

»Keine Begeisterungsschreie, Partner«, sagte Orell.

Im gleichen Moment zischte der Moraner: »Mein Gürtel, Peet! Mein Gür...«

Blitzschnell bewegte sich Orell auf seinen Gefährten zu. Das fehlte ihnen gerade noch, daß ausgerechnet in dieser Situation der Antigravgürtel des Moraners versagte. Peet hakte Arn unter und schaltete seinen eigenen Gurt auf volle Leistung.

»Wir schaffen es nicht bis hinter den Wall«, keuchte Borul. »Wir müssen 'runter!«

Peet Orell knirschte mit den Zähnen. Er wußte genau, daß ein gewöhnlicher Antigravgürtel die Belastung von mehr als drei Zentnern auf die Dauer nicht tragen konnte. Er spürte, daß es sie bereits hinabzuziehen begann, denn Arns Gürtel hatte jetzt völlig ausgesetzt. »Schnell«, zischte der Moraner. »Wir müssen auf einem der Dächer landen!»

Das Flachdach eines Gebäudes befand sich in einer waagerechten Entfernung von zwanzig und einer senkrechten Entfernung von knapp zehn Metern von ihnen. In Sekundenschnelle rechnete Peet Orell die Chancen durch. Sie konnten es mit etwas Glück schaffen!

Sie schafften es. Aber nun saßen sie fest.

Es gelang Quaxtr Lai erst in den späten Abendstunden, bis an die Peripherie von Kil'Gallens Privatgemächern vorzudringen. In den Hallen der Festung brodelte und gärte es, hinter seinem Rücken erklangen Dutzende von exotischen Musikinstrumenten, und der Geruch von Narkotika und Alkohol drang in seine Nase.

Die Festung feierte ihr traditionelles Abschiedsfest für die am nächsten Tag aufbrechende Sternenschiffbesatzung, die sich aufmachen würde, den letzten Fang gewinnbringend an irgendwelche fremden Potentaten zu verkaufen.

»Wohin willst du, Bursche?« stellte ihn ein blasierter Aristokrat zur Rede, als er eben die grimmig dreinblickenden Männer des ersten Wachkordons passiert hatte. Quaxtr schlug die Hacken zusammen, aber das nützte ihm jetzt auch nichts mehr. Der Mann, der vor ihm stand, war der Sherf, den er am Morgen angerempelt hatte. Er schien eben von einer Audienz bei Kil'Gallen zu kommen, denn in seinen Augen glühte die blanke Wut. Wahrscheinlich war seine Bitte – was auch immer sie beinhaltet hatte – abgelehnt worden. Oder Kil'Gallen hatte ihn in seiner charakteristischen Weise angefahren.

»Zum … zum … Patriarchen«, stotterte Quaxtr. Er war keinesfalls ein Feigling, aber er war klug genug zu wissen, wem gegenüber man demütig begegnen mußte.

»Der Patriarch hat keine Zeit für elende Mißgeburten wie dich«, herrschte ihn der Sherf an. »Verschwinde, bevor ich dich in Eisen legen lasse!« Die Wachen, die vor Patriarch Kil'Gallens Räumen standen, wurden bereits aufmerksam.

»Ich habe ihm eine Meldung zu erstatten, Herr«, sagte Quaxtr fest. Er hatte den ganzen Tag lang nachgedacht und war endgültig zu der Erkenntnis gekommen, daß Alvan ermordet worden war. Er hatte den festen Entschluß gefaßt, Kil'Gallen davon zu unterrichten – und er würde sich von diesem eitlen Stutzer nicht davon abhalten lassen.

Aus den Augenwinkeln sah er, daß sich die Mienen der beiden Wächter zu starren Masken verdichteten. Sicherlich waren sie ebenfalls bereits mehr als einmal mit diesem jungen Sherf, der auf den Namen Golthar hörte, zusammengestoßen.

»Keine Mission kann so wichtig sein, daß sie es wert wäre, den Patriarch bei seinen Meditationen zu stören«, sagte Golthar. »Schon gar nicht, wenn sie von einem gewöhnlichem Grokk überbracht wird!«

Vor Quaxtrs Augen begannen rote Feuerräder zu rotieren. Er ertappte sich dabei, wie sich seine Hände zu Fäusten ballten, aber im gleichen Augenblick öffnete sich die Tür zu Kil'Gallens Gemächern, und der Patriarch wankte heraus. Sein Haar war aufgelöst und sein Gesicht gerötet.

In seinem ansonsten gepflegten Bart hatten sich Speisereste verfangen, und er strömte einen Geruch aus, als sei er in ein Schnapsfaß gefallen. In seinen Gemächern schien also eine Orgie stattzufinden.

»Golthar!« heulte Kil'Gallen auf und stemmte die Arme in die Hüften. »Hatte ich dir nicht den Befehl gegeben, auf dem schnellsten Wege für Nachschub zu sorgen?«

Der Sherf zuckte zusammen, verbeugte sich ein halbes Dutzend Mal und stammelte eine Entschuldigung hervor. Kil'Gallen ließ sich auf nichts ein. Er begann zu brüllen und zu toben. Golthar nahm Reißaus, hastete den Korridor entlang, Quaxtr dabei einen Blick zuwerfend, der nichts als Mord verriet. Er würde sich vorsehen müssen vor diesem Gecken. Er war der Zeuge einer Zurechtweisung geworden, das konnte ihn bei nächster Gelegenheit den Kopf kosten.

Kil'Gallen ergriff Quaxtr Lai an der Weste und zerrte ihn, sinnlose Worte murmelnd, in seine Gemächer. Nachdem das Portal hinter ihnen geschlossen worden war, sah Quaxtr sich um.

Auf dem Boden verstreut lagen mehrere junge Mädchen und Männer, die augenscheinlich ihren Rausch ausschliefen. Man hatte den schweren Tisch hochkant an die Wand gestellt und davor einen weißhaarigen Mann angebunden, der mit erschreckten Augen um sich sah. Rechts und links von ihm wies der Tisch schwere Beschädigungen auf. Ein langes Fleischermesser steckte dicht neben dem Kopf des Mannes in der Tischplatte, und mehrere andere lagen auf dem Boden in einer Weinlache verstreut. Quaxtr kannte den Mann. Es war Kort Den'Kena, der die Kinder der Unterschicht in der Kunst des Lesens und Schreibens unterrichtete. Momentan machte er einen hilflosen Eindruck, so, als habe er vor der Gewalt kapituliert.

»Ich habe einen Mord zu melden«, begann Quaxtr leise.

»Wen hast du umgebracht?« gurgelte Kil'Gallen belustigt und griff nach einem sehr schweren, edelsteinverzierten Weinbecher.

»Hughbold? Edbald Chan? Jand? Oder eine Sklavin? War es ein Lustmord?«

»Nein, nein«, wehrte Quaxtr entsetzt ab. »Es handelt sich um Alvan Lai, den Wächter, der sich von seiner Patrouillenfahrt nicht zurückmeldete ...«

»Alvan?« gluckste Kil'Gallen verständnislos. »Patrouille? Alvan?« Er schien nicht bei Sinnen zu sein.

»Ich habe mein Gedächtnis noch einmal einer genauen Überprüfung unterzogen«, fuhr Quaxtr hastig fort, dabei den flehenden Blick Den'Kenas ignorierend, der ohnmächtig an seinen Fesseln zerrte. »Zunächst war ich der Ansicht, daß Alvan freiwillig aus dem Leben geschieden sei. Aber er ist kein K'inga, der aufgibt, sobald sich ihm einige Steine in den Weg legen. Er hat die Konsequenzen gezogen, indem er sich zur Patrouille versetzen ließ. Er wäre niemals dazu in der Lage gewesen ...«

»Durst …«, röchelte einer der *Taras,* die am Boden lagen. Die Uniform des Adligen war verschmutzt und von Wein genäßt; wahrscheinlich war es Kil'Gallen deshalb egal, daß er dem jungen Mann einen gefüllten Becher über den Kopf schüttete. Der Tara seufzte dankbar.

»Es ist ein Mord geschehen, Patriarch!« schrie Quaxtr Lai plötzlich. Er ergriff den Herrscher der Ulann-Sippe an den Aufschlägen seines wallenden Gewandes, aber das hätte er besser nicht tun sollen, denn im gleichen Moment betrat der Sherf Golthar den Raum, zwei junge Mädchen mit sich schleppend. Kil'Gallen war schlagartig stocknüchtern.

»Du faßt mich an, du Grokk?« schrie er. »Du wagst es, Kil'Gallen, den Herrn über zweihundert Familien, anzufassen, Kerl?« Er schäumte und war außer sich vor Wut, allerdings nicht zuletzt dadurch, weil Golthar die Szene mit angesehen haben mußte.

»Ein Mord!« schrie Quaxtr mit zornrotem Gesicht. Er verlor die Selbstbeherrschung. »Ein Mord! Ein Mord!« schrie er immer wieder.

»Wache!« brüllte Golthar und wandte sich um. Augenblicklich erschienen die beiden Türsteher, die gezückten Nadler in den Fäusten.

»Er hat den Patriarchen angegriffen! Ich habe es mit meinen eigenen Augen gesehen! Nehmt diesen Mann fest und laßt ihn rädern und pfählen!«

Die Wachen sahen Quaxtr einen Augenblick lang ungläubig und hilflos an, dann gingen sie gegen ihn vor.

Es gab keinen Ausweg mehr für ihn. Urteile des Patriarchen wurden im Allgemeinen auf der Stelle ausgeführt, ohne daß der Angeklagte groß die Gelegenheit bekam, sich zu verteidigen.

»Es ist eine Lüge!« schrie der gefesselte Den'Kena aus dem Hintergrund, aber niemand schenkte seinen Worten Gehör, wie immer, wenn er Unsinn sprach.

Quaxtrs Rechte schoß vor und versetzte dem ersten Angreifer einen Tiefschlag. Der Mann sackte ächzend zusammen. Den zweiten packte er an den Haaren und riß ihn an sich vorbei. Nur noch ein Gedanke beherrschte ihn, und der hieß Flucht. Obwohl er genau wußte, daß er auf der Insel nicht weit kommen würde, hatte er beschlossen, sein Leben so teuer wie möglich zu verkaufen. Er trat dem sich ihm in den Weg stellenden Golthar vors Schienbein, so daß der einen schrillen Schmerzensschrei ausstieß. Er kam nicht mehr dazu, seinem ehemaligen Peiniger den Schädel einzuschlagen, weil der Sherf sich aufheulend auf den Boden fallen ließ und sich dort krümmte, als hätte ihn ein Drache getreten. Quaxtr rannte hinaus.

Er hatte Glück und konnte die Festung unbehelligt verlassen.

Daß sie auf dem Dach des Gebäudes nicht bleiben konnten, war Orell und Borul klar. Während Arn versuchte, die Fehlerquelle seines Antigravgürtels zu entdecken, um sie eventuell beseitigen zu können, untersuchte sein terranischer Freund die Oberfläche des Daches, um einen etwaigen Einstieg zu finden.

Nach ein paar Minuten konnte er einen Erfolg vermelden. »Hier ist eine Klappe, Arn«, sagte er leise. »Anscheinend ist sie aber nur von unten zu öffnen.«

Borul wandte sich um. Die Lichtverhältnisse waren so mies, daß es zwecklos war, das Steuergerät seines Gürtels einer näheren Untersuchung zu unterziehen.

»Wir haben keine andere Chance, als diesen Weg zu versuchen«, meinte er.

Er kniete nieder und ließ seine Hände über die Klappe gleiten. Sie war aus purem Metall, wie anscheinend die ganze Festung. Secundus schien reich an Metallen zu sein.

»Das sieht nicht gut aus, was?« fragte Peet Orell mit verhaltener Stimme. In der Tür befand sich nicht die kleinste Rille, die darauf schließen ließ, daß man sie von außen öffnen konnte.

»Wir müssen sie knacken.« Der Moraner zog seinen Blaster. Es dauerte kaum eine Minute, dann hatte Borul ein Loch in das Metall geschnitten, das ausreichte, um die Hand hindurchzustecken. Er wartete einige

Minuten, bis die Schmelzränder einigermaßen abgekühlt waren, legte sich dann auf den Bauch und begann durch die Öffnung hindurch herumzutasten.

»Ah … hier … da ist was.« Er fühlte eine kleine Verdickung, fand einen Hebel und legte ihn um. Die Klappe glitt geräuschlos nach unten auf.

Der darunter befindliche Raum, der sie aufnahm, lag in völligem Dunkel. Orell fand einen Leuchtschalter und bediente ihn. Der Raum wurde in gleißende Helligkeit getaucht. Erst jetzt stellten sie fest, daß Arns Laserstrahl unterhalb des Loches auch den halben Fußboden verbrannt hatte. Es roch nach angesengtem Kunststoff.

»Ein Lagerraum, nehme ich an«, sagte Peet. An den Wänden standen hölzerne, in fremder Sprache beschriftete Kisten.

»Wir müssen zusehen, daß wir uns andere Kleidung beschaffen«, erklärte Borul. »So, wie wir aussehen, werden wir den Burghof kaum überqueren können.«

Sie fanden eine Tür, öffneten sie und standen vor einer schmalen Treppe, die in die Tiefe führte. Von unten drang lauter Gesang zu ihnen herauf. Das Fest schien in vollem Gang zu sein, was natürlich äußerst günstig für sie war.

Niemand hielt sie an, als sie durch abgedunkelte Korridore eilten. Einmal bewegten sich schwere Schritte auf sie zu, aber der Mann, der sie verursachte, fiel bald darauf mit einem krachenden Geräusch in sich zusammen und blieb im Halbdunkel liegen, sinnlose Worte murmelnd.

Ihn in eine dunkle Nische schleppen und ihm die Kleider stehlen war eine Sache von drei Minuten.

»Jetzt fehlt uns nur noch ein zweiter«, murmelte Peet. Und auch der kreuzte bald ihren Weg. Zwar schleppte der K'inga ein enormes Übergewicht mit sich herum, aber in diesem finsteren Tohuwabohu würde es kaum jemandem auffallen, wenn sich unter ihnen ein Mann bewegte, dessen Gewand drei bis vier Nummern zu groß für seinen Leibesumfang war.

Als sie sich umgekleidet hatten, fühlten Arn und Peet sich etwas sicherer. Sie hakten sich unter, sobald jemand in den unendlichen Korridoren ihren Weg kreuzte, und gaben in einem unverständlichen Idiom Geräusche von sich, wie sie nur jemand praktizieren kann, der einen kolossalen Vollrausch hat.

Ungehindert kletterten sie vier Etagen tief. Dann stellte sich ihnen ein geckenhaft gekleideter junger Mann in den Weg, der sie in einem unbeherrschten Ton anschrie. Im gleichen Moment tauchten hinter ihm zwei leicht lädiert aussehende, waffenschwingende K'inga auf, die augenscheinlich nach jemandem suchten. Sie schienen ihr Opfer jedoch nicht zu finden, was man ihren grimmigen Mienen ansehen konnte. Konnte man es ihnen deshalb verübeln, daß sie die Schlappe, die Quaxtr Lai ihnen versetzt hatte, an zwei ihnen unbekannten Individuen, die sich beharrlich weigerten, vor dem Sherf Golthar in den Staub zu fallen, wieder auswetzen wollten?

Als der nächste Morgen anbrach, ohne daß Peet Orell und Arn Borul etwas hatten von sich hören lassen, versammelte Elker Hay seine Kollegen um sich.

»Es ist nicht auszuschließen, daß der Chef und Borul in eine Falle getappt sind, Jungs«, sagte er mit einem mißtrauischen Seitenblick auf Alvan Lai, der wortlos an Haglunds Kochstelle saß und offensichtlich aufs Frühstück wartete. »Da ich nicht weiß, ob ich unserem Freund hier vertrauen kann, habe ich beschlossen, von Orells Plan abzuweichen. Ich werde in Begleitung des K'inga einen Trip zur Festung machen und herauszufinden versuchen, was sich ereignet hat. Wir bleiben keine Sekunde ohne Funkverbindung.«

Haglund und Elsner nickten. Sie sollten ihm in einem Abstand von zehn Minuten folgen.

Die Männer durchquerten die Waldzone zu Fuß und machten nur dann von den Antigravgürteln Gebrauch, wenn es galt, lästige Hindernisse zu überfliegen. Der gefangene K'inga verhielt sich ruhig und machte keine Anstalten zu entfliehen.

Als die Festung in Sichtweite war, entdeckte Hay hoch über sich und seinem Gefangenen einen Trupp Bewaffneter, die augenscheinlich etwas suchten. Es waren etwa fünfzehn K'inga, die in einer langen Kette den Hügel hinabkamen.

Obwohl Yonker bereits absehen konnte, daß sie ihn nicht streifen würden, zog er automatisch seine Lähmwaffe, eine Neuentwicklung der HTO nach dem Vorbild eines Strahlers, der vor einiger Zeit in BASIS I gefunden worden war. »Es wäre zwecklos«, sagte er zu Alvan, »wenn Sie versuchten, sich durch einen Schrei bemerkbar zu machen.«

»Das hatte ich nicht vor.« Das Gesicht des bärtigen K'inga verzog sich zu einem nicht unfreundlichen Lächeln. Er hatte die halbe Nacht mit sich gerungen, ob er den Fremden gegenüber endlich eine konkrete Position einnehmen sollte, aber er war zu keinem festen Entschluß gekommen. Seine Erziehung und die familiäre Tradition der K'inga war zu tief in ihm verwurzelt, als daß er alle seine Gefühle über Bord werfen konnte.

Interessiert beobachtete er den Kinga-Trupp, der die Gegend durchstöberte. War man auf der Suche nach ihm? Natürlich, es konnte gar nicht anders sein. Es war nur noch eine Frage der Zeit, bis man die Fremden entdeckt hatte, nachdem man vermutlich schon Orell und den Moraner festgesetzt hatte.

Alvan stellte fest, daß er sich über die Tatsache, daß zwei der fremden Eindringlinge bereits ausgeschaltet worden waren, nicht sonderlich freuen konnte. In ihm wurde das Gefühl immer stärker, daß seine Sippe Unrecht tat. Aber was sollte er tun? Er war nur ein einzelner Mann. Es lag nicht in seiner Macht, an den bestehenden Verhältnissen etwas zu ändern. Resigniert zuckte er die breiten Schultern.

Er wollte sich Elker Hay wieder zuwenden, als von der Anhöhe ein Schrei ertönte. Einer der Männer aus der Festung deutete genau in die Richtung, in der sich Hay und Alvan befanden. Wahrscheinlich hatte er etwas blinken sehen.

Alvan warf sich automatisch zu Boden. Mehrere Nadelschüsse krachten. Die K'inga deckten das Gelände derart stark mit ihren gezielten Schüssen ab, daß die Luft voll war von pfeifenden Geschossen.

Bevor Elker Hay sich hinter einen Baum in Deckung werfen konnte, schrammte ein Nadelgeschoß über seinen rechten Arm und verwundete ihn. Augenblicklich sprudelte hellrotes Blut aus der Wunde.

Alvan sah, wie der Mann vor Schreck seinen Lähmstrahler fallen ließ und sprang auf. Mit einem Riesensatz erreichte er den Mann und zog ihn in eine sichere Deckung. Dann angelte der K'inga nach der Waffe des Verletzten.

Das Gift schien bereits zu wirken. Dicke Schweißperlen erschienen auf Hays Stirn. Er konnte nur noch mühsam die Augen offen halten.

Die heranrückenden K'inga schienen bemerkt zu haben, daß sie Hay getroffen hatten. Johlend und alle Vorsicht außer acht lassend, rannten sie den Hügel hinunter.

Der Mann, den die anderen Hay nannten, würde ebenso wenig überleben wie die beiden anderen, die ihnen in einem gewissen Abstand folgten, wenn die Männer aus der Festung erst einmal von ihrer Existenz wußten, das war Alvan klar. Was sollte er also tun? Ihnen entgegenlaufen? Ihnen melden, daß er noch unter den Lebenden weilte und daß gefährliche Gegner an der Arbeit waren, die Ulann-Sippe ins Unglück zu stürzen?

Nein. In diesem Augenblick entschied Alvan Lai, Sohn und Enkel eines Sklavenhändlers, ein K'inga, der sein Leben lang die willenlose Marionette einer unmenschlichen Erziehung gewesen war, zum erstenmal allein über sein Leben. Kurz entschlossen wuchtete er sich Elker Hay über die Schulter und rannte zurück, dem rettenden Wald entgegen.

Als er die kleine Höhle entdeckte, war er mit seinen Kräften am Ende. Keuchend ließ er Hay zu Boden gleiten und riß dessen Ärmel in Fetzen. Der Mann hatte Glück im Unglück, denn die Nadel hatte das Fleisch seines Unterarms glatt durchschlagen, was bedeutete, daß er am Leben blieb, weil nur wenig Gift in seinen Blutkreislauf geriet.

Um die Wunde zu reinigen, benötigte er Wasser. Alvan wußte, daß es in der Nähe eine Quelle gab, die sich irgendwo zu einem Bach ausweitete. Hastig kletterte er weiter hinab, ohne sich Gedanken darüber zu machen, daß er nichts als seine Hände hatte, um die Flüssigkeit zu transportieren.

An der Quelle erwartete ihn eine Überraschung. Ein rothaariger Mann kniete über sie gebeugt und trank gierig aus der Handfläche.

Aus, dachte Alvan. Es war alles sinnlos Es befanden sich also noch andere Patrouillen in diesem Gebiet.

Der Mann schien Alvans Schritte hinter sich gehört zu haben, denn plötzlich sprang er auf, hielt einen Nadler in der Faust. »Alvan!«

»Quaxtr!«

Die beiden K'inga standen wie erstarrt. Quaxtr wischte sich mit dem Ärmel über die Augen, als könne er seinen Augen nicht trauen. Er machte einen erschöpften Eindruck, als sei er die ganze Nacht über auf den Beinen gewesen.

»Du lebst?« stieß er hervor, seine Waffe sinken lassend.

Alvan rannte auf den Mann seiner Schwester zu und umarmte ihn. »Was machst du hier, Quaxtr? Hat man dich geschickt, um mich zu suchen?«

Es dauerte eine Weile, bis der Wachoffizier der Inselfestung Alvan von dem berichtet hatte, was ihm in der Zwischenzeit widerfahren war. Quaxtr berichtete von seiner Suchaktion, von Alvans vermeintlichem Tod, von seinem Versuch, den Patriarchen davon zu überzeugen, daß er das Opfer eines Mordes geworden sei, und von seiner schließlichen Flucht vor Golthar und den Häschern.

»Alles war nur ein einziges Mißverständnis«, sagte Quaxtr, nachdem er geendet hatte. »Was habe ich nicht alles aufs Spiel gesetzt für dich, Alvan. Man hat mir nicht geglaubt. Man hat deinen vermeintlichen Tod nicht einmal wichtig genommen!«

Alvan biß sich auf die Lippen. Die Männer, die auf Yonker geschossen hatten, waren also gar nicht auf der Suche nach ihm gewesen. Vielmehr hatten sie Quaxtr verfolgt, weil er das schändliche Verbrechen begangen hatte, den Herrn der Ulann-Sippe an den Jackenaufschlägen zu packen.

»Es sind Fremde auf diesem Planeten«, berichtete Alvan schnell. »Sie schnappten mich, als ich mir ein Bein brach, und brachten mich in ihr Schiff. Ein Teil von ihnen ist mit einem Raumschiff gestartet, um Algor zu informieren, daß sich auf dieser Insel das Nest von Sklavenhändlern befindet.« In wenigen Worten setzte er seinem Schwager auseinander, was geschehen war und wie die Lage stand. Es dauerte einige Zeit, bis Quaxtr alles begriffen hatte.

»Du weißt, Schwager«, sagte er dann, »wie lange es mich schon anwidert, was die Ulann-Sippe treibt. Die Begegnung mit Kil'Gallen und seinen degenerierten Höflingen gestern abend hat mir den Rest gegeben. Ich habe keine Möglichkeit mehr, mit dem Leben davonzukommen, wenn sie mich erwischen. Es bleibt mir nichts anderes übrig, als mich mit dir und den Fremden zusammenzutun und daran zu arbeiten, Kil'Gallen und seine Familie zu stürzen.«

»Woher weißt du, daß ich mich für die Fremden entschieden habe?« fragte Alvan erschreckt.

»Ich sehe es deinem Gesicht an, Schwager. – Laß uns jetzt für den Verletzten sorgen!«

Gemeinsam versorgten sie den bewußtlos gewordenen Elker Hay. Als die Sonne hoch am Himmel stand, schlug er endlich wieder die Augen auf.

»Wo ... bin ... ich?« Seine Lippen schienen sich kaum zu bewegen.

»In Sicherheit«, sagte Quaxtr. Hay sah ihn erstaunt an, und Alvan erklärte ihm, wer Quaxtr war.

»Was ist mit Elsner und Haglund?« stöhnte Hay. Er tastete nach seinem Armbandfunkgerät und aktivierte es. Ein leises Rauschen drang an die Ohren der drei Männer, dann Vogelgezwitscher.

»Fred? Peer?«

Elsners heisere Stimme antwortete sofort. »Elker! Was ist los? Wo bist du? Ist dir was geschehen?«

Hay informierte seine Kollegen in wenigen Sätzen. »Ich bin verwundet«, schloß er, »aber Alvan meint, daß ich gegen Abend wieder auf den Beinen sein kann.«

»Wir sitzen in einer Höhle fest«, erwiderte Elsner. »In der Umgebung wimmelt es von K'inga, die mit grimmigen Gesichtern durch die Büsche strolchen.«

»Sie scheinen von uns nichts zu wissen«, erklärte Hay. »Sie sind auf der Suche nach einem ihrer eigenen Männer. Er heißt Quaxtr und sitzt hier neben mir.«

»Neben dir?« echote nun Peer Haglund. »Bist du noch Herr deiner Sinne, Elker? Bist du ihr Gefangener?«

»Nein. Alvan und sein Schwager Quaxtr haben sich auf unsere Seite geschlagen. Sie wollen uns unterstützen, weil sie keine Möglichkeit sehen, weiter mit Kil'Gallen zusammenzuarbeiten. Quaxtr brachte übrigens eine für uns wichtige Nachricht mit. Die beiden Transporter Kil'Gallens sollen heute abend zu einer neuen Verkaufsfahrt starten.«

»Pest und Hölle!« fluchte Elsner. »Das bedeutet, daß wir uns sofort an die Arbeit machen müssen, wenn wir verhindern wollen, daß alles Beweismaterial im Weltraum verschwindet!«

»Genau! Und bei dieser Gelegenheit müssen wir versuchen, etwas über Orell und Borul zu erfahren, die vielleicht schon in Kil'Gallens Kerkern schmachten.«

Haglund und Elsner seufzten tief. Der kommende Abend würde eine Feuerprobe werden.

16.

Orell und sein moranischer Gefährte erwachten bei Tagesanbruch in einem massiven Verließ. Der Aristokratenbengel, der sie hatte festnehmen lassen, ließ sich nicht mehr sehen. Man hatte die beiden Männer ohne Verhör und Identitätskontrolle einfach in ein finsteres, lediglich mit einem kleinen Fenster ausgestattetes Loch geworfen. Anscheinend hatte man überhaupt noch nicht gemerkt, daß sie keine K'inga waren.

»Die Tatsache, daß man uns noch nicht auf die Streckbank gelegt hat«, philosophierte der Moraner wohlgemut, »kann nur bedeuten, daß wir uns keines Kapitalverbrechens, sondern höchstens eines kleinen Vergehens schuldig gemacht haben.«

»Das hast du hübsch gesagt, macht unsere Lage aber um keinen Deut sicherer. Man wird uns spätestens dann entlarven, wenn man merkt, daß wir das K'inga-Idiom nicht beherrschen.«

»Das wird man in der Tat. Und was können wir dagegen tun?«

»Abhauen.« Peet Orell grinste, als sein Blick auf die massive Eisentür fiel, die ihnen den Ausgang versperrte.

»Tja, das sieht mir nun doch einigermaßen zwecklos aus«, erwiderte der Moraner. »Vielleicht wäre es besser, wenn wir darauf warten, bis jemand unser erlauchtes Appartement betritt? Ich meine, wir könnten ihm eins über den Schädel geben und dann türmen.«

Sie warteten fast eine ganze Stunde. Draußen zog die Sonne auf und schickte ihre sengenden Strahlen auf den Planeten nieder. Die Hitze in der kleinen Zelle, die zu ebener Erde lag, wurde unerträglich. Die beiden Männer spielten mehrmals mit dem Gedanken, ihre Armbandsender einzusetzen und Hay über ihre Lage zu informieren, aber aus Vorsicht vor Abhörung und Anpeilung unterließen sie es doch.

Als die Tür zu ihrem Verließ sich öffnete, drängte sich ein gutes Dutzend Bewaffneter in die Zelle, an der Spitze ein junger Geck, den sie bisher nicht zu Gesicht bekommen hatten. »Zwecklos, Peet«, raunte Arn seinem Freund zu. »Vielleicht können wir aber etwas Verwirrung schaffen. Wir müssen sie auf Trab halten, damit wir wenigstens erstmal einen Tag überleben.«

»Okay.« Orell machte einen Schritt auf den ihm unbekannten Tara zu und sagte: »Wir verlangen sofort, zu Kil'Gallen geführt zu werden. Ihr solltet es tun, wenn euch euer Leben lieb ist, Burschen.«

Er sagte diese Worte in Interstar. Der Tara zuckte zusammen und wurde feuerrot vor Wut.

»Ihr wagt es …«, keuchte er. Einer seiner Männer sagte etwas im Kinga-Idiom.

»Man sagt mir, daß ihr beiden Figuren noch nie hier gesehen worden seid«, sagte der Tara hochmütig. »Ihr seid also Spione. Für wen arbeitet ihr?«

»Wir sind weder Spione noch sonst etwas. Wir sind Geschäftsfreunde von Kil'Gallen und kommen in wichtiger Mission. Man nahm uns fest, ohne uns eine Gelegenheit zur Verteidigung zu geben. Wir …«

»Blah blah blah!« äffte der Tara höhnisch, während er auf Arns und Peets Bekleidung wies. »Und diese Kleider habt ihr nicht zufällig zwei betrunkenen Männern abgenommen, nicht wahr?«

»In Ordnung«, sagte Orell resignierend. Es hatte keinen Sinn mehr, phantastische Geschichten zu erfinden. Sie hatten sich bereits verraten. »In Ordnung, ihr habt gewonnen.«

Der junge Geck stieß einen unglaublich hohen Schrei aus, auf den hin Peet und Arn von seinen Begleitern ergriffen und nach draußen geschleppt wurden. Man führte sie durch mehrere Korridore, jagte sie scheinbar unendliche Treppen hinauf, bis sie in einer Halle standen, in der sie einige Männer erwarteten.

Dem Respekt nach, den die Wächter diesen Männern zollten, schien es sich um Kil'Gallen und seine Söhne zu handeln. Der Herrscher war ein grobknochiger K'inga, dessen blondes Haar allmählich in weiß überging. Er schien übermüdet und aggressiv. Seine fünf Söhne machten teils gelangweilte, teils arrogante Gesichter. Man sah ihnen an, daß mit ihnen nicht gut Kirschen essen war.

»Man meldete mir«, begann Kil'Gallen ohne Einleitung, »daß die Insel augenscheinlich zum Zielpunkt einer baldigen Invasion auserkoren wurde. Meine Männer hatten nicht nur das Glück, euch beide zu fassen, sondern haben außerdem die Spuren von mindestens vier anderen Spionen aufgenommen.«

Orell biß sich auf die Lippen. Waren Yonker, Elsner und Haglund bereits entdeckt worden? Alles sprach dafür.

»Ich habe mich entschlossen«, fuhr Kil'Gallen fort, »euch das Leben so lange zu schenken, bis wir eure Gefährten erwischt haben. Aus verständlichen Gründen haben wir etwas dagegen, wenn Fremde auf unserem Planeten herumschnüffeln.«

»Wer seid ihr? Woher kommt ihr?« fragte einer von Kil'Gallens Söhnen. Es war ein muskelbepackter, hochgewachsener Bursche, dessen Gesichtszüge von allen Lastern der Welt gezeichnet waren.

»Wir sind interstellare Kurzwarenhändler«, witzelte Orell mit Galgenhumor. »Hosenträger oder Schnürsenkel gefällig? Orells Reparaturdienst macht auch aus Ihrem alten Sockenhalter einen brandneuen!«

»Euch wird der Spott noch vergehen!« fauchte Ragh Kil'Gallen ungehalten. Er gab den Wächtern einen Wink, die die Gefangenen wieder hinausführten.

Als die Fremden verschwunden waren, sagte Ragh: »Was glaubst du, wer sie sind, Vater? Irgendwelche Trampschiffer, die einen Handelsstützpunkt errichten wollen?«

Der alte Kil'Gallen kniff die Augen zusammen. Sein Schädel dröhnte noch von der nächtlichen Orgie. »Keine Ahnung. Verdächtig erscheint mir jedenfalls, daß diese Leute ausgerechnet jetzt hier auftauchen, wo unsere nächste Warensendung zum Verkauf vorbereitet wird.«

»Hm«, machte Ragh. »Das ist allerdings verdächtig. – Welcher Rasse, meint ihr, gehören sie an?«

»Es sind keine K'inga«, sagte sein Bruder Foro. »Sie sehen uns zwar etwas ähnlich, aber der eine scheint ein Moraner zu sein.«

Die sechs Männer berieten noch eine Weile, kamen aber zu keinem Ergebnis. Da die Startvorbereitungen auf vollen Touren liefen und für sie allerhand Arbeit anfiel, kamen sie auch nicht dazu, konkrete Pläne zu fassen. Die Gefahr, die von den Fremden ausging, schien ihnen gering zu sein, denn zwei befanden sich bereits in ihrer Gewalt und den anderen war man auf der Spur. Es würde nicht lange dauern, dann würden auch sie im Kerker der Festung schmachten.

Am Nachmittag hatten sich die beiden Gruppen wieder vereint. Elsner und Haglund, die ihren Verfolgern entkommen waren, trafen in Hays Unterschlupf ein, als die ersten Sterne am Himmel erschienen.

Um in keine Falle zu tappen, gab Quaxtr, der ehemalige Wachoffizier der Festung, seine Kenntnisse preis.

»In der Festung leben knapp zweihundert Familien mit insgesamt etwa zwölfhundert K'inga. Die Sklavinnen sind in zwei flachen Hallen untergebracht, die direkt neben den beiden Raumschiffen stehen. Während der Nachtperiode befinden sich im Innenhof genau zehn Wächter, die Streife gehen. Und auf den Mauern noch einmal zehn Mann.«

»Was ist mit den Sicherheitsvorrichtungen, von denen man munkelt?« fragte Alvan nervös. »Der Energieschirm?«

Quaxtr lächelte. »Nichts als Lüge, Unfug und Betrug. Zwar sind die Einrichtungen vorhanden, aber niemand kann sie mehr bedienen. Man hat es in den letzten beiden Generationen nicht mehr für nötig gehalten, einen ordentlichen Stamm an Technikern großzuziehen. Das sieht man schon daran, daß außer der Familie Kil'Gallen niemand in der Lage ist, die beiden Schiffe zu steuern. Die automatischen Verteidigungsanlagen, die die erste Generation der Ulann-Sippe einst hier anlegte, sind seit mehr als sechzig Sonnenumläufen nicht mehr gewartet worden. In den technischen Anlagen herrscht ein ungeheures Chaos, seit einige *Sherfs* dort unten eine Orgie feierten und dabei alle erreichbaren Kabel in Fetzen rissen.«

»Ist diese Tatsache in der Festung bekannt?« fragte Hay. Er hatte sich bereits wieder gut erholt.

»Nein. Nur wenige wissen davon. Ich weiß es von einem Vetter, der einen trinkfreudigen Tara kennt.«

»Hm, also haben wir nur von den Wächtern Widerstand zu erwarten.«

»Sie sind mit Nadlern bewaffnet«, sagte Alvan.

Manfred Elsner grinste in der Dunkelheit. »Das werden wir mit unseren Lähmstrahlern erledigen.«

»Wie sind die Raumschiffe gesichert?« fragte Haglund interessiert.

»Bisher überhaupt nicht. Es konnte ja niemand etwas mit ihnen anfangen.«

»Und Sie meinen, das sei jetzt anders?«

»Wenn man Orell und Borul gefangen hat, sicher«, sagte Alvan. »Und das können wir ja wohl voraussetzen.«

»Ja.« Elker dachte angestrengt nach. »Wie sieht's mit der Ortung aus?«

Quaxtr schüttelte den Kopf. »Gibt es nicht.«

Die Männer stöhnten auf. »Und wir sitzen hier tatenlos 'rum und zermartern uns das Gehirn, wie wir mit dem Chef und Arn in Verbindung treten können!« polterte Haglund entsetzt.

Hay aktivierte auf der Stelle sein Armbandfunkgerät. »Chef?«

Stille. Er versuchte es mehrere Male. Dann stellte er fest, daß das Gerät bei seinem Sturz beschädigt worden war. Erleichtert atmete er auf, denn nicht nur in seinem eigenen, sondern auch in den Gesichtern der anderen hatte sich eine gewisse Betroffenheit spürbar gemacht. Immerhin war es nicht auszuschließen, daß Peet und Arn überhaupt nicht mehr lebten.

Elsner aktivierte sein Gerät. Orell antwortete sofort. »Elsner! Besteht keine Ortungsgefahr?«

»Keine, Chef. Wir haben erfahren, daß die Festung nichts anderes als ein gewaltiger Bluff ist. Kil'Gallen verfügt über so gut wie gar keine Technik. Wie geht's Ihnen und Mister Borul? Noch alle Knochen heil?«

Peet lachte. »Alles klar bei uns, wenngleich unsere Bewegungsfreiheit erheblich eingeschränkt ist. Wir sitzen in Kil'Gallens Kerker.«

Die Männer atmeten auf. Rasch erzählte Elsner, was in der Zwischenzeit geschehen war.

Dann schmiedete man in aller Eile einen Plan, der die startfertigen Raumschiffe daran hindern sollte, Secundus zu verlassen.

Gegen Mitternacht brachen Elker Hay und seine Begleiter auf. Hay hatte das von Orell ausgebaute Steuergerät von Alvan Lais Antigravgürtel diesem ausgehändigt, weil es unerläßlich war, daß der K'inga sein Fluggerät selbst steuern konnte, wenn es die Situation erforderte.

Quaxtr wurde von Haglund und Elsner in die Mitte genommen, weil man bei der nächtlichen Expedition keinesfalls auf ihn verzichten konnte.

Sie näherten sich der Festung der Ulann-Sippe von Norden her und überflogen im Dunkel der Nacht ungesehen die Mauer. Anschließend ließen sie sich auf einem der Flachdächer nieder und sahen sich um. Die beiden Transportschiffe wurden in der Tat erstmals bewacht. Anscheinend rechnete Kil'Gallen mit möglichen Schwierigkeiten.

»Da wir die Schiffstypen nicht kennen«, flüsterte Hay verhalten, »ist es also wirklich zwecklos, wenn wir uns an Bord schleichen und zu starten versuchen. Alles, was wir tun können, ist in die technischen Abteilungen einzudringen und so viel Schaden anzurichten wie eben möglich.«

»Das Reinkommen dürfte nicht so schwierig sein«, brummte Haglund. »Aber wie kommen wir nach getaner Arbeit wieder aus diesen Blechkisten raus?«

»Das wird nicht nötig sein«, flüsterte Alvan. »Wenn wir es schaffen, die Schiffe von innen zu verriegeln, brauchen wir nur auf das Erscheinen der PROMET zu warten.«

»Hm«, machte Elsner. »Daß genügend Vorräte an Bord sind, dürfte feststehen, nicht wahr?«

Quaxtr nickte. »Natürlich.« Sie blieben eine Weile auf dem Flachdach liegen und sahen auf die Wachposten hinunter.

Es waren vier Männer, die jeweils zu zweit unablässig um die beiden eng beieinander stehenden Transporter herumgingen. Sie schienen keineswegs argwöhnisch zu sein, sondern plauderten miteinander und schienen diese Sonderwache keineswegs wichtiger zu nehmen als jede andere Wache auch. Es würde ein leichtes sein, sie mit Hilfe der Lähmer außer Gefecht zu setzen.

Hay gab den anderen ein Zeichen.

Alvan, Haglund und Elsner erhoben sich und aktivierten ihre Antigravgürtel. Zu viert schwebten sie im Rücken der Wachen in den Burghof hinunter. Quaxtr, der im Moment nur hinderlich war, blieb auf dem Dach zurück. Man würde ihn nach erfolgreicher Aktion schnellstens nachholen.

Als Haglund überraschend vor den beiden Wächtern des rechts stehenden Transporters auftauchte, winkte ihm einer der beiden Männer leutselig zu, dabei seinen Weg fortsetzend. Offensichtlich verwechselte er den hünenhaften Schweden mit einem Bekannten. Um so erstaunter war der Mann, als sein Gefährte plötzlich neben ihm lautlos zusammensackte. Er sah überrascht auf, drehte sich um und ging ebenfalls ins Land der Träume, denn mittlerweile hatte auch Haglund von seinem Lähmstrahler Gebrauch gemacht.

Von irgendwoher erklang ein schepperndes Geräusch, als habe jemand einen metallenen Gegenstand fallen gelassen. Hay tauchte auf und stieß hervor: »Das war buchstäblich in allerletzter Sekunde! Einer der Männer vom zweiten Schiff hatte bereits die Waffe in der Hand, als er mich sah. Alvan hat ihn schlafen gelegt.«

Bald war auch Quaxtr wieder bei ihnen. Hay, Quaxtr und Elsner nahmen sich das linke Schiff vor, Alvan und Haglund das rechte. Die ganze Zeit über blieben sie in Funkverbindung.

Die Schleusentüren der beiden Transporter waren durch einfachen Knopfdruck zu öffnen. Als die beiden Gruppen sich eingeschleust hatten, fanden sie auch bald die Anlage, die dazu diente, die Schiffe von innen hermetisch abzuriegeln.

»Auf in die technischen Abteilungen«, sagte Hay über sein Sprechgerät. »Jede Sekunde ist kostbar!«

Es klappte wie am Schnürchen.

Kil'Gallen wurde mitten in der Nacht völlig unzeremoniell geweckt. Jemand riß ihn hart an der Schulter.

Unwillig öffnete er die Augen. Es war Ragh, einer seiner Söhne, der vollständig angekleidet neben seinem Bett stand und schrie: »Sabotage! Sabotage! Feindliche Spione sind in die Festung eingedrungen und haben sich unserer Schiffe bemächtigt!«

Schlagartig war Kil'Gallen wach. Er sprang auf, riß die samtenen Vorhänge zur Seite und starrte hinunter.

Nahezu die gesamte Bevölkerung der Festung hatte sich auf dem Innenhof versammelt und diskutierte erregt. Ein Sherf namens Feera hatte das Kommando über ein Dutzend Soldaten übernommen und drängte die Leute zurück. Golthar stand vor den Männern, die augenscheinlich die Wächter der Schiffe waren, und putzte sie herunter.

»Wie konnte das geschehen?« fauchte Kil'Gallen erregt. »Hat die Wache geschlafen? Ich werde diese Hunde ...« Er fuhr in seine Kleider. Auf den Gängen vor seinen Zimmern schien der Teufel los zu sein. Er hörte das Klirren von Waffen und das Trappeln von Lederstiefeln. Offensichtlich befand sich die ganze Festung in einem nie gekannten Aufruhr.

»Keiner weiß, wie es geschah«, keuchte Ragh. Sein Gesicht war rot vor Wut. »Eine Patrouille fand die Wächter auf dem Boden liegend. Sie waren mit einer unbekannten Waffe gelähmt worden. Golthar vernimmt sie gerade. Aber es ist ziemlich klar, daß die beiden Transporter gekapert worden sind, denn sie sind von innen verriegelt.«

Kil'Gallen stürmte die Treppen hinunter und bahnte sich eine Gasse durch die Menschenmenge. Die beiden Wächter, die vor Golthar standen wie zwei begossene Pudel, duckten sich, als sie den Patriarchen entdeckten. Sie begannen zu zittern, als fürchteten sie das Schlimmste.

Aber jetzt war keine Zeit, um Schuldige zu verurteilen oder lange Diskussionen anzufangen.

»Die Wächter in die Kerker«, sagte Kil'Gallen kurz angebunden. »Die beiden gefangenen Fremden sofort zu mir! Wir wollen doch mal sehen, in welcher Position wir sind!«

Ragh Kil'Gallen schrie: »Den Burghof sofort räumen! Alle Bewaffneten haben sich bereitzuhalten!«

Es dauerte keine Minute, dann waren alle Zuschauer von der Bildfläche verschwunden, und einige Dutzend Bewaffnete hatten sich auf den gegenüberliegenden Dächern verteilt. Aus Dutzenden von Fenstern richteten sich langläufige Schußwaffen auf die beiden Transporter.

Acht K'inga erschienen. Sie trieben Arn Borul und Peet Orell vor sich her. Die Freunde machten einen übernächtigten Eindruck, aber sie bissen sich auf die Lippen. Sie wußten nur zu genau, was jetzt auf sie zukam.

»Kommen wir zur Sache«, sagte Kil'Gallen mit einem listigen Seitenblick auf seine Söhne. »Wir haben keine Lust und keine Zeit für lange Verhandlungen. Sagen Sie ihren Freunden da drinnen, daß sie möglichst schnell und mit erhobenen Händen herauskommen sollen. Anderenfalls sähen wir uns gezwungen, euch weh zu tun.«

Wir müssen auf jeden Fall Zeit gewinnen, dachte der Moraner. Er warf Peet einen aufmunternden Blick zu und sagte: »Wir sind außerstande, mit irgend jemandem in Verbindung zu treten, den wir nicht kennen.«

»Und«, fügte Peet Orell hinzu, der spürte, daß sein alter Humor schlagartig zurückkehrte, »außerdem glauben wir nicht daran, daß unsere Stimmen so kräftig sind, daß sie die Wandungen dieser Schiffe durchdringen.« Innerlich dachte er: *Hoffentlich haben die Boys es wenigstens geschafft!*

»Keine Ausflüchte, Fremder!« schrie Kil'Gallen empört. Die

Frechheit, die sich diese beiden Eindringlinge ihm gegenüber leisteten, konnte dazu beitragen, daß er das Gesicht vor seinen Offizieren verlor. Wenn sie weiterhin so mit ihm umsprangen, würde er nicht umhinkommen, sie zu foltern. Und das wiederum konnte dazu führen, daß ihm seine einzige Waffe gegen diejenigen, die in seine Sklavenschiffe eingedrungen waren, verlorenging. »Wir haben keine Zeit für derartige Scherze!«

Auf einen Wink hin schleppten zwei K'inga eine technische Anlage an, die auf den ersten Blick hin als eine Art Megaphon zu erkennen war. Ein Offizier hielt Orell ein Mikrofon vor die Lippen. »Sprechen Sie!«

»Was soll ich denn sagen?« fragte Peet naiv.

»Geben Sie es dem anderen«, knurrte Kil'Gallen wütend. »Los, schnell!«

Der Offizier schaltete die Anlage ein und gab Arn mit dem Kopf ein Zeichen. Der Moraner konnte deutlich erkennen, daß der Mann vor Aufregung ins Schwitzen gekommen war. Vermutlich hatte auch er Angst um sein Leben.

Arn räusperte sich. Dann sagte er auf terranisch: »Seid ihr fertig, Elker?«

Ein Schlag mit dem Kolben eines schweren Nadlers traf den Moraner zwischen die Schulterblätter, so daß er einen lauten Schmerzensschrei ausstieß, der von der noch eingeschalteten Sprechanlage übertragen wurde und in der gesamten Festung widerhallte.

»Sprich in einer Sprache, die auch wir verstehen, Bursche!« schrie Ragh Kil'Gallen in Interstar.

Peet Orell mußte an sich halten, um die Ruhe zu bewahren. *Zumindest, dachte er, sind Hay und die anderen gewarnt und kennen unsere Situation.*

»Es hat keinen Zweck mehr, Elker«, sagte der Moraner in Interstar, damit auch die K'inga ihn verstehen konnten. »Brecht die Arbeit ab, und kommt 'raus. Wir sind momentan in einer äußerst prekären Situation.«

Es dauerte einige Minuten, in denen niemand ein Wort sprach.

Natürlich hatte man von Anfang an damit gerechnet, daß die K'inga ihre Gefangenen gegen die vermeintlichen Saboteure einsetzen würden, aber Orell und Borul hatten ebenso damit kalkuliert, daß Hay und seine Männer ihre Arbeit derart schnell erledigt hatten, daß die Ulann-Sippe auf jeden Fall zu spät kommen mußte.

Dann öffneten sich die Schleusentüren. Zuerst erschien Hay, auf den sich sofort ein Dutzend Waffen richteten. Er warf seinen Lähmstrahler zu Boden und kam mit erhobenen Händen heraus. Ihm folgte Manfred Elsner. Aus dem zweiten Schiff kam nur ein Mann: Peer Haglund, der Schwede.

Orell und sein moranischer Freund verständigten sich mit einem Blick. Alvan und Quaxtr, die beiden K'inga, von denen die Kil'Gallens weder etwas wußten noch ahnten, waren in den Schiffen geblieben. Das war mehr als ein Beweis dafür, daß die Männer der PROMET auf dem Planeten Secundus echte Freunde gefunden hatten.

In dieser Nacht fanden weder Peet und seine Leute, noch die Herren der K'inga-Festung so etwas wie Nachtruhe.

Nachdem man Orell und die anderen wieder in die Keller der Festung zurückgetrieben hatte, drangen mehrere Dutzend K'inga schwerbewaffnet in die beiden Schiffe ein, um festzustellen, wie groß der von den Fremden angerichtete Schaden war.

Ragh Kil'Gallen, der aggressivste und unbeliebteste Sohn des Ulann-Patriarchen, führte das in der Kerkerzelle stattfindende Verhör.

»Ihr steht in den Diensten einer Macht, die an unsere Fleischtöpfe will«, behauptete er. »Es hat keinen Zweck mehr, zu schweigen. Wenn ihr nicht redet, werden wir einen nach dem anderen ...« Er machte eine bezeichnende Handbewegung in der Höhe von Elker Hays Kehle.

Die Männer der PROMET waren gefesselt und kaum in der Lage, sich zu rühren. Ihre Situation war nicht eben rosig, aber die Sklavenhändler konnten sie nicht umbringen, ehe sie nicht wußten, was sie erfahren wollten. Andererseits hinderte sie nichts daran, sich einen der Terraner herauszupicken und ihn zu einem Geständnis zu zwingen. So weit wollten diese es jedoch nicht kommen lassen.

»Es hat keinen Zweck mehr«, sagte Orell und sah die anderen der Reihe nach an. »Bevor sie anfangen, uns in kleine Fetzen zu schneiden, wollen wir lieber den Mund auftun.«

Er dachte an den Zeitplan. Wenn sie bis zum Mittag des anbrechenden Tages überlebten, waren sie so gut wie gerettet, denn dann mußte die PROMET zurück sein.

Orell erzählte, was sie nach Secundus geführt hatte, wie sie den Sklavenhändlern auf die Spur gekommen waren, und daß sie den Plan gefaßt hatten, ihnen das Handwerk zu legen. Von Alvan und Quaxtr erwähnte er kein Wort, denn Hay hatte sie als mögliche Retter in der Not ausersehen.

Als er geendet hatte, schäumten die Kil'Gallens vor Wut. »Ihr habt also unseren Stützpunkt hier den Behörden bekannt gegeben«, zischte er dicht vor Orells Gesicht. »Das wird euch noch leid tun! Aber man wird uns trotzdem nicht fassen!«

In diesem Moment erschien einer seiner Brüder und flüsterte ihm etwas ins Ohr. Offensichtlich hatte man die Beschädigungen an den beiden Transportern registriert.

Raghs Gesicht wurde weiß wie die Wand. »Das habt ihr euch fein ausgedacht«, sagte er kalt. »Aber ihr habt euch zu früh gefreut!« Er lachte plötzlich laut und kehlig. »Glaubt ihr etwa, wir verließen uns im Falle einer Entdeckung auf die beiden weithin sichtbaren Schiffe?«

Das Kinn arrogant vorgereckt, ging er vor den auf dem Steinboden hockenden Gefangenen auf und ab.

»Es gibt natürlich noch ein weiteres, gut verstecktes Schiff auf dieser Insel. Es ist zwar nicht so groß, daß es die gesamte Ulann-Sippe aufnehmen kann, aber zumindest die Familie Kil'Gallen wird von hier verschwinden, ohne auch nur die kleinste Spur zu hinterlassen!«

Ein K'inga-Offizier, der soeben das Gewölbe betrat, in dem man die

Gefangenen untergebracht hatte, und der die letzten Worte Raghs mitgehört hatte, griff schlagartig zu der an seiner rechten Hüfte baumelnden Waffe. Foro, einer von Raghs Brüdern, der in einer Nische hinter dem Eintretenden gestanden hatte, schlug den Offizier mit einem brutalen Handkantenschlag in den Nacken nieder.

»Wenn es stimmt, was die Eindringlinge sagen«, sagte er schnell zu seinem älteren Bruder, »wird es Zeit, daß wir die Familie zusammentrommeln.«

Ragh nickte. Er warf Orell und den anderen noch einen geringschätzigen Blick zu und eilte zum Ausgang. In der Türöffnung wandte er sich noch einmal um und sagte zynisch lächelnd: »Im Moment habe ich Wichtigeres vor. Aber ich werde zurückkehren!«

Als er verschwunden war, wurden die Terraner sofort aktiv. Sie warfen sich auf den Bauch und krochen auf den leblos daliegenden K'inga-Offizier zu, der in der Nähe des Zelleneingangs lag.

»Er lebt noch«, keuchte Borul, nachdem er sein Ohr auf den Brustkorb des Mannes gelegt hatte. »Der Mann ist unsere einzige Chance! Er ist der einzige Zeuge dessen, was dieser Bursche eben von sich gegeben hat!«

Orell versuchte den Mann ins Bewußtsein zurückzuholen, was mit gefesselten Händen und Füßen mehr als ein schwieriges Unterfangen war. Er rollte sich schließlich auf die Seite und warf sich gegen die Schulter des Besinnungslosen.

Es dauerte eine Weile, bis der Mann zu sich kam, aber er schien schwerer verletzt zu sein, als man auf den ersten Blick angenommen hatte. Er konnte sich nicht bewegen.

»Sie müssen etwas tun«, keuchte Orell in Interstar. »Sie haben gehört, was hier gesagt worden ist. Sie müssen bekanntgeben, daß die Familie Kil'Gallen fliehen will und die Sippe ihrem eigenen Schicksal überläßt!«

»Kann ... nicht ... aufstehen«, murmelte der Offizier schwach und deutete auf seinen Rücken. »... etwas gebrochen, glaube ich.« Auf seiner Stirn erschienen dicke Schweißperlen. Es schien wirklich schlecht um ihn zu stehen, aber er war ihre einzige Hoffnung.

»Er kann die Hände bewegen«, keuchte der Moraner. Er hockte auf den Knien und seine Augen suchten den Boden ab. »Seine Waffe! Wo ist sie? Er kann einen Schuß abfeuern!«

»Hier!« Elsner krabbelte heran, die gefundene Nadelwaffe zwischen den Zähnen. Er kroch bis an den auf dem Rücken liegenden K'inga heran und ließ sie auf dessen Oberkörper plumpsen.

»Schießen«, sagte Orell. »Hilfe holen! Geben Sie einen Schuß ab!«

Der Mann verstand. Sein Blick wurde etwas klarer, dann tasteten seine zitternden Hände nach der metallenen Waffe. Sie entglitt ihm zweimal, und jedesmal mußte einer der anderen sie mit den Zähnen zu ihm zurückbringen. Dann klappte es. Der Offizier bekam sie zu fassen, richtete sie auf die am weitesten entfernte Zellenwand und feuerte sie dreimal ab. Ohrenbetäubendes Krachen erfüllte die Zelle und war mit Sicherheit auch draußen zu hören.

Es klappte! Nur wenig später wurde die Tür aufgestoßen, und ein gutes Dutzend K'inga drang in die Zelle ein. Es war nur den Worten des verletzten Offiziers zu verdanken, daß die Männer der PROMET nicht einer spontan ausgeführten Lynchjustiz zum Opfer fielen.

Der verletzte K'inga klärte seine Leute in knappen Worten über das auf, was er mit eigenen Ohren von Ragh Kil'Gallen gehört hatte. Zunächst erntete er ungläubiges Erstaunen, aber dann reagierten die anderen. Mit lautem Gebrüll stürmten sie hinaus, und innerhalb weniger Minuten wußte die gesamte Festungsbesatzung von den Plänen der Patriarchenfamilie.

Diese allgemeine Verwirrung nutzten die in den beiden Transportern Zurückgebliebenen Alvan und Quaxtr aus, in das Hauptgebäude einzudringen und Orell und seine Leute zu befreien. Die mittlerweile um den verletzten Offizier gebeugten Mediziner ignorierten völlig, was um sie herum vorging.

»Wir haben keine Zeit zu verlieren«, keuchte Arn Borul, seine schmerzenden Handgelenke massierend. »Die halbe Festung wird mittlerweile auf der Insel ausgeschwärmt sein, um die Kil'Gallen-Sippe zur Strecke zu bringen. Wir sollten dafür sorgen, daß die Flüchtlinge gefaßt werden, damit sie einem ordentlichen Gericht überstellt werden können, ehe man sie in Stücke reißt.«

Allerdings war dies ein ziemlich schwieriges Unterfangen, wie sich schnell herausstellte. »Wir haben weder Waffen noch unsere Antigravgürtel«, sagte Elker Hay. »Außerdem wäre es möglich, daß man uns schnappt, wenn wir im Rudel, ohne den kleinsten Anhaltspunkt, wo das versteckte Schiff liegt, auf der Insel 'rumkrauchen. Ich schlage vor, wir verkriechen uns, solange dazu noch Zeit ist, und warten ab, bis die PR0MET mit den Leuten von Algor eintrifft.«

»Und dazu«, meinte Peer Haglund, »gibt es keinen sichereren Ort, als in der Höhle des Löwen. Auf in Kil'Gallens Privatgemächer!«

Quaxtr zeigte der PROMET-Crew den Weg, blieb aber dann stehen und sagte: »Im Gegensatz zu euch haben wir unsere Antigravgürtel noch.« Er deutete auf Alvans und seinen eigenen Bauch, an dem der Gurt Yonkers befestigt war. Der Funker hatte ihn ihm gegeben, bevor er den Transporter verlassen hatte und sich geschlagen gab.

»Und wir haben zwei Lähmstrahler«, fügte Alvan Lai grinsend hinzu.

»Ihr wollt ...?« Peet Orell stutzte.

Die beiden K'inga nickten. »Wir haben uns entschieden. Wir glauben, daß diese Sache uns angeht, und daß wir uns für sie engagieren wollen. Es ist nicht immer damit getan, daß man sich geistig für eine bestimmte Sache entscheidet. Erst in der Praxis zeigt sich, wo man steht.«

»Viel Glück«, sagte Arn Borul.

17.

Wenig später brach auf der Insel das absolute Chaos aus. Am Himmel erschienen vier Raumschiffe, die sich rasend schnell näherten. Angeführt von der PROMET II glitten die algorischen Schiffe rasch nieder und leiteten die Landephase ein.

Die K'inga der Ulann-Sippe ergriffen die Flucht. Sie rafften nicht einmal ihre Besitztümer zusammen, sondern verließen die Festung mit Kind und Kegel in Richtung auf die Küste zu, wo sie ihre Landungsboote, mit denen sie ihre regelmäßigen Beutezüge unternahmen, angekettet hatten. Natürlich waren sie zu viele, um in den Booten, mit denen sie die nicht weit entfernte Küste ansteuern wollten, um sich in die Wälder des Kontinents zu verstreuen, Platz zu finden. Jetzt galt es, schneller zu sein als der andere.

Man wußte genau, daß gegen die anrückenden Raumschiffe keine Chance bestand.

Die mittlerweile inmitten der Festung gelandeten algorischen Raumschiffe öffneten ihre Luftschleusen, und mehrere hundert uniformierte K'inga strömten über die Plätze. Diejenigen, die die Flucht nicht mehr rechtzeitig geschafft hatten, ereilte das Schicksal zuerst. Sie wurden in einer Ecke der Festung zusammengetrieben und von grimmig aussehenden Algor-Polizisten bewacht.

Jörn Callaghan, der mit einem Prisenkommando die PROMET II verlassen hatte, sah sich suchend um. Kurz vor der Landung hatte die Raumyacht Funkkontakt mit zwei K'inga gehabt, die offensichtlich die Handgeräte Yonkers und eines der anderen Mitglieder der Crew benutzt hatten. An Bord der PROMET hatte man daraufhin mit dem Schlimmsten gerechnet, denn die eine Stimme, die man aufgefangen hatte, hatte unverwechselbar dem K'inga namens Alvan gehört.

Da Orell und die anderen nicht auf die Kontaktversuche der PROMET antworteten, führte das zu der Annahme, daß sie gefangengenommen worden waren und möglicherweise nicht mehr unter den Lebenden weilten.

»Durchsucht die Häuser, die am ehesten danach aussehen, als könnten sie eine Art Gefängnis enthalten«, ordnete Callaghan an. Die Männer verteilten sich, nachdem sich ihnen ein algorisches Kommando angeschlossen hatte. Da man in ständiger Funkverbindung blieb, erreichte Jörn die Nachricht, daß Orell und seine Männer zwar erschöpft, aber ansonsten in Ordnung seien, bereits nach weniger als einer Viertelstunde. Man hatte sie in der Zimmerflucht des Obersklavenhändlers entdeckt, wo sie sich in aller Ruhe auf luxuriösen Liegen herumflegelten.

Alvan, der neben seinem Schwager Quaxtr hoch über der Oberfläche der Insel dahinflog, entdeckte das versteckte Schiff der Kil'Gallens sehr rasch.

Es war nicht besonders schwierig, herauszufinden, wo man es versteckt hatte: Es gab auf der Insel nicht viele Orte, die sich dafür eigneten. Aber Alvan mußte neidlos zugeben, daß das Versteck gut gewählt und kaum auf normalem Wege einzusehen war.

Es stand im Krater eines kleinen Vulkans, der bereits vor Jahrhunderten seine Tätigkeit eingestellt hatte.

Der winzige Vulkan war lediglich aus der Luft zu erreichen – oder zumindest schien es so. »Das ist unmöglich«, sagte Quaxtr, während sie über den Kraterrand hinwegschwebten.

»Wie wollen die Kil'Gallens ihn betreten? Du weißt, daß sie außer den beiden Transportern keine Flugmaschine haben.«

Und so war es in der Tat. Der Vulkan wurde von einem wild wuchernden Dschungel umgeben. Und von eben diesem Dschungel aus mußte es einen geheimen Gang geben, von dem aus man den Grund des Vulkans erreichen konnte.

»Sie sind noch nicht da«, sagte Alvan. Er bediente die Steuerapparatur des terranischen Gravitationsgürtels und landete. Das kleine Schiff, das auf dem Grund des Kraters stand, war wie ein Diskus geformt und kaum in der Lage, mehr als zwanzig Personen zu befördern.

Wenn die Kil'Gallens sich auf Drachen fortbewegten, würden sie noch eine Weile brauchen, um ihr verstecktes Schiff zu erreichen. In der Zwischenzeit konnte man einen Plan ausklügeln, der sie daran hinderte, den Planeten zu verlassen. Nur konnte man diesmal nicht damit rechnen, daß das Schiff unverschlossen war. Wenn die Kil'Gallens eine etwaige Flucht von vornherein eingeplant hatten, hatten sie den Diskus auch mit Sicherheitsvorkehrungen versehen.

Die beiden K'inga besahen sich das Schiff auf das Genaueste. Eventuell war es einmal eine Art Beiboot der großen Transporter gewesen. Vage erinnerte sich Alvan daran, von seinem Vater erfahren zu haben, daß jeder der Transporter einst mit einem solchen Boot ausgerüstet gewesen war. Angeblich waren sie zerstört worden. Die Kil'Gallens hatten also schon vor mehr als zwanzig Jahren mit einer überstürzten Flucht gerechnet oder sich zumindest auf sie vorbereitet.

Eiskalte Wut stieg in Alvan auf. Und dieser feinen Familie hatte er Zeit seines Lebens die Treue gehalten!

»Wir sind die größten Idioten der Galaxis gewesen, Quaxtr«, sagte er. »Wir sind zu einer Sippe von Verbrechern geworden. Wären unsere Großeltern damals nicht den Weisungen eines Systems gefolgt, das nur auf Befehl und Gehorsam aufgebaut ist, sähe es heute sicher anders aus ...«

»Es ist richtig, was du sagst. Aber es ist falsch, die Vergangenheit zu beschwören«, erwiderte sein Schwager. »Wir wissen jetzt zumindest, was in der Vergangenheit falsch gemacht wurde. Darauf werden wir unser Konzept für die Zukunft aufbauen ...«

Sie warteten eine knappe halbe Stunde, dann ertönte von irgendwoher ein kratzendes Geräusch.

Die beiden K'inga warfen sich im Schutz des Schiffes zu Boden und beobachteten aufmerksam die Umgebung. Der Krater hatte einen Durchmesser von etwa fünfzig Metern. Die Ränder waren größtenteils von Sträuchern und kleinen Bäumen gegen eine direkte Einsicht geschützt. Aber irgendwo dahinter mußte sich ein Eingang befinden, den die Kil'Gallen-Familie im Augenblick zu überschreiten versuchte.

»Da!« Quaxtr deutete nach links. Ein Gebüsch wurde zur Seite geschoben. Ein Mann erschien. Es war Fono Kil'Gallen, beladen wie ein Lasttier. Hinter ihm drängten sich einige Männer und Frauen.

»Laß sie herauskommen«, flüsterte Alvan erregt. »Sie haben so oder so keine Chance. So lange sie an ihr Boot nicht herankommen, können sie nicht zurück. Sobald sie anfangen, scharf zu schießen, locken sie die Behörden herbei. Die ganze Angelegenheit wird bald zu Ende sein.«

Er hatte das letzte Wort noch nicht gesprochen, als ein Nadlerschuß krachte. Kil'Gallen hatte sie – wie auch immer – bemerkt.

»Wir haben keine andere Wahl mehr«, knirschte Quaxtr und feuerte den Lähmstrahler ab. Der auf Breitenwirkung gestellte Strahl ergriff drei, vier Männer und ließ sie zu Boden sinken.

Die Kil'Gallens, die sich noch hinter dem Eingang des Tunnels befanden, nahmen die beiden K'inga unter Dauerbeschuß. Erregte Schreie wurden laut. Die Flüchtlinge hatten eingesehen, daß ihnen ihr letzter Fluchtweg abgeschnitten war, und reagierten nun mit dem Mut der Verzweiflung. Sie begriffen schnell, daß Alvan und Quaxtr ihren scharfen Schußwaffen nichts als Lähmstrahler entgegenzusetzen hatten, und versuchten einen Ausfall.

Ein fünfter Kil'Gallen ging zu Boden, aber Ragh und einem seiner Brüder gelang es, hinter einem aus dem Boden ragenden Felsen Deckung zu nehmen.

»Sie kommen näher«, fluchte Alvan. Aus dem Tunneleingang kam kein Nachschub, weder an K'inga noch an Material. Es war anzunehmen, daß sich dort nur noch die Frauen und die älteren Männer befanden, unter ihnen der Patriarch.

»Zwei gegen zwei«, sagte Quaxtr zwischen zwei rasch abgefeuerten Schüssen. »Sie setzen alles auf eine Karte.«

Etwas dunkles, drohendes flog auf sie zu.

»Eine Rauchbombe!« schrie Alvan und riß seinen Schwager an der Schulter herum.

Die Rauchbombe platzte und strömte sofort einen widerwärtigen Gestank aus, der Alvan und Quaxtr die Tränen in die Augen und den Brechreiz in die Kehle trieb. Sie verließen ihre Stellung und krochen um das Boot herum.

»Vorsicht!« Plötzlich tauchte Khor Kil'Gallen, der jüngste Sohn des Patriarchen, vor ihnen auf. Er hatte die momentane Verwirrung genutzt und die sichere Deckung hinter dem Felsen verlassen, um Alvan und Quaxtr in den Rücken zu fallen.

Quaxtr und Khor schossen gleichzeitig. Während der Sohn des Patriarchen lautlos in sich zusammenfiel, stieß Quaxtr einen schrillen Schrei aus. Er war in der Hüfte getroffen worden.

»Gebt auf!« schrie Ragh Kil'Gallen hinter seiner Deckung hervor. »Ihr habt keine Chance mehr!«

Alvan reagierte wie ein Roboter. Der blanke Haß gegen die Familie, die schamlos vor ihrer Verantwortung flüchten wollte, tobte in ihm. Mit zwei Sätzen stand er vor dem Felsen und blickte dem erstaunten Ragh, der seinen Gegner ganz woanders wähnte, in die Augen.

Im gleichen Moment, in dem Alvan den Lähmstrahler aktivierte, verdunkelte ein riesiger Körper den Himmel.

Ein Raumschiff!

Ein Schiff von Algor!

»Es war gar nicht so einfach«, erklärte Jörn Callaghan, als die gesamte PROMET-Crew einschließlich der Kommandanten der algorischen Polizeikreuzer zusammen in der Messe ihres Schiffes saßen, »auf dem Planeten der K'inga eine Art Behörde auszumachen.« Er grinste. »Die Leute sind irgendwie ein ziemlich anarchistisches Völkchen. Manche leben in reinen Stadtstaaten zusammen, und nur dort gibt es so etwas wie Gesetze, an die man sich hält. Wir waren regelrecht gezwungen, den ersten Stadtvätern, die wir erwischten, die Pistole auf die Brust zu setzen.«

Olgard, einer der Schiffskommandanten, grinste. »Zu guter Letzt hat er uns aber doch noch überzeugen können. Ich glaube, wir sind buchstäblich im letzten Augenblick gekommen.«

Arn Borul grinste. »Och«, meinte er dann humorvoll, seinen Freund Peet in die Rippen boxend, »in den Gemächern Seiner Hoheit war es eigentlich ganz wohnlich, nicht wahr?«

Orell feixte. »Na, ich weiß nicht. Jedenfalls ist mir jetzt, wo die Sklaven endlich in ihre Heimatdörfer zurückkehren können, bedeutend wohler.«

»Unsere Beiboote sind pausenlos im Einsatz«, verkündete Olgard, nicht ohne Stolz. »Ich denke, daß wir an den Bewohnern dieser Welt einiges gutzumachen haben – auch wenn wir nicht direkt an dem, was hier in all den Jahren geschehen ist, beteiligt waren.«

»Wir werden sie so weit unterstützen, wie das unsere bescheidenen Mittel erlauben«, warf ein anderer der K'inga-Kommandanten ein. »Leider steht es auf unserer Heimatwelt nicht zum Besten. Algor – wir nennen unseren Planeten genauso wie seine Sonne – trocknet aus. Dieser Prozess zieht sich bereits seit Jahrhunderten hin und bringt uns mit jedem Jahr in größere Schwierigkeiten. Das ist auch einer der Gründe, aus dem immer mehr Sippen sich unsauberen Geschäften zuwenden. Wir haben auf unserer Welt praktisch nichts, mit dem wir handeln könnten.«

»Es wäre vielleicht nicht übel, wenn wir uns Ihre Welt einmal ansehen würden«, erwiderte Jörn Callaghan. »Vielleicht gibt es auf der Erde ein Verfahren, um diesen Prozeß aufzuhalten. Ich hab keine große Ahnung von solchen Dinge, aber bei uns hat man schon aus Wüste fruchtbares Land gemacht.«

»Sie sind herzlich eingeladen«, sagte Olgard dankbar.

»Da ist noch eine Sache, die mich brennend interessiert«, mischte sich Doc Ridgers ein. »Was geschieht mit der Ulann-Sippe, nachdem Ihre Recherchen hier beendet sind?«

Fast zwei Dutzend Augenpaare richteten sich fragend auf Olgard. »Es wird sicherlich langwierige Prozesse geben«, erwiderte der K'inga, »und ich denke, daß sie für einige der Beteiligten bestimmt übel ausgehen werden. Aber ich bin kein Richter und will keine Prognosen für ein Verfahren stellen, das nicht einmal begonnen hat. In der Zwischenzeit wird die Ulann-Sippe nach Algor zurückgebracht.«

»Sagen Sie, Kommandant Olgard«, sagte Arn Borul verlegen, »wäre es möglich, in einigen Fällen Ausnahmen zu machen?«

Olgard hob die Augenbrauen. »Sie sprechen von den beiden Männern, die Sie tatkräftig unterstützt haben?«

»Alvan und Quaxtr heißen sie. Ohne deren Mithilfe wären wir vermutlich niemals in der Lage gewesen, hier einzugreifen. Und mit ziemlicher Sicherheit wären Ihnen auch die Kil'Gallens durch die Maschen geschlüpft – mitsamt der Millionenbeute, die man an Bord ihres Fluchtschiffes gefunden hat.«

»Nun ja«, Olgard sah zur Kabinendecke. »Wir werden sicherlich einige Leute auf dieser Welt brauchen, damit die Eingeborenen erfahren, daß nicht alle K'inga Plünderer und Sklavenschinder sind. Botschafter gewissermaßen.«

»Ich glaube, wir verstehen uns«, sagte der Moraner lächelnd.

Am nächsten Morgen startete die PROMET II in Richtung auf den Kontinent, an dessen Küste Junici und Vivien zurückgeblieben waren. Man wollte noch einige Tage bei den Amazonen verbringen und dann die Heimreise antreten.

18.

Die vorletzte Transition des Rückflugs brachte die PROMET ins Vertex-System, wie der Astro-Experte Szer Ekka es taufte. Er bat um Zeit für eine grobe Untersuchung und Katalogisierung des Systems. Da es nicht darauf ankam, ob sie die Erde ein paar Stunden früher oder später wieder erreichten, stimmte Peet Orell zu.

Frisch nach wohlverdientem Schlaf, betrat Gus Yonker die Funkzentrale, in der sein Assistent George Hall dem Ende seiner Schicht entgegenfieberte. Routinejobs, noch dazu ohne Gesprächspartner, langweilten ihn.

Und gerade jetzt, da er wieder ein Meisterwerk in Arbeit hatte, verlangte ihn nach Palette und Pinsel.

Hastig und mit allen Anzeichen der Erleichterung erhob er sich aus seinem Sessel und streifte die Asche seiner schwarzen Zigarre in den Abfallbehälter.

»Pünktlichkeit ist die Höflichkeit der Könige, ehrenwerter Chef. Ich danke dir, daß du mich aus dieser Eintönigkeit erlöst. Keine besonderen Vorkommnisse. Das magere Ergebnis meiner Wache habe ich der Tronik bereits eingespeichert, Check-Liste liegt aber noch hier, zu deiner Information. Darf ich mich nun in höhere Gefilde absetzen?«

»Wohin du dich begibst, bleibt dir überlassen, George, solange du das Schiff nicht verlassen möchtest. Deine *höheren Gefilde* sind also künstlerische Klecksereien?«

»Ich werde mich mit einem Laien, wie du es bist, nicht in eine sachliche Diskussion einlassen, Gus. Du verstehst von Malerei soviel wie ein Auerochse vom Spitzenklöppeln.«

Yonker strich über sein Haar und grinste mitleidig.

»Du solltest eine Runde Schlaf nehmen, bevor du Ölfarbe auf die Leinwand schmierst. Auf mich wirkst du müde und gereizt, George.«

»Im Gegenteil. Jetzt beginnt für mich das wahre Leben. Und gerade du solltest dich für meine neueste Schöpfung interessieren, denn sie schlägt speziell in dein Fach.«

»Liebe Zeit, du versuchst doch nicht etwa, Akustik optisch darzustellen, George?«

»Der Dümmsten einer bist du nicht, Chef. Mein neuer Zyklus heißt: *Optische Realisation der Welt des Schalles.* Und im Augenblick arbeite ich an der Neunten von Beethoven, zwei mal drei Meter, mit selbstgemischten Farben.«

Seufzend setzte sich Yonker an die Geräte und begann mit dem Routinecheck. »Wenn ich dich nicht so gut kennen würde, müßte ich annehmen, du wolltest mich veralbern oder wärst übergeschnappt. Aber einem Künstler deines Kalibers traue ich zu, daß du dir selbst all diesen Wirrwarr abkaufst.«

»Kunstbanause«, flachste George Hall gutmütig und wollte eben die Funk-Z verlassen, als ihn ein bekanntes Signal wie angewurzelt stehenbleiben ließ.

Hall fuhr herum, und sein roter Bart schien sich zu sträuben.

»Jetzt willst du mich veralbern, Chef!« rief er. »Das ist doch ein Notruf in Interstar. Und wir wissen genau, daß sich keines unserer Schiffe ...«

»Ruhe!« fauchte Yonker, und Hall begriff sofort, daß die Flachserei zu Ende war. Er eilte zum Sessel neben Yonker und half ihm bei der Einpeilung des SOS-Rufes.

»Kommando-Zentrale«, forderte Yonker knapp, und der Phonsens schaltete sofort die Interkom-Verbindung.

»Notruf in Interstar empfangen, Peilung eingeleitet, Störgeräusche überlagern, wir arbeiten an Verbesserungen des Empfangs!« meldete er.

Arn Boruls schockgrüne Augen blitzten auf, als er die Meldung der Funk-Z hörte. Dann lauschten er und Peet Orell gespannt.

»SOS – SOS – Vorschiff von Explosion zerstört – jetziger Standort ...«

Ausgerechnet an diesem wichtigen Punkt der Durchsage heulte und knatterte es ohrenbetäubend aus den Empfängern, so daß man die Positionsdaten nicht verstehen konnte. Nach einiger Zeit wiederholte sich der Ruf. Aber auch diesmal überlagerten die Störgeräusche die Koordinaten-Angaben völlig.

Nun hörten die Männer in der Zentrale die Stimme von Gus Yonker. Er versuchte, Sprechkontakt mit den Leuten der Besatzung des unbekannten Schiffes aufzunehmen.

Aber sie reagierten nicht. Immer wieder erklang lediglich der Notruf, unpersönlich, stereotyp.

Ungeduldig sprang Peet Orell auf. »Klingt ganz nach einem automatischen Notrufgeber. Wir müssen die Havarierten orten und anfliegen. Wer weiß, wie lange sie schon in Raumnot sind.«

Arn Borul schüttelte den Kopf, und sein silberglänzendes, schulterlanges Haar schimmerte metallisch im Licht. »Hier, im System Vertex, war noch nie eines unserer Schiffe. Trotzdem kommt ein SOS-Ruf in Interstar an. Das könnte eine Falle sein.«

Eine Dreiviertelstunde nach Eingang des ersten SOS-Rufes hatten Gus Yonker und George Hall den Ursprung der Meldung geortet, die sich ständig wiederholte.

Die Vermutung, es handle sich um einen automatischen Ruf, wurde bestärkt, denn die Störgeräusche setzten jeweils am gleichen Punkt der Meldung ein, wenn der Standort angegeben wunde.

Vier Stunden später löste sich dieses Rätsel.

Die PROMET-Besatzung fand den Notrufgeber. Es war kein havariertes Schiff, wie alle angenommen hatten, sondern eine Funkboje.

Unter Beachtung der vorgeschriebenen Sicherheitsmaßnahmen wurde die Boje an Bord der PROMET genommen und untersucht. Das erforderte zwei Stunden harter Arbeit des Ingenieurs und Sprengstoffspezialisten Mario Gorgo und des Bordarztes Doc Ridgers, der auch als Bakteriologe fungierte.

Erst als die beiden Spezialisten ihr »Okay« gaben, holten die Mechaniker die Funkboje in den Bauch des Raumschiffs, und die Funkexperten gingen ans Werk.

Unter den Besatzungsmitgliedern herrschte, wie immer bei unvorhergesehenen Vorkommnissen dieser Art, knisternde Spannung. Alle, die nicht an der Untersuchung beteiligt waren, beneideten die Ingenieure, die das kleine technische Wunderwerk in seine Einzelteile zerlegen durften, um dann Schlüsse auf die Hersteller zu ziehen.

Es dauerte einen ganzen Arbeitstag, bis Gus Yonker, der die Untersuchung leitete, Bericht erstattete.

»Die Funkboje ist etwa dreihundert Jahre alt«, begann er. »Aufgrund eines technischen Fehlers gibt sie nicht die ganze gespeicherte Nachricht wieder, sondern nur einen Teil davon. Wir fanden heraus: Vor etwa dreihundert Jahren erfolgte im Vorschiff eines Raumers eine Explosion. Die Besatzung rettete sich in Beibooten auf den fünften Planeten des Vertex-Systems. Der Kapitän setzte die Funkboje aus und teilte noch mit, er und einige Freiwillige würden versuchen, das defekte Schiff ebenfalls auf dem fünften Planeten zu landen.«

»Dann werden wir wohl kaum das Vergnügen haben, diesem tapferen Raumbären die Pranke zu schütteln. Gleichgültig, ob er sein leckes Schiff nun gelandet hat oder nicht. Es sei denn, er hätte einer ganz besonders langlebigen Rasse angehört. War darüber nichts zu erfahren?« wandte sich Elker Hay an Gus Yonker.

»Nein«, brummte der Cheffunker. »Der Kommandant des havarierten Schiffes hat sich nicht beschrieben, wie du das hoffst.«

»Wäre doch schön gewesen, zu hören, ich habe acht Beine, fünfzehn Antennen am Kopf, lebe von Trianid, nasche aber auch gern mal H_20«, grinste Hay.

Peet Orell hob um Ruhe bittend beide Hände.

»Es ist nicht unsere Aufgabe. Niemand kann uns dazu zwingen. Aber ich glaube, wir alle sind sehr neugierig auf das Schicksal dieser Unbekannten, die hier vor etwa dreihundert Jahren havarierten. Wollen wir den fünften Planeten des Systems Vertex anfliegen, um etwas über die Raumfahrer und ihr Schicksal zu erfahren?«

Ein einstimmiges »Ja« aller Anwesenden war die Folge.

In den nächsten Stunden bereitete sich die PROMET-Crew auf die Landung vor, die – wie so oft bei den Forschungstrips dieser Mannschaft – in ungeahnte Abenteuer führen sollte.

20.

Tafö bewunderte Relljiem, weil er ihm in so vielem überlegen war. Und deshalb mochte er ihn nicht nur, er verehrte Relljiem. Relljiem dagegen liebte es, bewundert zu werden, weil die herrschenden Tzor ihn ständig seine Unfähigkeit spüren ließen.

Die beiden saßen in dem angenehm warmen Raum, den der Maschinengott To zum Dank für die aufopfernde Arbeit erhellte und erwärmte.

Relljiem streichelte den Kopf des Unterdieners, der zu seinen Füßen saß und einen melodischen Singsang von sich gab.

Als Oberwarter Relljiem die Hand von Tafös Kopf nahm, brach das wohlige Singen ab.

»Ich habe Lust zu spielen. Was spielen wir?«

Tafö schlug sich auf die behaarten Schenkel. »Das verbotene Spiel!« rief er und lachte glücklich wie ein Kind.

»Du bist süchtig darauf, und daß es verboten ist, macht dir schon nichts mehr aus«, sagte Relljiem traurig. »Ich spiele es auch am liebsten. Aber ich habe immer Angst, daß du mich verraten wirst. Du bist so gering.«

Tafö ließ sich auf den Boden fallen, faßte den Knöchel Relljiems und setzte dessen Fuß in seinen Nacken.

»Ich bin treu wie du. Gering, aber wissend. Ich verehre und bewundere meinen Herrn Relljiem, und ich würde ihn nie verraten.«

Behutsam löste Relljiem die Hände des Unterdieners von seinem Bein, nahm den Fuß von dessen Nacken und stand auf.

»Also gut, wir spielen das verbotene Spiel. Mir selbst ist kein anderes lieber.«

Er nahm eines der Wunderwerke des Maschinengottes vom Regal, auf dem viele davon lagerten. Wenn man Druck auf eine bestimmte Stelle ausübte, wurde das Wunderwerk an einer Seite hell und zeigte den Weg.

»Es wird dauern. Du mußt warten. Denn kein Unterdiener darf wissen, wo die verbotenen Spiele liegen.« Tafö lachte, schlug sich glücklich vor die Brust und verbeugte sich in rascher Folge, rhythmisch, wie bei einer Kulthandlung.

Relljiem verließ den aus Fels gehauenen Raum, und als die Tür hinter ihm zufiel, warf sich Tafö auf den Boden.

In Gedanken ging er mit seinem Idol. Einmal war er ihm heimlich gefolgt. Es war kalt und dunkel dort, wo Relljiem eines der verbotenen Spiele holte. Aber der Stab des Gottes To erleuchtete auch die Finsternis.

Zitternd lag Tafö am Boden. Die Kälte und die Einsamkeit ließen seinen Körper erstarren, und er hatte kein Zeitgefühl mehr.

Endlich öffnete sich wieder die Tür, und Relljiem trat ein.

Tafö sprang auf, umarmte seinen Herrn und stimmte einen fröhlichen Singsang an.

»Ich bin so glücklich, Herr, daß du wieder da bist. Wenn dir etwas Übles zugestoßen wäre, hätte ich die Schuld, mein Oberwarter!« rief er zwischen seinen melodischen Freudenäußerungen.

»Ist ja gut, ist ja gut, Tafö«, beruhigte Relljiem seinen Untergebenen. »Ich will dieses Spiel selber spielen, und ich bin froh, daß einer mitmacht, auf den Verlaß ist!«

Er setzte sich auf einen weichen Würfel aus Rubu, und Tafö legte sich ihm zu Füßen. Den Zauberstab Tos hatte Relljiem vorher wieder auf das Regal gelegt.

Jetzt hielt er das rechteckige Spiel in der Hand. Man konnte es öffnen, viele, viele Male wieder öffnen, wie Tafö wußte, und jedesmal kamen neue Bilder zum Vorschein, die man deuten mußte. Relljiem konnte sie deuten, und sie waren phantastisch schön, wenn er darüber sprach.

»Bordbericht Nummer L E siebenhundert. Wir haben einen Planeten gefunden, der atembare Luft zu haben scheint. Explorerbesatzung wird abgesetzt.«

Tafö erhob sich und sah Relljiem aus seinen goldfarbenen Augen an. »Was ist *Explorerbesatzung?*«

Relljiem war so gefesselt von dem verbotenen Spiel, daß er Tafö ärgerlich von sich stieß. »Ich habe es dir schon oft erklärt. In dem Spiel gibt es Leute, die erkunden, was die anderen nicht wissen. Die nennt man so. Willst du jetzt weiter zuhören, oder mußt du schlafen?«

»Ich will das verbotene Spiel weiterspielen!« schrie Tafö gequält.

»Dann halte die Spielregeln ein! Wenn etwas Neues gesagt wird, darfst du fragen. Fragst du nach etwas Bekanntem – wie eben – zahlst du einen Ponter.«

Tafo eilte auf allen Vieren zu der Ecke, in der seine Tasche stand. Sie barg alles, was ihm gehörte. Er lief nur deshalb auf allen Vieren, weil er wußte, wie sehr das Relljiem erfreute. Bequemer und gemäßer war auch ihm das Aufrechtgehen – wie es die Tzor immer durften. Aber alle Unterdiener hatten gelernt, sich anzupassen und den »Herren« Freude zu bereiten.

Possierlich sein ist unsere nobelste Aufgabe, besagten die alten Regeln, *nächst dem Gesetz, das uns zum Dienst an To verpflichtet.*

Tafö zahlte den Ponter, und Relljiem steckte ihn in den Sack, der neben ihm stand. Dann spielten sie weiter das verbotene Spiel.

»Die Besatzung ist gelandet, und nun tragen wir hier ein, was sie uns übermitteln: Es ist so heiß auf dieser Welt, daß wir alle die Schutzanzüge ablegen. Wir gehen völlig nackt. Die Hitze macht durstig. Dort ist ein Fluß. Die ersten von uns fallen ausgedörrt am Ufer hin, die Gesichter ins Wasser eingebettet. Es schmeckt köstlich, dieses Wasser. Landet und erholt euch von den Strapazen!«

Relljiem schlug das rechteckige Spiel zu und stand auf.

»Schluß jetzt! Es könnte eine Kontrolle durchgeführt werden. Ich verstecke das Spiel hier unter meinem Rubu.« Er hob den weichen Würfel und deponierte das verbotene Spielzeug darunter. »Bei unserer nächsten Pause spielen wir weiter.«

Tafö faßte seine Knie und machte ein unglückliches Gesicht. »Ich habe nicht so viele Ponter. Aber ich möchte wissen, was ein Fluß ist, wie Wasser schmeckt.« Tränen kollerten aus seinen goldfarbenen Augen. »Ich möchte mit dir dorthin, Herr Relljiem! Bitte, können wir das Spiel nicht so weitermachen, daß wir es auch erleben, wie alle vor uns, die es spielten?«

»Tafö!« tadelte Relljiem energisch. »Jetzt müßte ich dir wieder einen Ponter abnehmen. Aber behalte ihn. Bekannte Tatsachen jedoch mußt du dir merken, oder es kostet dich deine Ponter. So ist das Spiel. Und zu bekannt gehört: alles, was im Spiel geschildert wird, gibt es nicht. Niemand kann Hitze empfinden – es sei denn, der Maschinengott To sei in ihn gefahren. Niemand wird einen Fluß finden. Flüsse sind gedachte Dinge. Es gibt keine Flüsse, denn die Welt besteht aus Eis und Schnee.«

»Aber es könnte andere Welten geben«, warf Tafö ein.

Relljiem lachte laut. »Andere Welten? Ihr Unterdiener seid wirklich verrückt. Wie kann man auf eine solche Idee kommen? To, der Maschinengott, hat dies alles geschaffen. Diese Welt. Die einzige Welt. Und hier leben seine glücklichen Geschöpfe. Hier dienen sie ihm und werden dafür mit Wärme belohnt. Er hat uns Spiele gegeben. Einige davon sind verboten, weil sie in den Gehirnen der Dümmeren Schaden anrichten könnten. Dich und mich reizt es, das verbotene Spiel zu spielen. Aber, du siehst es ja selbst, es bekommt dir nicht, denn schon zweifelst du an der Einmaligkeit von Towa.«

Tafö fiel ausgestreckt zu Boden und wimmerte. »Nein, nie würde ich das wagen!« schrie er gequält. »Ich dachte nur, es wäre doch möglich, daß es auch solche Welten gibt, wie sie in den verbotenen Spielen vorkommen.«

»Und das ist das Verhängnis. Es sind nur gedachte Welten, Spiele, verboten, weil anfällige Gehirne auf frevelhafte Ideen kommen könnten. – Schluß jetzt! Schlaf dich aus, Tafö. Wenn du wieder normal bist und wir unsere Arbeit der nächsten Schicht getan haben, spielen wir weiter. Aber kein verbotenes Spiel. Es nimmt dich zu sehr mit.«

Innerlich traurig, heuchelte Tafö Freude. »Ja, wir spielen ›rollende Kugel‹.«

Als Relljiem gegangen war, griff Tafö jedoch nach dem verbotenen Spiel unter dem Rubu-Sitz und betrachtete die verwirrenden Bilder auf den einzelnen Seiten. *Wenn ich doch das Spiel allein spielen könnte! wünschte er sich. Aber ich habe nicht gelernt, wie man diese winzigen Schnörkel auf dem Papier deutet.*

Unana spürte die Stunde der Ruhe nahen. Der Geflügelte zog immer engere Kreise um ihn. Jetzt setzte er sich auf einen der verkrüppelten Bäume im moosigen Tal und sah aus leuchtend roten Augen zu Unana herüber.

»Ja, ich weiß«, sagte Unana, »ich werde gleich für eine Weile nicht mehr sein. Und du wirst wachen, Ana. Aber ich hätte das Fiet längst erlegen müssen. Vor Jahren, als ich noch kräftiger war, hätte mich ein Fiet nicht so lange narren können. Nun bin ich schon zwei Seins-Perioden hinter ihm her und es äst noch immer an Sträuchern und Baumstämmen dieses Tales.«

Der Ana flog heran, und Unana legte sich auf das kalte Moospolster.

»Gut, du weißt, wann es Zeit ist.«

Der große Vogel mit den rotleuchtenden Augen und dem schneeweißen Gefieder senkte sich auf Unanas Brust herab, trat von einem Fuß auf den anderen, ohne Unana zu verletzen, und starrte dann wie gebannt in die goldfarbenen Augen des mit schneeweißem Fell bedeckten Lebewesens.

Unana schloß die Lider.

Ana sträubte das Gefieder, breitete die Schwingen, bewegte sie so rasch, daß es knatterte, und rauschte endlich davon. Ganz in der Nähe blieb der weiße Vogel auf einem verkrüppelten Ast sitzen.

Er beobachtete das Fiet, das seinen dicken Schädel an einem Stamm rieb und dann die gelockerte Borke verzehrte.

Mit kleinen tückischen Augen blickte das Fiet zu dem Weißgefiederten empor, wandte sich dann aber wieder seinem Fressen zu.

Unbeweglich harrte Ana aus. Er wirkte wie leblos. Nur die roten Augen, die ständig in den Höhlen rotierten, verrieten Wachsamkeit.

Das Fiet hatte die Hälfte des Stammes geschält, die Borke verzehrt und legte sich nun satt in den Schnee. Nach einem lautstarken Rülpsen ließ es den mächtigen Kopf zur Seite fallen und begann zu schnarchen.

Anas Blicke aus den roten Augen wanderten immer wieder zu dem Fiet. Dann plötzlich, wie aufgescheucht, obgleich niemand in der Nähe war, erhob sich Ana in die Lüfte, bewegte kraftvoll die Schwingen und landete auf der Brust Unanas.

Wieder trippelte der Riesenvogel auf dem Brustkorb des Mannes herum, darauf bedacht, ihn nicht zu verletzen.

Unana öffnete die Lider und sah Ana aus goldfarbenen Augen an. »Dank, Ana, jetzt wird es gelingen«, murmelte der Mann mit dem weißen Fell und erhob sich, nachdem der Vogel sich in die Lüfte geschwungen hatte.

Der Mann mit dem weißen Fell fragte sich nicht, wieso er wußte, daß das Fiet einige hundert Meter vor ihm schlafend neben einem halb geschälten Baumstamm lag. Er wußte es einfach. Es war in ihm wie so vieles.

Er hob die Lanze und ging auf die Stelle zu, an der er das Fiet wußte, obgleich er es noch nicht sehen konnte. Nach einigen Metern hatte er den Felskamm erklommen und sah das schlafende Fiet.

Gefahrlos konnte er noch weiter auf den Fleischberg zugehen. Als er nahe genug heran war, hob er seine Lanze und warf.

Unana lachte glücklich, als er sah, wie das Fiet sich kurz aufbäumte und starb.

Niemand haßte die Fiets. Aber wie sie von Baumrinden und Büschen lebten, brauchten die Miltus das Fleisch der Fiets, um zu überleben.

Der weiße Vogel schwebte über Unana und dem toten Fleischberg, zog immer weitere Kreise, blickte mit seinen roten Augen noch einmal in Unanas Gesicht und zog dann davon.

Unana trat zu dem Fiet, nahm sein Messer aus dem Gürtel und begann mit dem Zerlegen des wertvollen Beutetiers.

Einige der Miltus im Lager waren noch wach, während andere die Stunde des Nichtseins erlebten.

»Das ist Ana!« schrie Hereta und deutete auf den weißen Vogel, der immer engere Kreise über dem Lager der Jäger zog. »Ana zeichnet das Bild des Erfolgs an den Himmel. Unana hat ein Fiet erlegt. Kein Zweifel, Freunde! Seht doch, wie Ana die Schwingen freudig bewegt!«

Innerhalb weniger Minuten waren alle wachen Lagerinsassen auf den Beinen und folgten dem weißen Vogel, der ihnen den Weg zu Unana und dem erlegten Fiet wies.

Als sie über den Felskamm gestiegen waren, schrien sie ihrem Gefährten zu: »Dank sei dir, Unana, für deine Tat!«

Unana unterbrach das Zerlegen des Fiets, hob die Hände zum Himmel, wo Ana über ihm kreiste, und rief: »Meine Taten sind nichts, gemessen an denen Tos und der weißen Vögel.«

So war es Sitte. Nachdem die Zeremonie vorüber war, stürmten die Krieger hinunter zu der Stelle, wo das tonnenschwere Beutetier lag, und begannen nach uraltem, eingeübtem Ritus mit der Zerlegung und Bergung der lebenswichtigen Fleischmassen.

Wie immer hatten einige Miltus Behälter herbeigeschleppt, in denen der Saft gesammelt wurde, der aus dem Fiet hervorquoll. Er war so rot wie die Augen der weißen Vögel.

Der Erleger des Beutetiers hatte das Recht, zweimal eine Handvoll dieses roten Saftes zu trinken. Alles andere wurde aufgefangen, denn diese Flüssigkeit war Medizin für die Kranken in der Stadt.

Stunden später trabten die Miltus, unter Lasten gebeugt, aber mit frohem Gesang, ihrem Lager entgegen.

Viele weiße Vögel kreisten über dem moosigen Grund, auf dem das Fiet gestorben war. Sie benahmen sich jedoch nicht wie aasgierige Tiere, die auf Fraß aus waren.

Ihre roten Augen beobachteten vielmehr, schienen zu kontrollieren, ob nichts falsch gemacht, nichts vergessen worden war.

Eben richtete sich Hereta auf, dessen Pflicht es in diesem Einsatz war, die Knochensplitter zu sammeln. Hastig und in freudiger Erregung wollte er seinen Gefährten folgen. Aber plötzlich stieß aus der Höhe des grauen Himmelgewölbes ein weißer Vogel herab, setzte sich auf Heretas Schultern und lenkte ihn mit Getrippel von einem Fuß auf den anderen zur Stelle zurück, an der das Fiet zerteilt worden war.

Hereta kniete an dem Punkt nieder, zu dem ihn der Gefiederte gebracht hatte, und nahm einen handgroßen Knochensplitter auf.

»Du hast recht«, sagte er leise, als der Gefiederte ihn aus großen Augen anblickte, »ich war nicht umsichtig genug.«

Als er gleich darauf seinen Gefährten folgte, umkreiste ihn der weiße Vogel und gab Krächzlaute von sich, die merkwürdigerweise mit dem eintönigen, aber fröhlichen Gesang der Miltu-Krieger übereinstimmten.

Und alle aus dieser Gruppe waren die Begleitung der Vögel und ihr Krächzen gewöhnt. Sie hätten es sogar vermißt, wenn die Gefiederten stumm geblieben wären. Und wenn die Vögel sie nicht begleitet hätten, so wäre das ein böses Omen gewesen, eine Warnung nahenden Unheils.

Am liebsten hätten sie in ihrem Lager die Erlegung des Fiet gefeiert, sich einen saftigen Braten zubereitet und danach satt und fröhlich gespielt.

Aber das war gegen die Ordnung.

Und selbst wenn sie gegen diese Ordnung hätten verstoßen wollen, sie konnten es nicht.

Denn im Lager erwartete sie einer der Tzor, ein Diener des Maschinengottes, von dem alles Leben auf ihrer Welt abhing.

Als sie ankamen, stand er da, mit blitzenden goldfarbenen Augen und gepflegtem weißen Fell. Hochaufgerichtet und gut genährt wie alle Tzor.

»To hat vorausgesagt, daß ihr ein Fiet erlegen werdet«, verkündete er mit mächtiger Baßstimme, »und die Prophezeiung ist wahr geworden. Wir wollen To danken, der unser Leben auf wundersame Weise erhält und lenkt.«

Alle Miltus ließen sich zu Boden fallen, der kalt und gefroren war. Nur der Tzor blieb aufrecht stehen, hob die Hände zum grauen Himmelsgewölbe und stimmte den Dankgesang an. Seine Baßstimme dröhnte durchs Lager, und die Krieger wiederholten nach uraltem Ritus die Worte des Tzor.

»Dank sei To, dem Erschaffer, Bewahrer und Erhalter allen Lebens, dem Wissenden, der allein verborgene Weisheit kennt. Dank sei dir, To, der du deine Diener labst, deine Feinde aber mit fürchterlicher Rache verfolgst und vernichtest.«

Als der Gesang beendet war, erhoben sich die Krieger erleichtert, denn die Kälte kroch ihnen trotz ihrer Felle aus dem Boden in die Körper.

Alle machten die vorgeschriebenen Hüpfbewegungen, bei denen die Arme weit gen Himmel gestreckt und dann wieder so tief gesenkt wurden, daß die Fingerspitzen den Boden berührten.

Der Zug der Krieger ordnete sich zum Heimmarsch. Allen voran ging der Tzor. Als nächster folgte Unana, der Krieger, der das Fiet erlegt hatte. Ihm wurde die größte Ehre beim Heimtragen des Fiet zuteil. Er durfte ein riesiges Stück aus der Leber des Fiet schleppen, jenes köstlichen Organs, das To geopfert werden mußte.

Einige Wächter blieben im Lager zurück, um den Rest des Fiet zu bewachen, bis andere Träger ihn abholten.

Erfahrungsgemäß lockte der Blutgeruch eines erlegten Fiet Aasfresser an. Deshalb war die Jagd noch nicht zu Ende. Auch unter den kleineren Fleischfressern auf Towa gab es wohlschmeckendes Wild, aus dem die Miltu-Frauen an Festtagen Braten zubereiteten.

Aber auch Kriechtiere und magere, zähe Vogel wurden gefangen und verwertet.

Einige Stunden nach dem Abmarsch der Krieger kamen die Träger. Sie ließen sich von einem Wächter zu dem Ort führen, an dem das Fiet erlegt worden war.

Während vier Männer die vom Fiet abgerissene Borke des Baumstammes zerhackten und zu Bündeln zusammenbanden, füllten die anderen das Moos in Säcke, das vom roten Saft des Fiet getränkt war.

Nachdem die Frauen es erhitzt, getrocknet und gemahlen hatten, wurde es als Nahrungs- und Arzneimittel bei harmloseren Krankheiten verwendet.

Noch dreimal kamen Kolonnen von Miltus zum Lager. Sie brachten Knochen und Fell des Fiets sowie die gefangenen Aasfresser in die Stadt.

Dort herrschte Hochstimmung wie an Feiertagen.

Die Alten wußten noch von großen Fiet-Herden zu berichten. Niemand konnte nachprüfen, ob es Märchen waren, oder ob es wirklich einmal Hunderte von Fiet gegeben hatte, die über die Schneefelder und durch die moosigen Täler zogen.

Jetzt allerdings waren die Fiets selten geworden auf Towa. Und deshalb bedeutete das Erlegen eines Fiet große Freude für alle. Und das nicht nur, weil jeder eine Schüssel Fiet-Sud und ein Handteller großes Stück Fleisch bekam. Sondern auch weil sie daran dachten, daß nun viele Monate lang der eintönige Moosbrei und das Wurzelgemüse mit dem Knochenmehl des Tieres angereichert werden konnten. Das machte das Essen schmackhafter und gehaltvoller.

Am wichtigsten aber war, daß die Angehörigen aller Kranken nun aufatmen konnten. Der Fietsaft würde sie wieder für einige Zeit gesunden lassen.

Als die letzten Träger in die Stadt gekommen waren, begann das große Opfer.

Unana hatte das große Stück Leber auf den Opferstein gelegt, dessen Mitte schüsselförmig vertieft war.

Nun schritten die Tzor mit auf der Brust gekreuzten Armen herbei, bildeten einen Kreis um den Stein und stimmten einen Dankgesang an, den die übrigen Stadtbewohner nicht verstanden.

Es war die Zwiesprache der Priester mit dem Gott To, dessen Mittler sie waren.

Alle anderen Miltus mußten diese Zeremonie demütig auf dem Boden liegend anhören.

Nun hob ein Tzor seinen Dolch, hielt ihn zum Himmel, berührte die

Klinge mit den Lippen und zerteilte dann das Stück Leber, das etwa halb so viel wog wie Unana, der Krieger, der das Fiet erlegt hatte.

Jeder Tzor nahm eines der saftigen Stücke und aß es mit über den Opferstein gebeugtem Kopf. Wenn auch nur ein Tropfen des roten Fietsaftes außen am Stein hinunterlief, so war das ein schlechtes Omen. Aber die Tzor sorgten dafür, daß es nicht geschah.

Als die Leber verzehrt war, blieb noch eine Menge Saft in der Mulde des Opfersteins.

Nun kamen die Begleiter dran, die Tus, wie die weißen Vögel auch genannt wurden.

Fast lautlos ließen sie sich herab, setzten sich auf den Rand des Steins, tauchten ihre Schnäbel in den Saft und hoben die Köpfe gen Himmel. Bei jedem Tropfen, den sie sich einverleibten, dankten sie To, so sagten die Miltus.

Zuerst kamen die Begleiter der Tzor an die Reihe. Jeder Tzor hatte zwei eigene weiße Vögel. Auch das gehörte zu den zahlreichen Privilegien, die einem Priester zustanden.

Als die Priestervögel geatzt hatten, kamen die Begleiter der Oberwarter dran, jener Miltus, die tief im Innern von Towa zu Ehren Tos arbeiteten.

Und zuletzt durften sich die Begleiter der Krieger und aller übrigen Stadtbewohner laben.

Dann erst eilten die Frauen zu ihren Kochstellen und bereiteten den Fiet-Sud.

Die Kochstellen, von halbkugelförmigen Grasmatten überwölbt, die Wärme und Geruch speicherten, waren von Alten und Jungen umlagert. Besonders die gebrechlichen Greise sogen den aromatischen Duft mit glücklichem Lächeln ein. Und die mageren Kinder zitterten vor Erwartung, leckten sich die Lippen und schluckten immer wieder den Speichel hinunter, der ihnen im Mund zusammenlief.

Es gab fünf dieser Kochstellen in der Felsenhalle, die den Miltus des Mittelstands als Wohnung diente. Und da sie heute ausnahmsweise sämtlich in Betrieb waren, erfüllte eine wohlige Wärme das sonst kalte Gewölbe.

Einige Krieger zersägten Knochen und zogen die Markstränge heraus. Sie wurden in siedendes Wasser geworfen und später zum Kühlen vor die Felsenhalle getragen. Andere Krieger schnitten das Fleisch in schmale Streifen und gaben es jenen, die auf den Leitern zum Rauchloch kletterten, aus dem der Dunst sämtlicher Kochstellen ins Freie drang. Hier wurden die Stücke zum Dörren aufgehängt, bevor sie in die Eishalle kamen.

Einer der Greise stimmte den Gesang der freudigen Erwartung an. Alle, die keine Arbeit zu verrichten hatten, hockten ringsum an den Felswänden und stimmten ein. Sie klatschten in die Hände und bewegten ihre Oberkörper rhythmisch vor und zurück.

Allmählich wurde das Klatschen lauter, rascher, hektischer. Und auch die Frauen an den Herden wurden von der Gier auf das Mahl angesteckt, die alle hungrigen Krieger, Greise und Kinder erfüllte.

Das Fest war kurz vor dem Höhepunkt.

Einige Halbwüchsige trugen bereits die tönernen Schüsseln herbei, in die für jeden der Sud abgefüllt werden sollte.

Da erklang plötzlich ein spitzer Schrei vom Dach der Felsenhalle her.

Er drang durch das Rauchloch in der Kuppel herunter in das Gewölbe. Sofort brach der Gesang ab, und es herrschte atemlose Stille in der Halle.

Ab und zu zerplatzte noch ein Tropfen zischend auf den heißen Platten, hüstelte einer der Kranken. Sonst jedoch war nichts zu hören.

Wie gelähmt warteten die Miltus auf das nahende Unheil.

Jeder verharrte in der Stellung, die er beim ersten Schreckenslaut eingenommen hatte. Nur die goldfarbenen Augen der Wesen bewegten sich in den Höhlen und verrieten, daß noch Leben in ihnen war.

Ein grauenvolles, gespenstisches Bild.

Unana hatte Fleischstreifen an eines der Gestelle über dem Rauchloch gehängt und nach dem nächsten Bündel gegriffen, als das Fürchterliche geschah. Die weißen Vögel, wie immer bei solchen Anlässen damit beschäftigt, die zerhackten Därme des Fiet zu atzen, die vor der Felsenhalle ausgebreitet worden waren, erhoben sich gleichzeitig mit lautem Flügelschlag.

Unana schrie auf. Und mit ihm alle anderen, die dieses gräßliche Schauspiel sahen.

Im nächsten Augenblick warfen sich die Miltus zu Boden, schlossen die Augen und riefen To um Hilfe an.

Unten in der Felsenhalle war der Gesang der freudigen Erwartung abrupt verstummt. Sekundenlang herrschte Stille, dann begannen die Ältesten mit der Mächtigen-Anflehung.

Dieser Notschrei gequälter Kreaturen war seit Miltu-Gedenken nie mehr zelebriert worden. Zwar hatten die Alten den Jungen beigebracht, was in äußerster Gefahr zu tun sei, um To aufmerksam zu machen. Alljährlich vor dem großen Fest wurde die Mächtigen-Anflehung geübt. Aber selbst die ältesten hatten ihre Stimmen nie in wirklicher Not zu To erhoben.

»Gewaltiger To, deine Geschöpfe flehen dich an, höre uns!« schrien die Wesen in der Felshalle und auf dem Dach.

»Keiner von uns hat wissentlich gegen deine Gebote verstoßen. Sollte ein Verräter unter uns sein, den du mit deiner gerechten und furchtbaren Rache vernichten willst, so zeige ihn uns. Wir werden nicht zögern, ihn dir zu opfern.«

Lauter und lauter wurde die Mächtigen-Anflehung, und das schrille Schreien aus vielen Kehlen drang bis in den Tempel, in dem die Priester damit beschäftigt waren, den Fietsaft so zu bearbeiten, daß er sich nicht in Gift verwandelte.

Nur die Priester Tos kannten das Rezept. Vor vielen Jahren hatten Rebellen versucht, Fietsaft, den die Krieger gestohlen hatten, aufzuheben. Alle, die später davon getrunken hatten, waren jämmerlich umgekommen.

Den Priestern konnte es nur recht sein, denn die Überlebenden, die an

To und seiner Macht gezweifelt hatten, glaubten von da an wieder blindlings.

Vlat, der eben den Geheimzusatz mit dem Fietsaft mischte, richtete sich auf. »Hört ihr die Schreckenslaute des Verzweifelns? Sollte das ein weiterer übler Trick der Abtrünnigen sein, das Fest auf solche verwerfliche Art zu stören?« fragte er.

»Ich glaube nicht, daß sie es wagen würden«, antwortete Loc. »Das Gesetz will, daß wir ihnen helfen. Also, gehen wir!«

»Nein!« donnerte Vlat. »Nicht alle. Einige sind zur Bereitung des Göttertranks unentbehrlich. Ich bleibe und wähle zu meiner Unterstützung Iffo, Errt und Mra. Ihr anderen folgt Loc und tut für die Verzweifelten, was das Gesetz befiehlt.«

Es gab keinen Widerspruch. Vlat war der älteste Tzor, und die übrigen hatten ihm zu gehorchen.

Loc schritt denen voran, die von Vlat ausersehen waren, das Unheil abzuwenden – falls es miltumöglich war.

Dankbar dafür, daß sie bei der Zubereitung des Göttertranks weiterhin anwesend sein durften, murmelten die drei Vlat-Anhänger Verwünschungen gegen die unbekannte Gewalt, die das Fest störte.

Unbeirrt von dem Zwischenfall ließ Vlat kurz darauf den Becher mit der Kostprobe kreisen.

Jeder Priester nahm einen Schluck. Der Saft hatte seinen Geschmack völlig verändert. Seine Farbe war noch leuchtender geworden. Eines Tages würde einer von ihnen das Geheimnis der Konservierung von Vlat erlernen. Denn es war zu wichtig, als daß es Vlat hätte ins ewige Nichtsein mitnehmen dürfen.

Allen voran trat Loc aus dem Tempel. Er sah die Miltu-Krieger auf dem Dach der Felsenhalle liegen und hörte die Anflehung nun überlaut. Sie zerriß fast das Innere seiner Ohren.

Als sein Blick auf die zerhackten Gedärme des Fiet fiel, die vor dem

Eingang der Felsenhalle ausgebreitet waren, wußte er, was sich zugetragen hatte.

Die weißen Vögel, die Begleiter, von denen jedem mittleren Miltu einer zugeordnet war, hatten die Atzung mißachtet und den Futterplatz verlassen.

Das konnte mehrere Ursachen haben.

Die wahrscheinlichste Erklärung war so fürchterlich, daß Loc Übelkeit in sich aufsteigen fühlte. Die Tus – wie die weißen Vogel genannt wurden – konnten in den Gedärmen des erlegten Fiet Krankheits- oder Giftstoffe entdeckt haben. Mit ihrer Massenflucht warnten sie die Miltus vor dem Verzehr des Tieres.

Aber die Priester hatten die Leber bereits verzehrt, und die Tus hatten den Saft aus dem Opferstein getrunken.

Loc stand da, die Arme über der Brust gekreuzt, das weiße Fell bewegte sich im eisigen Wind und seine goldfarbenen Augen suchten den Himmel ab nach einem Zeichen der Vögel.

Aber sie blieben verschwunden.

Die zweite Möglichkeit war, daß den Miltus Gefahr drohte, die von den Gipfeln kam. In den Büchern, die nur die Priester lesen durften, war der weiße Tod geschildert worden. Er kündigte sich durch lautes Grollen an, der Boden bebte, bevor er das Lager mit Schneemassen verschüttete.

Es war jedoch kein Laut zu hören, und auch unter Locs Füßen regte sich nichts.

Die Priester bildeten wieder einen Kreis um den Opferstein. So war es Sitte in Notzeiten. Jetzt allerdings standen sie Schulter an Schulter da, die Gesichter vom Opferstein abgewandt.

Gebannt starrte jeder vor sich hin, zu Boden, gen Himmel und wieder geradeaus.

»Seht ihr ein Untier?« fragte Loc.

»Nein.«

»Gibt es Anzeichen für einen elektrischen Sturm?«

Wieder war die Antwort negativ.

»Dann muß des Rätsels Lösung doch in den Därmen des Fiet sein«, folgerte Loc. »Die Tus würden uns nicht verlassen, wenn sie helfen könnten.«

Wandra, einer der jüngsten Priester, hatte eine Idee. »Wenn die Gefahr in den Eingeweiden des Fiet läge, hätten die Tus sie fortgetragen.«

Alle anderen Priester stimmten zu.

Plötzlich wies Wandra mit einer Hand zum Himmel und rief: »Da ist das Fürchterliche. Ein silberner Riesenvogel, wie er in den Büchern beschrieben ist.«

Jetzt erstarrten selbst die Priester in ungeahntem Grauen.

Eine solche Begegnung war nie vorausgesagt worden und undenkbar.

21.

Die PROMET II hatte den fünften Planeten des Systems Vertex angeflogen, war in einen Orbit gegangen, und nun beschäftigten sich die Besatzungsmitglieder damit, Bewohner des Planeten – etwaige Nachkommen der Raumerbesatzung von einst – zu suchen.

Aus den Berichten der Beobachter ging hervor, daß Vertex 5, eine etwa venusgroße Welt, gerade die Periode der Eiszeit durchmachte, intelligente Ureinwohner wurden nirgends entdeckt, wohl aber riesenhafte Tiere, die entfernte Ähnlichkeit mit irdischen Mammuts hatten.

»Energie-Ortung spricht an!« dröhnte eine Stimme aus allen Lautsprechern der PROMET.

Mit atemloser Spannung verfolgten alle Besatzungsmitglieder die weiteren Meldungen.

Peet Orell hatte die PROMET sofort gestoppt und ließ sie zu dem Punkt zurückfliegen, an dem Energie-Ortung erfolgt war.

»Checksignal bei Kontakt«, forderte Orell.

Sie alle warteten auf den lauten Pfeifton. Und trotzdem zuckten viele von ihnen zusammen, als er aus den Lautsprechern quäkte. Sie befanden sich im Augenblick des Kontakts auf der Dämmerseite des Planeten.

Eine Eiswüste kam gestochen scharf ins Bild. Riesige weiße Vögel schwirrten nach allen Himmelsrichtungen auseinander. Ein dunkles Gebilde wurde sichtbar.

»Ein Erdhügel!« rief jemand.

Sie alle starrten gebannt auf die Schirme und versuchten zu deuten, was sich ihren Blicken bot.

»Nein, ein großer Felsbrocken.«

»Auf dem Fels sind weiße Punkte. Sie bewegen sich.«

»Lebewesen! Die weißen Punkte sind lebendig!« schrie der Strahlungstechniker Allan Biggs begeistert. »Wir haben sie doch gefunden.«

»Kommando-Zentrale an Funk-Z«, sprach Arn Borul ruhig ins

Mikrofon. »Ansiedlung auf Vertex 5 entdeckt. Funkkontakt aufnehmen!« Fast eine Stunde lang mühte sich Gus Yonker vergeblich, eine Verbindung zu den unbekannten Lebewesen herzustellen.

Dann wandte sich Peet Orell wieder an alle, schilderte die Entdeckung und ließ über seinen Vorschlag abstimmen, einfach auf dem Schneeplaneten zu landen. Auch diesmal wurde einstimmig angenommen.

»Landemanöver einleiten!« klang es aus allen Lautsprechern.

»Alarmzustand bleibt erhalten!« Befehle und Fragen schwirrten hin und her.

»Landekurs liegt an.«

»Ich höre etwas, ein gräßliches Geschrei von dort unten! Gebe in die Zentrale.«

Plötzlich drang aus den Lautsprechern, was die hochempfindlichen Außenmikros an die Verstärker gaben.

Es war eine Art schrillen Gesangs, in dem einige Worte allen verständlich waren, die Interstar kannten.

»Landung Planquadrat OX-27 zu Achse 17,5«, quäkte es aus dem Lautsprecher.

Die PROMET setzte in unmittelbarer Nähe der Stadt im Eis auf. Während Luftproben analysiert und Bodenproben mit Sollwerten verglichen wurden, bereiteten sich die von Peet Orell ausgewählten Besatzungsmitglieder auf die Erkundung des Planeten vor.

Wieder dauerte es Stunden, bis die verantwortlichen Wissenschaftler ihr »Okay« gaben. Und die ganze Zeit über hatten andere Besatzungsmitglieder den lautstarken Gesang der Lebewesen dieses Planeten aufgenommen und wieder und wieder abgehört.

Ihre Sprache war eine abgeschliffene Version von Interstar, und so konnte man gut verstehen, was die gequälten Kreaturen in die Nacht hinausschrien.

»Ich bin froh, daß wir die armen Burschen jetzt endlich aus ihrer Zwangsvorstellung erlösen können, wir seien Abgesandte eines zornigen

Gottes, den sie To nennen.« George Hall, der zu den von Peet Orell ausgewählten Männern gehörte, unterhielt sich mit Elker Hay.

Die beiden standen jetzt nebeneinander auf dem von Menschenfuß noch unbetretenen Planeten. Elker nahm George Halls Arm. »Und die Eingeborenen werden auch froh sein. Wetten, wenn wir uns ihnen zeigen, machen sie einige höfliche Verbeugungen. Dann finden sie uns so appetitlich, daß sie uns in ihren Suppentopf stecken.«

»Bloß weil diese Lebewesen hier ein weißes Fell haben, hältst du sie für Wilde? Denk mal an die Idioten auf der Erde, die Farbige unterdrückten. Du bist nicht besser als jene, die dachten, dunkle Haut sei ein Merkmal für mangelndes Denkvermögen.«

»Schön gesagt, Herr Verteidiger. Im Kochtopf sprechen wir uns wieder. Wenn auch etwas kürzer.«

Sie waren noch keine hundert Meter weit gegangen, da kam ihnen eine Abordnung der Lebewesen entgegen, die in vielem humanoid wirkten. Nur waren ihre Augen von goldener Farbe, und ihre Körper bedeckte ein dichtes weißes Fell. Aber sie gingen aufrecht, ihre Haltung verriet Würde, und sie sprachen die Besucher mutig an.

»To zum Gruß, Fremdlinge!« dröhnte eine Baßstimme in alle Helmlautsprecher.

Arn Borul hatte darum gebeten, die ersten Gespräche einleiten zu dürfen, und so überlegte er jetzt. Die beiden Worte »zum Gruß« waren reines unverfälschtes Interstar. Und was konnte To bedeuten? Wahrscheinlich Gott. Gott zum Gruß, das war eine Redewendung, die viele Völker in abgewandelter Form als freundliche Botschaft wählten, wenn sie Fremden begegneten.

»To zum Gruß!« antwortete Arn Borul deshalb fest und sicher.

Die Reaktion der Vertex-5-Bewohner war unvorhergesehen positiv.

Eben noch hatten sie stolz aufgerichtet dagestanden, die Arme über der Brust gekreuzt. Jetzt jedoch fielen sie zu Boden, und der Sprecher dieser Gruppe rief freudig: »To hat euch hergesandt!«

»Steht auf, meine Freunde«, sprach Arn Borul weiter, froh, daß die

Wesen Interstar verstanden. »Ja, wir kommen von dort, wo To wohnt.« Zunächst rührte sich keiner der Gruppe. Dann jedoch rief der Sprecher den anderen zu: »To hat sie hergeschickt! Begreift doch! Sie sind Boten Tos! Jetzt ist das Ende aller Tage gekommen, wie es in den Büchern verzeichnet steht. Gehorcht ihm, Brüder, erhebt euch, preist To und seine Sendboten!«

»Augenblick!« rief Arn Borul energisch. »Sendboten sind wir nicht. Möglicherweise können wir euch helfen, aber wir kommen aus eigenem Antrieb. Und ich hoffe doch, daß ihr mit *Ende aller Tage* die Plage und Einsamkeit meint. Wenn es so ist, habt ihr recht.«

Loc wußte nicht genau, was er von den fremdartigen Besuchern halten sollte. Sie sprachen mit merkwürdigem Akzent, manche Worte waren sogar völlig unverständlich.

Aber was man unter den durchsichtigen Kugeln, die auf ihren Hälsen wuchsen, von ihren Gesichtern sehen konnte, wirkte sympathisch.

Bereitwillig begleiteten sie ihn zur Stadt im Eis.

»Brüder und Schwestern!« rief Loc und hob die Hände zum Himmel, als sie vor der Felsenhalle ankamen. »Zittert und zagt nicht länger. Der silberne Vogel brachte Freunde. Zwar hat sie To nicht gesandt, aber sie kommen von daher, wo To wohnt.«

Nach atemloser Stille dröhnte plötzlich ein Freudengeheul auf, das die Raumfahrer veranlaßte, die Lautstärke ihrer Empfänger zu drosseln.

Aus dem riesigen Felsblock, den die Besatzung schon aus der Luft gesehen hatte, quollen nun Männer und Frauen, Greise und Kinder hervor, warfen sich zu Boden und schrien in höchsten Tönen ihre Lobpreisung hinaus.

Einer der jungen Krieger erhob sich vom eiskalten Boden, während die anderen noch sangen, und trat auf die Besucher zu.

»Mein Name ist Schat«, rief er, »ich hoffe, ihr versteht mich. Kann ich mit eurem Anführer sprechen?«

Peet Orell trat ihm entgegen und streckte die behandschuhte Rechte aus.

Schat strich sich verlegen über sein Fell. »Tut mir leid, ich habe kein Gastgeschenk bereit. Zu überraschend war euer Kommen.«

Orell lachte. »Ich verlange doch nichts, Schat«, erklärte er. »Bei uns ist es Sitte, gegenseitig die Hände zu berühren, wenn man sich freundlich begrüßt. Es heißt soviel wie: siehe meine unbewaffnete Hand, ich komme in friedlicher Absicht und will dir nicht schaden.«

Schat bewies, daß er äußerst intelligent war, denn sofort streckte er seine weiß behaarte Pranke aus und schlug in Orells dargebotene Rechte ein. »Auch ich bin friedfertig«, sagte er in dem Interstar-Slang, den die Raumfahrer während der Wartezeit aus dem Gebetsgesang recht gut verstehen gelernt hatten.

»Komm mit in mein Haus, auf daß wir uns kennenlernen.«

Orell übertrug Arn Borul das Kommando und folgte dem kräftigen Miltu-Krieger in die Felsenhalle.

Ringsum an den Wänden kauerten ausgemergelte Greise und magere Kinder.

»Danke, To, daß du uns ein sichtbares Zeichen deiner Macht schickst!« rief einer der Alten, und die anderen fielen hustend ein und wiederholten seine Worte.

Peet Orell warf einen Blick auf die Kontrollen seiner Ausrüstung und stellte zufrieden fest, daß er gefahrlos seinen Helm abnehmen konnte.

Mit weit aufgerissenen Augen beobachteten die Greise, Kinder und Schat, wie Peet sich aus dem Spezialanzug schälte.

Als der Kommandant der PROMET nun in einem leichten Sportanzug dastand, fuhr Schat tastend über seine Arme und Beine.

»Deine Haut ist glatt und ohne schützendes Fell«, sagte er staunend. »Aber blau wie das Eis der Gletscher.«

Orell lachte kopfschüttelnd. »Nein, mein Freund, das ist ein Kleidungsstück.« Er öffnete den Reißverschluß der Kombination und präsentierte seine behaarte Brust.

»Oh, ihr habt ein gelbes Fell!« rief der Schat erleichtert.

»Wieder muß ich dich enttäuschen. Wir terranischen Männer haben noch einige Reste von Fell, wie du das nennst. Hier und da einige Haare. Und unsere Frauen sind fast völlig unbehaart. Aber was macht es, Freund? Das Äußere ist nicht entscheidend. Ich will euch helfen. Ist das nicht viel wichtiger als meine Hautfarbe – ich meine Fellänge?«

Der Miltu sah ihn aus goldfarbenen Augen lange an. Dann nickte er. »Ihr seid es gewöhnt, Wesen zu treffen, die anders aussehen als ihr selbst?«

»Allerdings, Schat. Wir kennen hochintelligente Wesen, die aussehen wie Echsen, ach, jetzt kannst du dir unter diesem Begriff nichts vorstellen.«

»Doch!« Schat blickte zur Decke. »Schuppenpanzer«, sagte er dann nachdenklich.

»Unsere Gespräche werden hochinteressant sein. Nicht nur für euch. Vor allem möchten wir nämlich wissen, woher das Raumschiff kam, das eure Ahnen zu dieser Welt brachte.«

Die Kinder und Greise waren herangekrochen und lagen jetzt um den fremdartigen Besucher und Schat auf dem Boden. Sie alle lauschten gespannt, und kein Blick irrte mehr zu den brodelnden Kesseln hinüber, in denen der Sud verkochte.

»Haben wir euch dabei gestört, als ihr eure Mahlzeit einnehmen wolltet?« fragte Orell arglos.

Was er dann von Schat hörte, klang so unglaublich, daß er einige Rückfragen stellte, bis er das Schreckliche voll begriff.

Diese armen Wesen hatten nach langer Hungerperiode endlich wieder ein Fiet erlegt, eines jener mammutähnlichen Tiere, das ihr Hauptnahrungsmittel war. Schat erklärte Peet Orell, wie lange ein Fiet für die etwa fünfhundert Miltus ausreichen mußte. Hinzu kam, daß der Fietsaft für die Kranken reserviert wurde, daß die Tzor große Fleischmengen zugebilligt bekamen, weil sie für den Dienst am Gott To größere Energien brauchten, und daß auch die Tu, die weißen Vögel, von denen je einer einen

Miltu begleitete, der dem Mittelstand angehörte, während zwei Tus pro Tzor zu ernähren waren, an der Fiet-Beute mitaßen.

»Und die Brut der Tu«, schloß Schat seine Erklärung, »verschlingt auch eine Menge Fleisch, Knochenmark und Knochenmehl. Und nur To allein weiß, wann wir wieder ein Fiet erlegen.«

Nach einer weiteren halben Stunde intensiver Unterhaltung erklärte Peet Orell: »Ich mache ein Beiboot klar, und wir bringen euch mehrere Fiet hierher in die Stadt. Die halb verhungerten Leute sollen sich mal ordentlich satt essen. Später denken wir darüber nach, wie man euch weiterhelfen kann.«

Er nahm seinen Raumhelm auf, den die Greise und Kinder bewundernd angestarrt hatten, und sprach mit seinem Stellvertreter in der PROMET.

Jörn Callaghan meldete sich sofort. »Braucht ihr Hilfe?«

»Nein, hier ist alles unter Kontrolle. Aber die Bevölkerung – humanoid und intelligent übrigens – leidet an chronischer Unterernährung. Eines jener mammutähnlichen Riesentiere, wie wir sie mehrfach sichteten, ist für diese armen Wesen eine Himmelsgabe. Hier sitzen Kinder mit aufgedunsenen Hungerbäuchen, Greise, die ihre Körper aus Haut, Knochen und Fell kaum mehr aufrichten können, und warten auf eine Mahlzeit. Macht ein Beiboot klar, fangt einige der Tiere und laßt sie neben dem Felsbrocken herunter.«

»Okay, Peet, werde ich gleich veranlassen. Die übrigen Besatzungsmitglieder würden sich gern auch ein wenig die Beine vertreten. Hast du was dagegen?«

»Sie sollen noch etwas warten. Es sieht zwar so aus, als wären die Miltu, wie sie sich nennen, friedfertig und viel zu schwach, um uns schaden zu können. Trotzdem dürfen wir nicht leichtfertig handeln. Ich gebe Bescheid, sobald wir die Situation völlig überblicken.«

»Verstanden. Doc Ridgers, der hier alles mithört, bittet trotzdem, an Land gehen zu dürfen. Er möchte die Kranken untersuchen.«

»Ist mir klar. Ich wollte selbst eben darum bitten.«

Jörn Callaghan bestätigte. »Der Doc schwirrt bereits in seine Hexenküche ab, um Instrumente und Ampullen zusammenzupacken.«

Staunend beobachteten die Miltus, wie das Beiboot zum dunklen Himmel aufstieg. Arn Borul hatte inzwischen von Loc erfahren, daß die ausgehungerten Stadtbewohner noch immer auf ihre Mahlzeit warteten, und er bat sie alle, endlich zu essen.

Er betrat mit den Raumfahrern und den Eingeborenen die Felsenhalle, wo Peet eben sein Gespräch mit Jörn Callaghan beendete.

Matu Akiku, der japanische Funktechniker, wurde beauftragt, draußen zu warten, um Doc Ridgers den Weg zu zeigen.

Manfred Elsner, der Gehilfe des Schiffskochs, hob schnuppernd die Nase, als auch er seinen Raumanzug abgelegt hatte. »Riecht nicht schlecht. Mit einer Prise Knoblauch wäre das unter Umständen sogar eßbar.«

Loc, der Anführer der Priester, befahl, daß auch den Besuchern eine Schüssel mit Brühe gereicht würde. Und Peet gab seinen Kameraden zu verstehen, daß sie essen müßten, falls der Bekömmlichkeits-Test positiv ausfiel. Orell hielt den präparierten Kunststoffstreifen in den Sud, wartete die vorgeschriebenen dreißig Sekunden und zog den Streifen heraus. Er war blütenweiß wie zuvor. Das bedeutete, diese Brühe war für den menschlichen Organismus unschädlich.

Ob sie appetitlich oder schmackhaft war, darüber sagte der Teststreifen nichts aus. Die Besucher warteten, bis die Miltus ihr Mahl begannen. Die Felsenhalle war bald darauf von Schlürfen und Schmatzen erfüllt. Alt und Jung, Männlein und Weiblein schlabberten die Suppe, indem sie die Schüsseln an die Münder setzten. Mit dem Daumen hielten sie das kleine Fleischstück fest und verzehrten es dann zuletzt.

Sorgsam wurde jede Schüssel ausgeleckt, und da die Besucher auf diese Prozedur verzichteten, kamen bettelnde Kinder, die es für sie tun wollten.

Die meisten Männer hatten das zähe Fleisch nicht kauen können, und die Miltu-Kinder stießen Freundenschreie aus, als sie es bekamen, und schlangen es gierig hinunter.

Das ganze Mahl wirkte so unwürdig, daß die Raumfahrer noch mehr Mitleid mit den Miltus empfanden.

Einzig die Priester, die nicht mitgegessen hatten, sahen wohlgenährt aus.

Als die Schüsseln eingesammelt und fortgetragen wurden, fragte Peet: »Gibt es keine zweite Portion?«

»Oh, entschuldige bitte! Wenn ihr wünscht, wird eine zweite für euch bereitet.« Der Priester rief eine der Frauen herbei.

»Nein, nicht für uns!« wehrte Peet Orell lautstark ab, und es gelang ihm gerade noch, den Ausdruck des Ekels zu unterdrücken. »Ich meine für alle hier. Oben auf dem Dach und hier in der Halle liegen doch große Fleischberge. Warum bekommen die Miltus nicht mehr zu essen?«

»Es ist gegen das Gesetz«, erklärte Loc. »Das Gesetz hilft uns, zu überleben. Wenn wir heute verschwenden, sterben in einigen Wochen viele Miltus am Hunger.«

»Wir haben eine große Überraschung für euch. Ordne deshalb an, Loc, daß heute zur Feier des Tages jeder essen darf, bis er satt ist.«

»Das kann ich nicht. Ich weiß nicht, ob es To wohlgefällig wäre.«

»To ist euer Gott. Er kann nur euer Bestes wollen«, sagte Peet.

»To ist ein strenger Gott. Nur mit Strenge läßt sich hier auf Towa leben. Eine solch ungewöhnliche Entscheidung kann nur unser höchster Priester, Vlat, fällen.«

»Na schön, dann holt ihn her!« forderte Peet ungeduldig.

»Das dürfen wir nicht. Er ist mit der wichtigsten Aufgabe beschäftigt, die es nach Erlegung eines Fiet gibt: mit der Konservierung des Fietsaftes. Dieser Göttertrank ist die einzige Medizin gegen den Tod.«

Hier wird sich manches ändern, dachte Peet Orell. *Wie immer, wenn Lebewesen verschiedener Kulturen sich begegnen. Die Priester, die wohl zu den intelligentesten Miltus zählen, werden als erste umlernen müssen.*

Unsere Aufgabe ist es, sie behutsam von ihrem To-Aberglauben zu heilen.

»Dann warten wir ab, bis die Überraschung eintrifft«, sagte Peet. »Ist es Ihnen auch verboten, Vlat zu berichten, daß wir ihn sprechen möchten, sobald er mit seiner Arbeit fertig ist?«

»Nein, es ist erlaubt. Seid ihr uns nicht gram, wenn wir euch mit den Unteren allein lassen?«

»Überhaupt nicht. Wir unterhalten uns gern mit Wesen aller Schichten oder Bildungsgrade. Nur so lernt man ein Volk richtig kennen.«

Ein Aufatmen ging durch die Miltus, als die Priester hinter Loc die Felsenhalle verlassen hatten.

Jetzt kam Schat wieder heran und bat Peet um Erlaubnis, sich neben ihn zu setzen. Peet erklärte ihm, Unterwürfigkeit sei nicht nur unnötig, alle Besucher verabscheuten sie sogar.

»Benehmt euch mir und meinen Freunden gegenüber bitte so, als gehörten wir zu euch.«

»Versprich mir, daß du keinem Priester sagen wirst, was ich dir jetzt anvertraue.«

Peet versprach es. Wenn sie den Miltus helfen wollten, mußten sie auch ihre Geheimnisse kennen.

»Die Priester unterdrücken uns. Sie haben seit Miltu-Gedenken Vorrechte, die sie ständig durch neue Gesetze erweitern. Gott To betraute sie mit der Wartung der Heiligen Maschine, die tief unter dem Felsen verborgen ist und unser aller Leben erhält. Deshalb sind wir in der Hand der Priester. Die meisten Miltus gehorchen willig und blind. Aber es gibt Aufständische. Einige schmachten als Gefangene in den Felsgewölben, in denen die Priester wohnen. Und einige arbeiten noch im Verborgenen.«

Auch Peet flüsterte nun. »Und du gehörst zu diesen Rebellen, die noch nicht entdeckt wurden?«

Schats goldfarbene Augen blickten Peet Orell lange an. Es war, als wolle er im Gesicht des Fremden lesen, ob er ihm vertrauen könne.

Das Ergebnis schien ihn zufrieden zu stellen. Er nickte in menschlicher Art.

»Ich verrate dich und deine Anhänger nicht«, versprach Peet. »Im Gegenteil. Wir werden herausfinden, was es mit der Heiligen Maschine auf sich hat, und werden die Gefangenen befreien.«

Schat schlug die behaarten Hände zusammen. »Um Tos Willen, laßt das keinen Ingenieurpriester hören!« stieß er leise aber eindringlich hervor.

»Keine Sorge. Wir sind schon mit schwierigeren Problemen fertig geworden, Schat. Und wir sind auch nicht dumm genug, unsere Pläne offen darzulegen. Wer bei einem fremden Volk Mißstände aufdecken und ändern will, muß diplomatisch vorgehen.«

Schat verstand nicht, was Diplomatie war, und Orell erklärte es ihm.

In diesem Augenblick traten Doc Ridgers, Matu Akiku und Mario Gorgo in die Felsenhalle, und der Arzt sah sich suchend um.

Peet Orell stand auf und bat Schat: »Komm' mit! Ich möchte dich unserem Arzt vorstellen. Er hat nicht nur *eine* Medizin, wie euer Vlat mit seinem Tierblut. Und ich glaube, er kann so manchem von euch helfen.«

Mario Gorgo, der den Arzt begleitete, war bepackt wie ein Maulesel. Gemeinsam mit den übrigen Raumfahrern rollte er die Kunststoffplanen auseinander und errichtete in einer Ecke der Felsenhalle eine Art provisorisches »Feldlazarett«. So konnten nicht ständig alle Miltus mit ansehen, wie einige von ihnen hinter den weißen Planen untersucht wurden.

»Zuerst brauche ich einen kräftigen, gesunden Miltu, der sich für den Allgemeintest zur Verfügung stellt.«

Schat war sofort bereit, als erster in die Behelfsstation mitzukommen, und Ridgers erklärte ihm, wozu der Test diente.

Während Ridgers Blut- und Speichelproben entnahm und in seinem Taschenlabor prüfte, sagte er: »Daß ihr humanoid seid, sieht man auf Anhieb, Schat. Aber bevor ich euch Vitaminspritzen und andere Aufbaumittel geben darf, muß ich mehr über das Innere eurer Körper erfahren. Was für uns gesund ist, könnte euch schaden. Aber ich sehe schon«, sagte er und nahm die Blutprobe vom Objektträger des

Mikroskops, »ihr seid uns in den wesentlichsten Punkten sehr ähnlich.« Der Test ging weiter. Schat ließ alles tapfer über sich ergehen und beobachtete jeden Handgriff des Arztes mit leuchtenden Augen. Dabei erfuhren Orell, Borul und Ridgers noch mehr über die Miltus und die Hierarchie der Priester.

Und das meiste von dem, was sie hörten, mißfiel ihnen.

Die Untersuchung der Miltus in der Felsenhalle dauerte die ganze Nacht, und als es draußen hell wurde, fühlte sich Doc Ridgers müde, aber er war zufrieden.

Er hatte den vielen Unterernährten Vitamin- und Aufbaustoffe gespritzt und Mario Gorgo jeweils Namen und Krankheitssymptome für eine Kartei diktiert. Die Miltus litten fast ausschließlich an Mangelerscheinungen. Viren, Bakterien oder andere Erreger von Krankheiten entdeckte der Doc nicht.

Jetzt stand Ridgers mit Orell und Borul im Eingang der Felsenhalle und schlürfte gezuckerten Kaffee, den Manfred Elsner zubereitet hatte.

Auch Armand Léon war mit seinem zweiten Gehilfen Peer Haglund in der Stadt im Eis angekommen. Der Chefkoch hatte Vorräte und Kocher mit Kesseln auf einer Antigravplatte mitgebracht und bereitete nun alles für eine kräftigende Suppe vor, die Peet den Eingeborenen servieren lassen wollte.

»Als Revanche für das Gastmahl von gestern«, sagte er zu Schat, der nicht von seiner Seite wich, »und damit die Leute endlich mal gesunde Kost bekommen.«

Peet und die übrigen Raumfahrer wunderten sich darüber, daß die Priester noch immer nicht zurückgekommen waren, aber Schat erklärte es ihnen. »Sie müssen To befragen, wie sie sich euch gegenüber verhalten sollen. Es ist eine langwierige Zeremonie. To läßt sich nicht befehlen, wann er in den höchsten Priester fährt und ihm verkündet, wie zu handeln ist.«

»Ich bin gespannt, als was sich dieser To entpuppt«, raunte Borul Doc Ridgers zu.

»Jeder Aberglaube hat einen Ursprung«, brummte der Arzt. »Irgendwie muß diese Götterverehrung mit der *Heiligen Maschine* zusammenhängen, was immer das sein mag.«

Die Unterhaltung wurde unterbrochen, denn die weißen Vögel, die bisher abwartend auf dem Dach der Felsenhalle gesessen hatten, erhoben sich kreischend in die Luft und flatterten in alle Richtungen auseinander.

Wenige Sekunden später erschien das Beiboot über der Stadt.

Als die Tus davonflogen, hatten sich die Eingeborenen mit allen Zeichen des Entsetzens zu Boden geworfen. Jetzt jedoch hoben sie die Köpfe und beobachteten staunend, wie drei Fiet auf Antigravplatten zum freien Platz neben dem Opferstein heruntergelassen wurden.

Eine Zeitlang herrschte atemlose Stille, dann liefen die Miltus aufgeregt und völlig verwirrt durcheinander.

Niemand wußte, wie die übliche Zeremonie nun laufen sollte. Die Fremden hatten das Fiet erlegt, also durften sie die Leiber in den Opferstein bringen. Oder nahm To von Fremden kein Opfer an?

In diesem Augenblick äußerster Verwirrung erschien ein hochgewachsener Miltu mit imposanter Kopfbedeckung im Tempeleingang.

»Seid willkommen auf Towa, Fremdlinge!« rief er mit dröhnender Baßstimme.

»Aha, der Generaldirektor riecht den Braten ...«, witzelte Elker Hays, der mit George Hall die Proviantsäcke zu der Kochstelle im Freien brachte, die Léon und seine Gehilfen errichteten.

Hall schüttelte den Kopf über das bizarre Gebilde aus Tierhaut, das den Miltu um fast einen Meter größer machte. »Wenn der Priester Kopfschmerzen kriegt, braucht er sich nicht zu wundern.«

»Bestimmt ist es ein Zeichen seiner Würde, also genauso heilig wie ein Fußabdruck Seiner Eminenz im Schnee.«

Hall und Hay brachten die Säcke dorthin, wo Léon sie haben wollte, dann traten sie zu den übrigen Raumfahrern, die sich den Dankgesang der Miltus anhörten. Sie und der höchste Priester Vlat standen, die anderen Priester hockten, und die übrigen Miltus lagen trotz der Kälte auf dem Boden. Als alle Versammelten dann die vorgeschriebenen Hüpfbewegungen ausführten, raunte Hay Hall ins Ohr: »Gymnastik für Jedermann. Mach mit, Sportsfreund, turn dir ein bißchen Speck runter!«

Aber schon war das Gehüpfe zu Ende, und Vlat ordnete an, die drei von den Fremden gespendeten Fiet zu zerlegen.

Schat, der neben Peet Orell stand, erklärte, daß nun die Leber To geopfert würde, und kurz darauf schleppten drei Miltu das riesige Organ des ersten Fiet in den Opferstein.

Nach weiteren Lobpreisungen durch die Priester küßte einer ein langes Messer und zerteilte die Leber dann in kleine Scheiben, die von den Priestern so geschickt verschlungen wurden, daß kein Blutstropfen außen am Opferstein hinabsank.

»Die futtern das Stück Fleisch, das für eure Kranken, Alten und Kinder am wertvollsten wäre«, brummte Orell ärgerlich.

»Sie essen es stellvertretend für To«, flüsterte Schat.

»Lächerlich! Die wissen genau, was ihnen gut tut. Raffiniert!«

Innerhalb kurzer Zeit war die Leber verzehrt, und nun kamen die Tus, um den Fietsaft zu trinken.

»Das ist doch der Gipfel!« entrüstete sich nun auch Doc Ridgers »Ich bin auch Tierfreund. Aber mit dem Blut könnte ich so manches Hungerödem bei den armen Teufeln heilen, die ich vergangene Nacht untersuchte.«

Immer mehr der weißen Vögel drängten sich heran, tauchten ihre Schnäbel in das Blut, tranken und überließen ihren Platz den nächsten.

Sie benahmen sich erstaunlich rücksichtsvoll.

»Gut dressiert«, lobte Ridgers. »Sind intelligente Vögel.«

»Meint ihr die Tus?« fragte Schat mit weit aufgerissenen Augen. »Die Tus sind mehr als Vögel. Unsere Begleiter. Sie bergen das Geheimnis des Nichtseins. *Töte keinen Tu eines Schlafenden, es sei denn, du wolltest seine Seele töten,* sagt das Gesetz.«

Die Vögel waren gesättigt und verließen den Opferstein. Vom Fels herunter beobachteten sie aus roten Augen, was weiter geschah.

Einige Miltus brachten die Leber des zweiten Fiets und legten sie in den Opferstein. Aber Vlat hob beide Hände zum Himmel und verkündete: »To ist satt, die zweite Leber wird für morgen in der Eishalle aufbewahrt.«

Damit ihr sie wieder selbst essen könnt, dachte Peet Orell und trat vor. Hier und jetzt wollte er ein Exempel statuieren.

»Großartig, daß To satt ist, dann können jetzt endlich die Bedürftigen ihr Stück Leber bekommen!« rief er so laut, daß es von den Felsen widerhallte.

Vlat blitzte ihn an, als habe er einen Frevel begannen. Dann verzog er das von dichtem Fell umgebene Gesicht, als wolle er lächeln. »Du kannst nicht wissen, Fremdling, die Leber der Fiet ist für gewöhnliche Miltus tabu. Sie gehört To und wird stellvertretend für ihn nur von den Priestern gegessen.«

»Aber To ist satt!« entgegnete Peet. »Er hat es eben durch deinen Mund verkündet. Und wenn euer Gott satt ist, kann er nicht wollen, daß seine Kinder hungern.« Er machte einen Schritt auf den Opferstein zu, aber sofort scharten sich die anderen Priester in drohender Haltung um Vlat.

»Ihr seid doch denkende Wesen. Lassen wir es also auf einen Versuch ankommen«, lenkte Peet ein. Er erinnerte sich an Erkenntnisse aus früheren Begegnungen mit fremden Intelligenzen. Auch die unsinnigsten Vorstellungen konnte man nicht mit Gewalt aus den Köpfen der Engstirnigen reißen. Am besten war es immer, sie zu überzeugen.

»Einen Versuch?« fragte Vlat.

»Wir nehmen diese eine Leber, die To nicht mehr genießen kann, weil er satt ist. Wir verteilen sie an die Hungernden. Und wenn es eurem Gott nicht gefällt, wird er sich durch deinen Mund äußern, Vlat.«

Damit erkenne ich dann auch gleich, ob er wirklich glaubt, oder ob das Getue nur Vortäuschung ist, dachte Peet.

Vlat blickte unentschlossen zum Himmel, als könne von dort Rat kommen.

»Ihr dürft nicht vergessen«, gab Peet zu bedenken, »wir haben die Fiet erlegt. Vielleicht ist es To nicht einmal angenehm, die Jagdbeute Fremder zu verzehren.«

Vlat winkte den anderen Priestern, ihm zu folgen, und sie alle zogen sich in den Eingang des Tempels zurück. Von dort aus beobachteten sie genau, wie der Schiffskoch die Leber des zweiten und dritten Fiet zerteilte und an die in langer Schlange aufgestellten Miltus verteilte. Die Priester unterhielten sich leise und vermieden, ihre Gesichter zu verziehen. Aber ihren Augen sah man an, daß ihnen Peet Orells Vorgehen nicht paßte.

Um so dankbarer waren die übrigen Stadtbewohner. Immer wieder schüttelten sie die Köpfe über den Wohlgeschmack der Leber und leckten sich die Finger ab.

»Sagt ihnen, daß die Suppe in einer Viertelstunde ausgeteilt wird!« rief Léon den anderen Raumfahrern zu und eilte wieder an seinen dampfenden Kessel.

Peet Orell ging auf die im Tempeleingang beratenden Priester zu und fragte: »Nun, was hat euer Gott zu meiner guten Tat gesagt?«

Vlat funkelte Peet wütend an. »Er hat sich nicht geäußert. Vielleicht grollt er, vielleicht wird er jene verderben, die das verbotene Beutestück aßen, vielleicht aber auch dich, der du den frevelhaften Gedanken hattest.«

»Bleibt mir nur eins: abwarten! Übrigens seid auch ihr zu der Suppe eingeladen, die unser Schiffskoch bereitet. Oder geht es euch wie To, seid ihr satt?«

»Wir werden ein andermal von eurem Angebot Gebrauch machen«, antwortete Vlat knapp, wandte sich um und verschwand im Tempel.

Die übrigen Priester folgten ihm.

»Treib es nicht zu weit, Peet«, warnte Schat. »Du hast sie schrecklich erzürnt.«

»Macht nichts. Vielleicht sehen sie ein, daß sie unrecht hatten, und bessern sich.«

Schat schüttelte den Kopf. »Wir kennen sie. Jetzt sinnen sie auf Rache. Hüte dich also vor ihnen.«

Während sich die Miltus an der Suppe stärkten, versammelten sich die Raumfahrer in der PROMET, um weitere Schritte zu besprechen, wie den Planetariern zu helfen sei.

Sie hatten Schat und einige seiner Gesinnungsgenossen mit an Bord genommen.

Nach längeren Beratungen kam man zu dem Schluß, daß die Männer, die hier als *Rebellen* galten, die besten Führungskräfte für die neu zu gründende Gesellschaftsordnung der Miltus waren. Die Herrschaft der selbstsüchtigen Priester mußte abgeschafft werden. Sie unterdrückten das Volk, nutzten es aus, gängelten es mit sinnlosen Gesetzen, schufen sogar neue, um auf Kosten der Hungernden noch bequemer leben zu können.

Aber wie ließ sich der Wandel gewaltlos herbeiführen?

Während noch über dieses Thema diskutiert wurde, warf Arn Borul eine andere Frage auf.

»Vielleicht können wir das Problem von einer wichtigeren Seite her anpacken. Wenn die Gesellschaftsordnung gelöst wäre und alles andere bliebe wie bisher, was würde das den Miltus nützen?«

»Das Wenige, das vorhanden ist, würde gerecht verteilt!« ereiferte sich Schat, und seine goldenen Augen funkelten.

»Richtig«, räumte Arn ein. »Aber das Wenige wird nicht mehr lange ausreichen. Unsere Wissenschaftler haben eine Prognose gestellt, und danach ist die Zukunft Towas düster und kalt. Die Fiet sind zum Aussterben verdammt. Auch die Moose, Flechten und Wurzeln, von denen ihr euch jetzt noch ernährt, werden verschwinden. Das Ende der Eiszeit ist nach unseren Computerberechnungen vorläufig nicht abzusehen.

Wenn nichts unternommen wird, erlebt kein Miltu das Zeitalter der Erwärmung dieser Welt, denn es kann erst in Jahrzehntausenden beginnen.« Die jungen Miltus starrten den Moraner entsetzt an.

»Dann sind auch wir zum Sterben verdammt?« fragte Roqu.

»Ich sehe einen Ausweg«, tröstete Arn Borul. »Evakuierung.«

Die Raumfahrer nickten, und Vivien Raid erklärte den Miltus geduldig, was das bedeutete.

»Aber warum hat uns To auf dieser Welt erschaffen, wenn sie unserem Leben feindlich ist? Welche Sünde haben wir begangen? Oder waren es unsere Ahnen? Ich verstehe das alles nicht.« Verzweifelt schüttelte Schat den Kopf.

Nach einem Blick in die Runde sagte Arn Borul, es sei wohl an der Zeit, mit der Legende von To aufzuräumen und den Miltus alles über ihren wahren Ursprung zu berichten.

Die Aufnahmen des Notrufs aus der Funkboje wurden den erschütterten Kriegern vorgespielt, und in einem anschließenden langen Gespräch halfen die Besucher den Eingeborenen, die neuen Erkenntnisse zu verarbeiten. Fragen über Fragen türmten sich vor den Miltus auf, deren Weltbild in Scherben lag, und alle in der Kommando-Zentrale anwesenden Raumfahrer versuchten, ihnen die Außenwelt so zu schildern, wie sie wirklich war.

»Genug jetzt«, sagte Peet Orell endlich. »Niemand kann euch in einigen Stunden alles über Philosophie oder Naturwissenschaften der einzelnen Rassen eintrichtern. Auch wir, Terraner und Moraner, müssen jahrelang studieren, um Teile davon gründlich zu erlernen. Und wenn ich euch jetzt bitte, glaubt uns zunächst einmal, was wir behaupten, dann nicht, weil ich euch ausnützen will wie eure Priesterkaste. Wir wollen euch helfen. Und nun zurück zur Idee, euch zu evakuieren. Hierfür gibt es verschiedene Möglichkeiten. Wir könnten Schiffe herbeirufen, die euch in andere Systeme bringen sollen. Aber zunächst schlage ich vor, die Planeten dieses Systems zu erforschen. Als wir den Notruf erhielten, landeten wir sofort auf dem fünften Planeten, den ihr Towa nennt. Möglicherweise gibt es aber in eurem eigenen Sonnensystem eine Welt, auf der sich leben läßt. – Szer, liegen dafür Anhaltspunkte vor?« fragte Orell den Chef des Astro-Labs.

»Allerdings! Der sonnennächste Planet verfügt über eine Atmosphäre und kreist innerhalb der lebensfreundlichen Zone. Mehr habe ich bisher nicht herausgefunden. Aber wenn eine Expedition zu diesem Planeten geplant wird, beginne ich sofort mit gründlicheren Studien.«

Die Crew beschloß einstimmig, das Transitions-Boot der PROMET mit einer Mannschaft aus Freiwilligen zu diesem Planeten zu schicken.

Da sich außer Doc Ridgers, Borul und Orell alle Anwesenden meldeten, wurde gelost. Der Arzt, Peet und Arn wußten, daß sie hier auf Towa nötiger gebraucht wurden. Das traf auch für Léon, Haglund und Elsner zu.

Die Besatzung für das T-Boot stand fest. Jörn Callaghan würde mit Dave Landon, Ramon Mara, Charles Gelon und Allan Biggs zum ersten Planeten des Vertex-Systems starten.

Alle im Raum Anwesenden akzeptierten die Auslosung, bis auf Vivien Raid.

»Niemand gibt uns Frauen eine Chance, nicht einmal Fortuna«, maulte sie und sah Junici dabei an.

Die silberhaarige Moranerin lächelte tröstend. »Sobald man uns hier erst mal von Bord läßt, können wir uns auch sehr nützlich machen.«

»Das wirst du doch nicht dulden,« wandte sich Schat erregt an Peet Orell. »Für zarte Wesen, wie es Frauen sind, ist der bevorstehende Kampf mit den Ingenieurpriestern viel zu gefährlich.«

»Zum Glück gehören in unseren Kulturkreisen die Frauen längst nicht mehr hinter den Kochtopf!« ereiferte sich Vivien.

»Unsere weiblichen Wesen sind unerschrocken, wagemutig und haben schon so manchen Gefährten aus Lebensgefahr befreit«, erklärte Arn Borul vermittelnd.

»Nun, so schlimm wird es nicht werden«, meinte Schat.

Er sollte sich irren.

22.

Das T-Boot wurde startklar gemacht und verließ den Planeten Towa. Gus Yonker blieb in Funkkontakt mit der Expeditionsmannschaft. Szer Ekka übernahm das Kommando in der Zentrale der PROMET, und die *Rebellen,* deren freier Anführer Schat war, kehrten mit Peet, dem Doc und dem Moraner in die Stadt im Eis zurück.

Sie wollten die in den Gewölben der Priester schmachtenden Gefangenen befreien, und deshalb nahm Orell die Einladung der Priester dankbar an, in deren Tempel einen Willkommenstrunk zu empfangen.

Loc, der die Männer und Frauen – diesmal waren auch Vivien und Junici mitgekommen – am Tempeleingang erwartete, verwehrte Schat und dessen Freunden den Zutritt.

Je tiefer sie in den Fels eindrangen, um so wärmer wurde es.

In einer Nische, die von gelblichem Licht erleuchtet wurde, forderte Loc die Besucher auf: »Legt hier eure Hüllen ab! To wärmt alle, die sich ihm nahen.«

Orell folgte der Aufforderung, und die anderen taten es ihm nach. Nur Vivien nörgelte wieder einmal. Zum Glück sprach auch sie moranisch, sonst hätte es Ärger mit Loc geben können, denn sie sagte: »Dieser To verlangt hoffentlich keinen Totalstrip von uns, sonst vergesse ich, daß ich eine Dame bin.«

Die Männer lachten, denn normalerweise machte es ihr nichts aus, sich auszuziehen, und auch als Dame wollte Vivien nie gesehen werden. Am liebsten war es ihr, wenn man sie als guten Kumpel betrachtete.

Alle trugen nur noch ihre leichten Bordkombinationen, als der Marsch ins Innere des sogenannten Tempels weiterging. Tatsächlich wurde es immer wärmer. Und nun hörte man auch ein feines Summen, das sich immer mehr verstärkte. »Generatoren«, raunte Arn Borul seinem Freund Peet Orell zu, und der nickte.

»Wahrscheinlich aus dem Raumschiff ausgebaut, das hier landete. Vorhin in der Nische, das war künstliches Licht. Und die Wärme hier überall kann auch nur künstlich erzeugt werden.«

»Unter uns gesagt, die sogenannten Priester sitzen warm, lassen das Volk hungern. Diese frieren und beten eine erfundene Gottheit an.«

»Die älteste Masche der Welt. Ausnützung Gutgläubiger.«

Das Gespräch der beiden wurde jäh unterbrochen, denn Loc war eben um eine Ecke des Flures gebogen und machte nun hektische Verbeugungen, so daß Arn und Peet, die ihm auf den Fersen folgten, fast über ihn gefallen wären.

Grelles Licht und eine Hitzewelle strömte aus einem torbogenförmigen Durchlaß.

»Wir betreten gleich die Halle der Erbauung«, verkündete Loc und schien selbst ergriffen.

Die Raumfahrer folgten ihm in einen geräumigen Saal. Hier war es im Verhältnis zu der zugigen Felsenhalle, in der die anderen Miltus dahinvegetieren mußten, richtig gemütlich. Künstliches Licht erhellte das Gewölbe. Die Priester saßen auf Matratzen, die uralt sein mußten, aber keine Handarbeit sein konnten.

»Das sind doch Polster aus Sesseln oder Kojen eines Raumschiffs«, stellte Vivien Raid fest. Sie hatte Interstar gesprochen, und Loc schüttelte heftig den Kopf. »Es sind Sitze der Heiligen aus dem heiligen Stoff Rubu. Niemand weiß, wie er entsteht. To bewirkte dieses Wunder, er erschuf und schenkte uns die Rubu-Würfel.«

Als für jeden der Besucher ein solcher Würfel bereitgestellt wurde, untersuchte ihn Peet Orell ganz ungeniert. »Das ist ein Kunststoff, wie wir ihn nicht kennen, aber ich bin davon überzeugt, daß er bei einer gründlichen Laboranalyse seine Geheimnisse preisgeben würde.«

»Geheimnisse?« fragte Loc.

»Woraus er entstand, wie er verarbeitet wird.«

»Es wäre Frevel, die Werke Tos zu untersuchen!« rief Loc und hob abwehrend die Hände.

»Der hochgewachsene, blonde Fremdling liebt es, zu freveln«, erklärte Vlat mit dröhnender Baßstimme. »Trotzdem, To zum Gruß!«

Die Besucher machten knappe Verbeugungen, wie sie auf Terra etwa einem Regierungschef gegenüber üblich waren, und setzten sich dann. Vlat hatte es nicht für nötig gehalten, aufzustehen – eine Unhöflichkeit, die schon beleidigend war, wenn man bedachte, daß sich hier nicht Häuptlinge zweier durch einen Fluß getrennter Stämme trafen, sondern Lebewesen zweier Welten, die 118 Lichtjahre voneinander entfernt waren.

»Im Augenblick mag es euch noch wie Frevel vorkommen, aber wir werden euch die Augen öffnen«, erklärte Peet sachlich. Dieser Oberpriester war ihm unangenehm. Die goldfarbenen Augen wirkten tückisch und verschlagen.

»Wir haben alle wichtigen Erkenntnisse. To hat mich erleuchtet. Er grollt nicht uns, weil seine Leber an die Gläubigen gegeben wurde, für die sie tabu ist. Euch jedoch ist er wegen dieses Zwischenfalls nicht freundlich gesinnt. Aber laßt uns erst einen Willkommenstrunk nehmen, dann sprechen wir weiter.«

Die Raumfahrer sahen Orell an, denn ihre Teststreifen waren in den Raumanzügen. Peet verstand die unsicheren Blicke und sagte zu Vlat: »Die Organismen von euch und uns sind unterschiedlich. Deshalb müssen wir alle Nahrungsmittel überprüfen, bevor wir sie zu uns nehmen. Was für euch köstlich und gesund ist, kann uns krank machen.«

Irrte er sich, oder flackerte es in den tückischen goldenen Augen?

»Wir haben volles Verständnis für euer Mißtrauen. Wenn unser Gott euch zürnt, so könnten wir euch vergiften wollen und es noch für einen Gottesdienst halten. Aber wir sind nicht schlecht. Mord ist eine verabscheuungswürdige Tat, die keiner von uns auf sein Gewissen laden würde. Nicht einmal Mord an Frevlern.«

Einige Priester brachten Tabletts, auf denen Becher aus fremdartigem Metall standen. Die Becher schillerten kupfern, petrol und grün, und ein betörender Duft entstieg ihnen.

Sofort, als der Trank gebracht wurde, warfen sich alle Priester zu Boden und blieben so liegen, während ihre Kollegen ihnen je einen Becher hinstellten.

Nun bekamen auch die Besucher je einen Becher.

Arn Borul wollte den Saal verlassen, um einen Teststreifen zu holen, aber Loc verstellte ihm den Weg. »Warte wenigstens die Danksagung ab!« forderte er Arn auf.

Daß auf einem Planeten, der so lebensfeindlich war wie Towa, für jeden Bissen und Schluck gedankt wurde, konnte Arn verstehen. Er ging zu seinem Platz zurück und setzte sich auf das zerschlissene Polster aus einem vor dreihundert Jahren havarierten Raumschiff. Höflichkeitshalber würden sie Vlat erst Gelegenheit geben, ihm seinen Standpunkt klarzumachen. Und wenn er sie nach Herzenslust wegen der Freveltat gerügt und vor weiterem Frevel gewarnt hatte, würden sie ihm erklären, daß er von einer Raumschiffbesatzung abstammte, daß die Maschine, die er wie ein Wunderwerk eines Gottes verehrte, vermutlich aus dem Raumschiff stammte oder aus Teilen von Anlagen dieses Schiffes hier auf dem Planeten zusammengebaut worden war.

Die Priester würde es noch härter treffen als die Rebellen, denn diese jungen Leute zweifelten ohnehin am Sinn so manchen Gebotes.

Sämtliche Priester umfaßten die Becher. Noch immer lagen sie auf dem Boden, die Stirne auf den kalten Fels gepreßt.

Loc, der eine Art Zeremonienmeister zu sein schien, forderte die Menschen und die Moraner auf, die Becher in die Hände zu nehmen und den Trank zu betrachten.

»Okay, von mir aus«, brummte Orell auf die fragenden Blicke seiner Gefährten hin. »Aber ihr nehmt keinen Schluck!«

Sobald Sie die Becher in den Händen hielten, wurde der Duft des Getränkes noch intensiver. Es roch plötzlich in dem Saal wie in einer Blumenhalle. Orell überlegte, ob die Handwärme bewirkte, daß der Duft stärker wurde. Jedenfalls roch es sehr angenehm.

Plötzlich spürte der Raumschiff-Eigner, wie sich der Felssaal um ihn zu drehen schien. Im selben Augenblick wurden seine Hände so schlaff, daß ihm der Becher entfiel. Sofort ergoß sich eine blutrote Flüssigkeit auf den Boden, und die Duftschwaden wurden noch stärker, raubten Peet fast den Atem.

Eine Flüssigkeit, die bei Erwärmung zu Gift wird, ging es ihm durch den Kopf. Aus den Augenwinkeln sah er, daß links und rechts von ihm die Becher aus den schlaffen Händen seiner Freunde fielen und über das Gestein rollten.

Jetzt begriff er auch, weshalb die Priester noch immer in ihrer unterwürfigen Stellung verharrten, die Stirne auf das Gestein gepreßt. Vermutlich war das Giftgas leichter als Luft und stieg in die Höhe.

»Zu Boden werfen! Alle!« befahl er in englisch, damit ihn die Priester nicht verstanden.

Er sah noch, wie seine Gefährten den Befehl befolgten. Dann wurde ihm schwarz vor Augen und sein Kopf schlug auf den Felsboden. Es dröhnte in seinem Gehirn, und ein Schmerz fuhr durch seinen Körper, wie er ihn noch nie empfunden hatte.

Ich bin übersensibel – sensibili... dachte er, aber es gelang ihm nicht, das Wort sensibilisiert zu Ende zu denken. Ihm war, als sei er plötzlich dümmer, primitiver geworden.

Ein trauriges Ende, dachte Arn Borul, als er vornüber auf den Felsboden stürzte.

Strafe für den Leichtsinn. Sterben von den Händen unwissender Eingeborener, die sich für Priester halten.

Der Schiffskoch fiel als einer der letzten, obgleich er den Duft des Getränks prüfend eingeatmet hatte. Bevor es diesen Koloß umwarf, brauchte es auch von unbekannten Giftgasen eine Menge.

Ohne Zwischenfälle erreichten die Männer im T-Boot den Planeten Vertex 1, gingen in einen Orbit und führten die nötigen Fernuntersuchungen durch.

Zu ihrer Erleichterung bestätigte sich, was Szer Ekka vorausgesagt hatte. Der Planet umkreiste die Sonne Vertex in der lebensfreundlichen Zone, und mehr noch: seine Atmosphäre war für Sauerstoffatmer bestens geeignet.

»Wir gehen tiefer und stoßen durch die Wolkendecke«, ordnete Jörn Callaghan an und ließ gleichzeitig die Mitteilung über Funk an die PROMET geben, in der Gus Yonker ständigen Kontakt mit dem T-Boot hielt.

»Wundervoll! Märchenhaft!« rief Yonker eine halbe Stunde später, denn die Außenkameras des T-Bootes fingen nun die Oberfläche des Planeten ein, und die Bilder wurden gleichzeitig zur PROMET gefunkt.

Den Besuchern kam es vor, als betrachteten sie das Gemälde eines phantasievollen Künstlers.

Bizarre Felsen von orangener bis feuerroter Farbe ragten schroff aus gelben Ebenen. Vegetationsinseln glichen riesigen Blumenbeeten, auf denen alle Farben des Spektrums vertreten waren. Die größten Farbkleckse aber waren lichtes Grün und entpuppten sich bei näherem Heranholen als Wälder aus riesigen Blattpflanzen.

»Vegetation vorherrschend auf Chlorophyll-Basis«, stellte Dave Landon fest.

»Und Flüsse gibt es auch in Massen«, sagte Allan Biggs. Er deutete auf silberne Fäden, die das Grün durchzogen und in einem blausilbern schimmernden See mündeten.

Ramon Mara steuerte das T-Boot noch tiefer hinab, und jetzt entdeckten die Raumfahrer runde braune Flecke, die etwa hundert Meter im Durchmesser haben mochten. Sie waren überall zwischen den Riesenpflanzen verteilt.

»Sieht nach Ackerbau aus«, meinte Jörn. »Nur daß die Felder rund sind.«

»Merkwürdige Felder, denn weit und breit keine Spur von Siedlungen. Und daß unintelligente Wesen den Blattwald so gleichförmig rund roden, halte ich für ausgeschlossen.« Mara sah Jörn Callaghan an. »Landen wir auf einem dieser Felder?«

Charles Gelon warnte laut: »Um Himmels willen, nicht auf den braunen Flecken landen! Wer sagt euch denn, daß sie von Intelligenzen angelegt wurden? Vielleicht sind die Flecke selbst Lebewesen. Und wenn wir uns auf ihnen niederlassen, müßten sie das als feindliche Handlung werten.«

»Er hat recht«, stimmte Mara dem wortkargen Gelon bei. »Wir müssen unsere Vorstellungen vergessen und die Dinge unvoreingenommen ansehen. Also landen wir auf einer der gelben Flächen in der Nähe dieser braunen Flecke und untersuchen sie.«

Maras Vorschlag wurde einstimmig angenommen, und kurz darauf landete das T-Boot auf einer Ebene, die von einer zitronengelben, körnigen Substanz bedeckt war.

Nach weiteren Sicherheitstests stiegen Callaghan, Mara und Gelon aus. Landon und Biggs blieben im Schiff.

Die Meßwerte hatten ergeben, daß keinerlei Giftstoffe in der Luft waren, und so öffneten die Gefährten ihre Raumhelme. Von den Blattwäldern wehte würzige Luft zu ihnen herüber, und Mara sagte: »Eine schöne Welt.«

Callaghan bückte sich, nahm den zitronengelben Sand in eine Hand und ließ ihn durch die Finger rieseln. »Schön, aber einsam ohne tierische Organismen.«

»Die könnten sich versteckt haben, als wir landeten«, meinte Mara.

In diesem Augenblick packte ihn Gelon so hart am Arm, daß Mara zusammenfuhr.

Gelon deutete zu einem der feuerroten Berge in der Nähe.

Mara kniff die Augen zusammen. War es ein Trugbild? Verursacht von der Wärme, die von den Felsen abstrahlte?

Aber es sah tatsächlich so aus, als lösten sich Teile des Felsens und kämen durch die Luft herangeflogen.

»Vögel!« rief Callaghan. »Feuerrote Riesenvögel!«

Sie kamen rasch näher, und jetzt hörten die Männer auch ihre Krächzlaute.

»Schließt eure Helme wieder. Für alle Fälle!« dröhnte Landons Stimme aus den Helmlautsprechern, und die drei Männer befolgten seinen Rat. »Sie haben kräftige Schnäbel. Aber selbst wenn sie euch angreifen, bieten die Raumanzüge genügend Schutz.«

»Die kommen mir bekannt vor«, brummte der sonst so schweigsame Gelon. »Wenn sie nicht rot wären, würde ich sagen ...«

»Es sind die Tus von Towa«, fiel ihm Biggs ins Wort. »Und da würdest du aussprechen, was ich denke. Aber ich denke mir noch mehr. Fänden wir hier eine Rasse, die die Weltraumfahrt beherrscht, so könnten die Tus mutierte Nachkommen dieser roten Vogel hier sein. Auf dem Schneeplaneten wären sie in ihrem knallroten Federkleid leichte Beute für jeden Verfolger, und bekanntlich sorgt die Natur durch Anpassung für ihre Geschöpfe.«

»Aber ich halte es für ausgeschlossen, daß sich eine solche Mutation innerhalb von dreihundert Jahren vollziehen kann«, wandte Callaghan ein.

Im nächsten Augenblick waren die roten Vögel heran und stießen drohend auf die Raumfahrer herab.

Die Männer blieben ruhig stehen und lauschten dem Knattern der Riesenschwingen und dem rhythmischen Krächzen.

Keiner der Vögel berührte einen der Fremdlinge. Sie zogen sich zurück, ließen sich in einiger Entfernung auf dem zitronengelben Sand nieder und starrten aus feuerroten Augen herüber.

»Ob sie diese braunen Acker angelegt haben?« fragte Mara. »Dann wäre es verständlich, daß sie uns von hier vertreiben wollen.«

»Na klar, das ist ihre Gemüsefarm. Sie haben eben frisch eingesät und wollen verhindern, daß ihr die Samenkörner rauspickt«, witzelte Allan Biggs, Sohn eines australischen Farmers. »Hier ist es eben umgekehrt wie auf Terra, wo die Menschen säen und die Vögel nassauern.«

In diesem Augenblick stiegen die Vögel wieder auf und kamen zu einem zweiten Angriff heran.

Mit ausgebreiteten Schwingen flogen sie auf die Männer zu, rammten sie, flatterten empor, wendeten und wiederholten das Manöver. Die Kraft des Anpralls ließ die drei zurücktaumeln. Allan Biggs lachte, und die Männer hörten es in ihren Helmempfängern.

»Die Biester haben ungeheure Kräfte. Für uns hier ist das überhaupt nicht lächerlich«, schimpfte Jörn.

»Ich lachte ja nicht über euch. Das ganze mutet an wie ein Fruchtbarkeitstanz nach der Choreographie eines Hahnenkampfes. Wir filmten das natürlich. Schon aus wissenschaftlichen Gründen. Aber wenn ihr euch später seht, werdet ihr euch auch umwerfend komisch finden.«

»Umwerfend ist treffend!« brüllte Mara wütend und stand auf. Zwei der Riesenvögel hatten ihn zu Boden geschleudert.

»Du, Moment mal!« rief Dave Landon. »Dieser Wahnsinn hat Methode. Die treiben euch genau auf die runde braune Fläche zu.«

Callaghan sah sich um und merkte, daß sie nur noch wenige Meter von dem mysteriösen, kreisförmigen Objekt entfernt waren.

»Das wollen wir doch mal ausprobieren. Da wir die Felder ohnehin untersuchen möchten, gehen wir jetzt darauf zu. Wenn sie dann aufhören, uns zu rammen, wollen sie uns tatsächlich hintreiben.«

Beim nächsten Angriff der Vögel duckten die Raumfahrer sich, und während die Gefiederten wieder emporstiegen, gingen sie Schulter an Schulter auf den braunen Fleck zu.

Tatsächlich verharrten die Vögel über ihnen in der Luft, zogen Kreise und starrten aus ihren feuerroten Augen herab, abwartend, und ihre vorgestreckten Hälse verrieten äußerstes Interesse.

»Du hast recht, Landon. Sie wollen uns nicht wegscheuchen, sondern hintreiben. Den Spaß können sie haben.«

Die drei Gefährten betraten nun die braune Fläche, und die Vögel kreisten über ihnen.

Der Boden federte unter den Stiefeln. »Man geht wie auf Wolken«, sagte Jörn Callaghan, bückte sich und nahm etwas von der braunen Masse in die behandschuhte Rechte. »Ein federleichter Stoff ...«

Weiter kam er nicht.

Mara und Gelon schrien um Hilfe, und Callaghan eilte zu ihnen hin. Als er sie erreichte, lugten nur noch ihre Raumhelme aus dem braunen Boden. Er bückte sich, wollte nach Gelons Schultern greifen, aber in diesem Augenblick stießen die feuerroten Vögel herab.

Sie ließen sich auf den Helmen nieder, drückten die Raumfahrer mit ihrem Gewicht hinab, und gemeinsam versanken Mara, Gelon und Callaghan, noch bevor sie ihre Lähmstrahler einsetzen konnten.

Stellvertretend für sie handelten jetzt Biggs und Landon. Sie wußten, daß die Gefährten für Stunden mit Sauerstoff versorgt und deshalb nicht in Lebensgefahr waren. Aber offenbar planten diese intelligenten Vögel die Vernichtung ihrer Besucher, und jetzt mußte man ihnen zeigen, wer der Stärkere war.

Über den Sinn der Handlungen dieser Gefiederten konnten die beiden Männer im Schiff nicht mehr nachdenken. Dazu fehlte ihnen jetzt die Zeit.

Sie sprangen aus der Schleuse, und während Landon sie so sicherte, daß kein Unbefugter eindringen konnte, schoß Biggs mit seinem Lähmstrahler auf die Vögel.

Gleich nachdem Callaghan, Mara und Gelon in dem braunen Fleck untergetaucht waren, hatten sich die feuerroten Wesen wieder in die Lüfte erhoben.

Als sie nun die Lähmstrahlen trafen, verrenkten sie ihre langen Hälse und ließen die Schwingen hängen. Das Krächzen wurde leiser, erstarb, die Vögel fielen herab auf den braunen Boden und versanken darin.

»Das war ein Fehler«, tadelte Landon seinen Freund Biggs. »Die haben keinen Sauerstoffvorrat. Wahrscheinlich ersticken sie in dem weichen Boden.«

»Wir holen sie raus, nachdem wir unsere Gefährten gefunden haben. Und dann kannst du sie durch Mund-zu-Schnabel-Beatmung wiederbeleben.«

Die Stelle, an der die drei Kameraden versunken waren, ließ sich leicht finden, denn auch jetzt stiegen noch Luftblasen auf.

Landon und Biggs eilten mit weiten Sätzen auf diesen Punkt zu und – fühlten sich von unsichtbaren Armen hinabgezerrt.

Peet Orell und Arn Borul erwachten fast gleichzeitig. Trübes gelbes Licht erhellte der Raum. Ihre Arme und Beine schienen bleischwer, und als sie sich bewegten, hörten sie metallisches Rasseln.

»Wir sind angekettet«, sagte Peet mit Blick auf die Fesseln.

Arn sah sich um. Er atmete erleichtert auf. »All unsere Gefährten sind hier«, stellte er fest. »Die Priester haben uns wohl nur betäubt. Und ich dachte schon, bevor ich ohnmächtig wurde, sie hätten uns vergiftet.«

»To wird Morde nicht zulassen«, antwortete Peet in einem Anflug von Galgenhumor. »Kann aber auch sein, daß sie unsere Widerstandskraft unterschätzten.« Er zählte die übrigen wie leblos daliegenden Besatzungsmitglieder und seufzte erleichtert auf. »Ja, es sind wirklich alle hier.«

Jetzt entdeckte Peet in einer Ecke des Gewölbes einige ebenfalls angekettete Miltus, die dahockten und die PROMET-Crew interessiert betrachteten.

»Euch haben wir oben in der Felsenhalle noch nicht gesehen«, stellte Peet fest. Sicher war er nicht, denn in ihren zottigen Fellen ähnelten sich die Miltus so, daß man sie nur auseinanderhalten konnte, wenn man sie besser kannte oder wenn sie sich in Größe oder Alter wesentlich unterschieden.

»Nein, wir kennen uns nicht. Wir liegen seit langer Zeit in diesem Gewölbe. Und weil man euch auch in Ketten geschlossen hat, hoffen wir, daß ihr gegen die Priester seid.«

»Das kann man wohl sagen«, erklärte Léon, der eben erwacht war. »Da stellt man sich hin und gibt den Eingeborenen sein Bestes, was moderne Ernährungsforschung in Verbindung mit erlesenem Geschmack zu bieten hat. Und zum Dank serviert einem die Oberkaste ein giftiges Getränk.«

»Wir haben es gerochen, als ihr hereingebracht wurdet. Der Duft war noch in euren Kleidern. Es ist der Trank des Vergessens. Wer zuviel davon nimmt, geht ins ewige Nichtsein ein.«

»Zum Glück haben wir bloß daran gerochen. Aber das war schon genug«, brummte Léon. Er hob die gefesselten Hände.

»Und jetzt will ich raus hier, sonst schlage ich Krach.«

Nach und nach erwachten nun die übrigen Besatzungsmitglieder. Peet Orell ließ seinen Freunden Zeit. Als sich jeder den Ärger von der Seele geredet hatte, bat er um Ruhe.

»Wir sind eurem Freund Schat begegnet«, wandte sich Peet dann an die gefangenen Rebellen. »Er hat uns einiges über die Machenschaften der Priester erzählt. Vieles konnten wir uns auch zusammenreimen.«

Nun berichtete er, was die PROMET-Crew plante. Wieder mußten die Raumfahrer das Weltbild der Miltus zurechtrücken. Aber da sie schon wußten, in welchen engen Zwängen die Planetarier befangen waren, fiel es ihnen leichter als beim erstenmal.

Diok, der älteste der in diesem Verlies angeketteten Rebellen, richtete sich auf, daß seine Ketten klirrten. Seine goldfarbenen Augen bekamen plötzlich einen hoffnungsvollen Ausdruck. »Ich glaube, jetzt lohnt es sich wieder, auf Flucht zu sinnen. Wir hatten es schon aufgegeben. Was erwartete uns draußen? Eine feindliche Natur, mißtrauische Genossen, die den Priestern dienten, und Verfolgung durch die Herrschenden. Aber nun, da ihr von einem gütigen Geschick hergesandt worden seid, werden wir wieder kämpfen.«

»Gut, dann beginnen wir sofort damit, einen Fluchtplan auszuarbeiten. Wenn sich eure Kenntnis der hiesigen Verhältnisse mit unserem technischen Wissen verbindet, müßten wir die Priester austricksen können.«

Bei der folgenden Beratung faßten die Miltu-Rebellen neuen Mut, und die Raumfahrer erfuhren erstaunliche Dinge, die ihnen auch Schat nicht hatte erklären können.

Diok, der Anführer der Rebellen, war vor Jahren Oberwarter gewesen, einer jener Diener der *Heiligen Maschine,* die für die Priester die Schmutzarbeit erledigten. In den Gewölben, in denen sich Reste des

Raumschiffs und der Ausrüstung befanden, lagerten auch Aufzeichnungen. Diok bezeichnete sie, wie er es gelernt hatte, als *»verbotene Spiele«*.

»Wer den Priestern als Oberwarter der Heiligen Maschine dient, wird in die Kunst dieser Spiele eingeführt. Allerdings darf er nicht mit den Minderen spielen und sich die Spiele auch nicht eigenmächtig holen. Wenn die Priester es wünschen, darf ein Oberwarter ein Spiel aus der Felsenkammer holen und es für die Priester spielen.«

Arn Borul erklärte den Mitgliedern der PROMET-Crew, was gemeint war. »Es gibt Bücher, die aus dem Raumschiff geborgen wurden. Diese Diener der Priester, Oberwarter genannt, lernen lesen, ein Zeichen der Gunst dieser Herrscher. Auf Befehl dürfen sie Bücher holen und den Priestern vorlesen. Weshalb die Bücher als *verbotene Spiele* deklariert wurden, ist wohl klar. Das Volk mußte dumm gehalten werden, damit es sich leichter beherrschen ließ. – Weiter, mein Freund!« forderte nach dieser Ausführung Arn den Rebellenanführer Diok auf.

»Mich fesselten die *verbotenen Spiele* so sehr, daß ich die Angst überwand und sie auch allein und mit Minderen spielte. Wir begannen zu glauben, was in diesen Spielen stand. Von da an war nicht mehr alles Märchen, Erdachtes, Unwirkliches. Mehr und mehr nahmen die Vorstellungen der Spiele in unseren Köpfen wirkliche Gestalt an. Und nun begannen wir, an der Richtigkeit dessen zu zweifeln, was die Priester befahlen.«

»In einem Satz zusammengefaßt: Die Aufklärung fand für euch statt, als ihr euch über das Leseverbot hinwegsetztet«, sagte Peet Orell.

»Und nun habt ihr bestätigt, was all die Miltu-Alter als Ausgeburt kranker Gehirne hingestellt wurde. Es gibt viele Welten, auf denen es warm ist, auf denen Wälder und Blumen wachsen, Tiere in Flüssen schwimmen. Man kann sich in einen Behälter setzen und von Welt zu Welt fliegen. Ihr glaubt nicht, wie glücklich wir darüber sind, daß alles so ist, wie es in den *verbotenen Spielen* geschildert wird.«

»Es sind die Aufzeichnungen eurer Ahnen«, erklärte Doc Ridgers. »Sie wollten ihren Nachkommen dieses Wissen vermitteln, bis Irregeleitete es aus eigennützigen Motiven beschlagnahmten. Zum Glück haben sie die Bücher nicht vernichtet!«

Die Metalltür des Gewölbes wurde ohne Vorwarnung geöffnet, und ein Miltu schleppte einen Behälter herein, der einer Mülltonne ähnelte. Ihm folgte ein anderer Planetarier mit einem Stapel tönerner Schüsseln.

»Fiet-Sud«, erklärte der Rebellenführer. »Sie lassen uns nicht verhungern. To verbietet jegliche Art von Tötung.«

Während der eine Miltu Brühe in die Schüsseln schöpfte, die der andere vor den Gefangenen aufstellte, sagte Diok: »Das ist der Oberwarter Relljiem mit seinem Helfer Tafö. – Seid ihr sicher, daß kein Priester in der Nähe ist?« wandte er sich dann an den Suppenausteiler Relljiem.

»Wir sind allein. Im Augenblick wird die Leber eines Fiet geopfert, und alle Priester erweisen To den Dienst.«

»Ich war Oberwarter wie du, Relljiem«, wandte sich nun Diok wieder an den Miltu, der sich und seinem Helfer eine Schüssel voll Brühe austeilte. »Es würde mich wundern, wenn du nicht schon den Wunsch gehabt hättest, das *verbotene Spiel* außerhalb der von den Priestern vorgeschriebenen Zeiten zu spielen.«

»Du hast es getan, Diok, wie jeder weiß«, antwortete Relljiem. »Und wir sehen, was aus dir geworden ist.«

Diok versuchte, den Oberwarter davon zu überzeugen, daß eine neue Zeit angebrochen sei. Er erzählte von dem Raumschiff, das die hungernden Miltus und ihre Begleiter, die Tus, in eine bessere Welt bringen würde, so wie sie in den *»verbotenen Spielen«* vorkamen. Und es gelang ihm auch, Relljiem davon zu überzeugen, daß diese Welten Wirklichkeit waren. »Was verlangst du von mir?« fragte Relljiem endlich.

»Du und Tafö, ihr werdet so viele *verbotene Spiele* herbringen, wie ihr tragen könnt. Dann lernen die Menschen mehr über uns und finden Wege, sich und uns aus dem Verlies zu befreien.«

»Niemals handeln wir gegen den Wunsch der Priester!« schrie Tafö. »Sie sehen alles!«

Aber Relljiem war schon halbwegs entschlossen. »Haben sie je gesehen, daß wir beide das *verbotene Spiel* spielten?«

»Nein. Nur weiß ich nicht, wie das kam«, antwortete der Mindere kleinlaut.

Diok fragte den Oberwarter Relljiem: »Kannst du es dir erklären?«

Relljiem nickte. »Die Priester sehen nur, was ihre Tus sehen.«

»So ist es.«

Gebannt hörten die beiden Frauen und die Männer der PROMET-Crew zu. Das Geheimnis der großen weißen Vögel war noch ungelöst, bisher aber auch nicht so wichtig erschienen. Jetzt jedoch gewann es zunehmend an Bedeutung.

»Gut, da sie und ihre Tus jetzt außerhalb des Tempels sind, werden wir euch helfen. Sollten die Verehrungswürdigen früher zurückkommen und merken, was wir tun, werden wir euch hier bald Gesellschaft leisten.«

Relljiem und Tafö liefen durch die düsteren Gänge in dem weitverzweigten Höhlennetz. Relljiem hatte sich von Diok überreden lassen, auch den Minderen mitzunehmen.

»Wir alle sind Tos Geschöpfe«, hatte Diok gesagt. »To hat nie gewollt, daß einige von uns herrschen und andere unterdrückt werden.«

Und da diese Behauptung dem entsprach, was Relljiem fühlte, war er froh darüber, Tafö jetzt als Freund behandeln zu dürfen.

Sie hatten sich zwei der Leuchtstäbe Tos von dem Regal geholt, die ihnen in der Dunkelheit halfen, den richtigen Weg zu finden.

Relljiem öffnete die Tür zu dem Raum, der mit *»verbotenen Spielen«* vollgestopft war. Hier lagen auch Stapel von Säcken aus dem heiligen Rufu-Material, das leicht, aber haltbar war. Die beiden Miltus packten je zwei Säcke randvoll, luden sie sich auf den Rücken und kehrten so rasch wie möglich in das Gefängnisverlies zurück.

Eben öffneten sie die Tür zu dem Gewölbe, in dem die Rebellen und Fremden lagen, da sahen sie Licht in der Ferne.

»Jemand kommt mit Licht vom Tempel her!« rief Relljiem entsetzt in den Raum hinein. »Wohin jetzt mit den *verbotenen Spielen?*«

»Werft sie hinter uns an die Wand. Wir verdecken sie mit unseren Körpern.«

Relljiem und Tafö befolgten eilig Dioks Anweisung, und die angeketteten Rebellen legten sich so vor die Säcke, daß man sie nicht mehr sehen konnte. Dann sammelten Tafö und Relljiem die Schüsseln ein und wollten mit ihnen eben hinaus, als Loc in der Tür erschien.

Der Oberwarter und sein Gehilfe heuchelten Überraschung. »Ihr bemüht euch persönlich her, Loc? Das ist seit Miltugedenken nicht üblich. Es muß einen sehr triftigen Grund haben.«

»Ich bin dir keine Antwort schuldig«, entgegnete Loc unfreundlich und wartete, bis Relljiem und Tafö gegangen waren.

Dann wandte er sich an Peet Orell. »Ich fordere drei deiner Männer auf, mir zu folgen. Befiehl ihnen Gehorsam. Gewünscht werden Doktor Ridgers, Pino Tak und Tim Axelrod.«

»Bei uns ist es nicht üblich, einfach zu befehlen. Du kannst ihnen ja den Grund nennen, warum sie mitkommen sollen. Dann tun sie es – vielleicht.«

Loc brauchte einige Zeit, um das zu verdauen. Nach einer Pause erklärte er langsam: »Wir wollen euch nicht schaden, sondern mit ihnen verhandeln, wie wir uns gütlich einigen und trennen könnten.«

Peet sah seinen goldenen Augen an, daß er log, und er hörte es auch am Tonfall. Aber er ließ sich nichts anmerken. Und auch die übrigen Crewmitglieder spielten mit.

»Was meint ihr, Doc, Pino und Tim? Wollt ihr Loc folgen?«

»Warum nicht?« Ridgers erhob sich achselzuckend und streckte dem *›Priester‹* die Ketten entgegen. »Dann kann ich mich gleich über dieses menschenunwürdige Gefängnis beschweren. Der feuchte, kalte Boden macht uns krank. Ebenso die Ketten. Die Kost ist unzulänglich. Der Mangel an Sauerstoff und Licht kann schwere Gesundheitsschäden hervorrufen.«

Loc schüttelte den Kopf. »Ich habe nicht darüber zu entscheiden, aber du wirst Gelegenheit haben, mit Vlat zu sprechen. Wirst du mitkommen?«

»Ja«, sagte Doc Ridgers. Und in moranisch teilte er den anderen mit: »Wenn unsere Freunde draußen erst mal wissen, was mit uns geschehen ist, haben sie Gelegenheit, uns zu befreien. Vielleicht kann ich an die Raumanzüge kommen und einen Spruch an Gus oder Szer absetzen.«

»Was sprichst du in diesem unverständlichen Kauderwelsch?« wollte Loc wissen.

»Ich versuche«, antwortete Ridgers in Interstar, »meine Freunde zu überreden, dir ebenfalls freiwillig zu folgen. Und ihr seid doch nun bereit, Pino und Tim?« Die beiden nickten.

»Na schön, Loc, dann nimm uns mal die Armbänder ab!«

Zum Erstaunen Peets und der übrigen Raumfahrer zog Loc einen Gegenstand aus der Tasche, der nicht größer als ein Füller war, hielt ihn an eines der Kettenglieder, und es zerschmolz sofort.

»Ein Wunderwerk der Technik!« lobte Ridgers und massierte sich die schmerzenden Gelenke.

»Ein Geschenk Tos«, widersprach Loc, während er die anderen befreite. In der Tür wandte er sich noch einmal um. »Auch ihr werdet bald diesen Raum verlassen.«

»Mit welchem Ziel?« fragte Arn Borul.

»Ihr dürft auf Fiet-Fang gehen, beschloß Vlat.«

»Da soll mal einer sagen, die Priester wären nicht reizend und uneigennützig«, höhnte Elker Hay. »Sie schicken uns nicht etwa, weil sie wieder frische Leber speisen wollen, um schön satt und gesund zu bleiben. Nein, sie meinen, wir brauchten nun sportliche Betätigung.«

»Vielleicht hoffen sie auch, die Fiet würden uns auffressen. Dann hätten sie nicht gemordet und wären uns doch los«, mutmaßte Hall.

»Die Fiet sind ausschließlich Pflanzenfresser«, warf Diok ein, und Peet Orell machte ihm klar, daß die Crewmitglieder auch in ernsten Situationen wie jetzt spaßen konnten.

Sobald die Tür verschlossen war, holten die Miltus die Büchersäcke hervor und verteilten die *»verbotenen Spiele«*.

Die Bücher waren sämtlich in jenem abgeschliffenen Interstar-Dialekt geschrieben, den die Miltus sprachen. Die Männer der PROMET-Crew vertieften sich sofort in die Aufzeichnungen.

Bei der spannenden Lektüre merkten sie nicht, wie die Zeit verging.

Viele Stunden später schreckten sie plötzlich auf, als wieder Gepolter vor der Tür verriet, daß sie Besuch bekamen.

Hastig verbargen alle die Bücher an den Felswänden und legten sich davor.

Und diese Vorsichtsmaßnahme war nur zu berechtigt. Diesmal erschien Vlat mit einigen Priestern.

»Aha, der alte Oberschurke bemüht sich selbst her«, sagte der Moraner in seiner Muttersprache, die kein Miltu verstand.

»Ich komme, um euch zu fragen, ob ihr To Treue schwören wollt«, dröhnte Vlats Baßstimme durch das Gefängnis.

Die Menschen und Moraner sahen sich amüsiert an. Aus den Büchern wußten sie nun, wie der Name To entstanden war. Aber die Priester ahnten nicht, daß die Besucher ihre streng gehüteten Geheimnisse kannten.

TO hatte damals nach der Landung des havarierten Raumschiffes *›technisches Objekt‹* bedeutet. Und als man wußte, daß man nie wieder von diesem lebensfeindlichen Planeten würde starten können, waren sämtliche *technischen Objekte* in den Höhlen verwahrt und wie Kostbarkeiten gehütet worden.

Generationen später entwickelte sich der To-Kult, den die Ingenieure immer mehr zu ihrem Vorteil ausbauten.

»Natürlich schwören wir To Treue!« rief Hall grinsend in Interstar. Und auf moranisch fügte er hinzu: »Was wären wir ohne die Technik und ihre Objekte?«

Die anderen brachen in Gelächter aus, und Vlat fragte: »Was bedeutet dieser Lärm?«

»Es ist unsere Art, Schwüre zu bekräftigen«, schwindelte Hall.

»Gut, dann befreie zuerst die Frauen, Loc!« forderte Vlat seinen Untergebenen auf, und Loc gehorchte.

»Sollen wir auch Fiet jagen?« frage Vivien mit blitzenden Augen. Die Freunde sahen ihr an, daß es Angriffslust war, die ihre Augen so funkeln ließ. Wahrscheinlich wäre sie Loc gern ans zottige Fell gefahren.

»Frauen taugen nicht zur Jagd. Euer Platz wird in der Felsenhalle an der Kochstelle sein.«

»Ich habe mir irgendwann mal geschworen, daß ich den Mann windelweich schlage, der mir das allen Ernstes ins Gesicht sagt«, knirschte Vivien in moranisch.

»Du brauchst diesen Schwur nicht zu halten, denn er ist kein Mann, sondern ein Miltu«, beruhigte Peet. »Außerdem kannst du die Frauen, Greise und Kinder ein wenig aufklären, während wir hinter den Fiet hersausen.«

Doc Ridgers, Pino Tak und Tim Axelrod wunderten sich, als sie in der Kommando-Zentrale der PROMET II einige der Priester Towas vorfanden. Statt auf den Sesseln, hockten sie auf dem Boden und starrten Ridgers unterwürfig an.

»Du bist mächtig und gütig«, sagte Iffo, nachdem er sich dem Doc vorgestellt hatte. »Du heiltest viele der Minderen. Es war falsch, du hättest bei uns anfangen sollen. Jetzt wirst du mich, Errt und Mra heilen.«

»Interessant, dann darf ich mal um die Krankenkassenkarte bitten«, raunzte Doc Ridgers, dem Anmaßung zuwider war. Noch bevor sie ihn fragen konnten, was das sei, fügte er hinzu: »Ich helfe jedem gern, ob hochgestellt oder nicht. Und wenn ihr nicht mit der Vertilgung der Leber überlastet gewesen wärt, hätte ich auch euch untersucht.«

Er forderte sie auf, mit in die Medo-Station zu kommen, und unterzog sie dort den üblichen Tests. Selbst diese Miltus, die seit Jahren die besten der verfügbaren Nahrungsmittel zu sich nahmen, litten unter Mangelerscheinungen.

Ridgers spritzte ihnen die gleichen Aufbaumittel, die bei den anderen Miltus so gut gewirkt hatten, daß die Priester bereits von Heilung sprachen, was vom medizinischen Standpunkt lächerlich war. Aber zumindest spürten sie Besserung, und das war schon erfreulich.

»Wo sind eigentlich Szer und Gus?« fragte Doc Ridgers, als er den letzten der drei Priester versorgt hatte.

»Wir luden sie in unseren Tempel ein, aber sie wollten nicht kommen. Deshalb brachten wir ihnen den Willkommenstrunk her.«

Doc Ridgers fluchte, was er selten tat. »Und wo sind sie jetzt?« fragte er dann barsch.

»In dem Raum, den sie Funk-Z nennen. Sie waren sehr unhöflich, wollten sich nicht mit uns unterhalten und starrten ständig auf bewegliche Bilder. Unsere Kameraden im T-Boot sind in Lebensgefahr, behaupteten sie. Aber wir fielen auf diesen Schwindel nicht herein. Wir wußten ja, daß es euch gut ging, wenn auch der Duft des Willkommenstrunkes euch eine Zeitlang schlafen ließ.«

»Das T-Boot in Gefahr!« rief Pino Tak und stürmte aus der Medo-Station. Ridgers und Axelrod folgten ihm. Etwas langsamer kamen die Priester nach. Gus Yonker und Szer Ekka lagen wie leblos in ihren Sesseln, und den Raum erfüllte jener Blütenduft, bei dem es Ridgers und den beiden anderen leicht übel wurde.

»Spulen Sie zurück, Pino«, bat Ridgers, während er die Klimaanlage auf Maximalleistung schaltete, um den Luftaustausch in der Funk-Z zu beschleunigen. »Wir müssen von Anfang an hören, was sich zugetragen hat.«

Pinos flinke Finger glitten schon über die Kontrollen. Kurz darauf sahen sie, wie drei Männer in Raumanzügen von feuerroten Vögeln angegriffen wurden.

Als Vivien und Junici in die Felsenhalle kamen, schlug ihnen der Dunst kochenden Fleisches, vermischt mit übelriechendem Gemüse, entgegen.

Die Männer und Frauen ringsum blickten die beiden feindselig an. Nur ein Miltu-Mädchen kam auf die Raumfahrerinnen zu.

»Ich heiße Ysa.« Sie lächelte freundlich. Ihr Gesicht war im Gegensatz zu denen der Männer, die zottiges Fell fast völlig verdeckte, nur von leichtem weißem Flaum bedeckt. Ihre goldfarbenen Augen waren ausdrucksvoll und verrieten Intelligenz. Bewundernd betrachtete sie Junicis schulterlanges silbernes Haar.

»Das ist Junici, ich heiße Vivien.«

Ysa bat die beiden, zu der Kochstelle mitzukommen, an der sie arbeitete. Die übrigen Frauen, Männer und Kinder wichen vor den Fremden zurück, Furcht und Ablehnung im Blick.

»Was haben sie nur gegen uns?« fragte Vivien später, als sie mit Junici und Ysa das übelriechende Wurzelgemüse zu Mus stampfte.

»Die Priester sagten uns, ihr wärt Feinde des Gottes To und der Heiligen Maschine«, flüsterte Ysa. »Ihr wärt nur gekommen, um die Heilige Maschine zu zerstören. Und das würde unser aller Tod sein.«

»Diese widerlichen Parasiten!«

»Leise!« flehte Ysa. »Viele verehren die Priester.«

»Aber du bist vernünftiger?« fragte Junici.

»Ich habe Vertrauen zu euch. Seit euer Doktor mich in den Arm stach, fühle ich mich viel besser. Und das geht allen so, die behandelt wurden. Die Priester allerdings redeten ihnen ein, To gäbe ihnen zusätzliche Kräfte, damit sie stark genug seien, euch zu bekämpfen.«

»Dumm sind sie nicht. Trotzdem sollte man sie ohne Nahrung aufs Eis setzen, wie das die Eskimos auf Terra mit denen machten, die unnütz waren«, erboste sich Vivien.

Die alten Männer saßen auf dem kalten Boden und schabten mit scharfen Steinen Fleisch und Fettreste von der Innenseite der Fiet-Felle. Da die Besucher den Miltus drei der riesigen Tiere auf einmal beschert hatten, herrschte in der Stadtküche Hochbetrieb wie sonst nie.

Da sich die Planetarier seit Generationen an Sparsamkeit gewöhnt hatten, weil nur so ihr Überleben möglich war, verschwendeten sie auch jetzt nichts. Ab und zu wischte einer mit der Hand über die Innenseite der Fellstücke und leckte sie dann ab. Mehr jedoch wurde nicht genascht.

»Wo sind die Vorräte, die wir euch brachten?« fragte Junici das Miltu-Mädchen.

»Die Priester ließen sie in den Tempel bringen. To will untersuchen, ob sie auf die Dauer für uns ungiftig sind.«

»To ist eine Erfindung der Priester«, erklärte Vivien. Aber als sie sah, wie sich Ysas Augen vor Entsetzen weiteten, sprach sie nicht weiter. Sie wollte sich nicht auch noch dieses Mädchen zur Feindin machen.

»To wird dich verderben, wenn du solche Dinge sagst. Und ich darf sie nicht anhören.«

»Schön, lassen wir das! Wann habt ihr die letzte Suppe bekommen?«

»Es wurde dreimal dunkel seitdem.«

»Jetzt lassen sie euch also wieder hungern. Da nützt es nichts, daß der Doc und der Koch versuchen, euch aufzupäppeln.«

»Wir hungern nicht. Wir speisen Moos, Wurzelmus und Fiet-Knochenmehl.«

»Hast du eine Ahnung, Ysa, wie ungesund das ist? Und dabei haben wir euch tonnenweise Fiet-Fleisch besorgt, ganz abgesehen von den Vorräten aus unserem Schiff. Was würde geschehen, wenn wir ein Stück Fiet-Fleisch für alle hier kochten?«

»Niemand hat je die Gesetze so durchbrochen.«

»Dann werden wir es tun. Um euch allen zu helfen«

Vivien stand auf, aber Ysa hielt sie am Arm zurück. »Nein, bitte nicht! Sei doch froh, daß sie gnädig sind und dich aus dem Verlies freigaben.«

Weiter kam das Mädchen nicht, denn in diesem Augenblick tauchten einige der Priester am Eingang der Felsenhalle auf. Sie sahen sich um, und die Miltus arbeiteten eifrig weiter.

»Ihr könnt diese Nacht ruhig schlafen, liebe Brüder und Schwestern«, verkündete Vlat mit dröhnender Baßstimme. »Die meisten der Fremden sind auf Fiet-Fang-Expedition gegangen. Wir haben die treuesten der Krieger beauftragt, sie ständig zu bewachen, und sie werden keine

Gelegenheit zur Flucht haben. Aus Sorge um euch begeben wir uns jetzt in das Schiff und sehen dort nach, womit sie die Heilige Maschine vernichten wollten. Ruht in Frieden, denn eure Priester wachen!«

»Wir danken den Ehrwürdigen und To, der sie erleuchtet hat!« antworteten alle Miltus im Sprechchor, daß es von den Felswänden widerhallte.

Dann verschwanden die Priester.

»So, die schnüffeln also im Raumschiff herum«, sagte Vivien. »Na, zum Glück sind ja Pino, Tim und der Doc da. Hoffentlich überwältigen sie die Schwätzer. Dann sind wir die Hauptsorge los.«

Als die Priester eingetreten waren, hatte sich ein junger Miltu blitzschnell hinter die Planen der provisorischen Medo-Station zurückgezogen. Ysa kannte ihn nicht nur besser als die meisten der Miltu-Frauen, sie ahnte auch, daß er zu den Rebellen gehörte.

»Kommt!« flüsterte sie Vivien und Junici zu, als die Priester gegangen waren. Dann schlüpften die drei durch den Einlaß der aufgespannten Planen.

»Schat?« staunte Junici. »Wieso bist du nicht fort? Ich dachte, alle jungen, kräftigen Krieger seien auf Fangexpedition?«

»Ich will versuchen, meine und eure Freunde aus dem Verlies zu befreien. Hätten mich die Priester eben entdeckt, so wäre ich rascher und anders als mir lieb ist in das Felsengefängnis gekommen.«

»Auf dich ist wenigstens Verlaß.« Vivien erklärte ihm, wie die Priester die übrigen Miltus gegen die Besucher aufgehetzt hatten. »Wir müssen sie wieder auf unsere Seite bringen. Gegen sie zu kämpfen, würde allen nur Verluste bringen. Da wir helfen wollen, müssen wir sie anders überzeugen. Schicke einige Getreue hinter den Priestern her! Und wenn sie wirklich alle aus der Stadt sind, stell Wächter auf, die uns rechtzeitig vor der Rückkehr dieser Schwätzer warnen. Inzwischen sorgen wir hier für Körper und Geist der Irregeleiteten.«

Schat war sofort einverstanden und ging mit mehreren Halbwüchsigen hinaus.

Nun versuchten Vivien und Junici die Miltu-Frauen zu bewegen, die besten und zartesten Fietstücke zu kochen. Es war ein harter Kampf gegen Aberglaube und Verblendung, aber die beiden Raumfahrerinnen überzeugten die Köchinnen, wobei auch der Hunger der Eingeborenen mithalf.

Als Schat zurückkam, roch es nicht mehr nach Wurzelgemüse, sondern es duftete nach Fleisch.

Während die Miltus mit leuchtenden Goldaugen, aber beherrscht auf das ungewöhnliche Mahl warteten, begannen Vivien und Junici zu erzählen. Zunächst taten sie so, als wollten sie die Wesen mit Märchen unterhalten. Immer mehr kam der versteckte Sinn zum Ausdruck, und endlich sprachen die Frauen offen von falschen Priestern, die ein Volk verdummten, um sich ein angenehmes Leben zu machen.

Auch als alle ihre Fleischportionen verzehrten, sprachen die beiden weiter, und die Rebellen unterstützten sie.

»Liefert uns Beweise!« rief endlich einer der Ältesten. »Wir wollen euch gern glauben. Aber noch können wir es nicht.«

Vivien, Junici und Schat berieten, wie solche Beweise zu beschaffen seien. Dann entschlossen sie sich, zu den Priestern zu gehen, die jetzt im Raumschiff waren.

Hätten sie geahnt, was sie dort erwartete, sie wären gerannt, als sei der Teufel hinter ihnen her. So aber schritten sie nur rüstig aus und – kamen zu spät.

23.

Die Priester hatten den Raumfahrern nicht erlaubt, ihre Schutzanzüge anzuziehen, bevor sie mit den Jagdtrupps auf Expedition gingen. Um sie vor dem sicheren Tod in Eis und Schnee zu schützen, hatten sie ihnen lediglich Fiet-Häute gegeben. Die unzulänglich behandelten Felle strömten einen widerwärtigen Geruch aus.

Peet und Arn waren in derselben Gruppe und marschierten nun schon seit vielen Stunden im fahlen Sternenlicht. Jeder von ihnen trug wie die Miltu-Krieger einen lanzenartigen Wurfspieß mit einer Spitze aus Stein.

Die Tus flatterten über ihnen, und das Krächzen der großen Vögel begleitete sie in die Stille der einsamen Natur, die fast ohne Organismen in ewigem Schlaf zu liegen schien.

»Wenn sie uns hier irgendwo zurücklassen, sind wir erledigt, Arn.«

Der Moraner nickte. »Vielleicht haben sie das vor. Ohne To sind wir ziemlich hilflos, wenn ringsum nur Eis und Schnee liegt.«

Peet lachte leise, denn er wußte, daß Arn nicht den Gott der Priester, sondern *»technische Objekte«* meinte – was ja ursprünglich auch für die Miltus dasselbe gewesen war.

Als es dämmerte und die Sonne Vertex matte Strahlen über den Horizont sandte, stoppte der Anführer Unana den Zug. Die Krieger schaufelten einen Lagerplatz frei, umgaben ihn mit einem Wall aus Schnee und legten sich auf den nackten Fels.

Sie alle schlossen wie auf Kommando die Augen, und im nächsten Moment stießen die Vögel herab.

Es sah so aus, als wollten die Tu ihre Herren angreifen.

Geistesgegenwärtig hoben Arn und Peet deshalb ihre Lanzen und schleuderten sie auf zwei der Vögel.

Der eine wurde von der Brust bis zum Rücken durchbohrt und fiel tot herab. Der zweite, dem die Lanze eine Schwinge verletzt hatte, flatterte hilflos auf dem Boden herum. Die anderen Vögel hatten sich auf die Miltus gesetzt, den Vorfall nicht beachtend, traten von einem Fuß auf den anderen, starrten den Wesen mit ihren roten Augen ins Gesicht und erhoben sich dann krächzend in die Lüfte.

Wie leblos lagen alle Miltu-Krieger da. Nur zwei von ihnen kamen wieder zu sich und starrten die Raumfahrer wütend an.

»Sie haben Reta getötet und Ana verletzt!« rief Hereta betroffen.

Unana schloß den Vogel, der sein Begleiter war, in die Arme und sagte: »In der Vogelhalle wirst du wieder geheilt werden. Wir kehren sofort um. Du bist uns wichtiger als ein Fiet.«

»Sie wollten euch angreifen. Wir taten es nur, um euch zu verteidigen!« Peet deutete auf die anderen Miltus. Seht doch nur, was die Tus mit ihnen gemacht haben!«

Hereta baute sich mit funkelnden Augen vor Peet und Arn auf. »Unana und ich hatten Glück, daß unsere Seelen noch nicht in unseren Begleitern waren. *Töte den Tu eines Schläfers, und du tötest ihn.* Aber das wolltet ihr. Ihr wolltet uns vernichten und wart nur zu hastig.«

»Nein, wir schwören, daß wir euch verteidigen wollten!« brüllte nun Peet außer sich.

»Traue keinem Feind Tos«, antwortete Hereta mit Verachtung, wandte sich ab, setzte sich neben seinen toten Begleiter und regte sich nicht mehr.

»Da haben wir Übles angerichtet«, sagte Arn auf moranisch zu Peet. »Aber es sah wirklich so aus, als wollten die Tus ihre Herren umbringen.«

Es dauerte Stunden, bis die Tus zurückkamen. Die beiden Raumfahrer hatten schon angenommen, die Vögel seien verscheucht worden, weil zwei von ihnen von den Lanzen getroffen worden waren.

Aber sie kamen, senkten sich auf die Krieger herab, trippelten eine Zeitlang auf ihnen herum und flatterten dann davon.

Ganz in der Nähe ließen sie sich wieder nieder und warteten.

Gleichzeitig erhoben sich die Miltus, deuteten auf einen der

Felskämme und sagten wie aus einem Mund: »Im Moostal hinter jenem Berg schläft ein Fiet.«

Dann erst sahen sie den toten und den verletzten Tu, warfen Arn und Peet haßerfüllte Blicke zu und versammelten sich mit hängenden Köpfen zum Rückzug.

Je zwei Krieger legten sich ihre Lanzen über die Schultern, und andere hielten den toten und den verletzten Vogel darauf.

Die restlichen Tus folgten mit leise klagendem Gekrächze.

Arn und Peet gingen als letzte. Niemand beachtete sie mehr.

»Es sind also nicht nur Vögel, diese Tus, sondern sie können für einige Zeit das Bewußtsein der Miltus übernehmen«, sagte Arn nachdenklich.

»Und die Krieger wissen später, was die Tus während ihrer Abwesenheit gesehen haben. Also eine Bewußtseinsübertragung.« Peet erinnerte seinen Freund an die alten Aufzeichnungen. »Die Tus helfen den Miltus und umgekehrt. *Wie in der Heimat, so auch hier,* stand in einem der ältesten Bücher«, rekapitulierte er.

»Ja, Peet. Ich habe die Schilderung gelesen. Danach war die Welt, von der die Miltus kamen, von riesigen Urwäldern bedeckt. Die Miltus lebten auf den niedrigen, meterdicken Ästen, die Tus in den Wipfeln. Sie trafen sich in Blatthütten und tauschten ihr Wissen. Aber ich habe das nicht so wörtlich genommen, wie wir es jetzt hier sahen.«

»Stell dir vor, Arn, diese Erfindung wäre auf uns übertragbar! Das würde bedeuten, daß die Persönlichkeit aus einem kranken Körper in einen gesunden transplantiert werden könnte.«

»Dieses Wissen muß streng gehütet werden, falls sich in den Miltu-Büchern noch technische Hinweise für die Durchführung finden. Die Vorstellung, daß reiche, skrupellose Wesen ihre Persönlichkeit jungen Körpern aufdrängen könnten, ist höllisch!«

»Allerdings! Sollten wir dieses Abenteuer überleben, müssen wir dafür sorgen, daß die alten Aufzeichnungen in sichere Tresore wandern und nur jenen zugänglich gemacht werden, die reif dafür sind. Mir gefällt schon nicht, wie sie die Gene beeinflussen konnten, daß aus einem spärlich behaarten rotäugigen Miltu ein Wesen mit weißem Fell wurde, dessen ursprünglich rote Augen bei dieser künstlichen Mutation goldene Färbung annahm und nicht mehr so lichtempfindlich ist.«

»Sie haben erstaunlich vieles geleistet, die Vorfahren der uns bekannten Miltus. Daß sie eine so engstirnige Priesterkaste hervorbrachten, ist unverständlich.«

»Wahrscheinlich litten auch sie an der Inzucht.«

Wieder mußten sie stundenlang marschieren, und die beiden Raumfahrer fühlten sich völlig zerschlagen, als sie in der Stadt im Eis ankamen.

Hereta und Unana legten den toten Tu in den Opferstein. Dann trugen sie den verletzten Vogel in den Tempel.

Niemand kümmerte sich um Peet und Arn, und so folgten sie den Kriegern.

Durch das Netz von Höhlen und Gängen gelangten sie zu einer weiträumigen Halle, in der es gemütlich warm war.

An den Wänden ringsum hingen offene Nistkästen, in denen Tu-Hennen auf großen Eiern saßen. Als die Krieger mit dem verletzten Vogel eintrafen, gaben die übrigen Tus Klagelaute von sich.

Relljiem, der Oberwarter, war gerade dabei, die Kästen mit Futter zu versorgen.

Während die Krieger den Vogel Ana auf einen Metalltisch legten, holten andere Oberwarter den Züchter der Tus, der Chef dieser Halle war.

Er untersuchte die Verletzung und behandelte sie dann mit einer bräunlichen Tinktur, die sofort trocknete und gleichzeitig Desinfektionsmittel und Verband zu sein schien.

Jetzt erst erkundigte sich der Züchter nach der Ursache der Verletzung

Unana und Hereta erzählten, was geschehen war, und wiesen anklagend auf Arn und Peet.

Der Züchter war zwar kein Priester, genoß aber fast ebenso viel Ansehen. Er warf den beiden Fremden einen nachdenklichen Blick zu.

Stumm forderte er Unana und Hereta auf, sich hinzulegen, und sie streckten sich sofort willig auf dem Boden aus.

»Hoffentlich müssen die unsere Unvorsichtigkeit jetzt nicht büßen«, sagte der Moraner.

Einem krächzenden Lockruf des Züchters folgend, flogen zwei Tu-Hähne herbei, die auf den Stangen unter der Decke der Halle gesessen hatten.

Sie ließen sich auf Unana und Hereta nieder und trippelten unsicher hin und her.

»Gebt ihnen ihren Namen!«

»Ich bin Unana«, sagte der Miltu und starrte den Vogel an. »Du bist von jetzt an Ana und mein Begleiter.«

»Ich bin Hereta. Du bist von jetzt an Reta und mein Begleiter.«

Die beiden Vögel senkten die Köpfe, daß ihre Schnäbel fast die Gesichter ihrer neuen Herren berührten. Dann flatterten sie zurück auf ihre Sitzstangen.

»Wer einen Tu ermordet, hat das Leben verwirkt. Auch der Versuch ist strafbar. Und so werdet ihr die beiden Fremden weit genug fortbringen, an einen Ort, von dem sie nicht zurückkehren können.«

Unana und Hereta erhoben sich, dankten dem Züchter und verließen die Halle. Peet und Arn gaben sie nur stumme Winke, ihnen zu folgen. Offenbar kam es ihnen überhaupt nicht in den Sinn, daß sich die Besucher weigern könnten, in Eis und Schnee ausgesetzt zu werden.

»Gehen wir!« brummte Peet auf moranisch. »Unterwegs werden wir die irregeleiteten Krieger umstimmen.«

Selbst vor dem Zwischenfall mit den Tus wäre das schwierig gewesen. Jetzt jedoch empfanden die Miltus Haß gegen die Fremden. Arn und Peet ahnten nicht, wie weit ein Miltu in seiner Rachsucht gehen würde.

Szer Ekka und Gus Yonker erwachten aus ihrem Betäubungsschlaf, als Ridgers, Tak und Axelrod die per Funk übermittelten und in der PRO-

MET aufgezeichneten Aufnahmen vom Planeten Vertex 1 zu Ende angesehen hatten.

»Wir müssen etwas unternehmen«, sagte Yonker noch benommen. »Das Beiboot klarmachen und unseren Freunden zu Hilfe kommen. Sie sind in eine Art Treibsand geraten, das heißt, die roten Vögel haben sie hineingetrieben.«

Szer Ekka rieb sich die Schläfen. »Was haben denn die Burschen da mit uns gemacht? Wollten die uns umbringen?«

Jeder der fünf anwesenden Raumfahrer sprach moranisch oder eine terranische Sprache, die alle fünf verstanden, nicht aber Interstar, denn die Priester sollten nichts mitbekommen.

»Sie haben euch betäubt. Genau wie uns alle. Einige von uns liegen gefangen in einem Gewölbe unter dem Tempel im Fels. Andere wurden auf Fangexpedition geschickt. Vivien und Junici arbeiten in der Küche der Eisstadt. Wir müssen zuerst unsere Gefährten befreien«, entschied Doc Ridgers.

Iffo, einer der Priester, die der Arzt mit Anbaumitteln versorgt hatte, rief gereizt: »Sprecht gefälligst unsere Sprache! Wir wollen wissen, welche finsteren Pläne in euren Köpfen entstehen.«

In diesem Augenblick drängten Vlat, Loc und die restlichen Priester in die Funk-Z. Und was sie in den Händen hielten, ließ die Raumfahrer vor Schreck verstummen.

»Wir haben uns in eurem Schiff umgesehen«, erklärte Vlat und lenkte die Mündung des Strahlers auf den Arzt. »Daß ihr in Frieden gekommen wärt, war eine Lüge. Ihr habt ein ganzes Waffenarsenal an Bord. Ihr wolltet uns mit schönen Reden einlullen und dann töten.«

»Werft die Waffen fort!« forderte Doc Ridgers energisch. »Ihr könnt nicht damit umgehen und würdet großen Schaden anrichten, ohne es zu wollen.«

»Wer sagt, daß wir es nicht wollen? Auch To erlaubt es, Feinde zu töten, die uns ermorden wollen.«

»Das wollen wir nicht!« rief Pino. Wozu auch? Aber ich wünschte, wir wären nie hier gelandet, um den Nachkommen der Havarierten zu helfen. Denn ihr seid dumm, stupide und primitiv.«

»Wozu die vielen Waffen?« fragte Vlat grimmig.

»Es gibt Welten, auf denen Ungeheuer hausen, die uns vernichten wollen«, versuchte es Ridgers mit Besonnenheit. »Aber sind wir nicht ohne Waffen zu euch in den Tempel gekommen? Ist das nicht Beweis genug für unsere friedliche Mission? Ihr jedoch habt uns betäubt und in Ketten gelegt. Übrigens, was ihr da in den Händen haltet, wirkt ähnlich wie euer Trank. Es sind Lähmstrahler. Wenn ihr ein Wesen damit beschießt, wird es nur für einige Zeit handlungsunfähig.«

»Ich hoffe, du sagst diesmal die Wahrheit, sonst bist du tot. An deiner Lüge gestorben.«

Vlat drückte ab, und Doc Ridgers stand Bruchteile von Sekunden da wie eine Statue. Dann sackte er leblos zu Boden.

Loc und die übrigen Priester, die ebenfalls bewaffnet waren, zielten auf die vier anderen Männer, und auch sie verloren schlagartig das Bewußtsein.

»Sind sie tot? Oder hat der Arzt die Wahrheit gesagt?« wollte Iffo wissen.

»Warten wir ab. Und inzwischen studieren wir diese großartigen *technischen Objekte*. Wenn es To, den Gott der Maschinen, gäbe, den unsere Vorfahren erfanden, müßte er all diese Wunderwerke hier geschaffen haben.«

Vlat setzte sich in einen der Sessel und ließ seine behaarten Hände über die Regler gleiten.

»Um Himmels willen, nimm die Pfoten weg, du Eisbär!« schrie in diesem Augenblick eine Frauenstimme vom Eingang der Funk-Z her. »Wenn du einen falschen Hebel umlegst, explodiert das Schiff.«

Erschrocken zog Vlat die Pranken zurück. Er funkelte Vivien böse an, die mit Junici und Schat im Eingang stand. »Was tut ihr hier? Habe ich euch nicht der Küche zugeteilt?«

»Das hast du. Aber zum Glück sind wir Menschen keine Befehlsempfänger.« Vivien deutete auf die anderen Priester, die noch immer die Lähmstrahler in den Händen hielten. »Hier an Bord ist jeder Handgriff gesichert«, schwindelte sie weiter. »Du drückst einen Knopf, und aus einer Düse dort über dir ergießt sich ein Giftstrom, der dich sofort zu Asche zerfallen läßt. Die Erbauer dieses Schiffes haben damit gerechnet, daß die Mannschaft überwältigt werden könnte. Deshalb ist dafür gesorgt, daß nur Eingeweihte die Kontrollen bedienen können.«

Die goldfarbenen Augen Vlats musterten Vivien mißtrauisch. »Gut, dann wirst du uns jetzt erklären, wie alles funktioniert.»

»Wollt ihr etwa starten?«

»Nein, wir wollen alles genau kennenlernen. Das Schiff gehört jetzt uns. Wir haben diese mit ihren eigenen Waffen geschlagen.« Er deutete auf die Bewußtlosen. Dann fragte er, eine Spur unsicher: »Sind sie tot?«

»Kommt darauf an, wie stark die Einstellung der Strahlung war«, sagte Junici und ging unerschrocken auf den bewußtlosen Mediziner zu. Sie kniete sich neben ihn, fühlte seinen Puls und behauptete dann, um Zeit zu gewinnen: »Es steht schlimm um sie. Wir müssen sie sofort in die Medo-Station tragen und Wiederbelebungsversuche machen.«

Zum Glück waren die Lähmstrahler nur schwach eingestellt gewesen, und die Männer würden bald wieder aufwachen. Aber das banden die cleveren Frauen den Miltus nicht auf die fellbedeckten Nasen.

»Ich weiß nicht, ob ich will, daß sie überleben«, brummte Vlat.

»Das sollten sie aber«, schaltete sich Loc mutig ein. »Sie können uns dienen.«

Vlat sah Loc lange forschend an. Dann befahl er: »Bringt sie fort!«

»Besonders der Arzt ist wichtig für uns«, erklärte Iffo. »Er gab uns Stiche, nach denen wir uns jung und kräftig fühlten. Er muß sie auch dir geben, erhabener Vlat.«

»Ihr habt euch also hinter meinem Rücken mit denen verbündet?« schrie der Oberpriester wütend.

»Wie könnten wir solchen Frevel begehen? Wir wollten unsere Körper für einen Versuch hingeben. Aber nun, da es erwiesen ist, daß die

Medizin der Fremden belebend, ja sogar verjüngend wirkt, mußt auch du sie bekommen.«

Zum Glück war es Vlat nicht aufgefallen, daß ein kräftiger junger Miltu-Krieger die Mädchen zum Raumschiff begleitet hatte, der eigentlich auf Fangexpedition sein sollte. Und so konnte Schat ungehindert in die Medo-Station gelangen. Er trug die bewußtlosen Männer dorthin, denn die Priester rührten keinen Finger – wie sie es seit Generationen gewöhnt waren.

Vivien und Junici sorgten dafür, daß heißer Kaffee bereitstand, als die fünf Männer erwachten.

»Du mußt die Priester umbringen!« forderte der junge Miltu, als der Arzt seinen Kaffee schlürfte. »Du siehst, was sie anrichten können. Sicher habt ihr auch tödliche Waffen an Bord. Wenn sie die in die Hände bekommen, werden sie euch bedenkenlos ermorden.«

Nun berichteten auch Vivien und Junici, daß die Eingeborenen Beweise für alles verlangten, was die Fremden von den Priestern behaupteten.

»Ich kann eure Priester aus zwei Gründen nicht töten«, sagte Doc Ridgers nach langem Nachdenken zu Schat. »Ich bin Arzt, und mein hippokratischer Eid verpflichtet mich, Leben zu erhalten, nicht zu zerstören. Und wenn die Priester tot wären, könnten wir deinen Brüdern nie die verlangten Beweise liefern. Wir müssen einen anderen Weg finden.«

Sie berieten gemeinsam. Nur Gus Yonker hatte sich abgesondert. Ihn interessierte, was sich die Priester zu sagen hatten, wenn sie sich unbelauscht glaubten.

Auch von der Medo-Station aus konnte man über Interkom mithören, was in der Funk-Z gesprochen wurde. Und was sie da hörten, brachte die Raumfahrer auf eine grandiose Idee.

»Wir werden von den Menschen lernen, wie ihre Maschinen zu bedienen sind. Wir werden auch *diese* technischen Objekte heilig sprechen.«

Vlats Stimme dröhnte aus den Lautsprechern in der Medo-Station, und Doc Ridgers verstummte. »Gus!« rief er dann erregt. »Können Sie von hier aus eine Aufnahme schalten? Wenn wir dieses Gespräch auf Band hätten, würde sich der Oberpriester selbst entlarven, und das Volk wäre überzeugt.«

Gus Yonker grinste breit und lehnte sich im Sessel zurück. »Ich brauche nichts zu schalten. Die Aufnahme läuft seit geraumer Zeit. Ihr erinnert euch, wir hatten auf Aufzeichnung geschaltet, bevor uns die Priester den Betäubungstrank brachten. Denn wir wollten alles in Bild und Ton festhalten, was unsere Freude im T-Boot auf dem Planeten Vertex 1 erlebten. Als dann die Priester in die Funk-Z kamen, schaltete ich eine Kamera ein, die auch die Geschehnisse bei uns in der PROMET in Bild und Ton festhält. Wir haben also bereits einen Film von dem Überfall der Priester, die uns mit Lähmstrahlern beschossen, und die Aufzeichnung wird noch mehrere Stunden laufen, wenn sich niemand an den Kontrollen zu schaffen macht.«

»Wunderbar! Dann haben wir schon gewonnen«, freute sich Tim.

»Wir sollten aber jemanden in die Zentrale schicken, der dafür sorgt, daß sie nicht etwa mit den Reglern spielen«, meinte Pino.

Vivien schüttelte den Kopf. »Nicht nötig, Freunde! Dafür habe ich bereits vorgesorgt.« Sie erzählte, wie sie den Priestern Angst eingejagt hatte. »Ich würde ja gern hingehen und ihnen noch ein bißchen mehr einheizen. Als Dank für die Beherbergung in Ketten. Aber ich fürchte, dann würden wir das hochinteressante und als Dokument so wichtige Gespräch unterbrechen.«

»Richtig, Vivien, das dürfen wir nicht«, sagte Ridgers.

»Und jetzt hört bitte gut zu!« forderte Gus. Vlats Baßstimme, die etwas Einschläferndes hatte, dröhnte weiter aus den Lautsprechern.

»Stellt euch vor, Freunde, wie das Volk uns erst verehren wird, wenn wir auf Tos schwebenden Platten über die Stadt fliegen! Wir müssen einen neuen Dankgesang erfinden, den mir angeblich To eingegeben hat.« Er lachte höhnisch.

»Wir könnten auch etwas anderes tun« sagte nun eine jüngere Stimme, und die Raumfahrer in der Medo-Station erkannten Loc.

»Etwas Besseres?«

»Ja. Wir könnten die Menschen bitten, uns zu jenen anderen Welten mitzunehmen, von denen in den alten Büchern geschrieben steht, daß es dort warm ist und Nahrung in Hülle und Fülle gibt.«

»Wir sollten bitten, da wir befehlen können?« grollte Vlat.

»Und wir könnten all unsere Brüder und Schwestern mitnehmen in diese wirklichen *Was.*«

Wa hieß im Miltu-Dialekt von Interstar soviel wie Paradies, woraus die Priester *To-Wa* als Namen für diesen Eisplaneten gebildet hatten, der weder das Paradies irgendeines Gottes noch das *»technischer Objekte«* war.

Die Raumfahrer hatten es aus den Büchern gelernt und erklärten es nun Gus und Szer, die es noch nicht wußten.

»Solange es hier noch Fiet-Fleisch gibt, werden wir ausharren«, entschied Vlat, dessen Baß das Flüstern der Männer im Medo-Raum übertönte. »Nur der Mangel, die feindliche Natur, der verzweifelte Kampf ums Überleben macht diese Horde von Idioten uns gefügig. Wenn wir mit ihnen in eine schöne Welt auswandern, werden sie alle zu meuternden Rebellen, von denen es hier zum Glück nur wenige gibt. Kälte und Hunger geben uns Macht, die Blöden zu manipulieren und terrorisieren. Und das nützen wir aus, solange es geht. Wenn es für uns hier wirklich kritisch wird, lassen wir uns von den Raumfahrern, die wir jetzt mit ihren eigenen Waffen beherrschen, zu den wahren Was chauffieren. Aber noch sitzen wir warm in unserem Tempel. Die Heizanlage funktioniert noch prächtig und ohne Wartung. Die Oberwarter glauben uns, daß sie mit ihrem Dienst an den Priestern der Heiligen Maschine dienen, die kaum Wartung braucht. Sie machen die Drecksarbeit für uns und verwöhnen uns wie Herrscher. Wenn das Volk aufmuckt, schalten wir einfach die

Heizung ab. Dann wird es in der Felsenhalle, die ohnehin durch die Unterbodenheizanlage nur spärlich erwärmt wird, eiskalt. Die Idioten fühlen, daß sie erfrieren. Wir reden ihnen ein, To zürne so lange, bis sie uns wieder gehorchen. Das hat bisher immer funktioniert, und deshalb gibt es keinen Grund, mit diesen Gepflogenheiten aufzuhören.«

»Großartig!« rief Schat. »Mehr brauchen wir nicht, um alle Miltus, alt oder jung, auf unsere Seite zu bekommen. Und ihr seid wirklich in der Lage, dieses Gespräch zu wiederholen?«

»Nicht nur das«, erklärte ihm Gus Yonker. »Wir werden einen Monitor in der Felsenhalle aufstellen. Dann können die Miltus ihre Erhabenen nicht nur hören, sondern auch sehen.«

Schat seufzte. »Hoffentlich werden sie dann nicht beginnen, euch als Gottheiten zu verehren.«

»Das werden wir verhindern«, versprach Ridgers.

»Aber die Priester werden uns nicht aus dem Schiff lassen, um diese Maschine in die Felsenhalle zu bringen.«

»Ich kann die Priester für einige Zeit in fügsame Wesen verwandeln, ohne ihnen gesundheitlich zu schaden.«

»Und das erlaubt dein – hippo...« Schat hob die Hände in hilfloser Geste.

»Ja, das erlaubt mein hippokratischer Eid. Ich gebe ihnen ein Beruhigungsmittel, das ihnen angenehme Träume verschafft. Wenn sie erwachen, gibt es für sie keine üblen Nachwirkungen. Bis auf die eine, daß sie dann den Realitäten ins Gesicht sehen müssen. Aber das haben sie wohl auch verdient.«

Nachdem Doc Ridgers sämtlichen Priestern die Spritzen gegeben hatte, schliefen sie friedlich lächelnd in ihren Sesseln ein. Da Iffo seinen Oberpriester davon überzeugt hatte, die Injektionen kräftigten und verjüngten, bat Vlat sogar darum, und so konnte der Mediziner die Spezialbehandlung problemlos vornehmen.

Einige Stunden später waren sämtliche Rebellen und Raumfahrer aus dem Felsgewölbe befreit, und die Schwebeplatten suchten das Gelände nach Jagdtrupps ab, bei denen die Suchmannschaften auch noch Raumfahrer fanden.

Es war jetzt sinnlos, die letzten Fiet des Planeten Towa auszurotten. Und sämtliche Miltus sollten an der großen Aufklärungsaktion teilnehmen.

Endlich waren alle Miltus – außer den Priestern, die in der PROMET schliefen – in der Felsenhalle versammelt. Bei der Befreiung der Gefangenen aus der Felsenzelle hatte man auch die Oberwarter, deren Gehilfen und den Züchter aus der Vogelhalle zum Mitkommen aufgefordert.

Schat und Diok organisierten die Zählung ihres Volkes und meldeten Doc Ridgers: »Wir sind alle bereit, es kann beginnen.«

Auch die Crew war gezählt worden. Aber George Hall, der diese Aufgabe übernommen hatte, kam nicht zu einem so positiven Ergebnis.

»Außer unseren Gefährten, die mit dem T-Boot unterwegs sind, fehlen Peet und Arn«, teilte er Doc Ridgers mit.

Schat erfuhr, daß die beiden Fremden ein schweres Verbrechen begangen hatten und deshalb in Schnee und Eis ausgesetzt worden waren.

Nachdem einige Miltus sich beraten hatten, meldeten sich Unana und Hereta. »Vlat hat Gnade erlassen«, log Schat geistesgegenwärtig, denn noch galten die alten Gesetze. Jetzt, kurz vor der großen Wende, durften nicht zwei der Retter sterben. *Es wäre ein Verhängnis, wenn der Beginn der Neuzeit zwei Blutopfer forderte,* dachte der junge Miltu.

»Das große Wunder, das wir ankündigten, kann nur stattfinden, wenn wir vollzählig sind. Dazu gehören auch die Fremden. Unana und Hereta werden euch den Weg weisen. Fliegt in die Eiswüste und holt eure Gefährten«, bat Diok, nachdem er sich mit Schat und seinen Gefährten beraten hatte.

Kurz darauf starteten drei Antigravplatten, hoben sich über der Felsenstadt in den bewölkten Himmel und strebten den vereisten Gebirgsgipfeln zu.

Arn Borul und Peet Orell blickten den Miltus nach, die sie auf einem Gletscher ausgesetzt hatten. Sie waren an Händen und Füßen mit starken Tauen gefesselt, die aus Fiet-Gedärm geflochten waren und tief ins Fleisch schnitten.

»Unzerreißbar«, stellte Arn nach vergeblichen Versuchen fest, die Fesseln zu lockern.

Die Miltus hatten ihnen auch die Fiet-Felle genommen, bevor sie abmarschierten. Die Kälte war überall. Eisiger Wind ringsum, Eis unter ihnen, das ihre zur Bewegungslosigkeit zusammengeschnürten Körper mit Todesfingern zu umklammern schien.

»Mit einer Flasche Schnaps soll Erfrieren ein wunderschöner Tod sein«, sagte Peet Orell.

»Wir werden nicht erfrieren«, antwortete Arn Borul.

Peet sah den Freund an, als habe der den Verstand verloren. Diese Situation war wirklich hoffnungslos. Selbst wenn jemand nach ihnen suchte, würde er zu spät kommen, denn schon fühlte Peet, wie seine Glieder erstarrten, taub wurden.

»Willst du mir Mut machen? Nicht nötig. Man muß auch sterben können, wenn es unabwendbar ist.«

»Natürlich werden wir sterben. Aber rascher als du denkst.« Mit einer Kopfbewegung wies Arn zu einem riesigen Eisblock, der nur noch an einer schmalen Verbindung zum Fels direkt über ihnen an der Wand hing.

»Warm wird es hier nie, aber die Strahlen reichen aus, um den letzten Streifen da oben zu tauen. Siehst du, wie er schmaler wird?«

»Ja, wie im Zeitraffer. Trotz allem, Arn, die Zeit, die wir gemeinsam erlebten, war schön. Fühle dich von mir auf die Schulter geklopft.«

»Eines Tages wird kein Lebewesen mehr ein anderes auslöschen. Gleichgültig aus welchen Gründen, Peet. Und dazu haben auch wir beigetragen. Wenn man das am Ende seines Lebens sagen kann, war es ein gutes Leben.«

Die fünf Männer auf Vertex 1 spürten plötzlich wieder Boden unter den Füßen. Sie wurden noch einmal in die Höhe geworfen, wie auf einem Trampolin, dann standen sie in einem Hohlraum, den dichtes Wurzelwerk überwölbte.

Ihre Meßgeräte zeigten an, daß es hier atembare Luft gab, und eben wollten sie ihre Helme öffnen, da eilten hinter baumstammähnlichen Wurzeln rothäutige Wesen hervor. Sie waren nur spärlich behaart, hatten feuerrote Augen und trugen Wurfspeere in den Händen.

»Jetzt haut's mich aber zum Polarstern!« rief Callaghan. »Unteriridsch lebende Humanoide!«

Was er sagte, drang aus den Außenlautsprechern seines Raumhelmes, und die Rothäutigen kamen mit allen Zeichen der Freude näher.

Die Raumfahrer schalteten auf Empfang. »Versuchen wir es mal mit Interstar«, sagte Biggs. »Ich glaube zwar nicht, daß sie es verstehen. Aber irgendwie muß ein Anfang gemacht werden.«

Die rothäutigen Wesen legten ihre Lanzen auf den weichen Boden und riefen ein Wort, das entfernt dem Symbol für *»Frieden«* ähnlich klang, das in Interstar verwendet wurde.

»Frieden!« riefen auch die Raumfahrer.

Nun begannen die Humanoiden herumzuhüpfen wie Indianer beim Kriegstanz.

»Die sind verrückt geworden!«

»Nein, Biggs, sie sind nur außer sich vor Freude. Aber die können uns doch nicht erwartet haben?«

Mit Gesten forderten die Rothäutigen die Raumfahrer auf, ihnen zu folgen.

»Kein Grund, ihnen die Freude nicht zu machen«, entschied Jörn Callaghan. »Gegen ihre Lanzen haben wir ja allerhand einzusetzen, falls sie ihre freundliche Haltung ändern sollten.«

Die fünf Männer gingen hinter den nackten Eingeborenen her durch eine bizarre Traumlandschaft. Es gab Wurzelstücke von mehreren Metern im Durchmesser, aber auch fadendünne, die wie Bartflechten umherhingen. »Wenn ich nicht wüßte, daß wir unter der Oberfläche sind, würde ich es nicht glauben!«

Der gewundene Pfad endete in einem runden Raum, der von Wurzeln überwölbt wurde und mit grünen Blättern abgedichtet war.

Nun begann die Unterhaltung, die zunächst schwierig war, denn nur ab und zu hörten die Raumfahrer aus den kehligen Lauten einen Brocken Interstar heraus.

Viele Stunden später konnten sich die Besucher und die Eingeborenen jedoch soweit verständigen, daß Rede und Gegenrede möglich war.

»Mitkommen jetzt, weil dunkel«, antwortete einer der rothäutigen Männer auf die Bitte der Besucher hin, sie in ihr Schiff zu begleiten.

In der Nähe der braunen Flecke, die den Eingeborenen als Fallen dienten, gab es Luftlöcher mit Wurzelleitern. Hier stiegen sie bei Dämmerung zur Oberfläche, gaben den roten Vögeln ihren Anteil an der Beute, denn die Vögel trieben die Beutetiere in die Fallen. Grelles Tageslicht verursachte den Rotäugigen Schmerzen, denn auf ihrem Heimatplaneten lebten sie in dämmrigen Dschungeln.

Als die Crew des T-Bootes mit einer Abordnung wieder an Bord war, funkte Callaghan sofort die PROMET an, erhielt aber keine Antwort.

»Offenbar sind die zu beschäftigt damit, ihre Miltus zu füttern und aufzupäppeln«, sagte Jörn.

Wie aus einem Munde riefen die Rothäutigen: »Miltus!« und wiesen auf sich.

Nun erhob sich ein ohrenbetäubendes Stimmengewirr, das sich nur allmählich wieder in eine fruchtbare Unterhaltung wandeln ließ.

Was die Besucher viele Stunden später wußten, erfüllte sie mit Zufriedenheit. Hier konnte den Miltus von Towa und denen von Nuoum geholfen werden. Durch eine Zusammenführung.

Sinngemäß hatte der Anführer der rothäutigen Eingeborenen den Raumfahrern mitgeteilt, daß seine Vorfahren hier vor dreihundert Jahren als Siedler abgesetzt worden waren. Die Regierung des heimatlichen Sonnensystems hatte versprochen, bald weitere Siedler und Maschinen zu bringen, die bei der Kultivierung des Planeten helfen sollten. Die Heimatwelt der Siedler hieß Oum, und die Bezeichnung für ihre jetzige Welt, Nuoum, war davon abgeleitet.

»Unsere Vorfahren, Siedler, Bauern, machten Essen«, hatte ein Miltu erklärt. »Nicht gelernt, Sterne zu beobachten, zu nennen, Maschinen zu bauen.«

Biggs rekapitulierte das Gehörte: »Da hat also ein Raumschiff Siedler hier auf Nuoum ausgesetzt und versprochen, bald Techniker und Maschinen zu bringen. Aber niemand kam. Wir wissen, warum nicht. Der Transporter havarierte und landete auf Towa. Die dort überlebenden Miltus mutierten zu einer Art Schneemenschen. Wieso das so rasch möglich war, wird wohl ewig ein Rätsel bleiben. Und auf dem auch uns noch unbekannten Heimatplaneten dieser Miltus schrieb man das Siedlerschiff ab. Aus einem Stamm entwickelten sich zwei Zweige: Die Rothäutigen mit den roten Augen und die Miltus mit den weißen Pelzen und goldenen Augen. Wir bringen die Nachkommen der Havarierten in dieses fruchtbare Land und leisten allen einen Dienst.«

»Allen?« fragte Callaghan. »Nur den Verhungernden vom Schneeplaneten. Zwar ist sicher, daß sie alle aus demselben Stamm entsprungen sind. Aber wird nicht die eine Rasse die andere unterdrücken wollen? Denken wir an die Erde! Bei uns entwickelten sich die Menschen auf demselben Planeten und mit nur geringfügigen Unterschieden. Aber war nicht schwarze, gelbe oder rote Haut ein Freibrief für Verblendete, Menschen mit solchen äußerlichen Unterschieden zu verteufeln, verfolgen, auszunützen? Für die Roten hier wäre es sicher besser, die zotteligen Weißen dort auf Towa verhungern und erfrieren zu lassen!«

»Aber das wäre unmenschlich«, schaltete sich nun Mara ein. Der Sohn eines weißen Kubaners spanischer Abstammung und einer Indianerin ließ mit seinen weiteren Ausführungen alle anderen aufhorchen.

»Wer sagt euch denn, daß diese Miltus moralisch so minderwertig sind wie wir Menschen? Nur weil wir von uns auf andere schließen und befürchten, die Weißen könnten die Roten unterdrücken, oder umgekehrt, dürfen wir eine Rasse nicht in Eis und Schnee umkommen lassen. Außerdem bietet der Planet genügend Platz für beide Zweige der Miltus. Und die Miltus mit den Fellen werden nicht gleich in den heißen Zonen siedeln. Das könnten sie nicht ertragen. Sie würden an Hitzschlag sterben.«

»Daß gerade du das sagst«, wandte Jörn Callaghan sich an Ramon Mara, »beruhigt mich ungemein. Aber eines Tages werden die Weißfell-Miltus angepaßt sein und den rothäutigen Miltus begegnen. Und dann haben sie ihr Rassenproblem.«

»Nicht alle Lebewesen müssen die selben Fehler machen wie wir Menschen – die wir im Grunde doch immer wieder versagt haben, gleichgültig, ob es um Hautfarbe oder Ideologien ging. Aber wenn sie wirklich so sein sollten wie wir, wird eine ständige Kontrolle des Heimatplaneten der Vereinigten Miltus Kriege verhindern.«

»Sehr gut«, sagte Jörn Callaghan zufrieden. »Die Miltus auf dem Schneeplaneten hätten sich keinen besseren Anwalt wünschen können als Sie, Ramon.«

Arn Borul und Peet Orell blickten zu dem Eisblock auf, dessen schmale Verbindung zum Fels immer mehr dahinschwand.

»Da sind sie!« schrie eine Stimme, die Peet Orell bekannt vorkam. Aber er öffnete die Lider nicht. Selbst dazu war er zu erschöpft. Er fühlte sich wie ein denkender Eiszapfen. Und bald würde auch das Denken noch aufhören. Dann kam das kalte Nichts.

Die Antigravplatten rasten heran, die Männer brüllten Kommandos, denn sie sahen die fürchterliche Gefahr.

Hall, der Unana auf seiner Schwebeplatte hatte, näherte sich mit Höchstgeschwindigkeit und befahl dem Miltu, die halb erfrorenen Männer zu bergen.

Unana betete laut zu To.

Dazwischen schrie er: »Wir werden alle vernichtet werden! Der

Eisblock! Wir haben die Stelle gewählt, damit der Tod rasch kommt.«

»Der Tod wird für dich rasch kommen, wenn du nicht verdammt schnell spurst!« brüllte ihn Hall an.

Die Angst steigerte Unanas Kräfte. Er riß Arn auf die Schwebeplatte, beugte sich wieder weit hinunter und hievte auch Peet hinauf.

»Festhalten! Halt die Bewußtlosen fest!« donnerte Hall, und als er sah, wie Unana mit Macht zupackte, lenkte er die Antigravplatte in gewaltigem Schwenk aus der Gefahrenzone.

Gerade noch rechtzeitig! Krachend löste sich der Eisblock, stürzte auf die Stelle herab, wo eben noch Peet und Arn gelegen hatten, und zerbarst.

Ergriffen lauschten die Miltus der Stimme ihres Oberpriesters, sahen ihn die Fremdlinge erschießen, die sich später aber bei ihnen eingefunden hatten. Unsterbliche! Stoff für weiteren Aberglauben!

Was Vlat jedoch noch zu sagen hatte, öffnete auch dem Gläubigsten unter ihnen die Augen.

Als die Filmvorführung in der Felsenhalle vorüber war, fühlten sich auch Arn und Peet dank Doc Ridgers' ärztlicher Betreuung wieder halbwegs lebendig.

Peet ordnete ein Festmahl an, das aus Fiet-Fleisch, Bordvorräten und unter Mitwirkung der Miltu-Frauen und des Chefkochs samt seiner Gehilfen zusammengestellt wurde.

Dann packten die Miltus auf Befehl Dioks, der jetzt ihr von allen einstimmig gewählter Anführer war, ihre wenigen Habseligkeiten für die weite Reise.

»Und was soll mit den Priestern geschehen?« fragte Schat.

»Sie sind Miltus wie jeder von euch«, sagte Arn Borul. »Ich denke, ihr werdet schon dafür sorgen, daß sie euch nie wieder unterdrücken können. Ihr kennt jetzt die Lügen, die sie verbreitet haben. Laßt sie ebenso für ihren Lebensunterhalt arbeiten, wie ihr es für den euren tut. Redet mit ihnen, macht ihnen klar, daß sie nichts Besseres sind als ihr alle. Und laßt nicht zu, daß sie oder irgend jemand sonst euch wieder betrügen kann. Ein Volk braucht keine unterdrückenden Herrscher, sondern verantwortungsbewußte Anführer, die jederzeit bereit sind, dasselbe zu tun, was sie von anderen verlangen. Gebt euren Priestern keine Chance, wieder zu herrschen, aber gebt ihnen die Chance, nachzudenken und sich zu ändern, sich anzupassen und einzuordnen. Dann kann der warme Planet wirklich eure Nuoum werden, eure neue Welt.«

Die PROMET II war voll beladen mit den Bewohnern der Eisstadt. In den Beibooten brachten die Raumfahrer noch Vorräte von Fiet-Fleisch, Moosbrei und Wurzelmus zum Planeten Vertex 1, denn die Umstellung auf neuartige Nahrungsmittel mußte langsam erfolgen, wenn keine Gesundheitsschäden riskiert werden sollten.

Bei ihrem ersten Treffen auf Nuoum musterten sich die äußerlich so verschiedenen Miltus mißtrauisch.

Die roten und die weißen Tus jedoch flatterten sofort als gemeinsamer Vogelschwarm in die Lüfte empor.

»Ich sehe eine rosige Zukunft«, sagte Orell lachend zu Arn Borul, denn die roten und weißen Vögel wirkten jetzt, da sie schon weit entfernt waren, wie ein rosafarbener Fleck am Firmament.

»Übrigens, Peet, du wolltest mir doch irgendwann mal auf die Schulter klopfen, als du es nicht konntest. Bitte, tu's jetzt!«

»Und wie nennen Sie nun Vertex 1 und Vertex 5?« fragte Vivien gespannt Szer Ekka, den Verfasser des nach ihm benannten Sternenkatalogs.

»Die Namen bleiben«, antwortete der Astronom. »Zwar gibt es weder einen Gott To, da die Ingenieure, deren Nachkommen später als Priester verehrt wurden, nur *technische Objekte* verehren ließen und zur Gottheit To erhoben. Und ein Paradies – was die Silbe Wa bedeutet – ist Vertex 5 auch nicht. Aber der Name gibt Aufschlüsse zur Geschichte, und deshalb geht er so in den Sternenkatalog ein. Dasselbe gilt für Nuoum. Nun eine Frage an Sie, Vivien: Wollen Sie wissen, was mich im Augenblick brennend interessiert?«

»Ich weiß es. Sie suchen jetzt den Heimatplaneten aller Miltus.«

Szer Ekka nickte. »Und die Aufzeichnungen werden uns den Weg weisen. Von diesen Raumfahrern können wir eine Menge lernen.«

»Arn und Peet meinen, für einige Erkenntnisse der alten Miltus seien wir noch nicht reif«, gab Vivien zu bedenken.

Szer lehnte sich in seinem Sessel zurück und blickte auf die Sterne, die das Astro-Lab erfüllten.

»Es wird lange dauern, bis wir sie finden.«

»Lange genug für uns Menschen, endlich die nötige moralische Reife zu erwerben?«

»Wenn überhaupt«, sagte Szer wie zu sich.

»Wie bitte?« fragte Vivien betont laut.

»Wenn wir die Ur-Miltus überhaupt je finden, meine ich.«

Die Titel der Originalausgaben in diesem Buch:

Kapitel 1-6:	Staff Caine: Der Ruf der Agaren
Kapitel 7-12:	Hans Peschke: Fehltransition
Kapitel 13-17:	I. S. Osten: Sklavenhändler der Galaxis
Kapitel 18-23:	George P. Gray: Die Stadt im Eis